Staread
星 文 文 化

敌敌盟纪事

（完结篇）

Didimeng
Jishi

一世华裳———

著

长江出版社
CHANGJIANGPRESS

他看向身边的人，九爷今天穿了件暗红花纹的衣服，显得既奢华又艳丽，

往常嚣张跋扈的神色被街上热闹的灯火打了层柔光，美得几乎不真实了。

若一心沉沦未必会活得不痛快，可偏偏心尖上生了株向阳的花。

目录
CONTENTS

一世华裳

作品

第一章

纪诗挑

061.

　　五凤楼附近的这座大城不像宁柳、万兴那般繁华，城门关得早，因此饭局结束太晚的人便都选择了留宿。

　　秦二公子本想把叶姑娘送回客栈，却被婉拒了，只好恋恋不舍地目送对方的身影消失，这才去找自家帮主。

　　刚走到一半，他便迎面遇上了凤楚一行人，在来回扫视三圈都没有找到谢凉的身影后，他当场震惊："他……留宿了？"

　　凤楚被逗笑了，用扇子在他头上敲了一下："想什么呢？"

　　秦二松了一口气，问道："那他去哪儿了？"

　　凤楚已接到天鹤阁的消息，知道谢凉那边的情况，说道："去找乔九喝酒了。"

　　秦二诧异："九爷不是走了吗？"

　　凤楚道："他只是没在五凤楼。"

　　秦二应了声，不再多问，跟着他去了客栈。

　　转天一早，他刚迈下楼梯，抬头就在大堂里见到了乔九和谢凉。

　　凤楚紧随其后下来，见乔九的脸色不再那么难以琢磨，暗道谢凉的一通折腾还真的收服了乔九，是个人物啊。

　　他笑眯眯地望着乔九："火火终于能回家了？"

　　乔九是不会承认错误的，说道："他爱去哪儿去哪儿，关我什么事？"

　　凤楚道："嗯，看样子是能回了。"

　　谢凉笑了一声，见乔九扫向他，顿时收敛。

一行人坐在一起吃了顿早饭，决定回五凤楼。

他们这次为纪楼主祝寿是提前到的，便在五凤楼住了几日，大寿这天和凤楚一道前往缥缈楼。

谢凉看了一眼乔九，忽然生出些恶趣味，问道："你不去也没事吧？"

乔九懒洋洋地给了一个"嗯"。

谢凉道："那你要不要扮成我的书童？"

乔九道："理由？"

"这样我就能随时带着你了，"谢凉说完见乔九不为所动，抛出一个诱饵，"现在江湖上好多人都以为你我是拜把的兄弟，作为乔阁主唯一的小弟，你不想知道他们在你不在的时候，会对我说点什么吗？"

乔九想了想，成功被说服了。

于是他花了一点时间做了易容，找五凤楼的人要了套合身的衣服，便跟随谢凉进了饭厅。

凤楚几人早已等候多时，见状都是一怔。

秦二差点被茶水呛着，因为乔九易的这张脸就是当初去神雪峰祈福的那一张，非常能骗人，赵炎为此还送了好几天的草编蚂蚱！

凤楚感觉和谢凉在一起真是随时都能看乐子，笑着问："你们又玩什么？"

谢凉简单答道："没什么，九爷不耐烦应酬。"

饭后几人坐上马车，赶在中午前到了缥缈楼。

谢凉自然是和乔九坐一辆，抵达后他率先跳下车，回身制止了九爷："别动。"

乔九的演技一向在线，既然如今是书童，他便换上了天真无邪的神色，站在车上无辜地问道："怎么了少爷？"

谢凉让他扮书童，便是觉得他软萌的样子好玩。自从他们把那点别扭捋顺，就又回到了互损模式，他笑道："来，你腿短，少爷帮你下来。"

说着将人拉住，双手用力一提，没拉动。

深吸一口气再次用力，依然没拉动。

谢凉："……"

绝对是故意的，自己好歹是个大男人，再菜也不可能一点都拉不动，某人肯定用了暗劲。

乔九似笑非笑，语气依然无辜："不是说要帮我下去吗，少爷？"

"我就是这么一说，你还真信了，傻不傻？"谢凉微笑着教育他，"以后长点脑子，先下来扶我。"

乔九道了声"是"，跳下车，乖巧地站在他身边。

谢凉笑着摸了把他的头，带着他去前面找凤楚。

凤楚看了全过程，早已笑得不行，直到乔九一眼扫过来才收敛，和他们一起进了缥缈楼。

缥缈楼和五凤楼的装饰风格类似，不同的是五凤楼里的房间是用来住的，而缥缈楼是在主楼议事，后面才是花园和住所。因为两家关系不错，在其他几位楼主赶不回来的时候，离家出走的赵炎自然得来。

他是知道乔九不来的，于是见到凤楚便迎上前问："那家伙走了吗？"

一句话没说完，他猛地望见谢凉身后的书童，想起这张脸给他带来的风言风语，顿时新仇旧恨一齐往脑门儿涌。可他知道在人家的寿宴上不能打架，只得脸色一黑，扭头就走。

谢凉见凤楚追了过去，看向某人："你前几天到底干了啥？"

乔九很无辜："我什么也没做。"

谢凉不置可否，把寿礼交给管事后便打算去见见纪楼主，结果刚迈出几步，他就见到一个熟悉的人影朝他跑来，惊讶道："你怎么在这儿？"

方延扑过来抱住他，激动得差点落泪："凉凉，我好想你！"

谢凉拍拍小伙伴的背，下意识地看了一眼乔九，见他一点都不意外，便清楚他是提前知道的。

方延顺着他的目光看见了当初的小书童，急忙替九爷解释了一句："是我们让天鹤阁的人不要告诉你的，想给你一个惊喜。"

谢凉道："除了你还有谁？"

方延道："只有我和梅怀东。"

谢凉道："你是被请过来的？"

方延点点头，将经过说了一遍。

当初少林之行，缥缈楼也是去了人的，且一直听完窦天烨的故事才离开。

他们自然也看了方延的服装展，模特穿的衣服有两件被他们买走了。拿回来后纪楼主很喜欢，于是这次就请了方延来做衣服，能赶上寿宴自然好，赶不上也没关系，反正要到年底了，可以过年穿。

"我听他们说也请了你，就来啦，"方延说着一顿，"不过这不是重点。"

他左右看看，拉着谢凉往一旁的角落走去，扫见九爷跟了来，为难地一停。

谢凉心里了然，看了一眼乔九，后者只好不情愿地停住，望着他们到了不远处的犄角旮旯。

谢凉道："有事？"

方延道："我们觉得这里好像还有别的和我们身份相同的人！"

谢凉挑眉："怎么说？"

方延道："来之前有一天我和赵哥去买菜，和人聊天的时候听到他说拜锦鲤。"

谢凉心里微微一顿。

"拜锦鲤"这个词可是和神雪峰上的箱子有直接关系，看来那伙人找不到机会绑他，便想方设法找窦天烨他们试探了。

不过他先前已经想到了这种可能，担心对方知晓他们来自通天谷，因此关于得到箱子的具体细节，他一个字都没和窦天烨他们说。哪怕那伙人把雕像下的字一字不漏地说给窦天烨他们听，他们也不清楚和箱子有关，想来应该暴露不了。

他问道："你是怎么回的？"

"我唱了两句歌，见他没接，就觉得他不是咱们那里的人，也没敢问他从哪儿听来的拜锦鲤，"方延道，"我们之后试着问过别人，他们都不知道拜锦鲤的意思，显然拜锦鲤不是这里的文化，所以有没有可能还有其他人，而那个人说过拜锦鲤？"

谢凉有点好奇："你唱的什么歌？"

方延道："爱就像蓝天白云，晴空万里。"

谢凉见他停住，实在难受，接道："突然暴风雨。"

"你看吧，他就没有接！"方延道，"哪怕不会接，他总得回应一下，但他什么歌都没唱！"

谢凉："……"

成吧，蛮有理有据的。

062.

方延唱完歌便将重点转回到了"是否有别的小伙伴"上。

谢凉思考了几秒。他和乔九早已猜过那伙人接下来的动作，所以窦天烨他们无论待在宁柳还是出来，暗处都有天鹤阁的人盯着，那伙人想要绑人比较困难，倒是有可能会再试探一次。

他说道："真有的话，他们听到亚古兽的故事就能明白，应该早就找过来了。"

方延道："那要是他们有事耽搁了呢？"

"是有这种可能，但还有一种可能是你误会了，或许真有一个地方有拜锦鲤的文化，"谢凉道，"哪怕确实有其他穿越者，在没摸清对方的底细前你们也别贸然接触，以后再听到这种让人起疑的话就装没听见，写信告诉我，我来处理。”

方延乖乖应下，开始问起九爷的事，生怕是因为自己而露的馅，他道：“他怎么和你在一起，他不是说有事吗？”

“我也想问你们，”谢凉道，“他怎么逼的你们，让你们把我的事告诉了他？”

方延震惊：“啥？我们没说啊！”

谢凉一怔：“没说？”

方延道：“没说，窦天烨他们也不像偷偷告密的样子啊。”

谢凉好奇了，让他把自己走后的事简单说一遍。方延听话地交代一番，表示九爷只是早出晚归地住了几日，然后就在某天突然离开了。谢凉想了一下，也没明白乔九是如何操作的，越发好奇，便打算回去问问。

方延道：“他找到你没说什么吗？”

谢凉道：“没有。”

方延跟着他往回走：“那他怎么装成书童了？又接了生意？”

谢凉笑道：“不，是为了玩。”

方延眨眨眼，见那小书童正乖巧地等着谢凉，猜测他们可能是在玩什么角色扮演的游戏，顿时无语。谢凉笑了笑，察觉到九爷不知第几次将目光扫向自己，便回到了他的身边。这时凤楚劝说赵炎未果，恰好折回，几人便一道去见纪楼主。

缥缈楼的主楼平时用于议事办公，乃是要地，不能让人随便逛，因此寿宴是在后面的主宅办的。主楼和主宅之间是美轮美奂的花园水榭，虽已入冬，但花园里种了大片的山茶，这时节正是花期，开得既热闹又艳丽，十分养眼。

纪楼主此刻正在主宅招呼客人。

他今年五十，但看着并不显老，毕竟他女儿是天下第一美人，他长得自然差不到哪里去，是个和蔼的帅大叔。

谢凉这是第一次和他见面，能说的也就只有几句寿词。

纪楼主会请他是因为听说江湖上又出了一位青年才俊，加之凤楚对他赞不绝口，便想要见一见。如今见过后，好奇心得到了满足，但由于还不熟，两人能说的也只有几句客套话而已。倒是一旁的秦二，他是认识的。

纪楼主笑着问：“我还以为你不来了，怎么没和你哥一道过来？”

秦二早已得到吩咐，用谢凉的话说就是他顶着一个四庄公子的光环好打广告，虽然听不太懂，但他知道自己要做什么，便将他跟着谢凉的事说了一下。

纪楼主心下意外，对谢凉的认知又多了一层，毕竟连秋仁山庄都肯放心让秦二跟着人家。

不过他还要忙着应酬，没办法聊太久，简单又聊过两句便吩咐管事好好招待他们，自己迎上了新来的客人。

屋里实在太吵，谢凉几人又回到了宽敞的花园。

秦二去找自家大哥和狐朋狗友了，顺便给帮派打个广告。凤楚认识的人多，被拉走叙旧了。方延倒是想留下，但被九爷用眼神一扫，只好嘤嘤嘤地跑去看花，周围眨眼间就只剩谢凉和乔九。

乔九满意了："他刚刚找你说什么？"

谢凉道："他前不久听见有人说起拜锦鲤，以为有同乡。"

乔九一听就懂了："然后？"

谢凉笑道："他唱了两句歌，见人家没反应就没搭理。他用的是我们那里名叫'流行唱腔'的唱法，哪怕没听过，也总该熟悉。"

乔九"嗯"了声："再然后？"

谢凉道："没了，我让他以后遇见这种事告诉我。"

乔九点点头，面上仍维持着乖巧的神色。

谢凉看了他一眼，伸手掐了把他的脸，见他眼中配合地带起一点可怜的神色，压低声音笑道："你这模样，少爷我特别想把你扔出去给他们看看。"

乔九睁大双眼，好奇地望着他："少爷，你扔得动我？"

"……"谢凉若无其事地回到先前的话题上，"你说背后的人会是谁？"

乔九依然很配合，说道："肯定是个过得不如意的人。"

对现状不满意，甚至对这个江湖不满意，所以才想把一切搅乱。

看这布局多年的架势，还很可能是与人有仇，只是不清楚仇家是谁。如今祈福和少林的事都倒霉地搞砸了，不仅接连废了两枚潜伏多年的棋子，还打草惊蛇了，现在摆在那个人面前的路有三条：要么狗急跳墙一鼓作气，要么潜伏一段日子，要么就另辟蹊径。

谢凉道："赵炎、阿暖和他们的人交过手，没看出那些人是什么武功路数？"

乔九道："没有，都说眼生。"

谢凉道："哪门哪派的武功是他们没见过的？"

乔九道："多了，中原武林几百年的历史，有数不尽的武功失传，万一他们得到一本秘籍练了，凤楚他们也叫不出名字。"

谢凉应声，突然问道："你练的是什么？"

乔九笑道："我练的就是其中一本失传的武功，名叫《承天诀》。"

谢凉不清楚这是个什么东西，不过能让九爷如此横行霸道，想来是很厉害的。他不想再浪费脑细胞研究那位幕后黑手，便带着乔九去别处转了转，顺便问了一句，他到底是怎么找方延他们套的话。

乔九学着方延的声音道："你说呢？"

谢凉："……"

这也行！

"特意学的口技，"乔九顶着一脸的天真无邪，恢复本音笑道，"像吗？"

谢凉笑出声，正要给句评价，只听不远处响起一阵惊呼，抬头一望，只见一位粉衣少女向着这边走了过来。

这少女十七八岁，生得出尘脱俗，眉目如画。她身上没披斗篷，只穿着一袭粉衣，裙摆随着微风轻轻浮动，像是落入人间的仙子。她身后还跟着一位小丫鬟，主仆二人目标明确，直接到了他的面前。

哦，大概是天下第一美人。

谢凉笑道："姑娘有事？"

少女的神色很淡，轻声问道："公子便是谢凉谢公子？"

谢凉道："正是在下。"

少女道："小女子纪诗桃，想请公子喝杯茶，顺便问些事，望公子赏脸。"

那么多双眼睛看着，又是在人家家里，谢凉便欣然同意，跟着她到了一处凉亭。

这里已经被家丁提前打点好，桌上煮着茶，石凳上也铺着软垫。纪诗桃做了一个请的手势，坐下为他倒茶。

天下第一美人，一举一动都是美的，连倒一杯茶，姿态也十分好看。尤其走得好像是高冷的路线，越发显得不食人间烟火，更像仙子了。

谢凉打量一眼，接过茶杯，客气地道了声谢。

纪诗桃望着他，淡淡道："小女子有个冒昧的问题想问谢公子，因为太想知道答案，望谢公子能为小女子解惑。"

谢凉道："是乔阁主的事吧？"

纪诗桃点头。

谢凉道："关于少林的传闻？"

纪诗桃再次点头。

谢凉正要为她解惑，突然感觉后背被戳了一下，估计某人是有自己的打算，便沉默两秒道："我不能说。"

纪诗桃道："为何？"

谢凉微微一笑，给了她一个自行体会的眼神。

纪诗桃不知脑补了什么，握着茶杯的手一紧，低声道："我知道了。"

谢凉觉得小姑娘可能要独自琢磨一会儿，便要带着自家书童告辞，结果还没起身便被她叫住了，只好作罢："纪姑娘还有事？"

纪诗桃抿抿嘴，盯着茶杯沉默数息，重新抬头看着他，眼角带着一丝红晕，问道："谢公子可否帮我劝劝，让他早日成家立业？"

谢凉有些想笑，但又觉得小姑娘也怪不容易的，顿时不想再和她玩了，说道："在下也有个冒昧的问题想请教纪姑娘。"

纪诗桃眼神坚毅："我对乔阁主是真的。"

谢凉道："我不是问这个。"

纪姑娘一怔："那谢公子想问什么？"

谢凉道："冷吗？"

纪诗桃："……"

小丫鬟："……"

乔九："……"

"来的路上在下看姑娘好像哆嗦了两下，"谢凉诚恳道，"还是快回去加件衣服吧。"

纪诗桃的脸色变了又变，勉强绷住了，语气仍是淡淡的："多谢谢公子关心，那小女子方才说的事……"

谢凉道："换位想想，若别人让你劝乔阁主，纪姑娘可开得了口？"

纪诗桃神色僵住。

"所以己所不欲勿施于人，"谢凉好脾气地道，"该姑娘回答在下了，你真不冷？"

纪诗桃这次没绷住："我不冷！"

话一出口，没忍住又哆嗦了一下。

谢凉道："我看不像。"

纪诗桃把茶杯一放，终于不再维持形象，冷眼盯着他："我劝你最好识时务，你一点都不配追随他！"

谢凉惊讶，心想小丫头片子还有两幅面孔啊，一时好奇，多问了一句："那纪姑娘就配？"

小丫鬟立刻帮腔："我家小姐当然配，比你配！"

谢凉赞同："确实，我们是没有可比性。"

纪诗桃满意了："你知道就好。"

谢凉道："我当然知道，但我不介意啊。"

乔九："……"

纪诗桃："……"

小丫鬟："……"

这话实在无可辩驳，纪诗桃张了张口，又张了张口，扔下一句"咱们走着瞧"，扭头就走了。

谢凉见她虽然生气，但仍维持着仙女的姿态，整个人美得不行，不禁笑出声："这丫头有点意思。"

乔九走到他身边坐下，从鼻子里哼出一个音："有什么意思，被宠坏了。"

谢凉道："主要还是九爷的魅力太大。"

乔九哼笑："早告诉过你江湖上喜欢我的人很多。"

谢凉笑了笑，给他倒了一杯茶。二人坐了一会儿才离开。

迈出凉亭的一瞬间，只听远处传来一声惊呼："纪姑娘上吊了！"

二人都是一怔。

谢凉道："她有这么无理取闹？"

乔九眯起眼："不，纪楼主一向疼她，她想闹也不会挑这天闹。"

谢凉心里"咯噔"一下，纪姑娘可能是和他聊完就回房了，这时上吊，八成是没命了。

果然，等他们赶到大厅，便得知纪姑娘已香消玉殒。

一时间，所有人的目光都投在了谢凉的身上。

063.

凤楚几人早已赶到，见谢凉进门便凑了过来。

方延神色担忧，低声道："怎么回事？"

谢凉道："我也不太清楚。"

他扫见不远处负责维护场面的管事，走过去坦然道："在下才和纪姑娘见过面，觉得事情有些蹊跷，可否带我去见见纪楼主？"

管事原本不怎么待见他，闻言倒是一怔，说道："容小的去问问。"

谢凉点头，望着他离去，陷入沉思。

纪姑娘前脚刚和他聊完，后脚就上了吊，所有人都会认为是他说了什么刺激了她。

按照乔九的说法，纪姑娘不可能在她父亲大寿的这天闹事，何况她走时还放了狠话，自然不能轻易寻死，八成是被害的。

但对方这么做有什么目的？是和纪姑娘有仇，还是那幕后的人为报复他连续破坏他们的两次计划，加之不想让他发展起来，便想泼他一身脏水？

前者不需要他操心，至于后者……那伙人要是觉得让他被全江湖的人骂就能限制住他，这也太蠢了点。

或者是想利用缥缈楼对付他？抑或……其实是想让缥缈楼和天鹤阁对上？

他不由得看了一眼乔九，见九爷整个人安安静静，十分乖巧地守着他，便摸了摸对方的头。

乔九抬头看他，往前迈了半步，抓着他的袖子紧紧靠着他。

这演技非常在线，像是因不安而寻求依靠似的。但谢凉知道他可能是在安抚自己，心里一暖，又摸了把他的头。

方延和秦二原本担心得不行，一见九爷这个姿态都抽了一下嘴角。

人群里有些直肠子，见谢凉还有心情摸书童的头，忍不住问道："谢公子和纪姑娘说了什么？"

谢凉道："没说什么。"

那人道："没说什么她能上吊？"

谢凉淡定地道："所以这件事没那么简单，对吧？"

众人一怔。

谢凉道："今日是纪楼主的大寿，你们觉得纪姑娘是那么不孝的人吗？"

这倒也是啊，人们再次一怔。

谢凉继续道："别忘了，如今江湖上有一伙人很不待见我，毕竟我搞砸过他们的两次大计。"

泼脏水谁不会？不管这事和那位幕后指使有没有关系，先泼了再说。

人们细想了一下，觉得有道理，不禁交头接耳。

管事这时恰好回来，对谢凉说纪楼主请他过去。

他见谢凉要带着书童，说道："公子一人过去便可。"

谢凉道："他当时在场，是人证。"

凤楚走到近前，紧跟着插了一句嘴："我也觉得事有蹊跷，跟着去出个主意，要是纪楼主不愿意，我再回来，走吧。"

管事倒不是死板的人，没有傻兮兮地再折回去一次，带着他们进了后宅。

后宅早已哭成一片，谢凉他们到的时候，还看到一个哭晕的丫鬟被架出门。他简单看了看，扭头就对上了纪楼主和几位纪公子的目光。

纪楼主不复刚才的精气神，整个人都透着股沧桑，哑声道："谢公子想说什么？"

谢凉道："晚辈与纪姑娘说的话，纪楼主可知道了？"

纪楼主红着眼点点头，把女儿的丫鬟叫过来，让她当着谢凉的面再复述一遍。

那丫鬟早已哭得上气不接下气，看见谢凉就想扑过来和他拼命，被纪楼主呵斥后才勉强忍住，抽抽噎噎地说完全过程，怒指谢凉："肯……肯定是你！小姐一时想不开就……就……我和你不共戴天！"

谢凉听这丫头的叙述基本属实，问道："在你的印象里，你家小姐是会为这点事就寻短见的人？更别提还挑在今天这个日子，"他看向纪楼主和几位公子，"我与纪姑娘不熟，你们觉得呢？"

纪楼主垂泪："我也不信她能这么做……"

谢凉见他实在伤心，放轻了声音："可否让晚辈进去见见纪姑娘？"

纪楼主是真的挺理智、脾气也挺好，没做犹豫就带他们进去了。

不过他痛快，纪姑娘的母亲可没那么好说话，见谢凉他们进门，瞅准了唯一一个短发的，立刻歇斯底里："都是你！我女儿要是不和你说话她也不会死！你赔我女儿！"

乔九小声反驳："是她主动找我家公子的。"

"他可以不见！谁让他见的！你听他对我家阿桃说的什么话！"纪母再次看向谢凉，"你一个大男人这么噎一个小丫头是不是挺威风？你个下作……"

乔九眸色一沉，没等发作就见谢凉按了按他的肩。与此同时，纪楼主呵斥了一声"闭嘴"，纪公子和几个丫鬟也早已拉住纪母。纪母更怒，一时急火攻心歪头栽倒，顿时又是一阵人仰马翻。

纪楼主先是紧张地看了看纪母，见她只是晕了，这才心力交瘁地对谢凉道："贱内也是伤心，谢公子别往心里去。"

谢凉能理解，纪母一看便是受刺激失去了理智。

他扫见床上的纪诗桃，往前走了两步。乔九与凤楚紧随其后，都仔细看了一眼，结果发现看了没用，因为她脸上盖着白布。

谢凉向纪楼主请示了一下，掀开了纪诗桃脸上的布。

她换了件漂亮的裙子，表情微微扭曲，舌头外露，此外面部青紫，脖子上也能看到明显的勒痕。谢凉不是学法医的，让他验尸他也不会，这么做主要是觉得乔九和凤楚都是高手，想让他们看一看。

他扫向乔九，见乔九微微摇头，便清楚是什么也没有发现。

他又看看凤楚，见情况一样，便把布盖了回去。他虽然特别想让纪楼主他们请仵作验个尸，但想想觉得成功率不高，只好询问谁是最后一个见纪诗桃的。

先前随行的丫鬟道："是我。"

谢凉道："说说过程。"

那丫鬟瞪了瞪他，这次没吼他。她说小姐回来后便进了卧室，她去外间给小姐倒茶，没等往里送就听见小姐说想一个人静静，她只好去外面守着，片刻后见小姐说生气想吃东西，让她去厨房端一碗甜粥，而等她端回来，便见小姐已经吊死在屋子里了。

谢凉道："也就是说，你去外间后便没再见过你家小姐，只是听的声音？"

丫鬟道："我家小姐的声音我是不会听错的！"

谢凉道："变个声而已，简单。"

乔九收到谢凉的目光，现场表演了一个口技。

丫鬟顿时目瞪口呆。

纪楼主目光微凝："谢公子是说有人藏在屋里挟持了阿桃，等把人支走再害她？"

谢凉道："若你们确定纪姑娘不会为这点小事寻短见，那便是这么被害的。"

说完他再次看向丫鬟："你进来的时候有留意其他地方吗？"

丫鬟不复方才气愤的模样，茫然想了想，摇头道："我……我看见小姐上吊都吓死了，哪里还顾得上其他？"

谢凉不抱希望地问道："也没留意房里出现过的人？"

丫鬟又是一摇头："我当时想抱小姐下来，奈何抱不动，就喊人来帮忙，然后家丁就都冲进来了，再后来进来的人更多，说不清有谁。"

谢凉道："那你去端粥，外面有人守着吗？"

丫鬟道："有的，应该是青竹或盼兰。"

话音一落，跪在大床附近埋头抽噎的丫头便膝行两步，说自己是青竹，当时就在屋外，没听见什么动静。而盼兰出事前去茅厕了，她没留意她是何时回来的，刚刚盼兰哭晕过去，被架走了。

纪楼主不等谢凉开口，立刻让人去把盼兰带来，结果没多久便听见厢房里传出惊呼，紧接着派出去的人回来，告诉他们盼兰留了封信说是想给小姐陪葬，用刀抹了脖子，如今已经没气了。

纪楼主几人的脸色都变了一变。

谢凉也是心头一跳，下意识地想起秦二的那名随从。

但往一个小丫头身边安插人有什么用？何况这事明眼人一看便知有问题，这么简单就想泼他脏水，当纪楼主他们都是傻子不成？这颗棋子是不是废得太草率了点？

他看向纪楼主："这盼兰……"

"她不会武功，制不住阿桃，"纪楼主道，"她的命是阿桃救回来的，确实有可能殉主。"

谢凉道："确定不会武功？"

纪楼主一脸沧桑地点头："确定，阿桃身边的人，我们向来仔细，尤其是这种半路进来的。"

这条路是走不通了，如今只能推测出当时屋里有个人在，若不是丫头的问题，那就是别人。

这到底是纪姑娘的闺房，谢凉他们不便多待，几句话说完便要换地方商讨。

纪母瘫在一旁的软榻上，刚苏醒不久，正被丫鬟拍着胸口顺气。她整个人失魂落魄，基本没听见他们的话，此刻见谢凉走到外间要出去，终于回神，用力朝他扑去。

丫鬟猝不及防，瞬间被她挣开。

纪楼主和纪公子等人均在谢凉他们身后，一时够不着，只有凤楚和乔九阻拦，二人把纪母一架，闻到一丝极淡的幽香，忽然都是一怔，同时道："美人香！"

紧跟着乔九反应过来，折回闺房抓起纪诗桃的胳膊轻轻一嗅，粗鲁地给她扔了回去，然后又扯了她脸上的布。

纪家众人一齐瞪眼，连好脾气的纪楼主都怒了："你干什么？！"

乔九盯着尸体看了几眼，问道："她身上有胎记吗？"

纪楼主道："你到底……"

乔九打断："有没有？"

纪楼主顿住。

旁边的小丫鬟弱弱地道："有的。"

乔九道："现在验，看看她是不是你家小姐。"

一句话震惊四座，纪楼主倏地反应过来，虽然不知道究竟是怎么回事，但抓住了一点希望，急忙让丫鬟验。纪母失去理智的眼里也闪过一丝清明，留了下来。

一群人纷纷出去，忐忑地等着。

纪楼主定了定神，终于能问问了，结果刚看向书童，便见他身上的嚣张气焰收得干干净净，迅速回到谢凉身边，伸手抓住谢凉的衣袖一靠，整个人乖巧无助又可怜。

纪家一行人："……"

什么情况，刚刚那德行难道是他们眼花吗！

064.

纪楼主迟疑地看着小书童，见他一点不为所动，只好看向谢凉和凤楚。

但这次依然没能问出口，因为屋里骤然传出纪母的大哭，他的心狠狠一跳，感觉那点希望要破灭了，差点支撑不住。

可紧接着他看到房门打开，纪母哭着跑出来，踉跄地扑在了他身上。

"老爷不是……不是，"她抓着他的衣服，几乎语无伦次，"不是她，她在哪儿，快救救她，你快救救她啊！"

纪家一行人的脸色齐齐一变："不是阿桃？"

"不是不是！"纪母哭得不能自已，接着好像想起了什么，猛地看向小书童，立即扑向他想要问一问，可惜刚迈出半步便觉身上一疼，一下被点住了穴道。

这动作快得让纪楼主都差点没看清。

他越发肯定心里的猜测了，说道："乔阁主？"

乔九没搭理他，而是看着纪母："冤枉我家公子，给他赔个不是。"

纪母哪里顾得上面子，连忙哭道："是是是，是我的错，是我对不住谢公子。"

谢凉赶紧说了句"没事"，往乔九的头上一拍："别闹，说重点。"

乔九便道："派人搜纪诗桃和盼兰的屋子，从现在起一个人也不许往外放，再问问看门的出事后有多少人离开。"

纪楼主立即吩咐了下去。

少顷，搜屋子的人回来了，说是没什么发现。乔九便回屋等其余消息，搬着椅子往谢凉的身边一坐，同时扫了一眼凤楚。

凤楚知道他对不喜欢的人向来半个字都欠奉，便主动解释了一下何为美人香。

美人香是一种毒，中毒后身带幽香，只有三天的活头。但这三天可以让人美上好几分，且服用后的一个时辰内全身的骨骼会有些许的软化和松动，能做些微调整。

谢凉听愣了，这世界竟能不科学到这种程度？

纪楼主几人也听得愣怔："还有这种毒？"

凤楚道："有，只是知道的人少，我和……小书童也是偶然才知道的。"

不过虽然能调整，但没那么玄乎，调整的幅度是极其有限的。

所以这次的事，对方肯定是事先找了一个与纪诗桃的样貌有六七分像的姑娘，喂完药弄到了八九分像，把人藏在纪诗桃的屋里，并穿了一件纪诗桃的衣服。

如此一来，人们会以为纪诗桃是想穿着这件衣服走，很大可能不会给她换别的衣服，也就不容易露馅。还有就是吊死时或许是故意把绳子往后挪了挪，导致她的舌头吐出来，死状恐怖，丫鬟们都不敢细看她的脸，这才能顺利瞒过去。

他们当时离大床有两步的距离，没闻到香味，而纪母应该是抱着她哭过，身上沾了点味儿，这才被他们察觉了。

说到这份上，谢凉就懂了。

他问道："刚抬出去的那个是纪姑娘？"

凤楚点头："应该。"

纪家众人都是一惊："什么！"

凤楚道："因为屋里没能搜出纪姑娘。"

纪母急得不行："那这到底是怎么回事，阿桃人呢？"

"我也只是试着猜一下，"凤楚道，"那个人第一步是把小姑娘弄进来，等纪姑娘回来就制住她，学着她的声音把丫鬟打发走，然后把纪姑娘易容成盼兰，吊死找来的小姑娘，等到事发后屋里乱起来，便拉着被点了穴道、不能说话的纪姑娘混入人群跪着一起哭，再适当地点下纪姑娘的睡穴装作晕倒，把人架走。"

"而真正的盼兰可能事先知道一些事，也可能完全无辜却被擒住，一直被藏在她自己的屋里，"他继续道，"等纪姑娘被扶过去，那个人就杀了盼兰，装成她殉主的样子，然后把纪姑娘带走了。"

纪母急忙道："带去哪儿了？"

凤楚道："这得看他们的动作快不快。"

要是不快，人就还在缥缈楼里；要是快……那就应该是混出去了。

没过多久，负责去门房传令的人折回来了，说这个工夫进出的有十多个人。

今日是寿宴，且还没到开席的时候，有不少宾客才刚来。他们没得到楼主的吩咐，自然不好把人轰走，而已经来的宾客得知出事，都知道寿宴办不成了，有几个不爱凑这种热闹的便知情识趣地离开了，他们也不好拦着。

纪家众人的心都是一沉。

如今片刻都耽误不得。纪楼主连忙吩咐手下加强守卫，只许进不许出，然后亲自赶去前厅向宾客致歉，让他们暂时留下。接着一面让儿子去查离开的都有谁，一面带着人在整个缥缈楼里搜人。

剩下的就是等消息了。

凤楚和缥缈楼关系再好，身为外人也不便跟着一起搜人。谢凉更是不便跟着，他见乔九不愿在后宅待着，便回到了前厅。

宾客已知事有蹊跷，只是不知具体细节，都在议论纷纷，做各种猜测。此刻见谢凉进门，有些人便好奇地问了问。

谢凉不好多说，只告诉他们缥缈楼会有交代。

他见这里实在太吵，干脆去外面找了一个凉亭。方延、梅怀东和秦二都跟了出来，赵炎不情不愿也过来了，捏着鼻子坐在凤楚的身边，一眼都不往乔九身上瞅。

除他们外，随行的还有沈家兄弟、叶姑娘和那天在城里见过的两位侠女。

谢凉回来前这些人就凑在了一起，沈君泽见方延面露担忧，温和地为他分析了一下这件事，告诉他此事和谢凉的关系不大，不用担心，而秦二则是想陪着叶姑娘。

谢凉回来后，方延很感激沈君泽的陪伴，见他被众人吵得要犯心脏病，就建议他出去透透气。秦二在那边也恰好邀请了叶姑娘，但叶姑娘一个姑娘家不便和这么多男人待在一起，于是又邀请了另两位侠女，众人就都跟了过来。

方延道："纪姑娘是被人杀的？"

谢凉道："不是，被换掉了。"

众人惊讶："这怎么换？易容了人家难道看不出来？"

谢凉简单解释道："用了一些办法，等缥缈楼查的结果吧。"

众人闻言便识趣地没再追问，开始聊些别的。

两位女侠对谢凉在世外小岛修行的事很感兴趣，好奇地问了几句，接着聊到谢凉建的帮派，便打趣地问收不收女的。

谢凉一一做了解答，突然察觉被捅了一下，扭头看向乔九。

乔九小声道："我饿了，让他们端点吃的。"

谢凉无奈地道："先等等。"

人家小姐生死不明，这种时候让他们伺候你吃喝，简直招恨。

乔九顿时换上可怜的神色，眨着湿漉漉的双眼看着他："少爷，我饿了。"

知情的几个人："……"

堂堂天鹤阁阁主，能不能要点尊严！

赵炎立刻翻了个白眼，方延、秦二可没那么勇敢，只好不看他。叶姑娘则微微望向亭外，一向淡然的表情有些僵。

谢凉更无奈，但这次没有拒绝，起身去找管事给他弄吃的。

乔九没让他一个人去，快走几步跟上了他。谢凉见状心中一动："是有事想说？"

乔九道："没有。"

谢凉摸了把他的头，进门找到管事，恰好听见有侠客嚷嚷把人留下却不管饭，连忙把握住机会，提议说不如开饭，反正酒席都已备好，出了这事寿宴也办不了了，也不用再讲究什么时辰的问题。

管事心想也是，跑去请示了楼主。

纪楼主现在只要能把人们留住就什么都好说，自然是同意了。

方延他们本以为谢凉只会弄点茶果糕点，谁知片刻后他们被请到了雅间，然后哗啦啦上了一桌子的饭菜。

众人："……"

几人齐刷刷地看向小书童，见他拿着筷子夹了块排骨，开始乖乖地低头啃，便又看向了谢凉。其中一位女侠忍不住说道："谢公子待你的书童真好。"

知情的几人默然不语，低头扒饭。

饭菜上桌没一会儿，白虹神府的叶帮主、飞剑盟的于帮主和寒云庄的沈庄主便一起到了。

几人敏锐地看出气氛有些不对，快步往里走，恰好看见纪楼主带着一群人从假山里出来。他们上前一问，这才得知纪姑娘出事了。但他们也不好帮着搜人，于是便被请进屋里等消息。

纪楼主带人把缥缈楼翻了一个底朝天，半个纪诗桃的影子都没看见。

他们仔细看了一遍宾客，没发现有被点住穴道不能动的，便彻底死心，明白纪诗桃已经被带了出去。

于是谢凉几人被请进了议事厅。

首先他们肯定是没问题的，不然不会揭露这件事，再者谢凉和凤楚都是聪明人，能帮着想想办法，就算是那位让纪楼主不待见的乔九亦是十分聪明的人，更别提身后还有一个天鹤阁在。

纪楼主道："那段时间出去的有十二三个人，已经派人去追了。"

谢凉道："家丁少了吗？"

纪楼主道："没少。"

他明白谢凉的意思，阿桃上吊的事闹开后虽然乱了点，但好歹是女儿的闺房。若是一个生人突然出现在屋里，是绝对会被发现的，除非是出了内鬼。

他的脸上有几分焦急和为难："那些人暂时都被关起来了，人有点多……"

谢凉懂了，纪楼主心善，大概不想伤及无辜一起严刑逼问。

他思考了一下，说道："先看看那些去追的人能不能追到吧，要是还不行，我只能请鬼和他们谈谈了。"

众人："……"

啥？

065.

离开的十几个人中有两个是从后门走的。

纪诗桃顶着第一美人的名号，爱慕者众多，传出上吊的消息后，有几个宾客跟到了后宅，有两个甚至潜到了附近的竹林，后来被护卫发现才被请走。

那两个都是公子的打扮，其中一个失魂落魄，眼眶通红。另一个安慰的同时又嫌弃他有些丢脸，不想去前面被人瞧见，于是找护卫问路，从后门走了。

纪楼主听完就觉得他们的嫌疑很大，派出去追的人也最多。

可他至今也不明白他们是怎么把阿桃弄走的，出事后院子里是乱，但门口有护卫看守，阿桃怎么着也是一个大活人，还被点了穴，想出去只能换张下人的脸，被拉着一步步离开。

但据护卫说，纪楼主他们过来之后，骚动基本就平息了，其他院子的下人不敢随便往这里来，阿桃院里的下人没得到主子的吩咐也不会随便出去，更没看见有人拉着一个人往外走。何况如今下人一个不少，也没有易容的，阿桃装作下人被带走的可能性很低。

那就是在盼兰的屋子里被带走的。

可他们已经把屋子翻了一遍，没有暗道。

按照凤楚的推测，架着"盼兰"回屋的人嫌疑很大，他们也找出来了，是青竹和另一个小丫头，但她们把盼兰放在床上就立即回来了，根本没停留，且回来后便跪着继续哭，这一点旁边的丫头都能做证，所以到底是谁带走了阿桃？

纪楼主说完，议事厅里静了一静。

屋里有叶帮主、于帮主等泰山北斗，年轻的则有谢凉、凤楚等人，沈君泽原本要和方延去下棋，如今他的父亲沈庄主也在这里，他便被喊来一起出主意了。

他温和地道："找不到暗道，不如把房间里的东西都搬走再看一下。"

纪楼主道："正在让他们搬。"

这命令刚下不久，因为这毕竟是他家，在他眼皮底下修条暗道基本不可能，所以他先前只顾着搜人，如今一无所获才想着再查一遍。

护卫一起动手，轻轻松松便能把家具搬光。

他们搬到大床的时候就停了，急忙跑来复命，说是床下的墙被人凿开了，缝隙是贴着大床凿的，且已有些时日，被床一遮什么都看不见。

众人过去一看，只觉得真相简单明了——那个人弄死盼兰后，便拖着纪诗桃爬到了床下，推开墙壁出去后，再把墙推回了原位。

而院子外便是竹林，那墙根附近恰好有一个小斜坡，这样贴着地爬出来，外面的人是看不见的。

他们出去后可能换上了公子的装扮，如此看来，从后门走的两个人果然有一个就是纪诗桃！

这虽然是盼兰的床，但纪诗桃易容的便是她。盼兰总不能再易容成别的下人跑去纪诗桃的屋子里躲着制住她，否则撞上脸一样的怎么办？

不过青竹和盼兰是住在一起的，她把纪诗桃扶回屋里就回去也不能证明她无辜，因为她完全可以在屋里再放一个人，由那个人接手纪诗桃。

纪楼主又惊又怒，吩咐手下把青竹带了过来。

青竹很闷，平时安安静静不怎么说话，也不怎么受纪诗桃的重视，只做些杂活。

她被带过来后有些茫然，听完纪楼主的话才吓得变色。但她这个性子，哪怕被吓着了也不会痛哭喊冤，只一个劲地摇头说不是自己，见纪楼主要严刑逼供，终于憋出一句别的："奴婢不会武功，制……制不住小姐的。"

纪楼主一怔，心想这倒也是。

但以防万一，他还是往青竹的脉门上探了探，发现确实没有内力，何况她一个小姑娘要凿开一块墙也有些困难。

他实在急得不行，脑子里乱成一锅粥，下意识地看向别人。

谢凉道："另一个帮着扶盼兰的小丫鬟呢？"

纪楼主便吩咐把人叫了过来。

谢凉看着这丫头，问道："你们把盼兰扶回房再离开，整个过程青竹是一直跟着你，还是折回去过？"

小丫头想了想，答道："是回去看了一下茶壶里有没有水，再出来的。"

谢凉道："所以最开始在纪姑娘屋里的青竹不是真的青竹，是一个会武功会口技的青竹，等折回去再出来的人才是你们熟悉的这一个。"

众人顿时整齐地看向跪在地上的青竹。

青竹脸色发白，仍一个劲地摇头说不是自己。

纪楼主的脸色也发白，气的。

他的声音都有些抖："说，你们把阿桃弄哪儿去了！"

青竹摇头："不是……不是我。"

纪楼主怒道："不是你还能是阿桃自己走的不成！"

众人一静，暗道不是没可能。

纪楼主也卡了一下，脑中快速过了一遍阿桃的朋友，没想到有什么心肠歹毒的人。再说阿桃和他们的关系向来很好，没必要诈死离开。他见青竹还是不肯说，便示意手下带走逼供。

谢凉不由得拦了拦，生怕因为自己的推测让小姑娘遭罪。

他担心真的另有隐情，比如纪诗桃认识了什么邪派，被蛊惑后早已计划好要诈死离家，今日被他一噎便想要给他好看。但当着人家父亲的面不能这么说，他只能说要请鬼，如果把人打得太狠，不好问话。

众人齐刷刷地看着他，神色各异。

纪楼主总觉得不靠谱，问道："谢公子真能请？"

谢凉认真地道："真的。"

纪楼主看了一眼青竹，知道她性子倔，估计要打半天才能撬开口，那个时候派去追人的手下也回来了，不如再等等，便摆手让手下把她关了起来。

之后又只能等消息了。

乔九跟着谢凉走出议事厅，问道："这世上真有鬼？"

谢凉道："不知道。"

乔九和附近听见这话的凤楚一齐看着他，想知道他要干什么。

谢凉道："你们谁想撒尿？"

乔九："……"

凤楚："……"

嗯？

谢公子要请鬼找人一事迅速传开了。

这请鬼也是要做准备的，谢公子要的是人尿，有人还问了一句是不是要童子尿，得知不是，众人便群情高昂，合力给他尿了一大桶。

谢凉很满意，示意人们都散了，只留了天鹤阁的几个人打下手。

乔九、凤楚和好奇心旺盛的赵炎也留下了，三人见谢凉往桶里加了沙土等物，混合后开始加热，表情一言难尽。乔九后退几步，问道："不用来点朱砂、鸡血和黑狗血？"

谢凉道："不用。"

赵炎道："那热完有什么用？泼人身上？"

谢凉的表情也一言难尽："火火，咱能不能想点好的？"

赵炎怒道："怎么你也跟着喊火火！"

乔九道："你吼谁呢？"

他一脚把人踢开，扭头看着谢凉，神色隐约透着点邀功的意味，显然也想要个答案。

谢凉笑道："我先前对你说过考古门吧？除去那个，我们村子里还有其他学派。"

乔九懂了："你学的什么？"

谢凉道："化学。"

乔九道："干什么的？"

谢凉道："能干的事多了，你们等着看吧。"

三人怎么猜都猜不到他想怎么做，只好等着。

缥缈楼里的众人也都在等着，秦二他们原本也想跟去看看，但谢凉嫌人多碍事，把他们打发走了，几人只能回到先前的小亭里。

他们不禁看向方延，问他谢凉是不是真能请鬼。

方延对谢凉的信任是盲目的，立刻挺起小胸脯："他说能请那就是能请！"

"要怎么请？"其中一位女侠道，"鬼上身还是直接把鬼招出来？"

方延道："保密。"

几人自是不甘听一句"保密"，连忙追问。

方延压根不知道谢凉想干啥，自己也抓心挠肝，便咬死了不说，好在这时沈君泽拿着围棋走了过来，开始耐心温和地教他下棋，方延急躁的心顿时被安抚住了。

出去追人的护卫一个接一个地回来了，都说没看见纪诗桃的影子。

追那两位公子的护卫回来得最晚，也没带回好消息，因为他们没找到人。

纪楼主感觉一颗心被扔在火堆上烤似的，他急忙去找谢凉，想问问何时能请鬼，若是太晚，他便先去打一打青竹。

此刻刚到傍晚，谢凉这边早已完工，拿出了一个装着水的小瓷瓶。

乔九几人往他弄出的所谓"炼器炉"里看了一眼，发现底部有一些发白的块状物，问道："这是什么？"

"磷，有毒，别用手碰，"谢凉说着用筷子把东西夹起来扔进小瓷瓶里，对他们解释道，"这东西燃烧后发出的是绿光，也就是人们寻常说的'鬼火'。"

乔九几人听得稀奇不已，没等再问便见纪楼主来了。

谢凉听完他的来意，说道："现在就能请。"

纪楼主的眼中顿时闪过一抹喜色："不用等天黑？"

谢凉道："不用，我要一些朱砂和黄纸。"

纪楼主道："好，都有。"

谢凉道："还要前辈给我一个会口技的手下。"

纪楼主道："嗯？"

谢凉道："应该有吧？"

乔九只会学男声，女声压根没学，找他不靠谱。谢凉本想让天鹤阁的人去城里请一个口技师傅，但乔九说缥缈楼里就有，这才没去，可别事到临头闹出乌龙。

好在是真的有，纪楼主虽然不解，但还是把人喊了来。

谢凉问道："会学盼兰的声音吗？"

盼兰是小姐的丫鬟，会口技的手下见过她也说过话，痛快地答道："会。"

纪楼主在旁边听得眼前一黑，原来谢凉所谓的"请鬼"是"装神弄鬼"，他迟疑道："这……这能行吗？"

谢凉道："能行，纪楼主放心。"

纪楼主如今也只能死马当活马医，把谢凉要的东西都给他备齐，一行人便去了地牢。

地牢阴冷潮湿，谢凉让他们拿了几个火盆进来，然后把不相干的人都弄走，只剩了青竹一个犯人。

青竹正抱膝坐在草席上，她被喂了药，使不出力气自尽，只能静静地看着谢凉。见他吩咐人扛来几个贴着黄符的屏风，一一摆在了牢房周围，而他自己则拿着蒲团坐在了房门对面的铁栏前，像是要把门口让出来似的。

谢凉道："傍晚是日与夜的交界，鬼刚好出来，你若现在说，我就不把他们请出来了。"

青竹依然没吭声。

谢凉叹了口气，点燃三根香往面前的香炉里一插，闭眼默念了一句词，低喝道："来！"

乔九躲在暗处，闻声甩出一个小铁环。

铁环系着细绳，上面放着白磷，地牢内光线昏暗，起到了完美的掩护效果。他把铁环甩到香炉后，用香炉遮住它，而白磷的燃点低，经过铁环在地上一路摩擦加热，顿时燃了起来。

从青竹的角度看便是谢凉说完那一句，一团绿火突然凭空出现，停在了牢房门口。

紧接着盼兰的声音幽幽响起，寂静的牢房里显得阴冷不已："为何害我？"

她的表情终于变了。

066.

"为何害我？"女音轻轻地重复了一遍，紧接着陡然尖锐起来，"说，这么多年的姐妹，为何要害我！"

这个世界的人对鬼神一说是很信的。

青竹的脸都白了，哪怕使不出力气也还是徒劳地往后挪了一点，僵硬地盯着鬼火，一个音都没发出来。

鬼火道："别装哑巴，说话！"

青竹唇齿微张，低声道："我对不起你，你杀了我吧。"

只这一句，谢凉和躲在暗处的乔九等人心都一定。看来纪诗桃的事果然和青竹有关，有关就好，有关便代表能问出东西。

牢房一面是墙，其余三面都放着屏风。

屋里点了两盏油灯，让光线稍亮一些。会口技的手下便躲在门口的屏风后，面前的地上一字排开摆着几张纸。这是谢公子和九爷他们担心他卡壳，事先想好几种可能后给他写的词。

此刻听完青竹的话，他往其中一张纸上一扫，立即接了下去。

"杀你？"女音低低地笑出声，既温柔又阴冷，"不，我不杀你，我要找出你的家人和指使你的主子，然后杀了他们。"

乔九往回拉了一点细绳。

青竹见状以为她要走，神色突变，急忙道："别走，你杀我，不要杀他们！"

乔九停住。

女音紧跟着道："我为何不能杀他们？我现在是鬼，趁我还没去阴曹地府，想干什么就干什么。"

青竹完全使不出力气，但还是挣扎着要往前爬："你杀我，求求你，你杀我吧。"

女音顿了一下，幽幽道："好，你告诉我小姐在哪儿，我勉强只取你的狗命。"

青竹犹豫。

女音道："不说就算了，反正我自己能查，你就留着命给他们上香吧。"

"别走，我说！"青竹眼眶发红，声音带着哽咽，"我说……小……小姐现在应该在城里，福安巷尽头有一棵歪脖子树，她就在那座小院里。"

女音又静了一下，这次少了点怒气，缓缓问道："看在姐妹一场的分上，让我死得明白些，你为何要这么做？这几年的情分都是假的吗？"

青竹静默不言。

女音道："或者你只是听命行事，是你主子想干点什么？"

青竹继续不答。

"又不说？"女音声音微扬，"那我自己去查，要是你主子想干伤天害理的事，我不如一并把他带走。"

"不！你不能杀他！"青竹根本吼不出声，但可以听出她已经耗尽了力气，那声音几乎嘶哑，"天理昭昭，报应不爽，他们以前造的孽，现在该偿还了！你也无父无母，应该知道那种滋味，我们不过是想讨个公道！是他们该死，不是我家主子，你……"

她急急地说了一堆，然后猛地一顿。

大概是想到她口中该死的那批人为何还没被鬼弄死，她的目光带了几分怀疑："你真能杀人？"

"我当然能！"女音道，"我是被杀的，死后怨气不散，即将成为厉鬼……"

话没说完，白磷燃尽，倏地灭了。手下仍盯着纸，正滔滔不绝："我们厉鬼想杀一个人，就和你们凡人喝口水那么简单！"

谢凉："……"

青竹："……"

乔九几人："……"

手下后知后觉地发现火没了，急忙闭嘴。

但是已经晚了，青竹更加起疑，挣扎着再次往前爬，扫见了门边的一片衣角。

她顿时全明白了，猛地望向谢凉。

那双眼睁得很大，血红血红的，像是要生吃人。

谢凉万分诚恳："对不住，开个小玩笑。"

青竹一口气没上来，两眼一翻，竟被活活气晕了。

谢凉惋惜地叹气："年轻人，一点扛事的能力都没有。"

这和年轻有关吗？换个年纪大的，搞不好能直接吓死行吗！

手下默默收好纸站起身，决定出去就告诉他那帮兄弟，以后离谢公子远一点。

乔九和凤楚等人纷纷从暗处出来。

凤楚看完全过程，感兴趣极了，笑眯眯地道："把你那个磷给我来点。"

谢凉点头应下，看向纪楼主。

纪楼主急着去救女儿，匆匆对他们道了谢便要离开。

然而迈出两步后他突然一停，询问谢凉要不要一起去。

谢凉一怔："可晚辈不会武功。"

纪楼主道："谢公子放心，我会派手下一路保护。"

他主要是担心会发生变故而扑空，若是谢凉在场的话还能给他出点主意。

他算是看出来了，这年轻人不仅聪明，手段还很特别。就拿这件事来说，江湖上有几个能轻轻松松搞出"鬼火"的？

谢凉很爽快地同意了，他这次出门为的便是打响名气，如今机会正好。

纪楼主对他越看越顺眼，心想难怪凤楚会夸他，也难怪乔九会对他另眼相看。

他下意识地看了一眼书童，见乔九一出地牢便又换回娇弱的模样，只觉糟心不已，懒得再看。

谢凉去，乔九和凤楚当然也去，几人召集手下出发了。

此时外面已全部变暗，城门肯定早就关了，好在他们基本都会轻功，加之冬季夜晚冷，城楼上的士兵没那么尽心。几人找到僻静的地方，很轻松就越了上去。

谢凉被乔九扛着，看着缩骨后比自己矮一个头的人，感觉自尊心受挫，等到落地，他便问了一句："我现在习武晚吗？"

乔九道："你想学？"

谢凉道："我能学什么？"

乔九道："可以学点轻功。"

谢凉道："也行。"至少以后遇见危险可以逃命。

乔九完全不清楚自家少爷脑子里想了些什么东西，落地后便跟着他们直奔福安巷，很快抵达尽头的小院，见这里果然有一棵歪脖子树。

纪楼主和凤楚交换了一个眼神，带着人越过了围墙。

院子较小，屋外有护卫，几乎立刻发现了他们，双方一句废话都没说，直接交上了手。

谢凉这种非战斗人员不和他们掺和，他被乔九带着越过围墙，扫见有两个护卫要往其中一间屋子跑，连忙追了过去。

乔九护着他的同时掷出两块碎银，轻松把那两个人制住，和谢凉到达那间屋子前，示意他后退，然后踹开了门。

屋里只有两个人，一个是纪诗桃，另一个是个小姑娘，相貌竟与青竹一样。

小姑娘早已听到动静，这时见进来的不是自己人，掏出匕首就要抵住纪诗桃的脖子，结果胳膊刚抬起一点便被飞来的一块碎银击中穴道，顿时动弹不得。

乔九收回手，走了进来。

谢凉紧随其后，反手关门，看向纪诗桃。

她仍穿着男子的衣服，只是脸上的易容被去掉了。

大概是穴道封久了不好，她的穴道已经解开，但嘴里塞着布，双手双脚也都被绳子捆住，正被按坐在椅子上。

谢凉见九爷拉开她对面的椅子坐下，一副不想管的样子，便无奈地拿过小姑娘手里的匕首，把纪诗桃身上的绳子割开，安抚道："别怕，没事了，纪楼主也来了，就在外面。"

纪诗桃一张脸早已哭花，但神色依旧淡然，坐得笔直笔直的，轻声道："多谢。"

谢凉扫见她放在桌上的手微微发着抖，暗道这种时候还能顾及女神的形象也是蛮拼的，便说道："想哭就哭，没人笑话你。"

纪诗桃握了一下手。

她也不知为什么，只听这一句就忍不住了，感觉鼻子越来越酸，便起身跑到床上，拉下床幔，抱膝蜷缩把头一埋，低低地哭了出来。

小院的护卫不多，根本敌不过大批精锐，眨眼间就溃败了。

纪楼主扔下他们赶来，进屋便见床幔拉着，里面隐隐传出女儿的哭声。他想到一个可能，眼前一黑，踉跄地跑过去停在床前，哑声道："阿桃？"

哭声一停，紧接着纪诗桃掀开床幔跑出来，扑了过去："爹！"

纪楼主见她衣服整齐，立刻缓过一口气，心情大起大落下差点当场晕倒。

此刻已是深夜，本不便赶路，但纪楼主担心又出别的事，还是决定连夜赶回缥缈楼。

在缥缈楼的众人都没睡踏实，听见动静就醒了，得知纪姑娘安然无恙地被救回来，齐齐爆出一声喝彩，激动不已。

虽然他们没跟去，但好歹帮着尿了一泡尿，也是参与了啊！

不过如此一看，谢公子果然会请鬼，不愧是世外高人的徒弟，真厉害！

厉害的谢公子这时刚刚回房，缥缈楼如今客房紧张，他理所当然地和乔九住了一屋，于是吩咐小书童为自己更衣，见对方全程配合，满意地掐了把九爷的脸，表扬道："乖，给你涨工钱。"

乔九似笑非笑地扫他一眼，撕下易容，简单洗漱一番，懒洋洋地往床上一躺："使唤我一天高兴了吧？你高兴完可就换我高兴了。"

屋子里燃着一盏灯，光线暖暖地照过来。

身边的人容貌昳丽，由于身体缩小了一圈，那副肆无忌惮的调调都显得十分可爱。

谢凉闻言挑眉："好啊，九爷想怎么高兴？"

乔九道："等这件事结束了回去，你让我使唤三天。"

哦，并不想干。

谢凉面无表情地上了床，翻身背对着他，闭眼睡了。

067.

他们昨晚回来时已是五更天，没睡多久，天就亮了。

谢凉用冷水洗了一把脸，精神抖擞地带着仍是书童打扮的九爷前往饭厅，见一路碰到的侠客对他既佩服又敬畏，心里很满意，感觉这次出门的效果已超预期。

纪楼主和几位纪公子早已过来，见他进门，纷纷迎过去，客气地把他请到上座。

这桌基本都是前辈，此外还有凤楚和赵炎二人，谢凉便没有推辞，笑着坐下了。

乔九身为书童不好跟着，何况叶帮主也在这张桌上，他嫌弃得不行，便走到方延他们那里，挨着方延坐了。

方延扭头看他，欲言又止，想告诉他这张椅子是留给沈君泽的。

乔九无辜回望，微微眯了一下眼。方延立刻一个字都不敢说了，只好可怜地看向另一边的秦二。然而秦二太迷糊，以为他是被九爷吓着了，同情地给他倒了一杯茶。

方延：“……”

我不要茶！我要沈老师！

他感觉整个人都阴郁了，好在沈君泽进门后来了他们这边，他这才得到一丝安慰。

沈正浩、叶姑娘和昨天的两位女侠也在，两位女侠对这件事好奇不已，见桌上有一个知情者，便问道：“你叫小荷是吗？”

乔九道：“嗯。”

女侠问：“谢公子真的招来鬼了？”

乔九道：“嗯？”

女侠道：“不然怎么能找到纪姑娘？”

乔九道：“哦……”

几人等了等，没等到下文，只好耐心地又问了一遍，见他不回答，猜测道：“不能说？”

这时饭菜恰好上桌，乔九拿来一个鸡蛋低头剥，在众人的注视下默默剥完一整个，弱弱地道：“不，我认生。”

秦二一口粥差点呛着，但叶姑娘在场，他连忙侧了一下头绷住了，接着若无其事地转回来继续吃饭，装作没听见。

女侠则笑得和气了些：“怕什么，我们又不会吃了你。”

乔九道：“难说。”

女侠：“……”

这找的是什么破书童！

沈君泽看了看木着脸的秦二和方延，又看了看书童，见他小口小口地吃鸡蛋，温和道：“小荷和谢公子是怎么认识的？”

乔九道：“有人卖我，他买了我。”

沈君泽笑道：“谢公子心善。”

乔九道：“主要是我长得可爱。”

两位女侠：“……”

你不是认生吗？怎么眨眼间就愿意说话了！

秦二这次没能绷住，克制地低头咳了声。不过没关系，因为方延的筷子“啪嗒”掉了，而叶姑娘那边似乎也微微呛了一下，根本没人注意他。

沈君泽的表情一点没变，甚至还笑着“嗯”了声。

他的神色舒缓，像冬季里一杯温热的茶，令人不由自主地放松下来，桌上那点微妙凝固的气氛都随着这声"嗯"消失了。

女侠定了定神，实在对招鬼的事好奇，见小书童很乐意聊起谢公子，便准备简单聊几句，等和小书童熟一些再问。不过她们刚认识谢公子不久，能聊的太少，只能翻出传闻："谢公子先前在少林的事你知道吗？"

乔九道："知道，都在说他和乔阁主的事。"

女侠尴尬，她其实没想问这个。

不过既已说到这里，她也就顺着往下说了："嗯，多亏了谢公子和乔阁主，否则后果不堪设想。"

乔九道："我也这么想。"

女侠见他肯附和，继续和他闲聊："你见过乔阁主吗？"

乔九道："没有，九爷那等神仙似的人物，岂是凡人能随意见的？"

秦二学乖了，呛完那一下便没有再喝粥，木着脸和方延一起夹咸菜条。

女侠压根没察觉到他们的神色不对，只觉得小书童一板一眼地回答问题，看着是蛮乖的，不由得道："以后若有机会见到乔阁主，记得乖一点，听说他脾气不好。"

"胡说，"乔九一脸天真无邪，"我家少爷说九爷的脾气可好可好了，要是在外面听见有人说九爷的坏话，一定要告诉九爷！"

女侠差点握不住筷子。

提一句醒而已，这就要摊上事了？

她紧张道："我……我也只是听说，当不得真。"

乔九道："哦。"

哦是什么意思，信没信？女侠见他又拿了一个鸡蛋默默剥壳，询问地望向方延和秦二，结果他们只顾着吃咸菜条，一眼都没往她身上瞅。她不敢再惹这个小书童，只好专心吃饭。

沈君泽若有所思地看了一眼书童，在他望过来之前收回了目光。

谢凉完全不清楚九爷祸害了一桌人，饭后便过来找他，带着他去议事厅。

乔九自然也不会对他说方才的事，照例紧紧地跟着他，整个人纯真又无害。

沈君泽望着他们，神色有些微妙。

方延正要问他是否也去议事，恰好瞅见他的眼神，顺着他的目光一望，问道："怎么了？"

"那是九爷吧？"沈君泽趁着众人离席，问了一句。

方延没有瞒他，说道："是啊。"

沈君泽暗道一声果然，对他点点头，越过他也去了议事厅。

纪诗桃虽然被救回来了，但事情并未结束。

纪楼主敢用人头担保他以前没做过什么伤天害理的事，所以青竹那句"天理昭昭，报应不爽"他真的担不起。

然而，青竹自昨天过后便已存死志，如何都不再开口。新抓的小姑娘是青竹的孪生姐妹，并且会武功，想来这几年她们曾互换过数次，不然不可能那么顺利地在不惊动盼兰的情况下凿开墙壁。

那小姑娘和昨晚抓的活口都是硬骨头，怎么打都不招供，这让他不禁想起前些日子听到的关于秋仁山庄和夺命帮的事，所以和他们一样，他的缥缈楼也被安插进了人。

纪楼主道："青竹说他们无父无母，只想讨个公道，难道真是七色天的余孽？不然少林一事上他们哪来的双合散？"他说着一顿，看向凤楚，"美人香哪里可得？"

凤楚道："红莲谷，施谷主。"

众人的神色都变了变。

谢凉也微微挑了一下眉。

黑道赫赫有名的两大门派，一个是碧魂宫，另一个便是红莲谷。两个门派虽然强大，但主人都十分神秘，甚少在江湖中露面，没想到这件事竟还扯上了红莲谷。

纪楼主皱眉："施谷主与七色天有关？"

"还不能确定这事一定就是七色天的余孽所为，"叶帮主道，"当年七色天被灭之时，帮主与副帮主均无儿女，帮众也都是些乌合之众，不成气候，哪来那么多寻仇的？"

纪楼主暗道也是，再次看了一眼凤楚。

凤楚了然道："施谷主的毒不会随意送人，我与他有过几面之缘，可以去问问他都曾给过谁。"

众人精神一振，觉得是个办法。

目前就只有这点可怜的线索，抓来的人不开口，他们猜来猜去也不知真假。最重要的是，秋仁山庄和缥缈楼都有内鬼，且年头都不短，搞不好他们家里也有，众人便结束商议，打算回家做一次大清洗。

叶帮主起身时看了谢凉一眼，走过去道："喝杯茶？"

谢凉一怔，没等回答，手腕便被握住了。

乔九上前半步，懒洋洋地拒绝道："有事，不喝。"

叶帮主："……"

周围几个要往外走的前辈齐齐扭头看过来："……"

他们见谢凉连着两天议事都带着一个小书童，原本是有些微词的，没想到竟是乔九！这是玩什么呢！

乔九不理会他们的反应，说完便拉着谢凉往外走，接着在迈出门的一刹那后挪半步，乖巧地往他身边一靠，又成了那个小书童。

众前辈："……"

什么玩意！

几位前辈觉得有点糟心，没敢看黑着脸的叶帮主，纷纷告辞，回家清人。

侠客们很快也在纪楼主那里得知这次的事兴许与少林之事是同一伙人所为，顿时义愤填膺，见没什么忙能帮的，也走了。

那伙人很大可能是冲着白道来的，几位前辈虽然走了，但每家都留了些年轻人，跟随凤楚一同前往红莲谷。进不到谷里没关系，起码能在路上帮着凤楼主跑跑腿，总不能让凤楼主一个人去。

这些都是小辈，有些是帮派弟子，有些则是世家子女，再加上谢凉、乔九和要跟着一起去的方延、梅怀东二人，足有十几个。

凤楚向来喜欢看热闹，便来者不拒，带着他们离开缥缈楼，穿过附近的城，赶在傍晚前回到了五凤楼，计划休息一晚，明早出发。

068.

由于有活干，转天人们醒得都很早。

乔九没再装童书，而是换回了原先的打扮，慢悠悠地进了饭厅。

知情的几人见怪不怪，其余不知情的可被惊得不行，有的还一下从椅子上站了起来，喊了声乔阁主。

乔九懒洋洋地回了一个"嗯"，走到谢凉的身边坐下，拿起一个鸡蛋递给他。

谢凉顿悟，好脾气地给他剥鸡蛋壳。

几人谨慎地坐好，没再随便说笑。

谢凉察觉到秦二一下下地往自己身上瞥，看向了他。

秦二干巴巴地和他对视两眼，低头喝粥，片刻后又往他身上瞥。谢凉耐着性子吃完一顿饭后，把人叫到一边："有事？"

秦二道："从这里去红莲谷，要走七八天。"

谢凉"嗯"了声，见他没有下文，略微一想，懂了："叶姑娘？"

秦二的脸红了些："你说有希望吗？"

谢凉没回答。

与纪诗桃那个装出来的女神范儿不同，叶姑娘是真的性子冷，感觉对什么事都没兴趣。

身为白虹神府的千金，她自小就没缺过东西，现在虽然孤身在外，但她能照顾好自己，也不会缺人照顾。

攻略这种女孩，起码身上得有一样东西能打动她。

秦二长得还行，可惜不够聪明，就只有热情这一个优点能试试了，但热情过头是会招人烦的。

秦二见他不吭声，顿时心凉："我没希望？"

谢凉道："不，我在想办法。"

秦二整个人都欢快了一分，连忙拍胸脯保证一定听话，哪怕让他当场对叶姑娘表明心意，他都不会喝了酒再去。

谢凉笑了一声，教育他："你记住，没有绝对的把握，表明心意是最不可取的。"

秦二道："为何？把自己的心意告诉她不好吗？"

"但你表明心意，就给了对方说'是'和'否'的权利，"谢凉道，"到时她直接给你一个'死刑'，你怎么办？所以你得让她不停地想，每次微微勾一下就收，让她好奇和怀疑。她想得越多，你的希望就越大。"

秦二茅塞顿开："那我应该怎么做？"

谢凉道："哦，这个对你没用。"因为他表现得太明显，叶姑娘应该能看出他喜欢她。

秦二愣了："那你说这些是？"

谢凉道："就是告诉你一下。"

好让你以后对新喜欢上的姑娘用……他在心里补充完，没往外说，虽然秦二的希望是不大，但万一真的成了呢？

他说道："你现在只能试另一条路子。"

秦二道："什么？"

谢凉道："忠犬。"

秦二眨眨眼："要……要去给她当手下？"

"不是，"谢凉笑道，"是对她好。"

秦二道："我一直对她很好的。"

谢凉道："不一样，人在喜欢的人面前都会刻意展现出最好的一面，你不要像之前那样装翩翩公子，你本来是什么样的，在她面前就是什么样。你想怎么对她好，就按照心里的想法去做，把一颗真心全掏出来给她看。"

秦二道："这能行？"

谢凉道："可以先试试，我看看效果……"说着扫见一旁的九爷，笑道，"要走了？"

乔九"嗯"了声，带着谢凉迈上马车，顺便瞥了他几眼："你这一套一套是跟谁学的？"

谢凉笑道："看得多了自然就学会了。"

乔九道："你的同门都这德行？"

谢凉道："不是。"

乔九不怎么信，但没有再问。

谢凉便也换了话题，开始问起施谷主的事，想知道人品是不是还行，不然那些门派为何如此放心让他们的人跟着。

乔九道："不算太好，但不是不讲理的人。"

谢凉道："厉害吗？"

乔九道："也还行，但没我厉害。"

谢凉恭维道："九爷霸气。"

乔九略微满意，多说了两句，施谷主向来喜欢美人，可惜眼神不好，看上的人有些长得好看，有些则非常难看，也不知他究竟看上人家哪里了。

谢凉倒没觉得奇怪，毕竟每个人的审美不同，施谷主显然是有自己的一套标准，他问道："他很擅长制毒？"

乔九道："算是。"

谢凉立刻在意了。

虽然那天乔九没有细说，但想也知道毒药不是那么好吃的，乔九以前肯定没少吃苦。

他想知道具体的情况，可又不知该如何问。这件事就像横在二人中间的一颗定时炸弹似的，不计时还好，一旦开始倒数，所有的一切都将化为乌有。

他想了想，终究没有问出口。

无论乔九和施谷主是偶然认识的，还是因乔九中毒一事才结识，抑或乔九曾吃过施谷主配的毒药，他暂时都不想知道。

乔九看他一眼："你呢？"

谢凉反应了一下才明白他的意思，说道："我不擅长制毒，我只是知道一个东西有毒没毒，具体能干什么而已。"

乔九很好奇："那除了鬼火，你还会做什么？"

谢凉道："炸弹。"

乔九扬眉。

谢凉道："可以一瞬间把五凤楼的某栋楼炸平的那种。"

乔九的神色有一点点变化："真的？"

谢凉道："真的。"

堆一圈土炸弹的话应该可以，TNT[1] 就算了，稳定性实在太差，稍微晃一下都能炸，一个不小心他就得"牺牲"了。

他见九爷看了他两眼没有吭声，便轮到他嘚瑟了："是不是忽然发现我特别厉害？"

乔九嗤笑："你想太多。"

一行人傍晚前抵达了一座大城。

这座城同样很热闹，他们找到一家不错的客栈，询问后发现房间够用，便决定住下。

秦二凑到叶姑娘的身边，见她对自己淡淡地点了一下头，下意识地想扬起一个和煦的微笑，这时突然想起谢凉说不能端着，要遵从本心，于是咧开嘴角给了她一个傻笑。

叶姑娘："……"

不远处的谢凉："……"

乔九懒洋洋地站在谢凉身边，把这一幕看进眼里，问道："你确定管用？"

谢凉叹气："先试试吧。"

他们走了一天都累了，没人出去逛街，吃过饭便各自休息了。

结果运气不好，夜里下起了雨，转天不仅没停，还夹杂了冰碴。

这样没办法赶路，只能继续住下。

南方的冬季阴冷潮湿，尤其外面还下着雨，众人便都在屋里没出去。

谢凉有心想窝在被窝里，又觉得不太霸气，便硬挺着练了一会儿字。乔九则坐在旁边处理公务，房间一时很静。外面的雨在他们不知道的时候渐渐停止，等乔九工作结束，只听院中突然响起了金鸣之声。他起身走到窗前，打开窗户看了出去。

客栈有个后院，种着一棵杏树，树下是一套供人休息的桌椅。此刻秦二和几位女侠就坐在那里，看着院中的叶姑娘和沈正浩切磋。

冷风灌进来，谢凉顿时从入定的状态里脱离。

他看了一眼九爷，扔下毛笔走过去："怎么了？"

乔九远离半步给他让了个位置："不写了？"

谢凉道："累了，歇会儿。"

说话间他也看见了院中的情况，想起以前见过叶姑娘在屋顶舞剑，当时只觉美得不行，问道："这是决意剑法吧？"

乔九道："嗯。"

谢凉道："厉害吗？"

1　TNT：又称三硝基甲苯，是一种比较安全的炸药，能耐受撞击和摩擦，但任何量突然受热都能引起爆炸。

　　乔九道："应该，可惜至今也没人练成过。"

　　谢凉道："叶帮主也没练成？"

　　"他练的不是决意剑法，"乔九道，"白虹神府的武功心法有三四套，正统往下传的那套不适合女孩子练，女孩子可以挑另外几套练，那些都是我先祖当年意外得到的武功秘籍，决意剑法就是其中之一，据说很难练。"

　　谢凉心想这倒是符合叶姑娘冷淡中带点要强的性格，说道："你练的那个失传的武功也是其中一套？"

　　乔九道："不是，但也是我先祖的东西。"

　　谢凉好奇了："你先祖会武功吗？"

　　乔九道："会，他当年是江湖第一。"

　　谢凉心理不平衡了："同样是通天谷出来的，他是怎么练到第一的？"

　　"他当年救了一位老者，那老者临死前将一身功力全给了他，"乔九道，"听我爷爷说他的运气一直很不错，经常能捡到常人捡不到的宝物和秘籍。"

　　谢凉："……"

　　他先前还想着前辈能做成的事，他应该也能做成，敢情人家走的是运气路线！

　　谢凉最讨厌他和别人拼实力的时候，别人和他拼运气，立刻不想聊这个话题了，正想换一个，突然想起一件事："在神雪峰上得到的那把钥匙你带了吗？"

　　乔九道："带了，怎么？"

　　谢凉道："闲着也是闲着，这件事之后咱们要不去找找那把玄铁的锁？"

　　乔九道："你又有兴趣了？"

　　谢凉笑道："你先祖的运气那么好，兴许留了件旷世宝物，你不想见见吗？"

　　乔九无所谓："想去就去吧。"

　　谢凉"嗯"了一声。

　　虽然知道药丸什么的放几百年肯定过期，但万一那里面的东西和毒药有关呢？万一他们能得到一点启发或是线索，恰好能解决乔九的问题呢？

　　他衰了这么久，万一否极泰来了呢？

　　此时已到傍晚，天依然阴沉，不知还会不会下雨。

　　等叶姑娘和沈正浩切磋完，刚好到了吃饭的点。谢凉跟着九爷来到大堂，入耳便是秦二的一句："你怎么来了？"

　　二人抬头，只见一位俊朗的华服公子站在大堂中，正是夏厚山庄的卫大公子。

　　卫公子淡然地扫了一眼秦二，不紧不慢道："我恰好在附近办事，听父亲说了缥缈楼的事，便想帮帮忙，真巧，刚问第一家客栈便找到了你们。"

秦二磨牙："不巧，客房满了。"

卫公子道："我可以去别家住。"

秦二更气，顿时不太想搭理他了。

正想过去吃饭，他突然心中一动，回头道："去别家干什么，要不和我将就一晚吧。"

卫公子自然不怕他，点头说了声"好"。

一顿饭吃得安安静静，饭后卫大公子率先离席，他是冒雨赶路的，要去洗个热水澡。秦二坐了一会儿，放下筷子也上去了。谢凉扫了一眼，不清楚他想干什么，犹豫一下也跟了上去。

他一走，乔九自然跟着。

凤楚希望有乐子可看，便紧随其后跟着他们。方延还要和沈君泽下棋，几乎同时起身，于是几个人前前后后都上了楼。

这个时候秦二和卫公子已经打了起来。

秦二用卫公子逛青楼那事讽刺了两句，想让对方自己走人，结果见卫公子一脸死不悔改的模样，就想打一顿。

要是放在以前，他应该会努力忍着，但自从和谢凉混久了，他觉得不能太要脸，既然心里想打人，他便不再端着，何况姓卫的苍蝇是真的招人烦，就该打一打。

他原本是想把人按在浴桶里打，但姓卫的也很不讲究，直接光着跳出来，和他交上了手。

卫公子心里窝火，见秦二边打边往门口挪，知道他想让自己丢脸，冷笑一声，看准时机一把扯下他的腰带，打算把他也扒了，要丢脸就一起丢。

秦二立刻不干了，急忙又往回挪，打斗间不小心被踹中，猛地跌在床上。

卫公子跃起按住他，没等揍人，只见一个东西从床顶掉落，正砸在秦二的头上，秦二顿时"嗷"了一声。

谢凉几人恰好上楼，闻声急忙跑过来，"砰"地推开门，然后僵住。

场面瞬间凝住。

谢凉在死寂下开口道："打扰了。"

秦二："……"

卫公子："……"

等等，不是你们想的那样！

谢凉知道他们可能是打起来了，但闹到这一步，估计他们接下来也打不了了。

　　于是说完那一句，他率先转身往外走。其余人也一语不发，跟着他出去，还体贴地为他们关上了门。

　　你们这儿的人真会玩。

——《敌敌畏日记·谢凉》

　　大开眼界，你们这儿的人真会玩。

——《敌敌畏日记·方延》

　　咦，这一天竟然有记录！
　　什么情况？是发生了啥，还是你们干了啥？
　　有没有人给我科普一下？不要停在这里啊，多说几个字呗！

——《敌敌畏日记·窦天烨》

第二章

你扛过雷劫吗？

069.

谢凉所料不错，他们走后，秦二和卫公子便没有再打。

幸亏只是被他们几个瞧见了，若是叶姑娘也在场，那两个人指不定又会闹出什么事。

卫公子是见到有东西掉下来，下意识地拿起来查看。此刻他用两根手指捏着，拎到秦二的眼前："你的？"

秦二捂着被砸疼的额头，怒道："滚一边去，没看见是从床顶上掉下来的吗？肯定是别人忘在这里的！"

会不会是陷阱？也不知道有毒没毒……二人几乎同时闪过这一念头，赶紧把东西扔掉，一个洗手一个洗脸。

经这一闹，卫公子便不想和秦二这人待在一个房间了，连澡都没洗，穿上衣服去了别处。

秦二也不愿意和他待着，反正打也打了，便冷眼目送这只苍蝇离开，跑去找谢凉，想问问如何把人弄走，结果得知以前的办法不能总用，要路上再想主意，只好暂时忍了。

乔九望着秦二出去，扫向谢凉："蠢得要死，你觉得他有戏？"

谢凉笑道："不知道，兴许傻人有傻福。"他忽然想起一个问题，"白虹神府的千金不是很多吗？怎么这几次就只有一个叶姑娘跟着叶帮主？其他的呢？"

"年纪小，她下面的那个好像才十四，"乔九道，"有个恶毒的主母，小妾的日子不好过。"

谢凉道："那叶姑娘的生母是？"

乔九道："一个侧室。"

谢凉见他的兴致不高，便不再聊白虹神府，换了别的话题，不知不觉就到了深夜。

夜里果然又下了雨，早晨也没停，他们只能继续住下去。饭后谢凉照例跟着乔九回房，觉得九爷的兴致依然不高，便没话找话："我给你讲个故事？"

乔九看他一眼："有窦天烨讲得好？"

谢凉道："没有。"

乔九哼出一个音，片刻后勉为其难道："讲吧。"

谢凉笑了笑，说道："从前有座山，山上有座庙，庙里有个老和尚和一个小和尚，有一天老和尚给小和尚讲故事，讲的是从前有条河，河边有座庵，庵里有个老尼姑和一个小尼姑，有一天老尼姑给小尼姑讲故事，讲的是从前有座山，山上有座庙，庙里有个老和尚和一个小和尚……"

乔九沉默地盯着他看了半天，见他没完没了，把桌上的书扔了过去，语气恶劣地道："给我抄十遍。"

谢凉笑着接住书，不再逗他，识时务地换了故事。

乔九默默听着，从"卖打火石的小女孩"到"村长的女儿白雪被继母迫害"再到"一百零八好汉被村长逼上梁山"，终于忍不住道："你前一个故事里的村长和这个好像不太一样。"

谢凉道："不是一个村子的。"

乔九点头，又听了一堆乱七八糟的故事，唯一的感想是他们那里挺乱的，几个小村子竟也能折腾出这么多的事。他制止了谢凉讲的什么"村长家的公子拿着只绣花鞋到处找媳妇，有些姑娘为了能穿进去还把脚剁了一半"等如此丧心病狂的事，说道："我一直没问，你们为何会出来？"

谢凉静了一下，说道："我们那里通往这边的路有一个阵法，我们当时是不小心掉进阵里，误打误撞过来的。"

乔九顿时一怔："那你想回去吗？"

想吗？当然是想的，然而他们根本回不去。谢凉笑道："你要是肯跟我回去，我就想回。"

乔九道："嗯，我帮你想办法。"

谢凉道："不太可能，你那位先祖八成也是不小心掉进来的。你看他运气那么好，不也没能回去吗？"

乔九道："办法都是人想的。"

谢凉怕他太上心，思考几秒，干脆给他讲了讲窦天烨他们的事。

乔九隐约懂了谢凉的意思，但无法想象谢凉这样的人竟然也会产生了断的想法。他忍了忍，还是没能忍住："你也是？"

谢凉幽幽叹气："别问，我不想说。"

乔九盯着他看了几眼，给他倒了杯热茶。

谢凉估摸这是在安慰自己，正想装阴郁蹭鼻子上脸，便听见九爷说要如厕，于是端着茶杯喝茶等他，接着反应了一会儿才意识到某件事，赶紧跑去找方延，可惜还是晚了，九爷已经从方延的嘴里问出来了。

他见乔九的表情有点一言难尽，说道："你想笑就笑吧。"

乔九立刻笑出声，见谢凉瞥他，理直气壮道："看什么，是你让我笑的。"

谢凉不和他计较，点点头，两人一起回屋了。

冬雨一连下了三天都没停，几人在客栈闷得不行，便打算出去转转。谢凉也觉得要发霉，要是在现代，他们窝在屋里好歹能刷个剧、打个游戏，在这里简直是干熬，而且这两天九爷的心情时好时坏，兴许就是在屋里憋久了的缘故。

一行人打伞出了客栈，在凤楚的带领下进了城里最大的酒楼，准备尝尝这边的特色菜。

此时正是饭点，因为下雨，客人不是很多。

他们要了一个雅间，跟着小二上楼，还没等迈上二楼的大堂，只听有人扯着嗓子道："这还有假？谢公子真的会招鬼！他还做了一个炼丹炉，把普通人的尿炼成童子尿，再用童子尿炼法器，顺利把鬼给招了出来！"

几人一愣，抬头望去，见一个大汉正与靠窗而坐的一位老者说话。

那老者一头白发，精神矍铄，身上穿着件绣着仙鹤的长袍，桌上放着把拂尘，看着像是道士。

这座大城离缥缈楼不远，前几天的事已经传了过来。

大汉继续道："谢公子你知道吗？那可是从小被世外高人看中，在仙岛上修行过的人！教他的高人肯定是个仙人，能腾云驾雾的那种！"

谢凉："……"

其余众人："……"

老者缓缓地道："哦，那在哪儿能找到这位谢公子？"

"谢公子哪是随意能见的？我才有幸见过一面而已，"大汉骄傲地说道，"不过呢，我知道他正和凤楼主在一起，你去五凤楼问一问，若是运气好或许能……"

众人一边听一边迈上了最后一级台阶。

大汉说话间发现有一群人上来，扭头扫了一眼，猛地一顿："凤楼主？"

凤楚笑眯眯地点点头，看向倏地望着自己的老者。

老者道："敢问凤楼主，可知谢公子在哪儿？"

凤楚不答反问："敢问前辈可是归元道长？"

老者道："正是。"

凤楚静了一静，问道："那不知前辈找谢公子有何事？"

老者正要回答，突然扫见人群里有一位公子是短发，便看向脸色煞白的大汉，问道："那位可是谢公子？"

那大汉自从听完他的名号就哆嗦上了，闻言看了人群一眼，见九爷正眯眼盯着自己，半个字都不敢说。

老者等了等，没有再问，起身走向人群，看着谢凉道："你就是谢公子？"

谢凉早已发现凤楚问完人家的名号后，周围的人便有些紧张，同时他的手腕也被乔九一把握住。他估摸这位老者可能有些难对付，但又不好不承认，便道："正是在下。"

老者目露精光："不知谢公子有没有空，老夫想和你探讨一下炼丹之术。"

谢凉听愣了，试探道："前辈是修仙之人？"

老者肃然道："不错。"

谢凉顿时也跟着肃然，乱七八糟的丹药都敢吃，这老头是条汉子啊！

070.

炼丹是怎么回事，谢凉是知道的。

这在古代化学思想史上有着重要的地位和意义，所谓的丹砂就是硫化汞，丹砂化汞，再用其他金石药物和水银按一定配方混合烧炼，并且反复地炼，就是所谓的"九转还丹"。

说白了那里面全是重金属，归元道长活到这个岁数竟还没嗑出大问题也是蛮神奇的，兴许武侠世界里的内力能延缓毒性侵体？

不过探讨是不可能探讨的，单看众人的反应，谢凉就能猜出这老头大概不是什么好人，真被缠上，以后没完没了怎么办？

于是他耐心地解释了一下，表示他不会招鬼，先前在缥缈楼是用计诈人家的。

至于世外小岛，那就是个普通的岛，他师父也只是个普通人而已，根本不是外界传的这般神话。

归元道长的脸上都是皱纹，把眼睛压成了三角。

他眼底的精光迅速消散，又成了方才仙风道骨的模样，看着谢凉缓缓道："所以你和你师父都不是修仙之人？"

谢凉道："回前辈，不是。"

归元道长道："不是我仙派之人，却打着我派的旗号招摇撞骗，该杀。"

谢凉："……"

方延："……"

什么情况，他是为了救人行吗！

然而此刻的局势没有给他丝毫解释的时间，归元道长话音一落便到了谢凉的身前，抬手拍向他的天灵盖。与此同时，凤楚轻功倒退回撤，乔九把谢凉往后一拉，和凤楚一起对上归元。

他们的速度太快，秦二等人感觉只是眨了一下眼，归元道长便进了他们的队伍里。

下一刻，归元、凤楚、乔九三人掌风相接，刹那间激起的冲击波将周围一圈人全震了开。

谢凉被乔九帮着挡了一部分余波，但饶是这样他也连退了三四步。

抬头再看，那三人已战作一团，身法快得令人目不暇接。

秦二几人被冲得有些狠，有的直接顺着楼梯滚了下去。他们狼狈地退到一旁，凝重而忌惮地看着那个三人。方延也吓得不行，跑过来抓住谢凉的衣袖："你没事吧？"

谢凉摇头，紧紧盯着战局。

二楼地方有限，这么一会儿工夫，桌椅已全部遭殃。

仅有的几桌客人纷纷抱头逃窜，先前那位大汉更绝，直接开窗跳楼了，生怕留在这里会被弄死似的。谢凉见归元道长不仅一步不退，一边打还一边想来杀他，那拂尘轻轻一扫，地上碎裂的碗盘全成了武器。

不行，得换个地方。

这念头刚一闪过，他的手腕便被人一把握住了。

沈君泽低声道："走。"

二人说走就走，转身下楼。

归元道长见状便闪到窗前，一跃而下去门口堵他。乔九和凤楚紧随其后，快速拦住他，再次和他对上。

沈君泽与谢凉停在一楼大堂，没有往外走，他们为的便是把归元道长引到街上。

外面下着雨，小商户都没出来摆摊，街道空空如也，刚好让他们放开手脚打。

秦二等人也追了过来，紧张地盯着战局。

谢凉顾不上询问归元道长的底细，而是问道："他们打得过吗？"

沈君泽道："说不好，归元道长功力深厚，在江湖中难逢敌手，乔阁主和凤楼主虽是武学奇才，但到底年轻。"

谢凉懂了，这老东西应该是东邪西毒南帝北丐那一档的，年轻人对上他讨不了什么好。

他说道："他不是好人吧？"

沈君泽道："他为了修仙，向来不择手段。"

谢凉心想：这就怨不得我了。

他清清嗓子往前走了几步，诚恳地道："没想到前辈对修仙一派如此看重，晚辈回中原时，师父曾有言不得将岛上之事告知他人，所以晚辈方才没说实话，师父说修仙之人在于修心，恕晚辈直言，前辈的戾气太重。"

他优哉地道："再来说说炼丹，我看过，中原的丹砂与岛上的一样，想来其他东西也差不多，不同的是你们讲究五行、阴阳和命数，这其实不对。一颗丹药能不能成，要讲究金石药材的放置顺序，顺序不对自然成不了，就拿最简单的九转还丹来说，像雄黄、明矾石、云母……哦，我忘了师父不让说，对不住，你就当我没说过吧。"

归元道长："……"

其余众人："……"

归元道长听他说炼丹的时候便想停下，奈何面前二人不依不饶。

此刻听谢凉提起九转还丹，见那几味药确实都是炼丹用的，这年轻人显然是真懂行，便更想停下了，低喝道："够了，停手！"

这次轮到乔九一步不退了。

谢凉不修仙，这老头就要杀他，如今知道谢凉懂行，怕是更不会放过他，所以必须不留后患。

凤楚知道乔九的性子，也跟着步步紧逼。

归元道长脸色一沉，正想拼着下死手，只听那边的人继续优哉地道："前辈您可小心点，他们身上都有晚辈写的符箓，打伤他们可是要减寿的，寻常人减一点倒是无所谓，但前辈您……"

对修仙的人而言，没什么比减寿更痛苦了。

归元道长的脸色更加难看，喝道："休要胡言！"

谢凉道："晚辈没胡说，前辈好像还没进炼气层吧？"

归元道长道："何为炼气？"

"炼气都不知道？那您修的什么仙？"谢凉道，"修仙呢，入门就是炼气层，之后是筑基，人一旦筑基便可辟谷，而且筑基这一层就是人们常说的长生不老，但长生只是相对凡人而言的长生，还得继续炼。筑基之后是金丹期，结成金丹才是踏入高阶修士的第一步，之后还有元婴、化神，等等，前辈这个岁数连炼气都还没进，且心性不行，难成大道啊。"

归元道长第一次听到如此具体的阶段划分，心神已分出了一成，这时听到最后一句，不由得一滞。

高手过招，一个小疏忽便是生死之分。

乔九看准时机，立刻给了他一掌。

归元道长顿时嘴角溢血，跌出数米。

他脚尖点地，迅速稳住身体，感觉胸膛内力翻涌，见这二人又冲了过来，一副不死不休的模样，最后看了一眼谢凉，转身就走。

乔九和凤楚追了一会儿，很快就失去了他的踪影。

他们担心归元要折回去抓谢凉，只能返回客栈。

谢凉迎过去："没事吧？"

乔九道："没事。"

谢凉刚想点头，突然扫见乔九的胳膊正流血，连忙凑近查看。

乔九不在意地道："皮肉伤。"

谢凉估摸是被那老东西用碎瓷片划的，找天鹤阁的人要了药，把乔九拉进门给他上药，说道："早知道我应该先应付两句。"

乔九道："你真和他探讨，他今天肯定要拉着你去炼丹，结果都一样。"

几人边说边走，回到大堂找地方坐下了。

江湖高手名不虚传，乔九和凤楚方才拼尽全力，内力都有些不稳。凤楚坐下开始调息，乔九则一边说着皮肉伤不要紧，一边盯着谢凉给他上好药、打了结，这才开始调息。

酒楼的人都躲得远远的。

过了半天，小二才哆哆嗦嗦地凑到看上去好说话的沈君泽面前，委婉地表示他们把酒楼砸了，这让人很为难。

沈君泽温和地道："抱歉，我们会赔钱。"

小二任务完成，赶紧跑去向掌柜复命。

凤楚今天本来是带他们来吃饭的，觉得不能被归元道长败了兴致，调息完便告诉小二带他们去雅间。

小二自然不敢违背，恭敬地把他们请上了楼。

房门一关，谢凉终于能问问归元道长的情况了。

"他修仙几年了？"他问道，"平时吃丹药吗？"

凤楚道："自然吃，他修了大概十年了。"

谢凉稀奇不已，心想是他吃的不是重金属，还是另有灵丹妙药续命？

凤楚详细介绍了一下这位归元道长。

据说他很早以前就对成仙心生向往，最初先是习武强身，等练到一定地步觉得自己真气足了就开始炼丹，并且为求长生不择手段，什么下作的事他都干过，祸害了不少人，是江湖上赫赫有名的魔头。

白道曾联手围剿过他，结果被他逃了。他沉迷修仙，最近几年大部分时间都在深山里待着，一待便是数月，偶尔会下山做些采买、寻点灵药，顺便祸害一次人，然后又会消失个一年半载。

所以江湖侠客都听过他的名号，却很少有人真正见过他。白道也拿他无可奈何，因为每次听说他的消息，再赶过去时便已晚了，只好祈祷他尽早把自己作死。

"他这次肯定又是想找什么东西，便到了这里，"凤楚看着谢凉，"他听完你那番话，绝不会放过你，这一回怕是没那么容易回山上了。"

谢凉叹气："嗯，我知道了。"

这运气差得简直不行，哪怕到别的世界，身边的奇葩和妖孽也从不断货，他都习惯了。

众人也知道了他们这一路将会被魔头盯上，一顿饭吃得心事重重。

饭后他们没去闲逛，集体回到了客栈。可能与乔九把归元道长打伤了有关，直到天黑，客栈都没什么动静。

而傍晚时天终于放晴，他们转天可以继续赶路了。几人便各自回房，早早休息。

谢凉为乔九换好药，道了声"晚安"，见乔九盯着他，思考了一下交代道："我们那边不修仙，白天的话是骗他的。"

乔九"嗯"了声。

谢凉道："睡吧。"

房间暗下来，二人很快睡了。

半夜时分，乔九倏地睁开眼，听见屋顶传来极轻的脚步声，目光一凝，从床上坐了起来。

071.

头顶的脚步声由远及近，越近越听得清楚。

乔九无声下床，向窗边走了两步，仔细一听，感觉不太像归元那个老头。凭归元的功力，不至于被他打一掌，脚步声就重到这个地步。

这来的是个高手，但也只是高手而已。

他刚做完判断，便听见脚步声在头顶停住，然后上面的人迟疑地往前走了走，在即将离开他们这间客房时又一次停住。

下一刻，乔九听到了一声鸟叫。

数息后，隔壁的窗户打开了——那是凤楚的房间，看来屋顶上的人是来找凤楚的。

乔九暗骂一声半夜三更不睡觉有毛病，打算回去继续睡，却听见屋顶传来了凤楚的惊讶声，虽然及时压低了，但依然逃不过他的耳朵。

这可真稀奇，凤楚向来玩世不恭，喜欢到处看乐子，能让他差点没绷住的事必定不小。

乔九待不住了，穿好衣服也上了屋顶。

隔壁的屋顶，一个黑衣人正与凤楚站在一起，见有人上来顿时警惕。

凤楚摆手示意没事，望着他走远才看向乔九，问道："你很闲？"

乔九笑得亲切："关心你，过来看看。"

凤楚道："却让我家阿凉一个人待着？"

乔九是为了看乐子的，不想岔开话题，再次问："怎么了？"

凤楚叹气："你那个同门向我爹提亲了。"

乔九不痛快，那位同门是他那些师兄师姐里脑子最不好使的一个，没想到这些年不仅没蠢死，竟还要成婚了！

他的兴致没那么高了，懒洋洋地道："哦，你爹同意了？"

凤楚道："没有。"

乔九很意外："为何？他辛辛苦苦爬到那个位置不就是为了娶你姐吗？"

凤楚的表情有些微妙："他想娶我妹。"

乔九扬眉："你还有个妹……"

说着一顿，他猛地反应过来，差点控制不住笑出声。

凤楚很无奈："就是这个事，行了睡吧。"

乔九觉得这趟没白来，满意地转身回去。

几乎同一时间，二人看到一个黑影自客栈的墙根处"嗖"地跃上来，停在了屋顶尽头。他一手掐指，一只手上的东西被夜风吹得微微扬起，像是拂尘。

乔九："……"

凤楚："……"

归元道长："……"

空气凝固了一瞬，紧接着乔九和凤楚齐齐向他冲去。

归元道长是想掐指算个吉时再动手，结果没想到这二人竟能晚上不睡觉在屋顶守着。

他姿势都没摆完就对上了他们，紧接着余光一扫，见数道黑影也上了屋顶。

这些都是天鹤阁的精锐，方才那个人上来时他们都看见了，只是不清楚他要干什么，便一直盯着，后来发现是来找凤楼主的，就安心待着了。如今见自家九爷和人打起来，他们当然也跟了上来。不过他们自知不是归元的对手，都没去添乱，而是尽责地守好谢凉的客房。

归元道长两耳不闻窗外事，一心只炼长生丹。

他在深山里待了大半年，压根不知道乔九和谢凉的关系好，此刻一边应付乔九和凤楚，一边快速地看了一眼那边的情况，心里做了判断：能让凡人这般尊敬看重，果然是个修仙者。

从白天的情况看，这修仙者不会武功，大概是只顾着修道炼丹了。

他低声说道："把人给我，我今天留你们一命。"

乔九嗤笑："不用，你今天把命留下吧。"

归元道长近几年都没怎么留意江湖上的事，乔九和凤楚的名字他只在路过茶棚时听过一两句，却没想到他们年纪轻轻竟如此厉害。他伤势未愈，又顾虑他们真有符箓，一时落了下风，只好再次撤退。

乔九没能成功把人弄死，有些不爽。但他也知道归元厉害，倒没有太着急，和凤楚聊了几句便回房了，先是用内力把身子弄热，这才上床。

谢凉处在半梦半醒间，听见窗户的"吱呀"声便清醒了几分，声音含糊道："怎么了？"

乔九道："没事，睡你的。"

谢凉迷糊地应了声，很快又睡着了。

转过天终于能赶路了，谢凉吃完饭跟着他们出发，坐在马车里打量自家九爷，问道："有好事？"

乔九道："没有。"

谢凉翻出昨晚模糊的记忆："你夜里是不是出去过？"

乔九道："嗯，有人找凤楚。"

谢凉点点头，见九爷嘴角的笑意加深，问道："真没事？"

乔九忍了忍，终于忍不住和他分享了新消息："记不记得我以前跟你说过我知道凤楚的一个秘密？"

谢凉道："你现在想说了？"

乔九道："我可以说。"

谢凉了然："条件。"

乔九道："先欠着，等我想好了再算。"

谢凉十分配合："好。"

乔九便对他提起黑道上的另一大势力碧魂宫，那碧魂宫的宫主姓楚。

谢凉一听就懂，询问凤楚和碧魂宫的关系，结果得知凤楚竟是碧魂宫的少宫主，顿时诡异，因为他听过碧魂宫的传闻，据说宫主只有一个女儿来着。

他问道："他和家里的关系也不好？"

乔九道："不，挺好的。"

谢凉道："那……"

乔九轻笑了一声："他小时候生过一场大病，差点没活过来。他爹找大师算卦，说他命重易折，得自小着女装，当女儿养到二十五岁才行。"

谢凉心想封建迷信有时候也蛮有意思的，笑道："传说中宫主的女儿就是他？"

乔九道："那是他姐姐，他自懂事后就不乐意在宫里待着了，更没以碧魂宫二小姐的身份混过江湖，所以人们都以为碧魂宫的宫主只有一个女儿。"

谢凉道："那昨天出了什么事，你这么高兴？"

乔九的笑意遮都遮不住："我有一个同门当年下山后进了碧魂宫，对他们宫主的千金一见钟情，拼命爬上左护法的位置，前不久向他们宫主提了亲。"

谢凉看着九爷这幸灾乐祸的模样，立刻猜到真相："他的提亲对象是……"

乔九笑得不行："对。"

谢凉暗道九爷可真是不待见那群疯子，哭笑不得："竟有这样的事？"

乔九道："你过几天就明白了。"

所谓的过几天是指抵达红莲谷的那天。

这一路归元道长不知是没找到机会还是想到了别的法子，一直没再出现过，众人便顺利到了红莲谷附近的大城。

红莲谷是黑道大派，与白道井水不犯河水。凤楚以"担心施谷主不高兴"为由，没带这么多人过去，只带了乔九、谢凉，以及有可能被归元掳走来要挟谢凉的方延。

四人坐上马车直奔红莲谷。

凤楚在半路下了一次车，再回来时，瞬间惊呆了谢凉和方延。

只见他头戴金钗，身着绿裙，外面罩着件大红的斗篷，此外脸上盖着厚厚的胭脂，漆黑的两条眉毛几乎连在一起，唇上的口脂红得滴血，仿佛刚吃过人。

面对同伴无声的注视，他捏起手绢捂嘴，发出一阵银铃的笑声："别总瞅着人家嘛，怪不好意思的。"

谢凉："……"

方延："……"

你顶着这张脸见人，还会不好意思？

红莲谷的施谷主是凤楚的小舅舅，那位大师说凤楚二十五岁前在亲人面前都得是姑娘的打扮,谢凉和方延虽然提前被科普过,但也没想到凤楚的女装竟能如此惊艳。

谢凉看了他好几眼,第一个问题是:"火火知道吗?"

凤楚恢复本音:"他不知道。"

谢凉道:"……你还是用女音说话吧。"

凤楚再次捂嘴一笑:"哎呀,讨厌!"

谢凉毕竟见过太多奇葩,两句话说完就淡定了。

方延则有些幻灭,感觉以后都不能直视好厉害的凤楼主了,但紧接着他想到赵炎对凤楚素来信任依赖,便觉得好过了一些。

马车在凤楚魔性的笑声里驶进了红莲谷。

施谷主早已收到消息,亲自迎了出来,笑声爽朗而愉悦:"我的小凤凰来了?"

"小凤凰"一词让方延瞬间打了一个寒战。

谢凉依然很淡定,起身下了马车,见凤楚捏着手绢、迈着小内八跑向施谷主,而施谷主一点意外的表示都没有,便知道凤楚平时在家人面前都是这个模样。

他也终于明白乔九先前为何能笑成那个德行了,所以那个同门到底是什么眼神,这模样的也能看上?

施谷主暂时没理会别人,笑着打量凤楚:"我家小凤凰越来越漂亮了!"

凤楚顿时羞涩,扭捏地跺了一下脚,脸上的胭脂由于涂得太厚,"吧嗒"掉了一小块。施谷主心疼得不行,连忙掏出准备好的胭脂递给了他。

谢凉:"……"

方延:"……"

谢凉保持微笑,站着不动。

乔九看了他两眼,压着声音道:"别以为他是因为凤楚是他外甥才这样的,他是真觉得凤楚好看。"

谢凉:"……"

这施谷主的眼神果然有问题。

072.

红莲谷外没种红莲,种的是山茶。

这时节正是山茶的花期,整个山谷如同艳丽而奢华的裙摆,迤逦地铺展着。

往前走,入目先是一栋栋精致的小楼,然后才是正殿。谷内的仆人都是施谷主亲自挑的，如乔九说的一样，有些好看，有些长得却还不如女装的凤楚，审美简直成谜。

施谷主只比凤楚大十岁，看着很年轻。

都说外甥似舅，凤楚长相上乘，施谷主自然也不差。他带着他们迈进正殿，坐下后先是扫了一眼乔九，然后又看了看谢凉和方延，收回打量的目光，兴致缺缺。

那模样明显是在说：长得真不好看。

第一次，方延和谢凉被挑剔样貌的时候，想诚心实意地和对方说一声"谢谢"。

凤楚知道自家舅舅的脾气，捂着嘴笑出一串银铃，问起了美人香的事。

施谷主道："给过董一天。"

谢凉几人沉默。

董一天，夺命帮副帮主，目前是失踪的状态。

剩下的基本不用问了，找不到董一天，什么都白搭。

凤楚无奈："他怎么知道你有美人香？"

施谷主道："我和他说起过这事，那天和他打赌输了，他找我要了一包。"他拿过热茶塞给外甥让他捂手，继续道，"少林的事我也听说了，他不是跑了吗？怎么，他最近用美人香了？给谁用的？"

凤楚便将前不久发生的事说了一遍。

施谷主不太高兴，觉得拿他的药弄个和纪诗桃八九分像的人简直暴殄天物，纪诗桃算什么天下第一美人，长得那么难看。

凤楚笑得像一朵随风摇曳的食人花："嗯，她哪有我好看。"

施谷主道："可不是！"

舅甥二人许久未见，有很多话要聊。乔九便带着谢凉他们出了正殿，轻车熟路地在谷里赏景。施谷主选人的审美让人不敢恭维，好在对景色的要求和常人一样，不然他们都无法想象红莲谷会变成什么样。

不过，谢凉此刻没什么心情赏景。

他轻轻叹了一口气，其实这一路除了倒霉地遇见归元道长，其余都很顺利的时候，他便隐约有一种要做无用功的预感，结果还真是这样。这一趟唯一的收获，大概便是能彻底确定缥缈楼的事是那伙人所为。

可是他不太懂幕后主使的想法。

那伙人第一次出手，是想挑拨四庄内斗。第二次出手是想困住江湖的泰山北斗，顺便宰一宰。这干的全是大事，结果到第三次就成了绑架纪诗桃。

纪楼主是个很理智的人，能判断出纪诗桃不会因他自杀，哪怕纪诗桃真的死了，纪楼主也不太会为此与他和乔九翻脸，那他们绑纪诗桃有什么用？

对了，还有之前派人杀窦天烨的操作，他们既然想火烧少林，其实是没必要特意杀窦天烨的，所以他们为什么要走那步棋？

另外，被抓的人都对主人有极高的忠诚度，这也令人十分在意。还有青竹口中的报仇、父母双亡等，都像一团雾似的。

谢凉道："江湖上有没有那种没多少人知道的秘密或传闻？"

乔九道："有，想听哪家的？"

谢凉正想问问缥缈楼，一直跟着他们的方延这时忍不住了。

"就说说凤楼主吧，"他问道，"他会变成这样是人性的扭曲还是道德的沦丧？"

乔九笑出声："他一个大男人被强迫扮成姑娘，当然不乐意，和家里闹过几次发现都没用，他就这样了。"

谢凉和方延于是懂了，这明显是"我不好过，你们也别想舒坦"啊！

方延道："那他家人什么反应？"

"他家里除了这个小舅舅觉得好看，其他人都受惊不轻，"乔九笑道，"据说当年还专门请大夫给他看过病。"

谢凉和方延不约而同地在心里想：那就好。

他们差点以为堂堂两大黑道势力的眼神都有毛病。

乔九继续道："那时他才十几岁，有点少爷脾气，后来闹过几次就不闹了，但再后来建立了五凤楼，为防止身份暴露，所以每次回家都会涂上胭脂。"

他说着想到那个被坑的同门，顿时扬起一抹灿烂的微笑，还愉悦地笑了好几声。

方延不明所以，只当凤楚的女装戳到了九爷的笑点。谢凉却知道九爷又是在幸灾乐祸，无奈地笑了笑，问起了缥缈楼。

乔九道："他家没什么可说的。"

谢凉想了想："那江湖中有没有哪家曾被白道灭过门？"

乔九道："祸害太多人的邪派一般都会被清理。"

谢凉知道他说的是像七色天那样的帮派，这一点前辈们在缥缈楼商议时便讲过一遍，那些邪派大都是乌合之众，掀不起什么浪花，应该没这么大的血海深仇才对。

他问道："其中有没有被冤枉的？"

乔九道："这可说不好。"

谢凉无奈，感觉线索又断了。

希望那些前辈回家清扫时抓的人有那么一两个意志不坚定的，好歹能问点东西出来……他突然心中一动："天鹤阁会有内鬼吗？"

乔九道："八成。"

秦二那名随从在秋仁山庄一待就是八年，他的天鹤阁被世人知晓至今也不过五年，单是他和白虹神府的那点关系，对方就不可能不往他那儿塞人。

谢凉摸摸下巴："我有个好主意。"

总不能一味地等着那伙人搞事，他们完全可以主动出击。

乔九挑眉："你是说？"

谢凉笑道："我就是这个意思。"

乔九道："嗯，可以。"

方延跟着他们进了被山茶包围的凉亭，目光在他们中间转了一圈，问道："啥意思？"

谢凉笑得神秘："你以后就知道了。"

方延还想再问，见九爷一眼扫过来，一副看蠢货的样子，顿时被扎了心。

"我去赏花！"他飞快地跑出了凉亭。

073.

谢凉几人这次只为问问美人香的事，问完便没有留下的必要了。

施谷主已经习惯外甥过来吃一顿饭、玩一会儿就走的性子，并没强行挽留，饭后将他送出门，嘱咐他一定照顾好自己，逢年过节记得回家等。

凤楚捏着手绢哽咽："我会的。"

施谷主道："给你的胭脂是我特意差人做的，要是用得好，我让他们多做几盒。"

凤楚继续哽咽："嗯，舅舅对我真好。"

"那是，家里就我最疼你，"施谷主一时感触，说道，"要不你多住几天？"

凤楚用手绢轻轻按了一下眼角，幽幽地道："不了，人在江湖，身不由己。"

"没事，舅舅以后若找不到喜欢的人，成不了婚，这红莲谷就给你，"施谷主霸气地道，"谁敢再让你身不由己，你让他人头分家。"

"哎呀那多血腥，"凤楚捂着嘴咯咯咯地笑了一阵，把手一放，说道，"好。"

谢凉："……"

方延："……"

狼狈为奸的舅甥二人告别了半天，凤楚三步一回头地迈上马车，然后扒着车窗含泪挥舞手绢，等彻底望不见自家舅舅的影子才意犹未尽地缩回来，灿烂一笑："好了，走吧。"

他笑得幅度太大，胭脂顿时又掉了两块。

谢凉："……"

方延："……"

真是够了！

一直到凤楚换回男装，谢凉和方延都没能把他刚刚的德行从脑袋里晃出去，总觉得随时能听到一串魔性的笑声。

从红莲谷到城里要小半天的车程。

刚行至半路，暗处的天鹤阁精锐突然跃上马车，低声道："九爷。"

乔九道："说。"

精锐道："城里的人送来消息，说归元那老头找上他们了。"

谢凉几人都是一顿。

乔九道："情况如何？"

精锐道："不太好。"

归元道长满脑子装的都是长生不老，凡人在他眼里与蝼蚁无异。这次被乔九和凤楚连续阻拦，他终于吝啬地分出一点点精力，找人问了问那两个人的事，这便找上门了。

城内留有一部分天鹤阁的精锐，但这点人挡不住归元道长。

他们暂时没动手，而是护在秦二他们身前，忌惮地望着这老头一步步走进来，说道："我们九爷不在。"

归元道长充耳不闻，环视一周，缓缓地道："谁是叶凌秋？"

叶姑娘微微一僵。

秦二神色顿变，警惕道："你想干什么？"

归元道长道："我听说她是那个乔九的妹妹，你们把人交出来。"

众人先是一愣，继而纷纷回过味来，想起九爷和叶姑娘确实是兄妹。

都怪九爷太强势，和白虹神府断得也太彻底，搞得他们几乎都快忘了这一茬。

他们估摸着归元道长或许是知道了九爷与谢凉的关系，这显然是想用叶姑娘和九爷换人。

可归元道长不清楚，他们却是清楚的，他就是把人家亲爹掳走，九爷都不会眨一下眼，更别提不是一个娘生的叶姑娘了。

"前辈可能有些误会，"沈君泽上前半步，温和道，"乔阁主与白虹神府早已断绝关系，您带走叶姑娘，乔阁主是不会妥协的。"

归元道长道："老夫只信眼见为实。"

言下之意，断绝关系他们还凑一起，骗谁呢？所以，这肯定是江湖上的人整天闲着没事干，瞎猜的。

　　沈君泽道："前辈有所不知，我们会一起出来，是因为前不久缥缈楼出事……"

　　说到一半，他见归元道长的目光停在了叶姑娘身上，心头一凛。

　　到底是一个爹，乔九和叶姑娘的长相是有一两分像的，何况他们当中的女眷本就少，很容易能辨认出来。

　　他说道："快走！"

　　几乎是他开口的同时，归元道长身影一晃，鬼魅般闪到近前，伸手便要去抓叶姑娘。

　　秦二就站在叶姑娘的身边，听到沈君泽的声音时下意识地拉了叶姑娘一把，惊险地躲过一劫。

　　下一刻，天鹤阁精锐、卫公子、沈正浩以及留下的梅怀东一齐动了。

　　女侠和秦二护着叶姑娘撤走，沈正浩他们负责拦住归元道长。沈君泽武功不行，后跃到了客栈的楼梯上，望着大堂的情况，问道："不知前辈可否记得谢公子的话？"

　　归元道长不理他。

　　沈君泽道："谢公子当时说前辈的戾气太重，于大道无益。"

　　归元道长急着抓人，没兴趣纠缠，一掌震退了面前的沈正浩和卫公子。

　　沈君泽眸色微沉，继续道："晚辈劝前辈悬崖勒马，切莫再造杀孽。"

　　归元道长快速冲开他们的阻拦向楼上追去，中途对上沈君泽，抬手就要给他一掌。

　　沈君泽武功虽弱，但轻功还是不错的，立即闪开了。归元道长勉强放过他，继续往上追，见那丫头回到房间便跳了窗，也跟着跳了下去。

　　卫公子和沈正浩几人连忙追过来，同样往下跳。

　　沈君泽最后一个进门，看了一眼敞开的窗户，简单打量了一圈客房，走到衣柜前拉开门，发现叶姑娘被点住穴道，正站在里面。

　　他为她解了穴。

　　叶凌秋从里面出来，打量了他一番："沈公子没受伤吧？"

　　沈君泽道："没事，此地不宜久留，我们走。"

　　他正要思考去哪里合适，只听楼下又响起了打斗声。

　　归元道长只是比较痴迷修仙，但不是真的傻，何况他以前祸害过太多的人，有着丰富的追捕经验，因此追了几步没见到那丫头的影子，他便折了回来，恰好又和沈正浩他们撞上。

　　秦二和几位女侠跑出一段距离见归元那老头没追来，担心计谋被识破，急忙往回跑，也加入了战局。

　　归元道长一眼望去没看见那丫头的人，便知他们果然是骗自己玩，冷笑一声，闪到秦二的面前，劈出一掌。

秦二简直猝不及防，顿时喷出一口血，倒飞出去狠狠砸在地上。

梅怀东重剑横扫，猛地瞧见这个画面，两眼一翻就晕了。

归元道长正要用拂尘架住重剑，同时右腿踢向了另一个人的膝盖。

他方才领教过这柄重剑，知道力道不轻，所以多使了几分力，结果没想到一下挥空了，此刻右腿尚未收回，他便旋转左脚腕稳住平衡，就在这同一时间，梅怀东砸了下来。

梅怀东挥剑时是有一个力道在的。

晕倒后，他的身体被余力带偏，往地面砸去。归元道长左脚腕一转，恰好把正悬在半空的右脚送到他的身下，八尺大汉的重量立即全砸在了上面。

那一刻，所有人都听到了一声清脆的"咔嚓"。

归元道长："……"

其余众人："……"

归元道长的脸色刹那间变得阴沉，左脚在地上一点，冲出包围，来到不远处的女侠身前，一把掐住了她的脖子。

沈正浩几人脸色微变，都没有乱动。

"老夫今日本不想大开杀戒，你们最好别蹬鼻子上脸，"归元道长阴冷地盯着他们，"从现在起，每隔三个数我就杀一个人，杀到你们肯把她交出来为止。"

众人心里一沉，这老头太厉害了，他们这么多人和他周旋都拿他无可奈何，他要是存心杀人，他们根本拦不住。

归元道长道："一，二……"

"慢着，"叶凌秋在沈君泽拦她前跳下楼，淡淡地道，"把人放了，我跟你走就是。"

归元道长道："自己过来。"

叶凌秋依言走过去，被点住了穴道。

归元道长往她肩上一扣，说道："敢追过来，我就把她的脸划花。"

"你等等，咳咳……"秦二捂着胸口爬起来，急急道，"我……我是谢公子的心腹！"

归元道长倏地看向他。

"乔阁主和叶姑娘不是一个娘生的，你抓了她也没用，抓我有用，"秦二抹了把嘴唇的血，说道，"我家公子绝不会不管我，你放开她，我跟你走。"

归元道长点点头："好。"

秦二心里一松，正要让他放人，便见眼前人影一闪，紧接着被一下点住了穴道。

归元道长扔了拂尘一手扣住一个人，飞快掠上近处的屋顶，扫了一眼下面的人，说道："告诉乔九，十日之后丰酒台见。"

话音一落，他抓着叶姑娘和秦二转身便走。

沈正浩他们有心想追，但又担心那老东西真的划花叶姑娘的脸，迟疑地看向沈君泽。

沈君泽叹气："派人跟一下试试。"

天鹤阁的精锐便分出两个人跟了过去，但归元道长毕竟是顶尖高手，很快察觉到有人跟踪，扔下了一个东西。精锐捡起一看，发现是叶姑娘的手绢，里面还裹着一缕头发。他们生怕那老头下次割别的东西，只好作罢，回到了客栈。

归元道长弄了一辆马车，把两个人扔在上面，将自己被砸脱臼的脚腕掰正，拉着他们走了。

秦二与叶姑娘皆被点住穴，动弹不得，根本稳不住身子。

于是在一次剧烈的颠簸后，叶姑娘猛地一歪，栽到了秦二的身上。

秦二："……"

马车里一片死寂。

叶凌秋听着某人剧烈的心跳，忍了半天终于开口："你……"

她只来得及说这一个字，因为秦二的脑袋里一阵嗡嗡作响，感觉浑身的热血直往头顶涌，伤上加伤，两眼一翻就晕了，"咣当"砸在了车板上。

叶凌秋："……"

归元道长没有一直封住他们的穴道，抵达临镇后便只封了他们的内力，带着他们向丰酒台赶去。两天后，他们又到了一座大城，刚迈进客栈，只听前方响起一个熟悉的声音："哎，秦小二！"

秦二抬头，见窦天烨坐在客栈的大堂里正吃着一碗面，此刻见他看向自己，连忙起身走了过来。

"好巧，你怎么在这儿？"窦天烨很激动，"你不是和阿凉在一起吗？阿凉呢？他也来这边了？我正好来这里谈生意，听他们说他和小方延要去红莲谷，正准备过去找他，问问他今年在哪儿过年呢，你们这是回来了？"

秦二："……"

叶凌秋："……"

窦天烨道："你的脸色好像有点差，生病啦？"

秦二从齿缝里挤出两个字："快……走……"

窦天烨没有听清，正要再问，便看到一个老头到了面前。

归元道长打量着他的短发，问道："你是谢公子的朋友？"

秦二和窦天烨几乎同时开口。

秦二道："他不是，只是见过一面！"

窦天烨道："对，那是我兄弟！"

场面静了一瞬。

窦天烨看看秦二，又看看老头，迅速明白出了什么事。

然而已经晚了，他毫无意外地也被制住了，速度快得让天鹤阁的人都没反应过来，于是只好欲哭无泪地被押回到了椅子上。

他没了吃面的兴致，而是先弄清了来龙去脉，感觉自己有些幻听："修仙的？"

归元道长道："正是。"

窦天烨立刻惊得把害怕都给忘了，好奇道："前辈，你扛过雷劫吗？"

074.

谢凉几人赶回去的时候，归元道长早已带着人离开了。

客栈也已被收拾妥当，众人正等着他们，见状纷纷迎过去，把经过说了一遍。

沈君泽无奈："事情发生得太快，我没能想到应对之策。"

谢凉道："你能提醒他别造杀孽已经很好了。"

再说那老头根本不讲理，当初和他说了两句话，不也是没给他反应的时间就要杀他吗？这次没什么太大的人员伤亡已经很不错了。

此时刚刚入夜，沈君泽几人为等他们都还没吃饭，谢凉便吩咐小二上菜，和他们边吃边聊，凤楚顺便也把从施谷主那里问出的东西说了一下。

众人顿时有些蔫儿。

他们在家里向来受宠，往常顶着大派的头衔出去闯荡，旁人总会给几分薄面，这是第一次受这么大的委屈，不仅无功而返，还搭上了两位同伴。

几位和叶姑娘交好的女侠看向谢凉："叶姑娘和秦公子……"

谢凉道："自然要救。"

几位女侠踏实了些，觉得即使被抓的只有叶姑娘一个人，谢公子也会管，简直是侠义心肠，完全不像九爷那般难以琢磨，她们不由得多看了谢凉几眼。

谢凉完全没有在意，只是觉得丰酒台有些耳熟，吃完了饭还在想这事，直到被乔九掐了一把脸，这才抬头："怎么？"

乔九是看他在出神，这时见他回魂了，便走到桌前坐下，示意他捏肩。

谢凉好脾气地伺候他，思考了一下道："你不想我去换秦二他们？"

乔九嗤笑："他们也配。"

谢凉笑了："这话听着舒坦，再说一遍。"

乔九道："好好捏你的肩。"

谢凉道："再说一遍我就捏。"

乔九回头看他。

谢凉便继续捏肩。

乔九勉强满意，顺便指指肩膀某个位置，示意他挪个地方。

谢凉听话地干活，又想了一下丰酒台，干脆问了问乔九："你和我提过吗？"

"没有，"乔九嘴角的笑意加深，提醒道，"你以前是不是问过我的事？"

只一句话，谢凉瞬间想起来了。

少林之事后，他曾打听过九爷的八卦。据江湖侠客所说，九爷那位后妈的爹当年就是在丰酒台被九爷打了一掌，之后没多久便去了，没想到归元道长也选了丰酒台。

他问道："丰酒台是个什么地方？"

乔九道："喝酒的地方。"

但并不是随时都能喝。

丰酒台是一个位于半山腰上人工搭建的台子，附近坐落着三个酿酒的小镇，每年的三四月份是他们的开酒日，到时那些酿酒世家都会拿出好酒开封，江湖上一些有名的酿酒师也会掺和一脚，慢慢就成了品酒大会，每次都有不少侠客过去喝酒。

不过也只有那一段时间热闹而已，如今正是隆冬，估计没人会吃饱了撑的跑去上面吹冷风。而丰酒台上视野开阔，周围一圈基本全是平地，他们想埋伏都无从下手，归元那老头大概是担心他们做手脚，所以选了那里。

谢凉点了点头。

乔九道："你想怎么救？"

谢凉道："我还在想。"

乔九道："先说好，换人的念头你最好别动。"

谢凉笑道："我知道。"

从这里到丰酒台要走上七八天，天鹤阁有自己的一套传递消息的渠道，无论乔九在哪儿，总有办法把消息递到他的手上。所以当他们傍晚抵达一座小镇时，近期积攒的消息辗转一番，终于到了他这里。

他简单过一遍，在其中一张小条上停住，递给谢凉。

谢凉接过一看，发现是窦天烨的消息。

他刚想笑着说一句可以一起过年，突然想到从窦天烨那个地方往红莲谷走，是一定要路过源水城的，他们的下一站便是那里，而归元道长带着两个人质，更是要去源水做一番补给才行。

他看看纸条上的日期，算了算日子，问道："他有可能和归元遇见吗？"

乔九道："若中间不发生意外，可能会一起到源水，能不能碰上就不知道了。"

谢凉心想那么大一个城，两拨人总不能真的住了同一家客栈吧，哪怕凑巧住了，窦天烨只要不撞大运地看见秦二他们，应该就没事。

然而事实证明他想得太美好，还没抵达源水，他们便遇见了跟随窦天烨出来谈生意的天鹤阁成员，继而得知了某件沉痛的事。

方延立刻担忧地抓紧了衣袖："他的运气怎么也差成这样了！"

谢凉瞥他一眼，暂时没和他计较"也"是什么意思，看着天鹤阁的人道："他们去哪儿了？"

那几人道："天一亮就出城了。"

他们当时见窦天烨被制住，原本是想救一救的，但见到秦二拼命对他们使眼色，便忍住了，打算晚上再找机会，可惜他们不知道那是归元道长，根本不是他的对手，为防止他真的从人质身上剁点东西下来，他们只能听话地撤走。

几人迟疑了一下，说道："他应该不会为难窦先生，他们那天聊到很晚才睡的。"

谢凉道："聊了什么？"

那几人道："回房说的什么不清楚，吃饭时他们聊的是从炼气到筑基必须得扛雷劫。"

谢凉："……"

方延："……"

其余众人齐刷刷地看向他们。

人死后变鬼，这个他们是信的，但人能修成仙，这一点他们都不太信。

谢凉那天对归元说的一堆话，他们虽然都不懂，但总觉得谢凉是瞎编的，谁知窦先生竟用了相同的说辞。如果不是归元先提出来，而是窦先生自己主动说的，这就很令人起疑了啊，总不能他们隔这么远心有灵犀吧！

谢凉顶着众人的目光，一本正经地道："哦，他既然能和归元道长聊，暂时应该没事。"

看这情况，窦天烨搞不好能让归元那老头有事，他说道，"我们赶路吧。"

众人："……"

这是重点吗！

但有九爷在，众人都不敢有异议，纷纷回到马车上，赶在天黑前抵达了源水城。

饭后凤楚没有回房，直接跟着谢凉进了他的房间，显然对某件事很好奇。

乔九很不待见他："有什么好问的？"

谢凉："……"

　　你有资格说别人吗？不是你白天在马车上问我的时候了？

　　谢凉没有揭穿乔九，而是对凤楚简单解释了一下，表示"炼气""筑基"等和"倚天剑"一样，都是他们村子里的大才编的故事。

　　他看着他们："你们说归元道长会去找雷劈吗？"

　　凤楚想象了一下那个画面，笑得不行："可惜冬天没什么雷。"

　　这倒也是，谢凉一时有些惋惜。

　　凤楚得到答案，满足地走了。

　　剩下的两个人先后洗了一个热水澡，上床休息。

　　窦天烨这个时候还没睡，他第一次遇见归元道长的时候，真以为这个世界有修仙者，便想问问现实的修仙是不是真要扛雷劫，但后来发现白激动一场，不过没关系，既然归元肯信，他好歹能救命。

　　归元道长对谢凉那天说的话其实也是有些存疑的，便故意试探了一下窦天烨，发现"炼气""筑基"之类的都能对上号，这就由不得他不信了，所以详细地问了问。

　　窦天烨便告诉他天赋好的人，一般从四五岁开始练起，十几岁基本就能进炼气层了，炼气完了是筑基，筑基后的寿命是五百年，而结成金丹则能活一千年。

　　一千年！归元道长想都不敢想，问道："真有金丹修士？"

　　窦天烨道："当然啊，我跟你说，金丹其实不算厉害，后面还有更厉害的呢！"

　　于是接下来的时间，窦天烨为归元道长讲述了一个陌生而神奇的修仙世界。

　　不同于谢凉只知一点皮毛，他从仙丹灵草到各类法器再到各大宗派、秘境、法阵等等全都知道，事无巨细。

　　而且他还不脱离实际，结合了一下谢凉的背景，表示那边有七十二仙岛，他只是其中一个岛上的岛民而已，其他仙岛的岛主和长老基本都有元婴以上的修为。

　　他说得太详细，从生活起居到法器符箓应有尽有，问什么就答什么，连眼睛都不眨一下，哪怕秦二和叶姑娘知道他擅长说故事，也都要怀疑他说的是真的，更别提一心求道的归元道长。

　　归元道长觉得自己这几十年简直白活了，问道："赤焰真人后来怎么样了？"

　　窦天烨道："陨落了。"

　　归元道长长叹一声，有些兔死狐悲之感。

　　窦天烨道："天地不仁，以万物为刍狗。人都是一样的，因果循环罢了。"

　　归元道长道："灵境岛被他大徒弟接管了？"

　　窦天烨道："嗯，他大徒弟因为一心向善，成功飞升，到了九重天。"

归元道长道："九重天？"

"我也是听别人说的，"窦天烨道，"为什么叫九重天呢？因为分下三千、中三千和上三千，三千是指三千世界，他大徒弟去的是下三千，可以继续修炼往上走，最后到达上三千，越往上越厉害。"

归元道长听得热血沸腾，久久无法言语，见天色太晚，这才让窦天烨休息。

他干坐了一夜，第二天睁着满是血丝的眼，直勾勾地盯着窦天烨。

窦天烨总感觉他这状态不对，谨慎道："怎么？"

归元道长满脸坚毅："我不去丰酒台了，你现在带我去七十二仙岛。"

窦天烨："……"

我才不去！

075.

窦天烨自然不可能带着他找什么仙岛，叹气道："我现在倒是想回家，可惜回不去。"

归元道长一怔："为何？"

窦天烨道："因为那地方布着层层禁制，不让凡人进。"

他充分发挥胡说八道的技能，告诉归元他们当初是坐着法器来的，谢凉的师兄把他们送到岸边就回去了，所以若是坐船去找，很可能会在海上迷失方向。

"不过有个办法可以一试，"他摆出一副为人家着想的模样，出主意道，"修士是能看见禁制的，前辈您现在是炼气期，应该会飞剑术。您飞剑去海上转一圈兴许能看见仙岛，他们不让凡人进，但很欢迎修士，到时您只需通报姓名和修为就能进去了。"

归元道长缓缓道："原来如此。"

可他先前说自己是炼气期，完全是骗窦天烨的，他根本不会什么飞剑术，如何找到仙岛？

他心里着急，面上仍然维持着仙风道骨，问道："但你们若想回家了，那该如何？"

窦天烨道："阿凉的师兄刚刚筑基，需要闭关固本培元，前辈也闭过关吧？应该懂。"

归元道长点头，刚想说一句他每次都在山里待大半年，便听窦天烨说人家这次要闭关五年，他顿时把他那小家子气的话咽了回去，问道："所以？"

窦天烨道："我们说好了五年后在海边见，他会带我们回去的。"

五年，归元道长都不知道自己还有没有一个五年能活。

他既恨生不逢时又恨苍天不公，为何不让他直接生在仙岛，为何让他白白蹉跎这几十年的岁月，导致有生之年能不能顺利筑基都是个问题！

他越想越恨，只觉气海翻腾，先前受的内伤猛地发作，张嘴喷出了一口血。

窦天烨："……"

秦二："……"

叶凌秋："……"

秦二和叶姑娘正在旁边坐着吃早饭，一边吃一边听他们说话，顺便思考窦先生说的是真是假，谁知这老头忽然就吐血了。二人不约而同地看向窦天烨，想知道这是不是他的计谋。

窦天烨有些震惊，生怕他走火入魔把他们全弄死，紧张地道："前辈您怎么了？"

归元道长缓过这口气，说道："无碍，最近真气停滞，迟迟无法突破，现在好多了。"

窦天烨连忙配合："恭喜前辈，那再过不久就该进阶了吧？"

"进阶"一词直戳死穴。归元道长把又一次顶上喉咙口的血咽回去，缓缓道："应该。"

窦天烨又恭喜了几声，见他不再开口，便乖乖地喝粥。

归元道长本就年事已高，此番熬夜加吐血，肉眼可见地苍老了下来，甚至瞧着都有些虚弱。窦天烨三人默默地盼着他归西，而他自己看不见自己的模样，仍带着他们继续赶路并询问谢凉的事，把续命的希望寄托在了谢凉的身上。

他问道："谢公子除了炼丹，有没有修别的？"

窦天烨早已被秦二用叙事的方式科普过一遍，知道这老头清楚谢凉不会武功，自然不能拆自家兄弟的台，便答道："只学了些杂七杂八的东西，因为他被他师父带到仙岛后总吵着回家，他师父怕他偷偷溜走，一直没教他法术。"

归元道长顿时痛恨谢凉身在福中不知福，问道："修仙不是要从小修吗，他不晚？"

"他天赋高，当然不晚，"窦天烨张嘴就来，"修仙主要是修心，他心道已修满，修习法术自然事半功倍。"

归元道长嫉妒得眼眶发红，努力维持着淡漠的语气："那他这次为何回中原？"

窦天烨道："回家看看，了却尘世，之后便专心修仙了。"

"了却尘世？"归元道长道，"那他还招惹乔九干什么？"

窦天烨道："啊？"

归元道长道："我已经打听过他们在少林结拜的事了。"

窦天烨眨眨眼，懂了。

这老头的消息太滞后，怕是以为他真的拜在了乔九门下。

他打量了一下老头这要走火入魔的架势，怕他认了死理，没敢贸然解释，而是顺着话题道："不冲突啊，五年后他可以带着乔阁主回仙岛，两个人一起修仙。修士一活便是几百上千年，一个人实在太寂寞，很多修士都会找一个志同道合的人一起修仙。在我们那里这都是很常见的事，再说这样还能涨修为呢。”

“两个人一起修能涨修为？”归元道长几乎有些失心疯，红着眼徙地看向了叶姑娘。

窦天烨："……"

叶凌秋："……"

秦二："……"

天杀的窦天烨！秦二整个人都炸了，连忙挡在叶姑娘的身前，怒道："只要有我在，你别想伤害她分毫！"

窦天烨："……"

叶凌秋："……"

"……啥？"窦天烨及时回神，装作疑惑地看看他们，继而恍然大悟，"前辈您想什么呢？一起修仙这事首先两个人必须是修士，其次还得运行相应的法术，不然没用啊，而且您不是要进阶吗？这种时候可不能走捷径，不然过不了雷劫。"

归元道长没有开口，继续盯着他们。

窦天烨三人只觉他这模样太可怕，都提起了一颗心，屏住呼吸回望。

数息后，归元道长收回目光，开始闭眼打坐。

窦天烨三人坐在马车的另一边，没敢出声打扰他。

车外被雇来的车夫这几天断断续续也听了不少修真世界的故事，对此好奇不已，这时听了半天都没听见下文，有些抓心挠肝，但他能看出那老头不好惹，不敢放肆，只好继续赶车。

马车在死寂中行驶了将近一个时辰，归元道长这才结束运功。

他仍是憔悴，但好在眼底的血丝少了些，不像先前那般可怕了。他叫了停，让他们休息一会儿，顺便处理一下个人问题。

秦二取了些水，用前几天强烈坚持买的小炉子热好，给叶姑娘倒了一杯水。

他内伤未愈，这几天只吃了点伤药，脸色依然很白，却没顾上自己，而是整天忙前忙后地照顾叶姑娘，生怕她吃苦。

叶凌秋接过杯子道了声谢，问道："你伤势如何？"

秦二忙道："好多了。"

叶凌秋迟疑地看着他，欲言又止。

秦二干巴巴地回望："你有话想说？"

"这些天谢谢你，但你……"叶凌秋顿了顿，终是接了下去，"你以后别这么傻，我知道你的心意，可我……我早已心有所属。"

仿佛一个巨雷当头劈下，秦二整个人都蒙了，喃喃道："你早已心有所属？"

叶凌秋不太自在地别了一下头，低声道："是。"

秦二道："是谁？"

叶凌秋没有回答。

秦二也没再问，呆呆地坐着，直到见她要自己倒水才猛地回神，又给她倒了一杯，露出一个比哭还难看的笑。

"我……我知道了。"

他的眼睛越来越红，用力瞪着，不让眼泪流下来，"你放心，我不会缠……缠呜……缠着你！"

叶凌秋："……"

马车里只有他们二人，窦天烨跑去撒尿了，等他回来，便见归元站在一棵树下，正望着辽阔而高远的蓝天出神。

他眨眨眼，刚想绕道走就见他看了过来，只好镇定地打了声招呼，问道："前辈在想什么？"

"没什么，"归元道长道，"只是老夫再过不久就要进阶，不清楚雷劫厉不厉害。"

窦天烨给他科普："炼气到筑基的雷劫是很轻的，我听那些修士说这雷劫是为了去其糟粕留其精华，就像洗髓一样，一点都不痛。"

归元道长淡漠地点了一下头，示意他上车，带着他们再次出发。

接下来的几天，窦天烨应归元的要求又讲了讲七十二仙岛上的故事。

他怕这老头真的走火入魔，便只挑了些微不足道的小事和有趣的八卦讲，但这些依然让归元听得心生向往，状态一天比一天不对。而秦二陷入失恋的痛苦之中，整个人魂不守舍，经常坐着出神，苍凉得不行。

车里四个人，有一半在发癔症。

窦天烨只觉愁云惨淡，万分想念自家可爱可亲的小伙伴。

他的小伙伴经过几天的赶路，这一天终于到了丰酒台附近的镇子。

乔九派人去了一趟丰酒台，一个影子都没看见，便知道归元他们很可能也在这周围的某个镇上。他让手下细查，很快得到反馈，说是归元他们正在邻镇。

乔九和谢凉这几天已经商量好对策，懒得再等，便让人给归元送了封信，表示快过年了，别耽搁大家的时间，赶紧换完人，谢凉就近给他炼一炉丹药便回家了。

归元道长比他们还耽搁不起，自然同意，便送了一封回信，告诉乔九让他一个人带着谢凉上丰酒台，然后便带着窦天烨几人率先出发，到了丰酒台上。

这条件和乔九他们猜的差不多。

于是凤楚易容成乔九，而乔九缩骨易容成方延，然后背起他们最近买的瓶瓶罐罐，颠颠地站到了谢凉的身边。

方延看着山寨版的自己，问道："那老头还记得我的声音吗？要是露馅了怎么办？"

乔九换上担忧的神色看向谢凉，学着方延的声音道："是啊，怎么办？"

方延："……"

谢凉见方延一副吃惊的样子，临走前摸了把他的头，笑道："现在你明白他当时怎么套的话了吧？"

方延："……"

真无耻！

无耻三人组出发抵达丰酒台，远远地便听见了归元的喝止。

"慢着！"他说道，"我是让你一个人带着人来，怎么多出一个？"

谢凉主动解释："因为晚辈炼丹的时候需要有人打下手，没人帮忙，炼不成仙丹。"

归元道长道："那你让窦天烨来。"

谢凉道："嗯，他也得留下帮忙，其实至少要三个人才行，但我带到中原的人目前就这两个在身边，只能勉强一试，前辈若是不愿，我也没办法。"

归元道长静了一静，勉为其难："那你带着他过来，乔九别动。"

乔九扮的方延害怕地躲在谢凉身后，给了凤楚一个眼神。

凤楚便只张嘴不发声，由乔九说道："那你先放个人过来。"

归元道长看了一眼叶凌秋，示意她往前走两步。

谢凉见状便带着乔九也往前走了两步，然后双方继续慢慢往前走，很快交错而过。

片刻后，叶姑娘到了凤楚的身边。

谢凉和乔九也到了归元的面前，二人都是一怔。

只见归元道长脸颊消瘦，双目赤红，半点仙风道骨的影子都没有了，宛如一个随时能崩溃的疯子，与第一次见面的模样相比简直判若两人。

他们又看了看秦二，见秦二也瘦了一大圈，整个人凄凉憔悴，生无可恋，像是被人折磨了似的。此刻见到谢凉，他只觉一腔痛苦都找到了倾诉的人，未语先凝，眼眶也红了。

三人中只有窦天烨最正常。

他无比激动地看着他们："嗷！阿凉方小延，我终于又见到你们了！"

谢凉："……"

乔九："……"

你这几天到底干了啥？

076.

归元道长的手一直扣在秦二的脖子上，简单一捏就能让他一命呜呼。

谢凉道："我们到了，前辈放人吧。"

归元道长看了一眼远处的"乔九"，扫了一圈四周。

山上气温低，昨日下过的小雪没有化，白茫茫的平地藏不住半个影子。他便将目光转回来，落到一旁的"方延"身上，神色透着几分怀疑。

乔九抓紧谢凉的衣袖，往他身边挪了挪。

归元道长道："你背的是什么？"

乔九怯生生地道："是炼丹用的东西。"

九爷的演技是很在线的，谢凉见归元盯着乔九看了几眼，怀疑减少了些，但略有些神经质的状态还是没变，仍是一副随时能发疯的模样。

他便插嘴道："我让他们弄了一个炼丹炉，准备炼完了就回家过年，前辈若是不放心，可以亲自挑个炉子。"

提到正事，归元道长的眼底爆出一抹精光，配上满是血丝的双眼，更加瘆人。

他放开秦二，问道："你不是说至少要三个人帮忙？"

谢凉道："两个人也能一试。"

归元道长淡漠道："罢了，我也帮你一把吧。"

谢凉看着他。

归元道长心里紧张，面上不动声色："怎么，不行？"

谢凉道："那前辈切记一定按我说的做，否则稍有差错就出不了丹了。"

归元道长高深莫测地"嗯"了声，实则脸上一瞬间没能压住喜色。

他望着秦二走向"乔九"，见"乔九"仍站着不动，又怀疑上了："他这次怎的这么好说话，不会打歪主意？"

谢凉道："之前闹得不可开交，是因为前辈想杀我。这次前辈只要不伤我性命，他自然也不想和前辈结怨。"

归元道长想了想，发现上次还真是自己先挑的事。

他有些后悔，淡淡地道："那是误会。"

谢凉道："是，也怪晚辈没说实话。"

归元道长顿时看他无比顺眼，见秦二终于到了"乔九"的身边，便示意"乔九"先带着人离开，他们再选另一个方向下山。

凤楚很听话，解开秦二和叶姑娘被封的内力，便带着他们转身走人，只不过走得很慢。

归元道长刚想让他快一点，就见"方延"喊了声累，把包袱递给了窦天烨，与此同时，谢凉想起什么似的开了口。

"对了，晚辈尽量挑了几瓶好的丹砂，前辈可以看看，若不合心意再换，"他说着拿过包袱递过去，"那几瓶红的是。"

归元道长早就想查看一下包袱了，便接过来道："你炼丹也挑丹砂的成色？"

谢凉道："我当然无所谓，主要是得前辈满意。"

归元道长见他一副好脾气的样子，看他更顺眼，一边翻瓶子一边道："我听说乔九不认他爹？"

谢凉挑眉，不知话题怎么跳得这么快，说道："是。"

归元道长道："这般大逆不道的人修不了心，你不如换个人追随。"

他活到这个岁数就没有过"人情世故"这根筋，也压根不懂，便想什么说什么，维持着淡然的语气道，"咱们修仙派动辄千百岁，我比你大不了多少，你我都是道友，以后别叫前辈，听着生分，我叫你阿凉，你唤我一声归元就行。"

谢凉："……"

乔九："……"

窦天烨："……"

谢凉一瞬间就想明白窦天烨胡扯了什么，淡定地道："好的，归元道友。"

归元道长很满意，拿出一个红瓶查看。

然而，就在他低头的一瞬间，身前突然一股掌风袭来，他双手拿着东西，如此近的距离简直避无可避，顿时被一掌拍中，当即喷出一口血，向后跌去。

他稳住身体，霍然抬头。

强劲的掌风将瓷瓶拍碎，一些碎片扎进了体内，他捂住胸口，摸到了温热的血。

他的脸色沉下去，见"方延"第二招已然跟上，运转内力用力一震，刹那间把碎片激了出来。

乔九本想乘胜追击，见状担心谢凉会受波及，停住先挡了一下。

归元道长趁机后跃，迅速拉开距离。

凤楚一直留意着这边的动静，见乔九动手，便轻功飞来，要一口气拿下这老头。

归元道长本就有旧伤，连日来因窦天烨的话急火攻心伤上加伤，此刻又受一掌，便有些要支撑不住。他看一眼谢凉，知道丹药的事又要搁置，一时心头怒极，骤然长啸。

乔九和凤楚见他浑身真气激发，眼睛红得滴血，衣袍鼓起，头绳断开，几缕发丝几乎绷得笔直，心头都是一凛，知道这是要走火入魔。

谢凉皱眉，虽然不知道具体情况，但总觉得没什么好事。

窦天烨也吓得嗷嗷乱叫："天哪！超级赛亚人吗！"

话音一落，归元道长看准面前的二人，直冲而去。

乔九和凤楚不敢大意，加了分谨慎，联手对上他。

三人都是高手，这么撞在一起，地上的雪被真气激得四处乱飞，像下了场暴雪似的。

秦二这时候没工夫伤春悲秋了，连忙跟着叶姑娘跑回来护住谢凉和窦天烨。谢凉拉着他们躲远一些，掏出一枚小巧的冲天箭，打开发射了出去。

天鹤阁的精锐早已等候多时，见到信号，立刻往上赶。

归元道长尚有几分神志，见状一掌震退乔楚二人，向山上逃去。

乔九打定主意今天要解决这个麻烦，免得他以后再招惹谢凉，想也不想就追了过去。

凤楚自然跟着，三人边打边往上掠，等天鹤阁的精锐赶来时，他们早已不见踪影。

谢凉等了一会儿，有些不放心，刚想派几个人上去看看，便见远处出现两个熟悉的人影，然后越走越近。他悬着的心往回落了落，带着人迎过去："没事吧？"

乔九的易容已经摘了，眼底带着少许尚未收回的冷冽，说道："没事。"

谢凉道："他呢？"

乔九道："被我一掌打下悬崖了。"

谢凉和窦天烨的脑中不约而同闪过武侠剧的某个套路，沉默了一下："死得了吗？"

乔九道："不知道。"

谢凉："……"

窦天烨："……"

所以你们这里果然坠个崖摔不死人？

乔九看他们一眼，多解释了两句。

归元掉的地方是一条狭长的峡谷，一眼望不到底，峡谷两侧的落雪已凝成冰，上下都比较困难。那老头本就走火入魔，更别提身上还带着伤，这次怕是凶多吉少。

不过为以防万一，他们回到小镇后暂时没走，而是停留了三天。

这三天，天鹤阁的精锐一直在山上巡查，没发现半点动静，眼见年关将近，他们便启程离开了。

丰酒台这边四通八达，去哪儿都方便。

凤楚和沈君泽几人也要赶着回家过年，与他们只同行了两日便各自告辞了。夏厚山庄与白虹神府同向，卫公子自然要陪着叶姑娘一起走。

秦二不清楚这件事，因为他回来后就发起了高烧，一时病来如山倒，昨日才刚退烧。

谢凉代替他为叶姑娘送了行，暗暗观察了一下，觉得叶姑娘喜欢的应该也不是卫公子，只好按下心里的好奇，把人送走了。

他回到客栈，见秦二不知何时下了楼，就站在门口附近，问道："看见了？"

秦二点头。

谢凉道："以后有什么打算？"

这小子当初肯跟着他混，是为了娶叶姑娘，可现在眼看要够呛。他问道，"还想闯出一番事业吗？"

"想！"秦二脸色发白，但眼神坚定，"我好歹是个男人！"

挺好，谢凉很欣慰，拍了拍他的肩。

秦二道："再说万一叶姑娘喜欢的人不喜欢她，我还是有希望的。"

谢凉道："……嗯，心诚则灵，你回家过年吗？"

"我不回，我爹和我哥本来就不看好我，我弄得这么惨回家，他们指不定怎么骂我，"秦二那点气势瞬间没了，凄凉地看着他，"公子，我跟你回去好吗？"

谢凉道："好，走吧。"

从这里到宁柳比敌畏盟近一些，谢凉估摸着金来来那些二世祖过年的时候大概也要回家，便给他们写了封信，表示他要先在宁柳过完年再回帮派，让他们随意。

信送出去后几人修整了一番，踏上了回家的路，赶在过年前两日成功到了宁柳城。

宁柳比之前热闹了一倍，街上张灯结彩，人来人往，年味十足。

赵哥和江东昊接到消息，早已翘首以盼，见到谢凉便急忙围过来抱了他一把。

谢凉笑着打量江东昊："长高了点。"

江东昊不善言辞，仍是冷峻的模样，但双眼比往常要亮上几分，点头"嗯"了声。

"过年就十八了，还能再长长，"赵哥在旁边插嘴，拉着他们进屋，"我们把你的房间修了一下，你去看看还缺不缺东西，晚上想吃什么，我给你们做。"

谢凉笑道："好。"

虽然以前都是陌生人，但一起掉进这个世界，不知不觉就生出了几分亲情。

谢凉突然觉得他的运气也不是太差，起码遇见的都是好人，没有弄到互相残杀的地步。

初代敌敌畏终于又凑齐了，几人高兴地多喝了几杯，到最后谢凉都有了些醉意。

他昏昏沉沉地和乔九一道回房，简单洗漱完，脱掉外套躺在了床上。

屋里重新刷了漆，小破长桌换成了红木的，地上也铺了毯子，床上的被褥都是新的，躺在上面软绵绵暖烘烘的。谢凉只觉睡意温暾地卷上来，迷迷糊糊睡了过去。

一觉睡到天亮，第二天人们早早起床，个个精神抖擞，除了秦二。

他大病初愈，昨晚是唯一没喝酒的人，没想到今天反而更加凄惨了。

独在异乡为异客，每逢佳节倍思亲。秦二活到现在第一次不和家人在一起过年，虽说是他自找的，虽说他爹他哥确实待他严厉，可到底是血浓于水的亲人。他昨晚见谢凉他们其乐融融便有了几分乡愁，加之失恋的苦闷，一个人在床上辗转反侧，半天都没睡着。

于是今早他带着黑眼圈和红血丝，憔悴地飘进了饭厅。

谢凉摸了把他的头："又发烧了？"

秦二道："没有，我挺好的。"

谢凉看他两眼，估摸是因为失恋，拍了拍他的肩。

窦天烨和方延也知道他那点事，此刻见他这故作坚强的小模样，顿时叹气，饭后便围住了他。

"看开点，人这一生会遇见很多人，总会有喜欢你的，"方延道，"相比而言，你还是幸运的，我以前喜欢的人也是知道我的心意，但没挑明，而是一直在利用我，还差点逼死我！"

"你那个算啥，"窦天烨道，"你看我，我喜欢的人脚踏两条船，不仅背着我和别的男人有一腿，还坑了我的钱！"

方延："谁让你宅，你那是自找的。"

窦天烨："你就不是自找的了？"

方延："我好歹真心实意地爱过啊。"

窦天烨："我也爱过啊！我省吃俭用两个月，自己想要的东西一样都没买，就为给她买条裙子。"

秦二默默听着他们比惨，虽然有点听不太懂，但不知为何觉得好受了一些。

于是等谢凉再次路过，就见窦天烨和方延正抱头痛哭，而秦二坐在旁边剥着橘子，一边往嘴里塞，一边木然地看着他们。

他沉默两秒，走过去道："怎么回事？"

秦二道："我也不知道。"

谢凉打断了正凄惨哭泣的两个人，耐心问了几句，嘴角抽搐地走了。

两天的时间一晃而过，到了除夕。

这是谢凉他们来这个世界过的第一个新年，弄得像模像样，贴对联、包饺子、拜神灵、放爆竹都干了一遍，顺便寄托了对新一年的希望。

把敌敌畏发展壮大。

注：谁能告诉我为什么咱们过年要拜孙悟空？

那供桌上放的是孙悟空吧？

——《敌敌畏日记·谢凉》

把茶楼的生意全谈完。

打响我江湖神笔的名气。

注：我出的主意，这里是猴年嘛！

而且这地方没有大圣，咱们不能忘了大圣啊。

齐天大圣，与天同寿！

敌敌畏帮，一路红火！

——《敌敌畏日记·窦天烨》

打响名气 +1。

虽然我不知道该取什么名号混江湖。

新的一年希望顺利脱单！

注：大圣是我捏的。

——《敌敌畏日记·方延》

新的一年希望大家身体健康，事业有成。

——《敌敌畏日记·赵云兵》

江湖棋神。

名满天下。

——《敌敌畏日记·江东昊》

天鹤阁的人一部分是在这里过的节，一部分则留在了云浪山上。

除夕夜的饭局已经结束，但人们完全没有睡意，有的打起了麻将，有的仍在划拳喝酒，还有的玩起了天黑请闭眼。

谢凉看了一圈，什么都不想玩，便坐在九爷身边看着他。

乔九道："又喝多了？"

谢凉道："没有，你困吗？"

乔九摇头。

谢凉笑道："我好像还没去过你的云浪山。"

乔九微怔，轻笑一声站起身，顺势把他拉起来："走，现在带你去。"

第三章

宝藏是真实存在的

077.

宁柳城城外便是云浪山。

二人出了大宅，顺着城外大街向主干道走去，然后再一路进山。

除夕夜热闹非凡，因为要守岁，人们会一直玩闹到天亮。乔九没用轻功，而是提了一盏灯笼，带着谢凉缓步往前走，问道："你们那边过年也这样？"

谢凉道："差不多。"

其实这边的年味要足一些，或许是科技不发达，没什么可以干的，除夕的很多习俗都会按部就班地走一遍，街坊邻里也都会凑在一起玩。

而现代那边基本上一部手机就搞定了，发个群发的祝福、抢抢红包，晚上看看春晚，顺便刷刷微博，有些不看春晚的，除夕夜里依然和朋友组队玩游戏，与平时没什么两样。

他问道："你这几年是怎么过的年？"

乔九道："就在云浪山上待着，偶尔下来转一圈。"

谢凉想想那个画面，感觉有些寂寞，过年这种事对于没什么亲朋好友的人总是不太友好，不过九爷这个性子大概不会委屈自己，无趣了应该会主动找点乐子。

他看向身边的人，九爷今天穿了件暗红花纹的衣服，显得既奢华又艳丽，往常嚣张跋扈的神色被街上热闹的灯火打了层柔光，美得几乎不真实了。

乔九察觉到他的视线，给了他一个疑惑的眼神。

谢凉道："看你长得好看。"

乔九哼笑："你全身上下也就眼神好使。"

谢凉笑出声，和他边走边聊，见他那只手总露在外面提着灯笼，虽然知道习武之人可能不会累，但还是把灯笼接过来让他歇歇。两个人就这么时不时地换一下，在午夜前抵达了天鹤阁。

天鹤阁灯火通明，对子贴了，灯笼也都挂上了，同样很有过年的气氛。

除去值守人员，其他人都还在喝酒划拳，此刻见自家九爷竟带着谢凉来了，连忙要迎过去。乔九抬手制止，示意他们接着喝，自己带着谢凉简单转了一圈。

亭台楼阁，雕梁画栋，精致中透着豪迈，这里确实比敌畏盟气派。

谢凉边走边看，最后到了上面的观景台，站在栏杆前眺望，只见头顶是铺了整片夜空的璀璨繁星，脚下是宁柳城的万家灯火，他顿时深吸一口气，赞道："好地方。"

乔九自然不会谦虚，说道："你也不看看是谁挑的。"

谢凉道："九爷厉害。"

乔九"嗯"了一声。

说话间只见有烟花自远处升起，纷纷在半空炸开，很快连成一片，欢闹声似乎连这里都能听见。午夜到了，新的一年由此开始。

谢凉掏出红包递过去："来，压岁钱。"

乔九真是有年头没收过压岁钱了，他觉得蛮新鲜的，难得没口不对心地说一句"幼稚"，接了过来。

他正想给个反馈，就听面前的人又开了口："走，带我看看你的狗窝。"

乔九道："……把这两个字给我吃回去。"

"有什么关系，"谢凉边笑边走，"对了，你新年有什么愿望？"

乔九道："希望你这张嘴能改改。"

谢凉笑道："那有点难度。"

两个人一边斗嘴，一边到了主院。

九爷向来是能享受便享受，卧室面积是谢凉房间的两倍，摆件也十分讲究。谢凉暗暗记下这个风格，准备在敌畏盟弄一间差不多的，这样乔九去找他时也能住得舒坦些。

乔九道："喝茶还是喝酒？"

谢凉道："过年嘛，当然喝酒。"

乔九便去挑了一壶不太烈的酒，拎回来用小火炉温着。

刚往椅子上一坐，他便觉眼前忽地一暗，紧接着又恢复原状，快得就像灯芯跳动了一下似的。他静了静，若无其事地拿出两个杯子，等酒热好便给各自倒上了一杯。

谢凉没有除夕夜守岁的习惯，乔九也没有。

两个人喝完一小壶酒便都困了，乔九握着酒杯，静静地看着谢凉垂着头要睡过去的样子。

蛮神奇的，他想。

就只是多了一个人而已，今年的年却忽然变得有滋有味起来。他盯着谢凉看了一会儿，把人拉起来，示意他去睡觉，然后收拾一番也跟着睡了。

梦里他罕见地又见到了那个美丽的女人。

她脱离了病痛的折磨，穿着她喜欢的云雁绣花裙，抱着他在秋千上荡来荡去，笑得像三月春风："我家瑾哥生得真好，以后肯定有好多姑娘喜欢，答应娘，不要学你爹那么花心，喜欢谁就只对那一个人好，一生一世在一起。"

新年过后，街上的店便陆续开业了。

窦天烨他们都有生意，慢慢地也忙碌起来，眨眼间就到了元宵节。

这次他们是在云浪山上过的，窦天烨几人都对观景台赞不绝口，立刻抛弃元宵，开起了烤肉大会。

乔九吃得很满足，甚至有一种观景台这几年落在他手里有点浪费的错觉。

他见窦天烨又嚷嚷着不知要玩什么，便随他们高兴，带着谢凉到了下面的暖阁，拿出一个盒子递给他。

谢凉好奇："什么？"

乔九道："用你们的话说，送你的新年礼物。"

谢凉接过来打开一看，发现是一个小玉牌，上面龙飞凤舞地写着一个"鹤"字，他猜测道："这是见牌如见人的帮主信物？"

乔九道："算是。"

谢凉道："我拿走了，要是被人偷去怎么办？"

乔九道："那算了，不给你了。"他说着把盒子收回来，递过去一把钥匙，"这个给你。"

谢凉道："这又是？"

"库房钥匙，"乔九道，"这玉牌先放在库房里，我暂时帮你收着。"

谢凉心思一转，便清楚什么收不收的都是嘴上那么一说。

乔九既然愿意给他玉牌，肯定是对天鹤阁的人下了令，让他们以后可以听他的话，而乔九今天真正想给的其实是这把钥匙，毕竟库房在云浪山上，他这钥匙哪怕真被偷了，也没多少人敢上来。

他了然道："里面的东西我也能随便拿呗？"

乔九道："要经过我的同意才行。"

谢凉笑道："成，回头我把敌畏盟库房的钥匙也给你一把。"

乔九很嫌弃："里面能有什么值钱的玩意？"

谢凉道："现在没有，不代表以后没有啊。"

乔九想了想，勉强接受，拉开旁边的椅子坐下，准备谈正事。

年过了，有些事也该清算了。

那伙人早已盯上了谢凉他们，他一定得把对方揪出来才行。

按照他和谢凉的想法，既然那伙人很在意神雪峰上的箱子，他们就不如做个饵把对方引出来。而第一步，便是要让天鹤阁的内鬼知道他们在找东西，找的还是和他那位先祖有关的东西。

这很容易，他那位先祖当年给四庄和飞剑盟都留了信物，他们只要过去一趟就可以。

两个人商量完，决定先去秋仁山庄。因为秋仁离云浪山最近，且有秦二在，查看那位前辈留下的东西要容易些。

秦二听完了很惊喜："去我家？"

谢凉道："你以后都跟着我，过年我去你家拜访一下也是应该的，再说离得也近。"停顿两秒，他又问道，"对了，我听九爷说他的先祖给四庄都留了东西，有些还挺奇怪的，外人能看吗？"

"外人够呛，但你和九爷应该行吧，毕竟是九爷的先祖，"秦二挠挠头，"其实就是一块石板，上面刻着字，我都会背了。你想知道，我背给你听。"

谢凉笑道："不用，我就是随口一问。"

他们现在这样主要是做给内鬼看的，秦二背完了他们还是得去一趟秋仁。何况那位前辈是现代人，兴许会写些符号，他得亲自看一下才行。

秦二便没再提，问道："咱们何时动身？"

谢凉道："明日。"

秦二激动地道："好。"

他毕竟年轻，底子又好，加之赵哥的厨艺不错，好吃好喝地养了些日子已经恢复精神，所以一点都不怕回家，甚至还有些迫不及待。

此刻刚入夜，圆月当空悬挂，观景台落满了银辉。

空中飘着淡淡的肉香，烤肉大会还没结束，窦天烨他们仍在和天鹤阁的人玩游戏，得知谢凉明日要走，都很不舍，可又知道谢凉早晚要走，只好祝他一路顺风。

他们休息一晚，转天跟着谢凉一起下山，顺便为他们送行。

从宁柳到秋仁山庄只有四天的车程。

秦庄主和秦大少对乔、谢二人都不陌生，见谢凉回帮派的时候特意绕一段路过来拜访，都有些意外。不过谢凉的名声越来越大，将来定有一番作为，他能来这一趟，说明对自家"闯祸精"很是看重，他们心里都挺高兴，便热情地款待了他们。

秦庄主一时感慨，还拍着秦二的肩说了不少心里话。

虽然大部分都是批评，但秦二活到现在是第一次受这个待遇，听得眼眶都红了，要不是谢凉还在，他简直想跪在地上抱着他爹的腿哭一通。

谢凉见状哭笑不得，几乎有些记不起初遇时秦二那贵公子的模样了。

秦大少给谢凉倒了一杯酒，说道："我弟有时脑子不转弯，要是做错事，谢公子不用客气，该罚就罚，罚一次他就长记性了。"

谢凉笑道："不会，二公子挺聪明的，什么事一点就透。"

秦大少嘴上那么说，其实还是希望自家弟弟好的，闻言心中安定，见他喝完一杯酒，便又给他倒了一小杯。

一顿饭吃得宾主尽欢，唯一的瑕疵是秦二成功喝高了，抱着秦大少嗷嗷地哭："哥，我以前总盼着能超过你，我错了啊，你原谅我，我嗝……我都懂的，我哪有那个脑子超过你啊！不过你们放心，我一定出人头地，不……不给你们丢脸，还有叶姑娘，我一定唔……"

秦大少怕他说出不像话的东西来，赶紧捂住他的嘴，无奈地看向谢凉："他喝醉了偶尔会发个疯，谢公子见笑。"

谢凉忍着笑，表示没事。

他望着秦大少把秦二拖走，看了一眼乔九，想知道九爷想怎么做，因为来的路上，九爷很嚣张地告诉他，进秋仁的当天就能看到东西。

乔九收到视线，对秦庄主道："我想去给我先祖上个香。"

谢凉一怔，但秦庄主痛快地同意了，然后带着他们去了后院。

他好奇地跟着，很快抵达祠堂，这才明白秋仁山庄把那位先祖的东西供奉在了这里。他被乔九带进去，便也跟着上了一炷香，抬头时看看供桌上的小石板，沉默。

石板只有 A4 纸那么大，上面刻了几行字，十分简单——

人生就像一场戏，因为有缘才相聚。

为了小事发脾气，气出病来无人替。

莫愁前路无知己，天下谁人不识君？

红土大陆走一遭，伟大航线都认你。

最后给你唱首歌，万匹丝哇几丝在西路！

谢凉看完只有一个感受，那位前辈是真的皮。

上完香，几人就出去了。

谢凉和乔九在家丁的带领下进了客房，把门一关，坐在了桌前。

谢凉道："可能还有一个箱子。"

乔九有过前车之鉴，这次便没再怀疑自己的智商被侮辱，等着他解释。

"前面那些都是废话，可能是随便给后人写的教诲，"谢凉道，"主要是最后两行，'红土大陆'和'伟大航线'都出自我们那边一个叫《海贼王》的话本，讲的是几个人的冒险故事，他们要寻找一个宝藏。"

乔九道："最后那句呢？"

"那其实不是歌，是里面的台词，用了我们那边一个叫扶桑村的乡音，"谢凉道，"意思是宝藏是真实存在的。"

比起神雪峰上的字，这块石板上的信息简直就像白给一样。当然这是对看过《海贼王》的人而言，若没看过，估计就一头雾水了，也幸亏谢凉没那么倒霉，他看过的屈指可数的几个动漫里恰好就有《海贼王》。

不过蛮神奇的，看到那把枪之后，他们对前辈的身份做过多种猜测，谁知人家竟然也爱看《海贼王》。

乔九道："只有你们能看懂，那他说的宝藏会不会是神雪峰上的那一个？"

谢凉道："有可能。"

若真是如此，他说得这么直白便是希望被人找出来。而这种情况下，他应该不会莫名其妙地给一把钥匙却什么都不说，所以其余三庄和飞剑盟保管的信物上，兴许会有那把玄铁锁所在位置的线索。

乔九原本只想钓那伙人出来，对玄铁锁是不怎么好奇的，但这时也不免产生了一点兴趣，想知道他那位先祖兜这么一个大圈子，究竟藏的是什么东西。

谢凉更好奇，特别希望能找到线索解乔九身上的毒。

于是好奇的二人只在秋仁住了一天，便以有事为由告辞了。

谢凉让秦二多住几天，之后直接去敌畏盟等他即可，便和乔九一起踏上了前往冬深山庄的路。

二人天黑前到了一座小城，找了家客栈吃饭。

刚往大堂一坐，只听旁边的客人道："谢公子听说过吧？都说他是在世外小岛上修行的，我跟你们说，那可不是普通的小岛，是仙岛！"

同桌听得抽气："仙岛？"

"嗯，那里有七十二仙岛，谢公子是乾坤岛逍遥真人的小徒弟，天生的风灵根！"

"扯吧，还仙岛呢，哪有这么邪乎？"

"是真的啊，单说缥缈楼那事，谢公子若不是被仙人点化过，哪有可能招出鬼？而且，你们都知道归元道长吧？他那么厉害，据说要跪着求谢公子给他炼丹呢！"

"噫……你刚才说风灵根？是干什么用的？"

"笨啊，当然是操控风的，谢公子简单一挥手，能把城外那个山头吹平！他们当初来中原就是飞过来的！"

谢凉："……"

乔九："……"

078.

仙岛招鬼什么的还能勉强一信，吹平山头可就太扯了。

然而，没等同桌的人提出质疑，他们便见眼前一道人影闪过，紧接着那位还在滔滔不绝的人就被掐住脖子扔在了桌上，他们顿时吓了一跳。

"你……你……你干什么？"

"放手！你是何人？"

几人连忙解救同伴，可惜刚站起身就被那人影的手下按住了。

而被掐住脖子那人只觉一阵天旋地转，视线转得人发蒙，压根不知道出了什么事。

此刻终于停下，他定睛一看，发现面前站着一位年轻男子。这男子的容貌极盛，比他之前见过的所有人都好看，只是虽然勾着笑，但气势很强，既张狂又锐气，他吓得小心脏直抖，半个字都不敢说。

乔九笑吟吟地道："刚才那些话哪儿听来的？"

那人颤声道："就……就无意间听的，做不得数，做不得数……"

乔九道："无意间是在哪儿？"

那人道："前不久听朋友说的，他那时刚从源水回来。"

乔九道："只有谢公子的消息，没有归元那老东西的？"

那人道："没有。"话音一落，他只觉脖子上的手骤然收紧，急忙道，"大爷饶……饶……饶命，真……真没有……"

乔九打量了他几眼，五指微松，放开了他："没根据的事以后少说。"

那人道了好几声"是"，屁都不敢再放一个，手脚并用地爬下桌子，和同伴一起跑出了客栈。

乔九回到原位，擦了擦手。

谢凉道："这不像归元的风格，除非他走火入魔把脑子弄坏了。"

乔九"嗯"了一声。

他主要是在意归元那老东西死没死，因为归元当时抓的三个人，窦天烨和秦二是一直跟着他们的，叶凌秋那性子也不像会多嘴的，那传播消息的就只剩归元了。

可他离开丰酒台时吩咐过附近据点的人留意山顶的动静，至今都没有消息传来。

而且地点也对不上，归元如果真没死，绝对会来找谢凉，没必要再回源水城。那就是窦天烨在源水给归元讲故事的时候被别人听了？归元那老东西能容忍别人听这么久？

二人交换了一个眼神。

谢凉道："我也不明白，写信问问窦天烨吧。"

乔九点点头，等小二把饭菜端上桌，便和谢凉一起吃饭。

至于修仙之类的事，他们都没再管。

因为实在太扯了，估计只有脑子不好使的人会信。

二人休息一晚，转天继续赶路。

数天后，他们到了冬深山庄附近的天鹤阁据点。先前乔九传谢凉那封信时，吩咐了手下把回信直接送到这里，他们来的时候，窦天烨的信也到了。

二人打开一看，得知归元在源水城找了一个车夫赶车，那车夫听了一路，想来应该是他传的。两人一时无语，把信扔在一旁，入夜潜进了冬深山庄。

春泽精秀，秋仁庄重，冬深雄伟，这几个山庄各有各的风格。

谢凉简单扫了一眼月光下的山庄，来不及细看，便被乔九带着进了祠堂。

东西在四庄放了两百多年，估计他们早已觉得没什么玄机，于是都把信物供奉在了祠堂里，倒是省了不少麻烦事。

谢凉借着微弱的光看完，发现上面的内容依然简单粗暴。

石板上前两句照例是鸡汤，后面则告诉人们闲着没事可以读读经书，像什么《四十二章经》之类的就挺好。

乔九带着谢凉出去，听见他说的第一句话便是"再给窦天烨写封信"，问道："又是话本？"

谢凉点头。

乔九道："你们那边怎么这么多话本？"

谢凉道："我们那里的人聪明啊。"

乔九嗤笑："没看出来。"

谢凉道："我不聪明吗？"

乔九挑剔地看看他："你也就那样。"

谢凉道："九爷说的是。"

乔九"嗯"了声，问道："这次是什么话本？"

谢凉惭愧道："我脑子也就那样，一时想不起来了。"

乔九笑出声，这浑蛋虽然有时让他恨得牙痒痒，但真是该死地合他的胃口。

他破天荒地配合了一下："哦，那怎样能想起来？"

谢凉笑道："先给我讲点有趣的事。"

天鹤阁擅长收集各类消息，这个对乔九而言倒是蛮容易，乔九闻言思索一番，便给他讲了件江湖趣事。

结果篇幅有点长，等他讲完，二人刚好看见天鹤阁的人。

天鹤阁的精锐跟来了五个人，正等着他们。

此刻见他们回来，几人便迎了上去："九爷，谢公子。"

乔九嫌弃他们没走远点，斜他们一眼，"嗯"了声。

几人猜不出九爷的心思，更不知他们今晚到底干了什么，一头雾水地跟着二人又回到了据点。

乔九回房把门一关，这才开始问话本，得知故事里凑齐几套经书可以得到一张藏宝图，与秋仁的那个异曲同工，只是这两个山庄的信物都是告诉人们有宝物，并没提供具体位置，所以他们的猜测是否正确，还得去另外两个山庄和飞剑盟看看。

他想了想，问道："去白虹神府吗？"

谢凉一怔："去那儿？"

乔九点头。

四庄和飞剑盟是绕着白虹神府建的，秋仁、冬深和春泽、夏厚恰好在白虹神府的一南一北，他们从这里过去，不如顺便绕一段路去趟白虹神府。

他说道："我知道一条暗道。"

谢凉好奇："通向哪儿的？"

乔九道："以前的一个小书房，后来被烧了。"

谢凉道："现在改成了什么？"

乔九道："不知道。"

毕竟十几年没去过书房那边了，他们怎么折腾都和他没关系，他说道："我那位先祖喜欢挖密室，我知道的那条暗道就通着一个密室，我带你去看看。"

谢凉自然没意见，他对那位前辈建立起来的白虹神府早就好奇过，只是不能现在就动身，因为他们还得做饵钓鱼。

做饵也是有学问的。

他们去冬深山庄的事不能这么直白地嚷嚷出来，得让那伙人自己猜。所以转天一早谢凉就"病了"，乔九为了照顾他便待在据点没动，一边陪他一边处理帮派事务。

消息齐刷刷全往这边递，于是数天后，整个天鹤阁的人都知道九爷现在在冬深山庄附近的据点，至于他们为何短时间内从秋仁到了这边，这就需要内鬼好好想想了。

谢凉"养病"期间收到了窦天烨的回信，见信上说他还没讲过《海贼王》和《鹿鼎记》，这才放心。他之前那封信已经告诉了窦天烨，近期先别讲新故事，收到这封便不再回信，专心当他的病号。

春节后气温回暖，冬深山庄所在的地区本就不算太冷，现在渐渐变得暖和，街上的人也多了起来。乔九估摸时间差不多了，便带着"大病初愈"的谢凉出门，打算去城里喝个鱼汤再去白虹神府。

这两年他体内的毒没有发作，可以怎么舒坦怎么来，所以发现了不少好地方。

冬深山庄这附近的小城里有一家酒楼的鱼汤做得十分美味，他想让谢凉也尝一尝。

谢凉见小二恭敬地把他们请到靠河一侧的雅间，问了一句是否是老样子，突然想到了钟鼓城里那张架在酒楼屋顶的桌子。他听见乔九让小二问他的意思，便告诉对方老样子，望着小二离开，问道："常客？"

乔九道："以前来过几次。"

谢凉道："才几次？"

九爷听出了他的弦外之音，笑得张狂："我这样的，别人想忘都难。"

谢凉笑着恭维了一句，问道："那还有哪些地方的东西好吃？有空带我去吃一遍呗。"

乔九道："你把我哄开心了就带你去。"

谢凉道："我给您捏捏肩？"

乔九很满意，对他勾手指。

谢凉便走过去，力道适中地为乔九捏了两下。

二人颇为享受地喝了一顿鱼汤，并肩下楼。

到达大堂的时候，谢凉总算听到了消息的正确传播方式，他们年前把归元道长打下悬崖的事终于传开了。虽然是乔九动的手，但他那天毕竟在场，且办法也是一起想的，加之归元对他的那份执着，所以人们便把这事也算到了他头上。

"可归元道长为何要抓谢公子？"

"具体怎么回事不好说，有人说是因为谢公子也修仙，也有人说归元得知谢公子会招鬼，想让他给自己炼丹。"

"不管是什么吧，那魔头总算死了。"

"嗯，谢公子他们为武林做了件大好事啊。"

谢凉边听边走，心里刚刚闪过"上次去缥缈楼很划算"的念头，便见天鹤阁据点的一个人找了过来，在乔九的耳边低语了几句。

他见乔九挑了一下眉，问道："有事？"

乔九带着他离开酒楼，说道："项百里公然与碧魂宫决裂，带着他的人脱离了碧魂宫。"

谢凉道："项百里？"

乔九道："我的同门。"

谢凉骤然想起了凤楚那张食人花般惨不忍睹的脸。

凤楚过年也回家了，估计是直接对上了那位纠缠他的兄弟，就是不知道发生了怎样惨烈的情况，导致人家竟然不想在碧魂宫待了。

他问道："不会出事吧？"

"出事更好，"乔九极不待见他的同门，"他脑子不好使，十个加在一起也不是凤楚的对手，最好被狠狠收拾一顿。"

谢凉看着他这个幸灾乐祸的模样，无奈地笑了笑。

二人没有再在这里耽搁，出发到了白虹神府。

与天鹤阁一样，白虹神府也建在半山腰上。

不同的是所在的山头不高，且地势平坦，据说这一片全是白虹神府的地盘，一看就特别有钱的样子。

谢凉跟着乔九逛了半天，问道："找不到了？"

乔九道："不是，我在看路。"

谢凉应声，继续跟着他，问道："密道的入口长什么样？"

乔九道："不用管，跟着我就好。"

谢凉道："你上次来是什么时候？"

乔九顿了一下："八岁那年。"

谢凉道："……你其实就是找不到了吧？"

乔九道："没有！"

谢凉两眼望天，成吧，九爷说没有那就没有。

他找了一块石头坐下："这样吧，你先看看路，我帮你望风。"

这个说法让九爷很满意，说道："那你别到处乱跑，有事记得喊我。"

谢凉道："我知道，你注意安全。"

他单手撑着下巴，静静看着远处模糊的人影，片刻后见九爷回来了，站在他面前没说话。他等了等，见九爷还是不开口，实在没忍住笑了出来，识时务地搭台阶："我有点不舒服，要不咱们明天再来？"

九爷不高兴极了，气得踢了一脚旁边的石头。

耳边只听"啪嗒"一声，石块儿不知撞到了哪里，谢凉身后的石壁向旁边一滑，露出了一个山洞。

079.

乔九和谢凉的运气就从没好过，突然撞出一个洞口，两个人都是一愣。

紧接着九爷装模作样地开了口，表示他刚刚就是去看路的，确认周围没异样，这才回来开暗道，他体贴地询问："难受是吗，那咱们明天来？"

谢凉没有拆穿他，笑道："不用，我能坚持。"

乔九道："真没事？"

"没事，走吧，"谢凉站起身，"你确定这是你当年走过的密道？"

乔九道："应该。"

他点燃带来的灯笼，带着谢凉迈进去，先是四处打量了几眼，发现果然是他要找的暗道，这便放心了。

暗道有些潮湿，带着霉味，勉强能让两个成年男子并肩通过。

乔九为以防万一走在了前面，谢凉落后他半步，见前方一片漆黑，低声道："有多长？"

乔九道："挺长的。"他说着思索了一下，为避免再丢脸，补充道，"我记得挺长的，当时太小，忽然从书房掉进来有些怕，走得慢。"

谢凉挑眉："你一个人？"

乔九道："嗯。"

谢凉道："你胆子挺大。"

八岁的小孩掉进一个漆黑的密道，不原路返回叫个人陪着，而是自己走完全程，可想而知有多刺激，估计每走一步都是小心翼翼的，必然会觉得长。

乔九轻笑一声，不置可否。

谢凉听惯了他的笑，此刻敏锐地捕捉到一丝讽刺，问道："什么情况下掉进来的？"他说着快速想起一件事，继续问，"你说这里通向的小书房被烧了，什么时候烧的？"

乔九笑道："你脑瓜转得挺快。"他没隐瞒，"就是着火的那天掉进来的。"

谢凉道："那怎么会着火？"

"谁知道，"乔九道，"我趴在桌上睡着了，等到被呛醒，已经出不去了。"

谢凉只要稍微想想那个画面就觉得惊险，幸亏有条暗道，否则就没有乔九了。

也难怪乔九刚才找了半天都没找到路，他那时可能吓得不轻，怕是没心思观察别的。

乔九和白虹神府的恩怨他一直想知道，先前觉得不合适，有几分犹豫，如今关系近了不少，倒是可以问一问。他说道："我听江湖传闻说你八岁时被叶帮主打过，因为什么？他误会你烧了书房？"

乔九道："算是其中之一。"

谢凉道："主因呢？"

乔九静了一下。

谢凉不等他开口，抢先道："想说就说实话，不想说就告诉我不想说，我以后不问就是。"

乔九道："因为我做了大逆不道的事。"

谢凉心头一跳。

乔九道："我当时中了阎王铃，控制不住自己的戾气。"

这已经是太久以前的事了，他那段时间满腔怒火，根本记不清自己都干过什么。

母亲去世后，他住到爷爷的院子里被爷爷亲自教导，而叶帮主刚接管白虹神府，忙得整天不见人，直到两年后才好一些。

叶帮主在感情上有些糊涂，其他方面还算可以，当年也是真疼过他。

可惜到底是聚少离多，二人的父子情分很淡，后来爷爷去世，叶帮主这才开始真正管他，对他很是严厉。也是那之后不久，他的脾气越来越不好，没少砸东西打人，也没少被叶帮主罚，直到他的小书房失火。

他轻轻笑了一声："那之前，我一直觉得我那位继母是个好人。"

因为母亲生病的时候，她总是过来看他们。叶帮主罚他的时候，她也总是第一个帮着他求情。她是个温柔的女人，时常对他嘘寒问暖，生怕他受委屈似的。

这不像她的母亲，记忆里他的母亲总在哭，偶尔还会歇斯底里，只有极少数的时候会对他笑，然后笑着笑着又哭了，抓着他的胳膊让他去求叶帮主过来。

他去求过，但叶帮主很少来，每次来了，母亲也总会大哭大叫，最终闹得不欢而散。

谢凉道："叶帮主和你母亲的关系不好吗？"

很难想象啊，一般花心风流的人，应该很擅长哄女孩子啊。

再说那位继母总去看她，想来二人的关系是不错的，而当年叶帮主一前一后把两人娶进门，很大可能也得到过乔九母亲的同意，为何又闹僵了？

乔九道："我当时也不知道他们为何总吵架，是后来才知道的。"他勾了一下嘴角，笑容冰冷，"我那位温柔的继母设了一个套，在家宴上动手脚让我母亲喝醉，提前回房休息，等叶帮主去看她的时候，她正和别人在一起。"

谢凉的眼皮狠狠一跳。

这里的别人肯定是个男人，那"在一起"的意思可就深了。他试探道："没有问问那个人？"

乔九道："那是我母亲的表哥，当晚就自尽了。"那个人究竟是怎么进去的、事后有没有人调查等，他统统不得而知，也不太愿意多说母亲的事，只道，"这事最后压下去了，只有几个人知道，自那之后他们的关系就僵了。"

这是必然的，谢凉心想。

一方以为被戴了绿帽子，一方觉得自己是冤枉的，能有个什么好结果？

乔九道："再后来我母亲就病了。"

那个漂亮的女人笑起来的时候是真好看，可惜她的丈夫误解她，她年幼的儿子保护不了她，她的好姐妹又装着蛇蝎心肠，她自己的精神越来越差，很快就枯了。而她死后，她的儿子还叫了仇人好几年的母亲。

但不得不说他那位继母是真的会做人，他中毒后脾气差到极点，对谁都没有耐心，唯有在她面前会收敛一些，所以他担惊受怕地从密道出来后，第一反应就是去找她。因为他和叶帮主刚吵过架，被叶帮主罚抄书，便扬言要烧了书房，结果书房还真就着火了，他感觉会被打，就去找靠山了。

谁承想靠山是个豺狼，他误打误撞偷听到她和丫鬟的对话，这才得知她一直想弄死他。

他简直气疯了，拿了把匕首便找她拼命，而她一边躲一边差人去叫叶帮主，等叶帮主过来，看到的就是他用匕首伤人的场景。

不过他没停，他那时已经没理智了。

叶帮主对他的耐性耗到极点，见他如此大逆不道，就动了家法，好在他外公听说了他的情况恰好赶来把他接走，不然他觉得他活不过一个月。

江湖传闻叶帮主每年都去找他外公要人，其实不是的。

叶帮主对他失望透顶，压根不想管他，每次见到他外公也只是简单问一句他的情况而已，是之后又过了三四年才想接他回家，而他那时正在静白山解毒，能不能活着都是个问题。

谢凉听得心疼，握了握他的手。

"阎王铃一响，命丧黄泉。中了这个毒，脾气会越来越差，发狂至死，"乔九说着沉默了一会儿，终是接下去道，"我当年回来的时候，体内的毒还没有完全压制住，晚上一家人吃团圆饭，我就给他们下了药。"

谢凉："……"

乔九补充："我那时还有个帮手，他帮着我把暗部的头领制住了。"

谢凉道："是阿暖？"

乔九道："不是，是个疯子。"

哦，应该是某个同门，谢凉道："然后？"

乔九没有开口。

谢凉道："没事，你说吧，吓不到我。"

乔九看了看他，转过头继续走，说道："然后我点住他们的穴道，集体带到祠堂，把我那位继母按跪在祠堂的门口鞭打，使了好些手段出气。"

谢凉："……"

乔九道："之后我又把她那个丫鬟拉了出来，让她替她主子向叶家的列祖列宗忏悔，那丫鬟亲眼看见我对她使的那些手段，吓得全说了，我就是那时才知道我母亲果然也是她们害的。"

嗯，难怪江湖传闻那晚过后白虹神府的人见到九爷时脸都是白的。

谢凉察觉到自家九爷说完便沉默了，再次握了握他的手，问道："再然后你就走了？"

乔九道："嗯，我和叶大帮主没什么好说的，不想在这里待着，就走了。"

接下来的几年，他一边发展天鹤阁，一边压制剩下的那点毒。

等到彻底压下去，他便抓紧时间过了两年的好日子，直到遇见谢凉。

如今想一想，他也不算太惨，起码比瘫在床上动弹不得好太多了。

而且他报了仇，该玩的玩了，该吃的也吃的，还认识了谢凉，不过遗憾的是，以后不能陪谢凉玩，更不能见证谢凉把敌畏盟发展壮大。

他沉默数息，说道："以后我万一真的毒发，搞不好又会失去理智，你记得离我远点，但也搞不好不会发疯，会虚弱……"

谢凉连忙打断："住口，别乌鸦嘴。"

乔九听话地闭上了嘴。

谢凉反应一下，问道："你知道乌鸦嘴的意思？"

乔九道："不就是好的不灵坏的灵吗？怎么？"

谢凉道："这是我们那里的话。"

看来这是那位前辈造成的影响。

他一时好奇，想知道那位前辈有没有写什么自传，他刚好趁着这个机会看一看。

乔九道："没有，白虹神府里倒是有他写的书，有一本蛮有意思的，叫《脑筋急转弯》。"

谢凉道："里面都有什么？"

乔九回忆一番，勉强想起几个，说道："有个问题是：一头猪冲出栅栏往前跑，撞树死了，为什么？"

谢凉道："因为它脑子不会拐弯。"

乔九沉默一下，再次回头："不是，我记得书上写的是因为树太硬。"

谢凉道："明明是不会拐弯。"

乔九道："就是树太硬。"

谢凉道："成吧，还有别的吗？"

乔九道："还有一个是拿起石头砸瓶子，'砰'的一声，瓶子没碎，为什么？"

谢凉道："因为没砸到，砸地上了。"

乔九道："不是。"

谢凉道："你总不能告诉我是因为瓶子太硬。"

乔九道："因为石头小，刚好能掉进瓶子里，所以没碎。"

谢凉："……"

皮，那位前辈简直皮出天际了。

被这么一打岔，二人便默契地没再提毒发的事。

谢凉一边给九爷科普真正的脑筋急转弯，一边跟着他往前走，片刻后终于到了九爷说的密室。

080.

二人回想这一路的时间，发现当年果然是九爷太小，才会觉得漫长。

谢凉打量了一圈。

这间密室不大，摆设也简单，石床、石桌、石凳外加一个书架，其余就没了。不过值得注意的是石桌上放着茶具，石凳上也铺了软垫。

乔九道："这里被动过。"

谢凉了然。

九爷说过那位先祖喜欢挖密室，白虹神府里至今可能仍有未被发现的密道，这条是九爷第一个发现的，之后他就被叶帮主打了，自然不会对叶帮主提起这事，但到底过了十几年，估计白虹神府后来在修葺小书房时也看见了这条暗道，所以摆设才会有变化。

有变化，这说明他们随时能被发现。

他问道："现在怎么办？"

乔九想了想："这么晚应该都睡了吧？"

谢凉"嗯"了声，走到书架前查看上面的书籍，随口询问他第一次来是什么样子的，得知他那本秘籍就是在这里发现的，诧异道："在这儿？"

那可是秘籍，而且貌似还挺厉害的。就这么随手一放，也不告诉家人，真的好吗？

乔九点头："我之前来的时候床上只有一个蒲团，旁边放着本秘籍，上面写着能进来便是有缘，这秘籍就送予我了。"

谢凉听得嘴角抽搐，那位前辈是不是武侠剧看多了，在自己家里也搞这一套？

乔九看一眼他的表情，勾起一个笑："我那位先祖不拘一格，爷爷说他总觉得自己的运气太好，都留给后人怕是给他们招祸，所以一切都看天意。"

运气好竟也有烦恼？

对不住，运气太差限制了他的想象。

谢凉半个字都不想评价，见书架上的书大都是一些诗词杂记，便举着灯笼看了看墙壁，发现没有任何符号和文字，只好等着九爷做决定。

乔九道："我先祖写的书都在家主书房的那个密室里放着。"

谢凉知道怕是没戏了，听说白虹神府向来戒备森严，而家主的书房更是重中之重，他们根本进不去。他说道："那回去？"

乔九不太甘心，但确实也想不出太好的法子。

他刚想说回去，忽然听到一阵极轻的脚步声，急忙弄灭灯笼，带着谢凉躲在门边的墙角。

谢凉见状便尽量放轻呼吸。

略微紧张地等了一会儿，只听低低的交谈由远及近。

"应该快到时辰了吧？"

"嗯。"

"唉，还以为能睡一会儿的，谁知被派来跑腿了。"

"主子吩咐的事，不要抱怨。"

"我知道，不说便是……"

二人边走边说，很快到了附近。

乔九和谢凉顿时一齐在心里期盼他们是路过，可惜那点运气已经在寻找入口的时候耗尽了，那两个人说话间也进了石室，举着油灯把手里的盒子往桌上一放，转身要走，瞬间和他们打了一个照面。

几人："……"

乔九早已蓄势待发，在他们反应过来前迅速出手点住了他们的穴道。

那二人："……"

我的娘活见鬼了，这不是自家大少爷吗！

乔九蹙眉盯着他们，很不高兴。

谢凉能理解，九爷怕是宁愿当场去世，也不想让人知道他来白虹神府了。

那二人皆是暗卫的打扮。

他们眼底的神色先是震惊，接着就换成了惊悚，生怕被灭口。

谢凉看向乔九，问道："还走吗？"

乔九不开心："不走了。"

被发现了还走，这买卖太亏。他回想他们方才的对话，在其中一人的身上点了一下，问道："今晚当值？"

那人动弹不得，只能说话，回答道："是。"

乔九道："何时？"

那人道："子时。"

乔九道："干什么去了？"

那人道："给大小姐买棋谱。"

乔九看了一眼桌上的盒子。

那人见状道："就是那个。"

他生怕交代得不够清楚，便细细解释了一遍，告诉他们大小姐最近请了位大师在学下棋，那大师今日听说了一本棋谱的消息，于是大小姐就派他们去买了。而这条密道自从被发现，就成了暗卫众所周知的地方，外出办事都很方便，谁承想他们竟会在这里遇见乔九啊！

乔九道："买个棋谱还要两个人？"

那人道："比较贵重，是在月晓楼买的。"

这么一说，乔九和谢凉就懂了。

寒云庄、缥缈楼、悬针门、金影月晓堂……近十几年江湖上繁盛的四个新锐白道帮派，只有金影月晓堂沾一点黑，月晓楼是他们的生意，每半年开一次张，卖的都是不好弄的玩意儿，价高者得，看来这是赶上了年初的第一笔生意。

乔九打开盒子看了看，发现又破又旧，便没什么兴趣地合上了。

谢凉则多想了一层，叶姑娘向来对什么事都很淡漠，现在竟然肯花重金买棋谱了，他不由得道："你们大小姐以前喜欢下棋？"

那人道："好像一般。"

谢凉道："是这次回家后突然喜欢的？"

那人犹豫道："是。"

谢凉沉默。

他若没记错，年前同行的那一路，方延和沈君泽有空就在下棋。

叶姑娘说她有喜欢的人，看她在家这么花工夫学下棋的架势，如果不是巧合，那她喜欢的不是方延就是沈君泽。而这两个都对叶姑娘不感冒，看来秦小二还是有机会的。

乔九对这点事不感兴趣，见谢凉不问了，便继续往下问："还有谁知道你们去买棋谱了？"

那人道："首领知道。"

乔九道："你们首领晚上不跟着换班吧？"

那人："……"

乔九眯眼："嗯？"

那人咽咽口水："大少爷……咳不是，九爷，您想干什么？"

乔九道："是不是？"

那人没答。

乔九便知这是不跟着换，高兴了一点点，随口道："我来拿个东西。"

他把谢凉拉过去和他们比了一下身高，发现还可以，便摘下那人的面具，说道："放心，我要想灭口早就灭了。"

二人心想这倒是句实话。

他们默默看着九爷和谢公子脱了他们的衣服，换上了他们的行头。先前那人试探道："九爷，您去哪儿拿东西？"

乔九道："书房。"

那人道："那……您想拿什么东西？"

乔九斜他一眼。

那人立刻不敢问了。

算了，他想，不管拿的是不是要紧的东西，都让家主操心去吧，万一真把九爷惹毛了，他这条命就得完蛋。

乔九重新封住他的声音，拿着盒子便和谢凉出去了。

两名暗卫被脱衣的时候，身子被挪动了些，恰好能看见彼此的脸。

二人无声地对视几眼，一直没开过口的那个突然想起一件事，目光里顿时闪过同情。

先前那人眨眨眼，猛地想到今晚在书房附近当值的护卫是阿三。那孙子话特别多，且一心想做暗卫，每次见到他们都会聊几句，要是导致九爷的身份暴露，九爷会不会怪他没事先交代清楚，把气撒在他身上？

乔九和谢凉完全不知道遗漏了重要情报，此刻刚刚出了密道。

这尽头连着的依然是个小书房，二人没心思细看，开门到了外面。

暗卫的衣服都是黑的，由于晚上冷，长袍外加了件斗篷，帽子一遮，刚好能盖住谢凉的短发。他得了乔九的交代，便不言不语地跟着他。

小书房坐落在花园里，幽静而有情调。

二人顺着小路拐过一个弯，只见前方立着数道人影，像是在等着他们似的。

谢凉心头微跳，下意识停了停。

乔九道："没事，是雕像。"

谢凉："……"

他无语地继续走，很快到了雕像群，借着微弱的光打量了一下，入目第一个便是武士打扮的男人，且腰间挂着三把剑，旁边那个是同样的打扮，不同的是头戴草帽，再旁边则是一个姑娘，正双手交叉放在胸前。

他又看了几个，确定是古代版的海贼王，心想这是真爱粉无疑了。

但这还不算完，接下来还有古代版哈利·波特、思想者，甚至还有自由女神像，只是手里举的不是火炬。谢凉离得近，凑近了细看，发现举的貌似是埃菲尔铁塔。

谢凉："……"

可以，很有想法。

他跟着乔九出了花园，见旁边的石块上写着"万象园"三个大字，门口还一左一右地立着个兵马俑。他实在忍不住了，压低声音道："你知道这是干什么的吗？"

乔九道："看门的。"

谢凉道："不，陪葬用的。"

"……"乔九道，"就是看门的。"

成，你家的先祖，随你高兴吧。谢凉微微低头，没敢随便乱看，在乔九的带领下畅通无阻地抵达了书房。

此刻巡视的护卫恰好刚刚走到这里，迎面就对上了他们。

护卫的小头目道："怎么？"

乔九掏出腰牌一举，低声道："主子要的东西。"

小头目不是暗卫首领，不清楚他们其实是给大小姐买东西去了，见状一点疑问都没有。

双方交错而过，护卫开始去别处巡查，乔九和谢凉则成功进了书房。二人把盒子一放，进了密室，打算看看那位前辈的笔墨，然后在子时换班前把衣服还回去。

他们本以为事情很顺利，可惜当值的护卫小头目正是阿三。

主子吩咐的事他是不敢问的，但可以等他们忙完了说几句，放个东西能耗费多少工夫？

他于是让手下先走，自己一个人在附近等了等，结果左等右等就是不见人影，顿时起疑了，要知道他们家主早已睡了，书房是没人的。

他犹豫了一下，试着低低地在门外喊了两声，见没人答应，打开房门看了看，发现一个人影都没有，盒子倒是随便扔在了桌上。

他心里的疑惑上升到顶点，紧接着联想到年前清理内鬼的事。若他们不是还有别的差事，那这很可能是大功一件，于是他急忙跑去找暗卫头领，快速交代了一番。

暗卫首领是知道书房有密室的，赶紧报告给了家主。

叶帮主立刻觉得这是又抓到内鬼了，迅速穿衣服起床，带着暗卫直冲书房。

他吩咐手下把书房里里外外全围住，带着心腹，脸色冷然地冲了进去。

081.

书房的密室比先前那间稍小一点，没有石床，只有一套桌椅和一圈书架。

不过谢凉进门后一眼都没往它们那边看，而是直接抬头，因为头顶天花板镶着好几颗夜明珠，整间密室都笼罩着一层淡淡的荧光。

他心想：这是真有钱。

乔九道："喜欢吗？我给你抠几个？"

谢凉道："……这是你先祖镶的吗？"

乔九道："是，他当年留了话，想抠就抠。"

但到底是先祖留的东西，白虹神府又不差钱，不到穷困潦倒的地步谁会真抠？

哦，大概只有调皮捣蛋的熊孩子会，可惜小孩子能力有限，抠不下来。对了，九爷离府那年才八岁。

谢凉默默看着九爷，觉得九爷嘴上说是帮他抠，实际是圆梦来了。

乔九再次道："要不要？"

谢凉忍着笑，说道："先找东西，时间充裕就弄几个。"

抠几颗夜明珠对现在的乔九来说轻而易举，根本不费工夫。他想当然地认为他们最后时间充裕，满意地"嗯"了一声。

荧光勉强能让人看清书上的字，为了不费眼，乔九把桌上的油灯点燃了。

他寻着记忆翻了翻，发现先祖的笔墨都还在原来的位置，便示意谢凉过去看，然后转身去翻看别的卷宗，大帮派都有自己的一套消息渠道，白虹神府有二百多年的历史，兴许有他不知道的江湖秘闻。

二人各忙各的，一时都没开口。

谢凉快速翻了一下前辈写的书。

那前辈不仅自创了一本《脑筋急转弯》，还写了本《笑话大全》和《名人语录》，不过这所谓的《名人语录》里只有一位名人，就是他自己。

他翻了几页，发现大部分都是毒鸡汤，便放回原位查看别的，最终在这堆笔墨里找出了一本游记，记录的是前辈当年到过的地方。

挺好，起码有一本正经的。

谢凉收好游记，到了乔九的身边。

乔九正在津津有味地看卷宗，余光扫见他，问道："这么快？"

谢凉道："表面看只有一本有用，其余得细看，没时间。"

乔九没指望那两名暗卫会对叶帮主隐瞒他们的事，便破罐破摔了，说道："那就都带走，没用再还回来，我顺便也装几本。"

谢凉想了想，觉得可以。

直接搬着箱子出去变数太大，好在他们都穿着斗篷，只需拿块布兜着一背，便能完美地遮住。

乔九和谢凉想到了同一个点子，但密室连块桌布都没有，去外面书房里翻，既浪费工夫，还有可能弄出动静被察觉，最稳妥的办法就是用里面的衣服包着。

那么问题来了，谁脱？

二人在昏暗的光线下彼此对视，都知道时间紧迫，容不得讨价还价。谢凉思考一秒，摸出一枚铜钱："猜正反。"

乔九道："成。"

谢凉没有挑战习武之人的眼力，而是握在手里来回翻了几圈，然后掌心向上，示意他选。

乔九道："正。"

谢凉张开手，发现是反面。

乔九："……"

谢凉笑着做了一个"请"的手势。

乔九斜他一眼，不想吃这个亏，于是解开斗篷，脱掉外袍后就不想动了，吩咐道："过来，伺候爷更衣。"

谢凉不和他计较，好脾气地上前脱他的中衣，打算撕了装书。

乔九还嫌不够，教训道："动作快点，笨手笨脚的……"

话音未落，他突然听到了门口的动静，一把按住了谢凉的手腕。

这动静实在太近，根本不给人反应的时间，他只能下意识地看过去。紧接着，房门倏地打开，叶帮主和暗卫首领一齐杀气腾腾地冲进来，然后僵住。

乔九和谢凉："……"

叶帮主和暗卫："……"

空气在这一刻简直凝住了。

乔九迅速拢好中衣，脸色阴沉得能滴水。

叶帮主和暗卫首领的脸色没比他好多少，二人脑中想的都是内鬼翻东西的画面，谁知进来一看，却看见这一幕。

儿子这几年一步没往家里踏过，现在终于又回来了，竟拉着人在书房里搞了这么一出。

叶帮主眼前发黑，被刺激得几乎要觉得什么内鬼、儿子都是假的，他根本没从床上下来，这是在做梦。

他暗中掐了自己一下，觉出疼了，脸色也跟着不好了，指着他们的手指直抖："你……"

乔九恼羞成怒，一掌便劈了过去："滚！"

叶帮主和暗卫首领连忙闪开。

前者扶着墙缓了缓，终于找回一点理智，努力让自己冷静，看了一眼手下。

暗卫首领心领神会，赶紧出去了，然后第一反应便是先上下左右打量一圈，万分担心自家大少爷今晚又把上次那个疯子叫来当帮手。

等看完发现没人，他不禁心有余悸地擦把冷汗，出了书房。

众手下早已严阵以待，见他出来，齐刷刷看向了他。

按正常讲，这应该是擒住了内鬼，家主则留在里面问上话了，然而……他们刚刚貌似听见了一声"滚"，这是错觉吧？白虹神府里谁敢让家主滚？

首领摆手："都散了。"

众手下便带着一点点疑惑和好奇，各回各位了。

阿三也要继续巡逻，他暂时没走，迟疑地迎了过去，问道："是……是抓到人了吗？算我立了一功吗？"

暗卫首领道："算吧。"

至少让家主知道大少爷来了，就是不知道结果是好是坏，看大少爷刚才的脸色，他真担心那两个人一会儿打起来。

他不欲多说，把人打发走，自己守在了门口。

叶帮主关上密室的门，站在那里没动。

五年的时间，他基本把儿子的脾气摸出来了。

这浑小子软硬不吃，尤其不吃硬，来硬的根本没用。而且他还不能说"你不是不回来吗"之类的话，因为噎完那一句，乔九保管扭头就走。

他只能压着火，耐心问道："有事？"

乔九没理他，冷着一张脸穿衣服。

谢凉觉得很有必要为刚才的场景解释几句，便告诉叶帮主他们是想借几本书，由于没有布，只好撕衣服。

叶帮主点点头，看向乔九。

乔九仍是一语不发，穿好衣服从书架下翻出一个箱子，把先祖的书和他想看的卷宗一起扔进去，然后跳上桌子，伸手摸上一颗夜明珠，"吧嗒"一下抠了下来。

谢凉："……"

叶帮主："……"

叶帮主的眼角狠狠地跳了跳，尽量无视，问道："突然找书干什么？"

谢凉犹豫一下，说道："我们是想看看叶前辈的……"

乔九打断："闭嘴。"

他一连抠了三颗珠子，勉强舒坦了一点点，跳下来往箱子里一放，合上盖子，抱着就走。

叶帮主的火气终于到了顶点，挡住他："站住，想来就来想走就走，拿个东西连声招呼都不打，你像话吗！"

乔九道："先祖有言，他的东西后世子孙都能看，我拿的是他写的书和卷宗，抠的是他放的夜明珠，无须你的同意。"

叶帮主气得不行："这箱子是我的！"

乔九立刻嫌弃地把箱子扔回桌上，脱掉斗篷要拿衣服装。

叶帮主更气，口不择言了："暗卫的衣服也是我花钱做的，你脱了出去！"

余光一扫，他继续道，"你点的油灯也是我买的，别用！"

乔九把油灯弄灭了扔他身上，开始解腰带，显然是真要脱了。

谢凉按住他："行了，别闹。"

乔九扫见他身上的衣服，掏出银子扔给叶帮主："谢凉这身衣服我买了。"

叶帮主差点被泼了一身灯油，额头的青筋突突直跳，怒道："你给我坐下！"

乔九嗤笑："凭什么听你的？"

叶帮主道："凭我是你爹！"

乔九道："哦，我记得你当初打我的时候好像说过再对你夫人动手就没我这个儿子，不好意思，我后来把她打了，麻烦叶大帮主能说话算话。"

"我都说了那不算！"叶帮主道，"当初我不知道真相，更不知你中了毒，所以错怪了你，你还有完没完？"

乔九再次嗤笑："反正你说了那句话，堂堂白道大侠出尔反尔的，脸面都不要了？"

叶帮主道："家训都说了做人不能太要脸，我要什么脸！"

谢凉："……"

家丑不可外扬，老祖宗的话果然有一定的道理。这边砸油灯、脱衣服，那边嚷嚷着我要什么脸……简直都是保留节目。

他无语极了，见九爷还想着要脱衣服，便加了几分力道："别闹了，你真走？"

乔九道："不然呢？"

谢凉反问："不亏？"

乔九沉默。

亏是真亏，既然都已被发现，不如就把其余的密室逛一遍，带上谢凉的话，没准还能找到新的密室。

叶帮主这时又逼着自己冷静了点，缓了一口气，问道："到底有什么事？"

谢凉见九爷不吭声，只好自己来，客气地问道："叶帮主，我们能逛一逛白虹神府吗？"

叶帮主道："现在？"

谢凉思考了一下让九爷再来的可能性，觉得不太高，说道："嗯，现在。"

叶帮主自然没意见，开了密室的门，要带着他们去。

乔九不乐意了："不需要你领着。"

叶帮主充耳不闻，继续往外走。

谢凉知道九爷的心情糟糕到了极点，赶紧握住他的手顺毛，拉着他迈出密室，抬头就见对面的墙上镶着一个国际象棋的棋局。

方才来得匆忙，什么都没细看。

此刻书房内灯火通明，倒是让人看得清清楚楚。

乔九见他停了停，顺着他的目光一望，说道："我们早已试过，那上面的雕像都是死的，转不动。"

谢凉道："这是棋局，黑子里最前面的那颗是王后，只要走一步，白方就死了。"

乔九一怔，问道："走哪几步？"

谢凉便给他指了指。

乔九走过去摸上那个格子，发现依然按不动，便试着加了一些内力，突然听到一点点细微的断裂声。他不由得增加力道，只听"咔"的一声，格子的石板断开，露出了一个机关。

叶帮主看了全程，脸色微变，猛地望向谢凉："你究竟是何人？"

082.

乔九在少林搞了那一出，叶帮主自然要查一查谢凉的底细。

但查来查去，得到的答案都是来自世外的村庄或小岛，最近更是连仙岛的传闻都出来了，那实在太假，他半句都不信。不过谢凉曾以石家小子故友的身份替春泽山庄祈过福，而石家小子又一直在飞星岛习武，他本要往那个方向查的，可此刻又有了新的猜测。

难怪这两个人好端端地要找先祖的东西，还要逛白虹神府。

他看着谢凉，问道："你是通天谷的人？"

谢凉迅速思索一下利弊，坦然地道："回前辈，是。"

叶帮主的神色又变了变，与当初的乔九一样，对这事有些意外。

如今的武林很少有人知道通天谷，这个名字只在二百多年前响亮过一次。

他们白虹神府里有记载，当时江湖上的人把通天谷来来回回翻了几十遍，连个狗洞都没找到，先祖那时虽然解释说有机关阵法，但他们这些后人通过笔墨和家训，多少能了解一点先祖的秉性，本以为通天谷的传闻是先祖瞎编的，谁知竟真的存在。

他来不及细问，便听见乔九告诉谢凉不用搭理他，顿时瞪了过去。

乔九不理他，谨慎地转动机关。

只听"咔嚓"一声轻响，棋局整个后移陷进墙里，下方露出了一个两寸的凹槽。他看一眼，伸手从凹槽里拎出一块石板。

这块石板与给四庄和飞剑盟的信物类似，同样写着字。

不同的是上面没写鸡汤，而是直奔主题，说是若通过凿墙或误打误撞弄碎格子而得到的石板，那就不用看了，看也没用。而若是通过解棋局得到的，那便是天意。他有件东西，很可能是潘多拉的盒子，但毁之可惜，只好一直留着，希望他们能慎重对待。

字到这里就结束了，没有具体位置和提示。但谢凉和乔九都知道既然用了类似的石板，且秋仁和冬深的信物都表明有宝物，那其余线索在另外两庄和飞剑盟那里的可能性很大。

乔九道："潘多拉的盒子是什么？"

谢凉道："就是指不好的事物，打开后会造成灾难。"

乔九道："为何？"

谢凉简单解释了一下这个词的来历，和他一起重新看了看凹槽，发现再没其他物品，便把棋局弄回原位，望着破开的小格子道："找块小石板再镶上吧。"

叶帮主"嗯"了声，告诉乔九把那块石板放到书房的密室里，他们去别处转转。

乔九原本是想这么做的，可听完他的话就不动了，因为感觉像在顺从叶帮主似的。谢凉一眼看出九爷的心思，只好自己拿过去，留这两个人大眼瞪小眼。

叶帮主道："窦先生他们也是？"

乔九瞥他一眼，装没听见。

叶帮主都习惯了，想想窦天烨他们的短发和干出的事，便觉得八九不离十，问道："通天谷的人为何突然入世？"

乔九继续装没听见。

叶帮主道："我在问你话。"

乔九道："我不想答。"

他见谢凉出来了，上前拉着谢凉就走。

叶帮主拿他无可奈何，只好压下心头的疑惑，跟着出了门。

暗卫首领正在外面站着，见状小心翼翼地打量这对父子的神色，发现没有想象中的剑拔弩张，看了一眼家主。

叶帮主摆手示意不用他跟着，到前面带路去了。

谢凉走了几步，想起一件事，转身提醒一句那两个暗卫在小书房的密室里，记得去解穴，免得他们冻一晚上被冻出毛病。

暗卫首领点点头，目送他们走远，见他们不是去门口，也不像是要去花园的小书房，便有点震惊，心想大少爷难道要住下？

当值的暗卫和护卫更加震惊，首领好歹知道里面的人是谁，他们可全都猝不及防啊！

想一想方才摩拳擦掌堵人的架势，众人不由得擦把冷汗，暗道幸亏家主稳住了，不然真打起来，被打的绝对是他们。

也难怪先前听到了一声"滚"，能在白虹神府里如此对家主放肆的，江湖上除了自家大少爷，大概也找不出别人了，不过大少爷要留宿吗？

阿三腿都抖上了，没空再想功劳的事，悚然地道："他……我是说大少爷不会怪我告密吧？"

暗卫首领同情地看着他："他想不起来应该就没事。"

阿三默默求祖宗保佑，希望大少爷把这事忘得一干二净。

可这当然是不可能的，九爷好几年没吃过这种亏了，耿耿于怀得不行，等彻底压下心头的火，他便破天荒地主动搭了叶帮主一次："你们怎么知道密室有人的？"

叶帮主道："护卫说你们进去放东西，半天没出来。"

乔九道："他不是去别处巡查了吗？"

叶帮主道："这我不清楚。"

乔九不爽，觉得那护卫脑子有毛病，他们都说了是给主子办事，他吃饱了撑的还在外面守着。

叶帮主看了他一眼："他要是不说，你们是不是拿完东西就走？"

乔九道："不走还留下过夜？"

叶帮主心中一动："逛完也晚了，要不住下？"

乔九给了一声嗤笑，连答都不屑答。

叶帮主道："你有武功不累，总得为谢公子想想。"

谢凉见他们几乎同时看向他，说道："别吵，我没办法集中注意力了。"

二人一齐偃旗息鼓。

不过夜晚到底不比白天，古代的照明设备又比较简陋，屋里还好一些，到外面就有些困难了，加之后院许多院子都住着女眷，不方便看，他们最后就只找到了一处新的暗格。

暗格镶在地上，只有两个鞋盒那么大，里面放着一壶酒。壶身刻着字，表示这是他亲手酿的，谁找到归谁。

谢凉经过先前的手枪生锈事件，对那位前辈不抱半点希望。乔九和叶帮主则都有些期待，毕竟那是他们的先祖。

乔九道："打开尝尝。"

谢凉道："你想喝？给你。"

乔九道："这是给你的。"

谢凉道："我的就是你的。"

乔九的心情立刻多云转晴，伸手要去揭封。

谢凉及时拦了一下："你想好了？"

开陈酒是有"死活"一说的，打开是酒香，那这酒便是"活"的，能喝；若打开飘着酸味，那便是"死"了，没法再喝。这怎么说也是他们先祖亲手酿的，若不开封，永远都有这一坛酒，好歹能留个念想。

乔九道："想好了。"

他甚是好奇，压根不在乎浪不浪费，微微一用力便掀开了盖子。

下一刻，一股浓厚的醇香溢了出来，直勾得人食指大动，连原本不看好这事的谢凉都有点动心。

乔九擦净瓶口上的土，拿起喝了一口，淡定地抹把嘴，递给了叶帮主。

谢凉："……"

叶帮主："……"

叶帮主盯着儿子："不好喝呗？"

乔九神色如常："挺好喝的，你尝尝。"

叶帮主看了他一眼，接过来也喝了一口，一瞬间差点辣得眼泪都出来了，心想这浑小子果然不会突然孝顺。他也淡定地抹了一下嘴角，把盖子合上，没有再递给谢凉。

谢凉正有些哭笑不得，便见乔九看向了他。

乔九道："睡一晚再走？"

谢凉："……"

叶帮主："……"

空气刹那间死寂了一瞬，紧接着叶帮主开了口："对，住下吧，晚上没看全，明早可以再看一遍。"

他不知是喝酒辣的，还是太激动了，眼眶都有一点红，声音也有些微不可查地发颤。说完似乎担心他们反悔，他连忙要带着他们去休息。

乔九一点都不为所动，惜字如金："我住客房。"

客房就客房，叶帮主觉得他肯住下自己都要烧高香了，其余小事不值一提，便亲自带他们过去。

谢凉有一点迟疑，跟着他们到了最好的一间客房里，目送叶帮主离开，这才问道："你是为了我？"

乔九道："不是。"

谢凉不信。

白虹神府实在太大，他们只有几盏灯笼，视野非常有限。

若真的细看一遍，他们现在估计还在四处转悠，是乔九先提出来的不看，他们这才去了屋里，显然是不想让他太过耗神了，包括如今留宿的决定也是，看来先前叶帮主说的那句话乔九到底是听进去了。

他知道乔九对白虹神府的记忆并不愉快，说道："我熬一晚都没关系，你不想住，那咱们就不住。"

乔九道："不用，来都来了，把戏唱全吧。"

他虽然做事全凭喜好，但不是没有理智。反正都弄到了这一步，不如就充分利用一下，毕竟全江湖的人都知道他与白虹神府不合，那有什么比他在这里留宿更能让人起疑的呢？只要能把那伙人成功钓出来，捏着鼻子住一晚也值了。

只是他终究不太喜欢白虹神府这个地方，晚上浑浑噩噩地做了不少梦，第二天早上醒来后的假笑特别灿烂。

管家早已恭敬地等候多时，他知道自家大少爷的脾气，想来是不喜欢穿他们准备的衣服的。为以防万一，他便将这二人昨晚留在小书房密室的衣服拿了来，和新衣服放在一起，见大少爷果然穿了自己的衣服。

乔九把他打发走，带着谢凉直奔书房，打算一会儿在府里简单转一圈就走人。

叶帮主一晚上都没睡好，今天早早就醒了，一直关注着他们的动静。他正想着怎么把人再留几天，就听见管家说他们进了书房，心想这真是只睡一晚，连早饭都不肯吃啊！

他急忙追过去，结果跑进书房一看，连半个影子都没有。

他便打开密室的门，见谢凉正无语地抱着箱子，而乔九跳上了桌子，一手拿着火折子，另一只手把最后一颗夜明珠给抠了下来。

叶帮主："……"

083.

乔九会把夜明珠全抠走，纯粹是在这里过了一夜外加做了一晚上的梦而不痛快了，所以就想干点让自己痛快的事。这事干完，他便从谢凉的手里接过箱子抱好，大摇大摆地往外走。

叶帮主忍了，没有拦，而是询问谢凉饿不饿，若是不想去饭厅吃，他就让人把饭菜端到这里来。

谢凉知道这又是把他当成了突破口，他看一眼乔九，见九爷抱着箱子走到外面坐下了，便笑着点了点头。

叶帮主立刻吩咐了下去。

等到圆桌抬进来，饭菜也一一摆好，他恍然还有一种不真实感。

他绷着脸坐好，看了看对面的儿子，拿筷子的手轻轻颤了一下。

五年了，儿子终于肯和他坐在同一张桌子上吃饭了。他压下眼底和鼻腔的酸涩，暗中缓了一口气，心里清楚乔九不可能睡一觉就转了性子，但又怕问多了翻脸，只好先和谢凉聊，询问他们是不是想去找那个什么潘多拉的盒子。

谢凉道："是有这个打算。"

叶帮主道："没线索，如何找？"

谢凉道："总会想到法子的。"

叶帮主见他不想多说，便没再往下问，只道若需要帮忙尽管开口，接着见他好脾气地应下，突然觉得他无比顺眼，毕竟若不是他，儿子压根就不会来白虹神府。

他用余光扫视着乔九，见他懒洋洋地喝着粥，基本不怎么动筷子，有些想问一句饭菜合不合胃口，但话到嘴边终究咽了回去。

他们父子像是从来学不会相处似的，这些年他想过无数办法、说过无数软话，但每每总以吵架收场，真是难得有这么心平气和的时候，以至于现在坐着不说话，他都觉得庆幸。

谢凉能看出叶帮主有点小心的态度，但不准备多帮。

他生长环境健康，虽然父母离异，可从小到大都没缺过爱，所以摸不准九爷对叶帮主的感情，不过他奉行一句话：那些不明情况就劝你大度的人，千万要离他远点，免得雷劈他的时候连累你。

因此在这件事情上，他主要还是看九爷的意思。

他观察了一下九爷这漫不经心的神色，觉得有些应付，便加快速度把粥喝完。

乔九看着他：“吃好了？”

谢凉“嗯”了一声。

乔九便把勺子一放，准备走人。

正要起身，只听房门被敲响，管家的声音在外面响起，说是天魁部的人来了。

白虹神府里分了好几个部门，除去暗部外，其余的就在紫微斗数和七星宿里随便摘了几个名字来命名。天魁部掌管的是情报，看这一大早就过来的架势，显然是有事。

叶帮主喊了声“进”，没有背着乔九。天鹤阁的消息甚至比白虹神府都灵通，背着他实在没必要。

天魁部的首领却不明所以，见管家守着门，便以为帮主正和人谈事。

他一边诧异哪位同僚比自己还早，一边推门进来，紧接着就在书房里见到了一张饭桌，待看清桌上的人是谁后，他心里瞬间尖叫一声，惊得左脚绊右脚，跟跄几步差点来一个狗啃泥。

有生之年竟能在白虹神府里见到乔九！天上下刀子都没这惊悚吧！

他看看这一幅“其乐融融”的画面，总觉得自己没睡醒。

叶帮主道：“有事？”

“……啊？啊对，有事，”天魁部首领努力不往乔九的身上瞅，说道，“红莲谷可能要和项百里联手。”

叶帮主的神色顿时凝重了些。

身为白道的泰山北斗，白虹神府多年来一直肩负着维护武林的重任，那伙人至今没有找到，黑道这种时候若再乱起来，简直是雪上加霜。

他问道：“怎么回事？”

天魁部首领便简单说了说。

项百里与碧魂宫决裂后，数日前遇见了施谷主。二人原本动了手，后来项百里不知说了什么，施谷主竟拉着他喝酒去了，还一副很欣赏他的样子，估计是有意招募。

"项百里脱离碧魂宫时带走了一部分心腹，碧魂宫不可能放过他，"他说道，"他若真进了红莲谷，那碧魂宫和红莲谷会不会打起来？"

黑道两个大派打起来是什么后果？

叶帮主皱起眉，看向乔九和谢凉："你们怎么想？"

乔九难得有心情给一句评价，几乎和谢凉同时开口。

乔九道："死了最好。"

谢凉道："随他们高兴吧。"

施谷主为何请项百里喝酒，没人比他们更清楚原因了。不过说实话，那种丧心病狂的审美也能找到知己也是蛮不容易的。

叶帮主道："怎么？"

乔九这次不搭理了，他估摸白虹神府里的人都吃完饭了，便擦擦嘴角，站起了身。

叶帮主立刻把刚才的疑惑抛诸脑后，跟着起身："这就走？还有好多地方没逛呢，要不先等等，我让后面几个院子的人去别庄住几天，把地方腾出来……"

乔九道："不用，麻烦。"

叶帮主道："不麻烦，一句话的事，阿福！"

乔九见管家闻声进来，便打断他们的话，表示不想逛。

叶帮主无可奈何，只好又看向谢凉，没等劝两句，只听门口响起一个熟悉的声音："父亲？"

几人扭头一看，发现叶姑娘来了。

叶凌秋也看见了乔九，神色顿时一僵。

她后面的丫鬟端着一杯茶，猝不及防望见自家大少爷，手一抖，茶杯直接摔在了地上。

叶帮主不由得瞪了她一眼。

他知道儿子很可能只住一晚，为避免下人们收到消息私下里嚼舌根被乔九听去，他暂时把这事瞒住了，只说有贵客来了，让人们都老实点，方才管家进来，没人看门，这就撞上了。

他收回目光，看向女儿。

叶凌秋只听说昨晚父亲带着两个暗卫逛过院子，又得知来了贵客，今早见父亲没去饭厅吃饭，便想来看看是不是家里出了事，谁知竟是乔九。

不过她毕竟与乔九同行过，很快绷住了表情，目光在饭桌上轻轻一扫，淡淡道："我再去泡几杯茶。"

她说着对乔九、谢凉点了点头，离开时望见雕像上的小洞，意外了一下，走了。

丫鬟吓得脸色发白，不敢抬头，赶紧跟着自家小姐出去。

直到彻底走远，她的双腿仍在发软，说道："大少爷怎么会在这里？"

叶凌秋回想墙上的小洞，觉得像机关，说道："可能是有事，你去找人打听一下。"

丫鬟心有余悸地捂着胸口，点了点头。

但她来不及打听，叶帮主的命令紧跟着就到了，让后宅的人都待在院子里不许出去。

因为乔九说不待就不待，叶凌秋前脚刚走，他后脚就挑了阿三给他抱箱子，然后便带着谢凉去逛昨晚没细看的地方了。叶帮主担心后宅的人惹他不痛快，这便下了那个命令。

乔九不逛他那个后院也是有根据的。

白虹神府里的几条暗道大部分都隐藏在外面，比如假山或凉亭等地方。

已知中仅有的连通屋里的暗道就是花园里独立的小书房，此外一些密室或暗格之类的基本都修在书房和家主的卧室里，除此之外只有昨天藏那壶酒的暗格设在了客房里，这证明他那位先祖还是能分清主次的。

所以，既然那是个潘多拉的盒子，他的先祖再不拘一格，也不太可能会把如此重要的线索放在后宅。他的耐心已经耗尽，带着谢凉转完一圈，见谢凉没有其他发现，便抱着箱子离开了白虹神府。

而他们在白虹神府的动静闹得这般大，便不需要再停留几天做饵，否则显得太过刻意，于是从这里回到城里的客栈后，他们稍微休整后就去了夏厚山庄。

与前两个山庄一样，夏厚也把信物放在了祠堂。石板上只写了四句话，全是馊鸡汤，非要鸡蛋里挑个骨头般找个线索，那大概是每句话开头一个字连起来，发音是：北冥有鱼。

乔九道："谁都能看出这一点。"

谢凉耸肩："其他的我就不知道了。"

乔九道："那走吧。"

然而谢凉的好运大概是用完了，他们接下来又逛了飞剑盟和春泽山庄，只见另外的两块石板上也是通篇的馊鸡汤，让人完全不懂是什么意思。

乔九道："不是一个地方的吗？"

谢凉委婉地道："你先祖这种人，在我们那里也是不常见的。"

乔九道："好话坏话？"

谢凉道："好话，夸他。"

两个人对视一下，只能无功而返。

不过，他们这一趟主要是为了钓鱼，那个饵是真是假都无所谓，为了弄得像样点，谢凉便给窦天烨他们写了封信，把人都叫到敌畏盟集合，顺便问问他们能不能看出那三篇馊鸡汤里的东西。

他把信封好了送出去，扫见乔九正看着他，问道："怎么？"

他们此刻还在春泽山庄附近的大城里，当初正是在这里，乔九装成书童被他买走，这才有了后面的朝夕相处。

乔九道："再往前走走就是通天谷。"

谢凉挑眉："你想去？"

乔九道："你想去吗？"

谢凉道："去了也没用。"

乔九道："不试试怎么知道？"

谢凉决定成全他。

两个人便偷偷摸摸跑去了通天谷，然后和二百多年前的那群人一样，连个狗洞都没发现。谢凉看出九爷有一点不高兴，知道他其实想帮自己回去，便识时务地给他捏了捏肩，这才把他的注意力转移开。

结束了春泽这边的事，他们赶去了敌畏盟。

金来来等几个二世祖过完年就回来了，秦二和家人联络完感情也来了，窦天烨他们离得不远，等处理完生意上的事，恰好赶到。

此外，还有一个让谢凉意外的人，沈君泽竟也在这里。

只是沈君泽的情况不怎么好，虽然仍是那副温润如玉的样子，但能看出整个人都瘦了一圈，更加羸弱。

他惊讶："你怎么回事？"

沈君泽笑了笑，回了一句"没事"。

谢凉不太信，吃完饭就和方延一起拉着他去闲聊了。

乔九站在远处的暖阁里，透过窗户望着他们，一旁的桌前则坐着窦天烨。

窦天烨把面前的纸往前一推："这能有啥玄机啊？"

乔九提示道："每句第一个字连起来是'北冥有鱼'。"

窦天烨恍然大悟："哦哦，这我知道，北冥有鱼，其名为鲲……"

九爷不高兴，心想这谁不知道？

窦天烨紧接着道："鲲之大，一锅炖不下，化而为鹏，鹏之大，能放两个烧烤架，一个孜然，一个微辣。"

乔九："……"

什么乱七八糟的？

084.

当天下午，谢凉安慰完沈君泽，乔九便将窦天烨说的一堆东西告诉了他。

谢凉笑了一声："我们那边的原文和你们这里其实是一样的，只是后来有人开玩笑改了一下，听上去挺有意思，所以就传开了。"

乔九"嗯"了声，问道："你和沈君泽都说了什么？"

谢凉道："没说什么。"

乔九瞥他两眼，不信。

但顾不上细问，跑去方便的方延和窦天烨这时回来了，江东昊和赵哥也被天鹤阁的人请过来，到了这座先前谢凉他们和沈君泽谈天用的凉亭里。

凉亭建在池边，周围没有能给人偷听的地方。乔九让手下把外围一守，再吩咐人站在高处盯着，便能放心说话了。

谢凉一直担心通天谷的身份会给他们招祸，怕他们兜不住，便没对他们提起过。

但这次为了钓鱼，他连逛了四庄、白虹神府和飞剑盟，算是告诉了那伙人他和通天谷有关，再隐瞒也没用了，因此他就事无巨细地交代了一番，包括通天谷的阵法和机关。

窦天烨几人一听便懂。

阵法机关的说法就等同于怎么来到的这里，当然是找不到的。窦天烨一时稀奇："原来咱们还有这一层这么厉害的身份！"

谢凉道："此事非同小可，暂时不能往外说。"

窦天烨几人纷纷点头。

"现在没多少人知道通天谷的事，能来试探你们的，基本都不怀好意，为以防万一，你们等我把那伙人揪出来再回宁柳，"谢凉顿了顿，说道，"如果将来不小心被抓了逼供，你们也别死心眼什么都不说，就实话说有个宝箱，钥匙在我这里，让他们来找我谈，我会想办法救你们。"

窦天烨几人顿时凝重，其实不用谢凉说，他们自己也知道顶不住严刑逼供，然而……

方延道："要是他们不信，还要打我们呢？"

"那就没辙了，"谢凉道，"你们不想被打，就别什么人都信。"

窦天烨几人一齐点头。

谢凉道："或者你们随便扯点咱们那里的东西误导他们也行，让他们不对你们动手。"

窦天烨几人对自己都不太有信心。

沉默几秒，窦天烨的阿 Q 精神又发作了："万一他们也不知道通天谷呢？我们就没事了吧？"

谢凉道："可能性很低。"

从目前的种种线索看，那伙人兴许是为了报仇。

而在有明确目标的前提下，应该不会几次三番地盯着一个箱子，能这么在意，显然是知道通天谷的。他之前什么都不说，那伙人在窦天烨他们这里试探不出东西，或许会觉得他是误打误撞得到的箱子，无法确认他们的真实身份。可现在既已挑明，无论窦天烨他们怎么装无辜，那伙人也是不会信的。

他说道："言归正传，你们看看这三张纸。"

三张纸是夏厚、春泽和飞剑盟的石板上的馊鸡汤。

窦天烨刚刚已经看过，除了"北冥有鱼"外没别的想法。方延几人好奇地看了看，同样一头雾水。

方延指着第二张纸："这句'只要有信心就能撬动一座大山'说的是杠杆原理吗？"

谢凉道："大概吧。"

方延道："那这什么'世界奇妙，三角和圆一连串呀嘿'是啥？"

谢凉道："我也不知道。"

方延便败退了。

江东昊和赵哥同样败退，几人便将目光转到第三张纸。

第二张纸好歹有个奇怪的"三角和圆"，第三张纸就真的是通篇馊鸡汤。

"这个……"江东昊突然道，"日出唤醒清晨，大地光彩重生，玉山白雪飘零……这几句好像是歌词。"

谢凉几人一齐看着他："什么歌？"

江东昊道："一首老歌，我老师喜欢听，总放。"

谢凉道："叫什么名字？"

江东昊道："不知道。"

谢凉不抱希望地道："要不你唱两句。"

江东昊便顶着一张冷峻的脸，唱了两句。

谢凉几人一怔，发现调子还挺熟。

窦天烨猛地一拍手："我听过我听过，什么春风不解风情，吹动少年的心，还有那什么唱出你的热情，伸出你双手，让我拥抱着你的梦……"

赵哥不由得接道："让我拥有你真心的面孔，让我们的笑容，充满着青春的骄傲，让我们期待明天会更好……哦对，这首歌叫《明天会更好》。"

谢凉几人："……"

这也可以！

"挺早的一首歌了，你们那时可能都还没出生，"赵哥盯着纸，很是稀奇，"单看这几句，我还真没看出来是这首歌。"

谢凉也很无语。

一个会用枪、奉行厚脸皮、喜欢看《海贼王》和武侠小说的汉子，到底为什么能记得这种歌的歌词？

"这歌挺正能量的，会是提示吗？"窦天烨说着一顿，"哎，这句'风雨中的痛不要怕，擦干泪追逐梦'是不是《水手》的歌词？他说风雨中这点痛算什么，擦干泪不要怕，至少我们还有梦……像吧？"

谢凉道："成，勉强算，还有吗？"

窦天烨几人又仔细看了一遍，摇头。

众人面面相觑，无声对视。

一张北冥有鱼、一张三角圆圈杠杆原理、一张励志的歌词……所以呢？然后呢？

谢凉不知第几次在心里想那位前辈真是皮得不行，只好回到最初的话题上，仔细嘱咐了他们几句注意事项，便示意散会。

窦天烨对这事特别感兴趣，说道："寻宝什么的带上我们呗，人多力量大啊。"

谢凉点头："等抓到他们，咱们就去找宝藏。"

会议结束，几人各忙各的去了。

谢凉和乔九是今日才到的，于是打算回房睡个午觉。乔九没忘沈君泽的事，终于在谢凉的嘴里问出了答案，意外道："他是因为他哥才这样的？"

谢凉道："应该是。"

乔九回忆一番："没看出来。"

谢凉叹气："我也没有。"

乔九道："那你们和他说了什么？"

谢凉道："什么也没说。"

沈君泽的说辞是家里开始给大哥说亲，很快也会轮到自己，所以觉得苦闷。

可再怎么苦闷也不至于瘦成这样，更深层的原因，人家不想挑明，他们能做的也只有陪着聊几句而已，何况沈君泽是个聪明人，既然从家里离开，显然是有了自己的打算。

二人没有再聊这个话题，简单地休息了一会儿，醒后开始翻看从白虹神府带来的东西。

谢凉暂时没看那些乱七八糟的笔墨，而是和乔九一起看前辈写的卷宗。因为那伙人若真的知道通天谷，兴许能在这里找到一些渊源。

不过毕竟是二百多年前的事，谢凉也说不好看这个有没有用。再说，连白虹神府自己都不太相信有通天谷了，谁还肯这么信呢？

他认真地看了几页，说道："这个万雷堂是干什么的？篇幅挺多的。"

"一个煊赫的魔教大派，和白虹神府有宿怨，"乔九道，"当年他们想独霸江湖，被我先祖带着人击溃，轰出了中原。百年后再次入侵，被我爷爷带着白道又击溃了一次，这次打得狠，堂主和下面几个护法全死了，只剩一点残部逃出了中原。"

谢凉道："这是多久之前的事？"

乔九道："五十多年前。"

五十多年前……青竹今年才十几岁，这和她说的什么父母双亡对不上号。

谢凉便暂时把这个万雷堂的事过掉，去看别的事件，而等他看完一卷，金来来恰好找过来。

他本以为是要到点吃晚饭了，结果抬头见金来来神色激动，问道："有事？"

金来来道："外面来了一群人。"

谢凉扬眉。

金来来道："他们说想要加入敌畏盟，咱们终于收到第一批帮众了！"

谢凉不算太意外。

他去参加纪楼主大寿的时候就把自己组建帮派的事宣扬了出去，后来他救出纪诗桃、弄死归元道长，连着两件事可谓声名大噪，会有人慕名而来也在情理当中。只是他前脚刚逛完四庄，后脚就有人找上门，这个时间掐得有点巧。

他不由得去前院看了看，远远地就见秦二他们在维持秩序，顺便分了一下队，左边都是侠客，手里的兵器五花八门，右边清一色都穿着道袍，人手一把拂尘，个个仙风道骨。

谢凉："……"

乔九："……"

085.

道士共八人，让谢凉有些意外的是，只有两个年长的，其余看着都蛮年轻。但想到李白、杜甫等大诗人也干过修仙的事，他就淡定了。

几人正在互相打招呼，气氛十分融洽。

"原来是刘真人，久仰大名。"

"不敢当不敢当，王真人才是大家。"

"我就更不敢当了，不过前些日子我倒是得了张长寿丹的方子，诸位道友给掌掌眼？"

"好啊。"

几人讨论得分外热烈，直到谢凉过来才停住，整齐划一道："见过谢真人。"

乔九道："都给我滚。"

几人："……"

为什么啊？

乔九看见道袍就想起了归元那个老东西，觉得修仙的人脑子都有毛病，不爽地眯起眼："嗯？"

几人神色僵硬，求助地看着谢凉。

谢凉比九爷和气，歉然道："我们敌敌畏是武林门派，不收道士。"

几人急忙抢着说他们也是会武功的，搞不好比旁边那些人都厉害。

左边的侠客队伍方才见到他们，不禁嘀咕谢公子是不是只收道士，这时听完就不干了，一些脾气大的拎着刀便砍了过去。

几位道士"呼啦"散开，挥舞着拂尘迎战，三下五除二就把人打了，打完把拂尘往胳膊上一搭，瞬间恢复仙风道骨的模样，默默地看着谢凉。

谢凉有些哭笑不得，说道："我们这里也不修仙、不炼丹、不论道。"

几人道："……为何？"

谢凉道："因为在下并非修士，教不了诸位。"微微一顿，他忍不住补充一句忠告，"在下也奉劝各位道长少吃丹药，那个丹砂炼出来的汞有毒，吃多了容易死。"

言尽于此，他客气地做了一个"请"的手势。

几位道士你看我看你，转身走了。

然而，不知他们出去是怎么交流的，片刻后换了身行头又回来了，进了侠客的队伍里，被发现就表示要一心学武，特别地义正词严。

谢凉懒得管，示意这些侠客排好队，吩咐秦二他们做一下基本信息登记。

侠客们很激动，问道："做完登记，我们是不是就算敌敌畏的人了？"

谢凉道："要通过考核才行。"

他现在有名气，收些乌合之众只会被连累得败坏名声，所以要收就收精锐，哪怕现在不是精锐，也得有成为精锐的潜质。

这方面乔九的人比他有经验，他便将选拔的工作交给天鹤阁，简单转了一圈就离开了。

金来来等二世祖们在得知有侠客求收留后便一直很亢奋，深深地觉得他们成为武林大派的日子不远了。此刻见谢凉如此淡定，他们连忙控制好表情，撸袖子坐下干活，虽然只是一个登记的工作，但也干得十分认真和谨慎。

窦天烨和方延身为初代敌敌畏成员，听到动静好奇地来看了看，见已经登记完的侠客正围着梅怀东，询问如何能成功留下。

梅怀东淡淡地道："武功好，勤奋守本分即可。"

侠客道："梅大侠来敌敌畏多久了？"

梅怀东道："已跟着他们大半年了。"

众侠客顿时羡慕，刚想再问些别的，便听到天鹤阁的人喊他们集合，赶紧跑了过去。

梅怀东便背着重剑去别处巡视，转身就迎上了窦天烨和方延。

二人听到他们的对话，不约而同想起了一件事，问道："哎，你当初不是说只留半年吗？半年一过就要去闯荡江湖来着。"

梅怀东沉默地看着他们。

他之前是这么打算的，因为当时不知道他们是江湖人，可之后发现不是那么一回事。

这些人和九爷关系匪浅，每次干的似乎都是大事，见的也都是响当当的人物，而他闯荡江湖为的便是扬名立万，跟着他们简直事半功倍。

再说，这些人不仅不嫌弃他心性不定总晕倒，还给他想办法、陪着他训练，都是大好人。

他觉得，敌敌畏便是他今后的归宿了。

窦天烨和方延等了等也不见他开口，便也沉默地看着他。

双方对视一会儿，梅怀东一言不发地走到队伍的最末端，开始排队登记。

你直说想要长期留下不就好了？窦天烨和方延嘴角抽搐，无语地把他给拉了回来。

接下来的几天陆续有侠客找来，想要加入敌敌畏。

谢凉没让他们住在山庄，而是把当初郝一刀的山寨废物利用了一番，让天鹤阁的人在那里选人，合格的再住进来。

不过人是轰上去了，他暂时还得管饭。

他们买的地才租出去半年，租子还没收到，只能动用库里的钱。虽然足够用，可谢凉还是觉得这附近剩下的那两个山寨可以宰一宰了。

做完决定，他便找上了沈君泽。

春节过后，天气一日比一日暖。

三月天，院里的桃树开了几朵花，沈君泽此刻正在这里站着。他身上有一股特殊的如同温水一般的气质，似乎无论在哪儿都能坦然自若，这让和他相处的人觉得万分舒适。

听到脚步声，他回了一下头，笑着打招呼："谢公子。"

他仍然瘦弱，但也仍然温润如玉，不动声色地忧郁着，好像怕给人添麻烦似的。

谢凉在心里轻轻叹了一口气，面上也带着笑："沈公子待得无趣吗？"

沈君泽闻弦音而知雅意："谢公子有事？"

谢凉道："嗯，给你找点事做。"

沈君泽自然是不会拒绝的，点点头，等着下文。

谢凉便和他商量去把那两个山寨端了，顺便画了一下重点，告诉他那两个山寨都有花红，而他们这边人员有限，那些新来的侠客暂时都用不了。

沈君泽一听就懂，这是要智取。

他说道："谢公子若放心，就交给在下吧。"

谢凉很放心。

以前周围没有脑子好使的人能用，凡事只能他自己来。如今沈君泽在，他刚好偷个懒，用省下来的时间陪九爷看卷宗。

事实证明，沈君泽是很靠谱的，寒云庄近几年风头正盛，沈君泽这位义子的名号甚至比沈庄主的都大，没出十天就带人端了这附近最大的山寨，并且不等金来来提醒，主动带着他们搜刮了一番，连粮草都没浪费，让他们运到郝一刀那个山寨里给天鹤阁的人用。

金来来等几个二世祖本以为他这种谦和的君子会有些妇人之仁，结果没想到和当初的谢公子差不太多，看得一愣一愣的，越发觉得聪明人不能惹。

山寨头子也被打得有些蒙，等到回神，便是满腔怨恨。

谢公子年前端掉的两个山寨有一个共同点，那就是都抢了小丫头。

他们当时战战兢兢地观察了很长一段时间都没见谢公子对他们下手，便猜测可能真与小丫头有关，于是不再搞这些乱事，连已经定好的亲都往后拖了拖，还控制住了出门打劫的念头，谁知夹着尾巴过到现在还是被端的命，他们立刻怒了，各种脏话全骂了一遍。

方延担心他的安危，这次也跟了来。

只是他没直接参与，而是一直在外面等着，直到这里的战斗结束了才上来，听到骂声便不开心了："闭嘴！"

山寨头子道："老子骂的就是你们，卑鄙无耻，小心以后断子绝孙……唔……"

话未说完，他们便被金来来几人用布堵住了嘴，只能干瞪眼。

方延感觉他们凶神恶煞的，没敢多待，跑去找沈君泽了。

山上不知何时下起了小雨，春雨绵绵，站在崖边俯瞰，只见四周都笼罩了一层淡淡的白雾，仙境似的。

方延到的时候便见沈君泽正在出神。

他走过来也看了看下面，突然道："我以前为了一个人什么蠢事都干过，可惜后来那个人不仅利用了我，还把我的那些蠢事告诉了我父母。"

沈君泽有一些惊讶："那你父母……"

"他们当然很生气，觉得我有病，还要把我抓起来关着，"方延轻声道，"那时我走投无路，就写了封遗书，想找个山跳下去，也是那个时候，我遇见了阿凉他们。"

沈君泽道："然后呢？"

方延道："然后我们就来中原了，再然后我发现其实忘掉一个人也不是那么难的事情。"

沈君泽没有开口。

方延道："我们那里有一句话，说的是每个人都是一个半圆，等找到命中注定的另一半，便凑成了一个完整的圆。这个半圆有大有小，有时遇见的并不适合你，但是没关系，老天爷已经把你的那个半圆选好了，只要耐心等，早晚是会遇见的。"

沈君泽看着他，微微一笑："嗯，很有道理。"

方延其实见不得他这么若无其事地笑，但又不能无理取闹地让人家哭。

他叹了口气，只好在他的肩膀上拍了一下："你……以后要是有什么不开心的事可以找我说，别客气。"

沈君泽温和道："好。"他也拍了拍方延的肩，"我要押着他们进城，雨越下越大了，你早些回去。"

第四章

天黑肯闭眼

086.

　　谢凉很快得知沈君泽的动作，深深地觉得此人是个人才，他扫了一眼旁边的九爷："不给个评价？"

　　乔九兴致缺缺："不给，关我什么事？"

　　成吧，谢凉没再多问，继续看资料。

　　小雨仍无声地飘着，荡起如烟的白雾。

　　二人靠在一起看完了前辈写的卷宗，谢凉的第一个想法是：二百多年前的武林人士活得蛮不容易的。

　　他以前说得没错，前辈那种人在现代也是很少见的。

　　人家脸皮厚、脑洞大、会坑人，要命的是运气好，即便很多事情都写得很无辜，但谢凉看完结果，也不难想象当时惨烈到什么程度，感觉那些人的日子过得真是水深火热。

　　乔九则完全没觉得自家先祖有什么问题，看得很是愉悦，等到彻底看完还有些意犹未尽。

　　二人整理了一下资料。

　　与白道有宿怨的除去一个万雷堂，剩下的都是当时便被端掉的邪教。二百多年过去了，那些邪教早已没影，如今还知道通天谷的，大概只有白虹神府、四庄、飞剑盟以及少林武当等泰山北斗了。也或许当时有人记录过通天谷的传说，恰好被某个和白道有仇的人看见，因此才会有几分在意，可若真是这样，那范围就大了。

　　乔九道："他写的那几本书你看了吗？"

　　谢凉轻轻呼出一口气："还没有。"

乔九沉默。

他小时候曾经翻看过，除去两三本有意思的，其余真的有些丧心病狂，据说他先祖当时心血来潮想做诗人还写了几本诗集，连他都不得不承认，那诗作得真是惨不忍睹。不过，他不是通天谷的人，很多东西看不出来，实在爱莫能助。

谢凉也没指望他能帮上忙，认命地拿过一本书翻开，倒霉地发现是诗集，第一首诗就看得他嘴角抽搐，说道："来，我给你念念。"

乔九想也不想地道："不用。"

谢凉充耳不闻，抑扬顿挫地念道："这双筷子不一般，前尖后圆银花纹，前尖后圆银花纹啊，这双筷子不一般。"

乔九抿了一下嘴，没有评价。

谢凉体贴道："想笑就笑吧，别憋着。你家先祖脸皮厚，就是知道后人嘲笑他也不会觉得怎么样的。"

乔九哼道："我没觉得好笑。"

谢凉道："是吗，来，我给你念第二首。远看是只驴，近看……"

乔九道："不用，闭嘴！"

谢凉十分宠他，这一次听话了，开始专心看书。

乔九一下下地瞥他，默默观察着他的表情，为他把手边的茶水续满，还去给他端了盘糕点水果。

谢凉偏头张嘴："喂一块。"

乔九把东西一放，扔下他就走，觉得都多余同情他。

谢凉："……"

雨虽然一直没停，但越下越小，几乎可以忽略不计。因此沈君泽把山寨头子押进官府后便没在城里留宿，傍晚前顺利回到了敌畏盟。

最大的山寨被端，城里顿时炸锅，消息迅速散开。仅剩的山寨愁云惨淡，深深地觉得马上要轮到他们了。

有人出主意道："我听说那个谢公子特别厉害，还和九爷关系匪浅，要不……咱们投诚吧？"

老大怒道："你傻啊，他们是奔着花红去的，咱们去投诚，他们肯定抓了咱们送官！"

那人道："那……那要不主动掏钱给他们，保个平安？"

老大不干，觉得那就是个无底洞。

于是想来想去，他做了一个决定：打不过，躲得过！

然而想得虽好，可惜这一点早已被沈君泽料到了。

沈君泽答应谢凉端两个，就会说到做到。他先端大山寨，为的就是逼他们跑，然后带着人在他们的必经之路上埋伏，不费吹灰之力就拿下了他们。

自此周围的四个山寨彻底被拔除，敌畏盟的库里也成功多了一大笔钱。晚上一群人坐在一起庆祝，赵哥亲自下厨，做了一桌子佳肴。

经过这些天的相处，窦天烨他们和那几个二世祖都混熟了。而沈君泽是过完元宵节就来的，他这人向来不会让人讨厌，与金来来他们混得更熟，所以整个饭厅的气氛甚为融洽。

几杯酒下肚，窦天烨又开始亢奋了，说道："怪无聊的，玩天黑请闭眼吧！"

沈君泽道："何为天黑请闭眼？"

方延便耐心给他解释了一下游戏规则。

沈君泽听得稀奇，微笑地同意了。

他难得感兴趣，谢凉没有扫兴，也同意了。

谢凉同意，乔九自然也同意。而九爷点了头，那基本就等于所有人都同意了。

天鹤阁的精锐跑过来给他们当官老爷，发完小木牌，便让他们闭眼，然后让杀手睁眼。

第一轮的杀手是乔九、沈君泽、江东昊。

精锐道："杀手请杀人。"

江东昊向来话不多，端着一张冷峻的脸，听他们的安排。

沈君泽是第一次玩，按照对规则的理解，他感觉留下聪明人会比较麻烦，便看了一眼谢凉，望向九爷。

乔九眯眼，他当然知道留下谢凉很麻烦，但他不想第一个杀他。

沈君泽立刻看懂了九爷的意思，维持着温和的神色，让九爷拿主意。

乔九便指了一下窦天烨。

精锐道："杀手请闭眼，捕快请睁眼。"

话音一落，只见金来来、方延、梅怀东睁开了眼。

精锐心想：完了，这一局没悬念了。

他指着窦天烨，告诉他们这是死者。

金来来三人商量一下，先验了谢凉的身份，发现是平民，只好闭眼。

于是等所有人睁眼，窦天烨便得知自己死了。

精锐道："死者请发言。"

窦天烨道："阿凉，是不是你杀的我？"

谢凉道："不是，我如果是杀手，不会第一个杀你。"

窦天烨道："也许这是你故意的呢？我刚刚隐约觉得你那边有动静，不管，我还是怀疑你。"

他这一个"有动静"迅速带歪了后面的人，其余平民纷纷投票给谢凉，金来来和方延如何力挽狂澜都没用，眼睁睁地看着谢凉被投票出局了。

乔九："……"

087.

为了增加趣味性，他们这个游戏被投出去的人不会验明身份，所以一群人把谢凉投出去后都觉得自己做得对。谢凉无奈，只好认命地退场，看着他们玩。

精锐道："天黑请闭眼，杀手请睁眼。"

窦天烨环视一周，见乔九、沈君泽和江东昊睁开了眼，顿时沉默，然后忏悔地望向谢凉。

谢凉没理他，而是似笑非笑地望着九爷，猜测九爷是不是不舍得杀他。

乔九对他的目光视若无睹，看了看方延和金来来。

这两个人刚刚都帮着谢凉说过话，态度十分明显，肯定是捕快。

他扫了一眼沈君泽。

沈君泽伸手一指，方向是梅怀东。

梅怀东坐在金来来的身边，金来来发言完毕后他只跟了句"我也这么觉得"，不清楚是被金来来说动的，还是身份有问题，不管是不是，先杀了再说。

谢凉和乔九都是聪明人，瞬间明白他的意思。

前者继续看戏，后者嘴角一勾，这一次没有反对。

江东昊也能看出金来来和方延的嫌疑很大，不清楚为何不杀他们，但他没办法问出口，只能听同伴的。

精锐见他们做好了决定，便道："杀手请闭眼，捕快请睁眼。"

窦天烨和谢凉见金来来、方延、梅怀东一齐睁眼，便知道这一局没有胜算了。

精锐指着梅怀东，说道："死者是他。"

捕快组万分沉痛，这才第二轮，他们就少了一个同僚。

三人用眼神交流一番，决定查乔九。

精锐伸着拇指往下比画，说道："他是这个。"

往上是好人，往下是坏人。

捕快组精神一振，觉得一换一也不算太亏。

精锐道："捕快请闭眼，天亮请睁眼，死者是梅怀东，请死者留遗言。"

梅怀东以前和他们玩过几次，非常有经验，严肃地直言道："我是捕快，验过谢公子和九爷的身份，谢公子是平民，九爷是杀手。"

众人激动。

嚯，找到一个杀手了！

乔九嗤笑："少往我身上泼脏水，我刚刚可听见了，你们那边有声音。"

不过这还轮不到他发言，精锐壮着胆子制止他，然后按照游戏规则，示意死者左手边的人先发言——那正是沈君泽，他也是因为这样才选的梅怀东。

沈君泽迟疑道："其实……我方才也感觉这附近有动静。"

他思考数息，温和地道，"事情有些蹊跷，我们假设谢公子是好人、九爷是杀手、梅少侠是捕快。上一轮方延和金小兄弟都帮着谢公子说过不少话，九爷若真是杀手，肯定会认为他们有问题，那为何没杀他们？"

众人点头，觉得有道理。

"我记得上一轮，梅大侠只是附和了一句，没说太多，"沈君泽道，"所以是不是这样，谢公子确实是杀手，方延和金小兄弟当中有一个也是杀手，他们担心做得太明显马上会被投出局，便主动暴露一个不显眼的杀手梅大侠，再主动说自己是捕快。如此一来，剩下那个人便安全了，并且还会让大家觉得依然有三名杀手在场。"

众人认真地想了想。

沈君泽继续道："这局咱们若投九爷，方延或金来来当中的杀手便会杀掉对方，让大家误以为捕快只剩一人，而他们当中的死者无论指责谁，大家都会投票给那个人，然后杀手还可以再杀人。"

众人算了算：九爷、方延或金来来当中的好人、好人怀疑的好人、杀手再杀一个好人……眨眼之间，好人阵营就死了四个啊。

这如意算盘打得真响！

他们不由得看着方延和金来来。

谢凉无声地笑了笑，知道这局即将结束。

窦天烨则听得目瞪口呆，像是第一次认识沈君泽似的看着他。

沈君泽温和地做了最后一击："我感觉动静可能是方延传来的，这一票投给他。"

他发言完毕，接下来轮到他身边的方延了。

方延张了张口，又张了张口，试图和大家讲道理，表示梅怀东不像说谎的人，要把票投给九爷。

众人见他还想拉着他们投九爷，加之有沈君泽的动静一说，便觉得是他没跑了，纷纷把他投出局，然后就要庆祝胜利。

精锐面无表情道："天黑请闭眼。"

众人："……"

精锐道："闭眼啊。"

说好的方延和金来来当中有一个是杀手，把杀手全弄死就能赢的呢？

众人默默地瞅了一眼沈君泽，带着满腔的悲愤闭上了眼。

这一轮杀手组都不用交流，直接弄死了金来来。

自此捕快组全部阵亡，精锐便宣告杀手组胜利了。

众人弄清真相，沉默地看着沈君泽，都觉得他太能坑人。

方延也像第一次认识沈君泽似的看着他，发现他竟不是想象中的娇弱无害，而是带着隐藏的阴险属性。

沈君泽笑道："是这么玩吧？"

方延满脸沉痛："是。"

不过沈君泽也没高兴太久，因为他第一局成功拉满了众人的仇恨值，接下来无论说什么，人们都持怀疑的态度，很快落到了和乔九谢凉一样的待遇。

但聪明人终究是聪明人，这三人若是平民还好，若抽到杀手或捕快，哪怕死了也会误导大众，然后再拉着人垫背。有时分到一组还会相互撕，给人们造成他们不是一伙的错觉，简直坑得不行。

窦天烨情真意切地对秦二道："听说你大哥也挺厉害的，我真想看看哪天你大哥、九爷、阿凉、凤楚外加一个沈君泽在一起玩几把极限流的天黑请闭眼，一杀手一捕快，外加三个平民。"

秦二想想那个画面，打了个寒战，翻出从他们那里学的句子，问道："我大哥做错了什么，要这么对他？"

窦天烨："……"

众人说说笑笑玩到深夜才结束。

转过天谢凉继续雷打不动地翻看前辈的大作，感觉这些东西不仅耗费脑细胞，还摧残心志。

乔九虽然帮不上忙，但一直陪着他，顺便处理一下帮内事务。

这些日子，整个天鹤阁的人都知道自家九爷在敌畏盟。

此外他们还得知一件事，就是九爷下令让各个据点停止接太大的生意，要接只接小事。他们议论纷纷，有些猜测九爷可能要用人，有些猜九爷想改行，有些则觉得九爷可能在搞什么事。人们越猜越好奇，便翘首以盼，等着接下来的命令。

　　天鹤阁突然不接生意，江湖上一些嗅觉灵敏的人也觉出了问题，开始议论起来。

　　凤楚接到这个消息的第二天傍晚便到了敌畏盟。

　　他倒不是因为这事来的，而是觉得太无趣，想到那伙人还没抓到，乔九和谢凉肯定不会坐以待毙，便想来看看有什么乐子，结果恰好在半路听人议论，等抵达山庄便问了两句。

　　他刷地打开那把"绝世坏人"的扇子，笑眯眯地道："你们最近在玩什么？"

　　谢凉打量了他一下，阿暖依然是平时那副模样，看来项百里的叛逃并未给他造成什么影响。

　　他笑道："保密。"

　　凤楚没有多问，提醒道："有好戏记得喊我。"

　　谢凉道："好。"

　　乔九懒得搭理他们，吃过晚饭便把凤楚打发到客房去休息，然后跟着谢凉回到了书房。

　　如今钓鱼的铺垫工作已经完成，之后便是放好饵把鱼钩扔下去。

　　他思索一番该如何放饵，余光扫见谢凉揉了揉眉心，劝道："别看了，反正这次用不到。"

　　谢凉当然知道用不上，但看的越多，掌握的信息就越全面，万一钓鱼的时候出现纰漏，他好歹能临时糊弄一下对方，再说早晚都得看，不如趁现在有时间看完。

　　他刚想开口，便觉头上多出一只手。

　　乔九一手揉着他的太阳穴，一手抽出他的书，不让他看了。

　　然而，不看是不可能的，谢凉休息了一晚，转天照例拜读前辈的大作，乔九也照例陪着他。

　　时间在陪伴里悄然溜走，这天乔九把他的地图等来了。

　　这张地图是他放在云浪山的书房里的，画得非常详细，连村庄的名字都有。

　　他先祖留下的笔墨里，游记是最正经的一本书，但没有地图做参考的话，谢凉感觉看了也是白看，只能暂时搁置。

　　而地图送来后，时间也就差不多了。按照他们的计划，乔九要先一步离开去别处，抓内鬼的同时放好饵。谢凉则留在敌畏盟等他的消息，然后再去和他会合。

　　乔九道："我让凤楚留在这里，你有事和他商量。"

　　谢凉点头："你也注意安全。"

　　二人睡了一个好觉，转天一早乔九就带着人离开了敌畏盟。

　　谢凉把他送到门口，望着他走远，回书房开始翻看游记。

　　有人陪着偶尔聊几句或交换一下意见，和自己一个看这堆东西，感觉是完全不同的。

谢凉前两天没觉得有什么，但等到第三天又看了一堆乱七八糟的玩意却没人吐槽后，他就受不了了，便把书和地图一收，起身出去透气。

春天一到，院里的花开始争相绽放，十分热闹。他不紧不慢地迈出门，到了后山。

先前他带着金来来他们在这里种了不少桃李，还修了石子小路和凉亭，想着到花开的时候便带着九爷过来赏赏景。这些树有一部分是小树苗，现在还没到真正好看的时候，整座山头只零星地开了几朵小花，好在有绿叶缀着，倒不显难看。

年前离开的那段日子，金来来他们已经建好了凉亭。

他顺着小路走过去，发现里面坐了一个人，正是沈君泽。他微微一怔，笑着上前："你怎么到这里来了？"

沈君泽温和地道："来看看这些花开没开。"

谢凉走进去，见桌上摆着棋盘。

他不懂围棋，便在沈君泽的对面坐下，看着他下。

沈君泽道："下一局？"

谢凉笑道："我不会。"

沈君泽便没坚持，更没好奇他为何没学棋，而是继续刚刚的棋步，直到彻底下完这一盘才抬起头，问道："谢公子有心事？"

谢凉道："不算是。"

沈君泽道："那就是觉得有些无趣？"

谢凉道："有点，这原因众所周知。"

沈君泽没想到他能这么答，怔了一下，轻笑着叹了一口气，问道："我陪你聊聊？"

谢凉道："聊什么？"

沈君泽道："都可以。"他说着觉得范围有点大，主动提了一个话题，"要不聊聊我吧，我还没与你说过我为何会被寒云庄收养吧？"

谢凉"嗯"了一声。

不过这事他好像听说过，据说他是被沈庄主捡回去的。

沈君泽轻声道："我生下来便患有心疾，小时候很严重，要天天喝药，家里养不起我，就把我扔了。"

谢凉挑眉。

沈君泽道："就是把我带到外地，说要去买个东西，让我在原地等着。"

谢凉道："你那时多大？"

沈君泽道："七岁。"

谢凉沉默。

"大人有大人的难处，家里的钱都拿来给我买药，连饭都吃不上，所以他们把我丢了，我并不怪他们。我那时甚至觉得是我拖累了他们，若没有我，他们会活得更好一些，"沈君泽微微一顿，声音更轻，"我是被我哥捡回去的，也是他求着我父亲收留的我，没有他，我早就死了。"

谢凉回想了一下沈正浩这个人，暗道从小就开始热心肠，能保持这么多年也蛮不容易的。

沈君泽不知他在想什么，而是也想到了自家大哥，笑容舒适了些："我大哥光明磊落，心地善良，见到别人受难，总会去帮一帮。他没想过做什么受人敬仰的白道大侠，也没有什么太大的志气，就想着安安稳稳地过好自己的日子。"

谢凉道："平淡是福。"

沈君泽笑着应声："我觉得他这样挺好，找个中意的姑娘成婚，和和美美地过完一辈子。"

谢凉道："你呢？"

"我？"沈君泽微微笑了一下，语气温和如初，并没有太大的困扰似的，"我身子不好，大夫说我活不过三十，何必拖人下水，大概就这样了吧。"

088.

沈君泽如今二十出头，真若活不过三十，也就只有十年的寿命了。

十年看似漫长，其实一眨眼就过去了。

谢凉轻轻叹了一口气，暂时不想思考这种事，嘴上宽慰道："大夫说的是理论上的，所谓理论，就是有可能不会成真。我曾认识两个被大夫断言将死的人，照样活得好好的，所以有时心态很重要，若连你自己都觉得活不过三十，那吃再多的药也没用。"

沈君泽想了一下，笑道："嗯，很有道理。"

谢凉便略过这一话题，询问他之后有什么打算。

"我还没想好，可能等大哥定了亲便会回家，"沈君泽道，"谢公子呢？"

谢凉道："专心把帮派发展起来吧。"

沈君泽道："对于那伙人，谢公子有何看法？"

"从目前种种迹象看，他们或许是想报仇。我不了解各帮派间的恩怨，前辈们也想不出谁有嫌疑，具体还得看他们下一步的动作，"谢凉看着他，"沈公子有什么看法？"

沈君泽把棋子装回到木盒里，说道："我与谢公子想的一样，如今只能等了，不过我有一点不明白，他们为何要绑纪姑娘？"

　　这同样是谢凉想不通的一点，比起前几番动作，绑架纪诗桃实在太小家子气，简直让人看不透走这步棋的意义。

　　"纪楼主素来待人和善，大概不会与人结仇，"沈君泽道，"我觉得他们绑纪姑娘，可能不是冲着缥缈楼去的。"

　　谢凉道："那就是冲着我和九爷？"

　　沈君泽想了想："说不好，有些时候答案太简单，反而会让人忽视。"

　　谢凉点点头，表示赞同。

　　与沈君泽聊天，无论聊什么都不会厌烦。

　　谢凉呼吸着山间清爽的空气，望着亭外星星点点的花瓣，感觉心里的焦躁平息了些，见沈君泽不想再下棋，便和他一起回到了山庄。

　　刚迈进后院，抬头就见江东昊单手抱着一个软垫，正顺着梯子往屋顶爬，等到上去后便盘腿一坐，冷峻地目视前方，不动了。

　　沈君泽道："江公子这是？"

　　谢凉道："这是他思考的方式，肯定在心里复盘呢，不用管他。"

　　不过这种时候还知道拿软垫，估计输得不是太惨。

　　他扫见凤楚站在院内，立刻找到罪魁祸首，走了过去。

　　凤楚神色无辜："我已经手下留情了。"

　　谢凉道："你得和沈公子学学。"

　　这几日沈君泽和江东昊也没少下棋，江东昊就从没爬过屋顶，若不是沈君泽棋艺不佳，那就是把握住了一个度。

　　凤楚用扇子遮住小半张脸，露出的双眼弯着好看的弧度："嗯，我下次注意。"

　　谢凉见他这个模样，顿时怀疑他是不是听说了江东昊的毛病，故意想看看真假，毕竟他的纯良无害都是装的，实则和乔九一样喜欢找乐子。

　　凤楚笑眯眯地道："阿凉，你这么看着我干什么？"

　　谢凉道："没什么。"

　　他说完准备回房继续看游记，迈出两步后忽然想起一件事，迟疑地看了凤楚一眼。

　　凤楚立刻跟过去，要体贴地送他回书房。

　　谢凉无奈道："其实我没什么事，就是有件事想问，但又觉得问了没用。"

　　凤楚心思一转，问道："他的事？"

　　谢凉"嗯"了一声。

　　凤楚笑道："问呗，他的事我基本上都知道。"

"我也差不多都知道了，"谢凉朝着书房走去，见他仍跟着自己，终究问了一句，"我听九爷说阎王铃是一个江湖毒医研制的，他没研制出解药就死了，有后人吗？"

凤楚嘴角的笑收敛了一些，摇了摇头。

谢凉暗道一声"果然问了没用"，真有后人，乔九不可能不找。

凤楚看了看他的表情，说道："但他留下过一本医书，那本书至今不见踪影。"

谢凉瞬间一怔："那他有仇家或朋友吗？"

凤楚道："不知道，听说他性子比较孤僻。"

谢凉皱眉。

凤楚拍了一下他的肩，收起了逗他的心思。

谢凉也知道自己能想到的法子，乔九他们肯定早就想过，便没再问别的，回到了书房。

他习惯性地望向软塌，发现空空如也，感觉刚刚缓和的心情又要变糟。

他强迫自己打起精神，翻出前辈的大作继续看。

那位前辈大概是个很喜欢旅游的人，几乎将这块大陆都转了一遍，每到一处都会尝尝当地的美食，很会享受。谢凉看着书上面又炖鱼汤又烤鸡的，都有些饿了。

他默默扛着精神与口腹的双重摧残看完这一页，刚想翻页，脑中突然鬼使神差地闪过"北冥有鱼"，便重新看了一下这个小镇的名字，在地图上找到相应的位置，然后带着那几篇毒鸡汤的线索继续往下看，片刻后看到了一个名叫港里镇的地方，那位前辈在这里普及了物理知识。

物理知识。

港里镇，总不能是杠杆原理的谐音吧？

谢凉带着几分迟疑，暂且把这个镇子的位置也记下了，再次往后翻，见前辈在一个地方吃了不少荔枝，并且给当地人唱了几首有关荔枝的歌。

这里的"荔枝"等于励志吗？

谢凉同样把这个地方记住了，合上书望着地图，突然心头一跳。

他急忙把桌上的东西弄到一边，铺平地图，用手指比画着将这三个位置连起来，然后又重新确认了一遍，发现没看错——这是一个近乎等边的三角形。

谢凉默然无语，第一反应竟不是前辈很皮，而是觉得他老人家蛮不容易的。

这得多闲得慌才能一边幻想有后辈穿越，一边绞尽脑汁把线索藏在几块石板里，然后还要做机关、埋箱子，甚至玩这么大，在地图上找了一个等边三角形，这藏的难道是什么了不得的东西吗？

他就没想过万一没人再来到这儿，或是来到这儿的人与四庄、白虹神府没牵扯，那岂不是白折腾一顿？

幸好乔九不像他，只继承了厚脸皮这一条基因。

谢凉在心里庆幸一番，喝了口茶，拿起一旁的游记继续看。

"三角和圆一连串"的"三角"应该就是指这个。

那"圆"指的又是什么？

他担心有遗漏，便翻到第一页重新看，可惜直到看完也没见到和圆有关的只言片语。

他思考片刻，做了一个猜测，有些迫不及待地想和乔九分享，但是乔九不在，他只好把书和地图都收了起来。

傍晚时分，落霞如新娘的嫁衣，迤逦地铺展着。

谢凉一个人待得无趣，便想去找小伙伴们聊聊天，这时只见金来来跑了进来，表情有些微妙："帮主，有客人来了。"

谢凉道："谁？"

金来来道："我表妹和……咳……几个朋友。"

谢凉道："直说。"

金来来道："纪姑娘。"

谢凉顿时一怔。

纪诗桃竟然跑到这里来了？年前刚出事不久，她现在就敢往外跑，胆子挺大啊。

他便起身出门，向前院走去。

刚出后院，窦天烨便"噌噌噌"地跑到他的身边，双眼放光："我的天，阿凉，来了一个美女，说是找你的！"

谢凉看着他。

窦天烨道："听说是天下第一美人，就是你之前救的那个吧？果然漂亮得不行，而且看着特别稳重，放咱们那里绝对是一代人气女神！"

谢凉提醒道："那只是表面，她有些小姐脾气。"

窦天烨道："缥缈楼的千金，有些脾气也无可厚非嘛！"

谢凉看看他这即将成为狂热粉的模样，决定告诉自家兄弟一个残酷的真相，反正全江湖的人都知道。他低声道："她喜欢九爷。"

窦天烨："……"

谢凉语气中肯地道："不过谁年轻的时候没个初恋呢？反正她和初恋已经不可能了，你要是喜欢可以追追看，虽然你没有九爷长得好，也没有他聪明，更没有他可爱，但最起码有一颗真心。"

窦天烨："……"

金来来："……"

窦天烨道："兄弟，你这是夸我吗？"

谢凉很诚实："不是，我只是忍不住想夸夸他。"他见面前的二人再次无语，笑了笑，正经了些，"想追的话，帮你？"

窦天烨迅速认清了自己的分量，说道："不了谢谢，我只想当个安安静静的小粉丝。"

几人边说边走，很快进了前厅。

一进门，谢凉便看出粉丝和爱慕者的区别了。

见到喜欢的人，是一件值得高兴的事情。

秦二整个人红光满面，激动地坐在叶姑娘的身边，后背绷得笔直，看见他只给了一个眼神，就又将注意力转到人家那里去了，似乎浑然忘了叶姑娘已心有所属。

叶姑娘则和来的人一齐起身，礼貌地道："谢公子。"

谢凉笑着点头，一一打过招呼，发现除去叶凌秋和纪诗桃，另外两位女侠都是曾和他们去过红莲谷的熟人，就是不知道她们是怎么凑到一起的。

没等他细问，便见沈君泽也收到消息过来了。

两位女侠顿时惊呼："沈公子怎么瘦了这么多？"

沈君泽笑容恬适："年前身子不好，没什么胃口，最近已经养好了。"

两位女侠闻言放心了些，与他寒暄几句便坐回原位。

谢凉在沈君泽进来后就看向了叶凌秋，见她一瞬间变了神色，甚至控制不住往那边迈了半步，虽然及时停了，但眼底的关切明明白白透出了主人的心思。

原来叶姑娘喜欢沈君泽。

那秦二可能真的有一点点希望。

他收回目光，等众人都坐好便开始询问她们的来意，得知叶姑娘和两位女侠本是结伴赏景，在酒楼吃饭时偶然听见人们谈论起谢公子的帮派，她们对此很是好奇，便想过来看看，等走到这附近，她们碰巧遇见纪诗桃，于是就一起来了。

谢凉看向纪诗桃。

纪诗桃道："我来道谢，上次的事多亏了谢公子。"

谢凉礼貌地笑笑，假装不记得这丫头上次让他走着瞧，说道："纪姑娘不必客气。"

他方才在门口见到了几个眼熟的护卫，想来是纪楼主怕她再次遇险而派给她的。既然纪楼主都放心她出来，他也就不操那份闲心了。

几人聊了一会儿，便移到饭厅用了晚饭。

饭后叶凌秋找到谢凉，跟着他走进书房，迟疑了一下直言道："其实这次是我父亲让我来的，只是碰巧听到有人说起你，她们便跟着一起过来了。"

谢凉秒懂。

上次那件事，叶帮主大概是觉得在他这里找到了突破口，便将与他们同行过的叶姑娘派了来。他问道："叶帮主是想让你劝劝我，再让我劝劝九爷？"

叶凌秋点头，淡淡地道："父亲只说让我试着劝一劝，若谢公子不愿意便不要强求，这件事还请谢公子对乔阁主保密，他若知道了，兴许又要和父亲闹起来。"

谢凉应了一声。

叶凌秋顿了顿，问道："乔阁主是不在吗？"

谢凉道："他有事要忙。"

叶凌秋便不问了，反正她的话已经带到，算是交了差。

谢凉望着她离开，见秦二紧跟着跑进来想知道叶姑娘都说了啥，便用一句家事打发掉他，然后独自在书房里坐了一会儿，看着这堆资料，长叹一声，也不知九爷现在在干什么。

乔九此刻正在客栈里休息。

跟着他出来的精锐在楼梯口围成圈，满脸严肃地盯着竹筒里的签，每人抽了一根，然后抽中的几个人在其他人同情的目光里转身上楼，沉痛地走到九爷的房门口去守着。

刚站好，屋里便响起一个熟悉的声音："进来。"

他们一脸果然如此的表情，开门进去了。只见九爷披着长袍，长发未束，懒懒散散地坐在桌前，指着对面的位置。

就知道又是这样！几人认命地过去坐下了。

他们九爷大概是每天和谢凉待惯了，单独出来很快便无聊了，只能拿他们开涮。其中一个实在找不到话题陪他聊天，壮着胆子道："九爷要不给谢公子写封信？"

乔九道："写什么？"

当然是想写什么就写什么啊！精锐默默地瞅着他，沉默。

乔九想了想，觉得写信的主意貌似不错，便吩咐他们磨墨，然后挥挥手示意他们都滚。

精锐们简直感动得想哭，乐颠颠地就滚了。

乔九不理会他们，抽出一张纸，提笔便写："谢凉，同鉴……"

写完这四个字他就停住了，不知道后面该写点什么。

你近来可好？我已过了两个城，还在赶路……这不是废话吗？

你在山庄老实些，别招猫逗狗，也别喝酒，更不许和凤楚惹事……哦，这个可以。

九爷终于找到一个让他满意的表达方式，开始洋洋洒洒地教育谢凉，等教育完把信送出去，他便心满意足地睡了。

这封信通过天鹤阁特殊的消息渠道很快送到了敌畏盟。

谢凉有些惊讶。

他是知道乔九的目的地的，感觉不可能到得那么早，而且也不太可能这么快就抓到内鬼，于是心思一转，他估摸乔九这是想他了，于是高兴地把信接过来打开，嘴角抽搐地看完了。

他收回之前的话。

除去"脸皮厚"，九爷还继承了那位前辈"让人无语"的这条基因。

他写了封回信，告诉九爷什么叫正确的表达方式。

乔九很快也收到了回信，一方面看得很满意，一方面又担心这封信在半路被截过，被人看了去，便又教育了谢凉一顿。众精锐见他总算不折腾他们了，决定等这差事办完，他们就集体去请出主意的同僚吃饭。

书信一来一回递了两轮。

这天乔九带着他们到了一座山头，停在了山上的寺庙前。

众精锐抬头一看，见牌匾上写着三个大字：凝心寺。

没听过。

九爷竟然知道这么一个地方。

众精锐满心好奇，跟着九爷住进去，发现有一部分同僚已经到了。

这部分人是乔九从各个据点调来的，命令在他出发前下达，言明了要用人。

为防止他们抽不开身，他连生意都暂时停了，所以那些没差事又居心叵测的，这次怕是会想尽办法凑过来。

他看着面前这些人，勾起嘴角："叫你们过来，是想让你们给我挖个东西。"

089.

天鹤阁是乔九十五岁时所建，最初只是一个构想，能用的只有外公派给他的暗卫，直到他十七岁那年继承了外公的势力才慢慢发展壮大，到如今不过六年而已，因此他现在的心腹和派到各个据点的管事都是外公的人。

那些人从小由外公培养，很大一部分是归雁山庄的家生子，不存在半路新来一说，肯定是没问题的。

另外祈福一事上，那伙人是否知道他当时在场这一点不好判断，反正哪怕知道也不耽搁他们动手，但后来的"伏击前来刺杀窦天烨的杀手"和"少林之事派人联系凤楚"都没出现纰漏，这说明至少他的云浪山和总跟着他的这批人是干净的，那么有问题的只能是资历低、能力一般而被派到据点的人了。

乔九说完那句话，便吩咐他把联络用的信鸟交出来，告诉他们四人一组开始搜山。

众人一头雾水，不是说要帮着挖东西吗？怎么又搜山了？

乔九懒洋洋地坐在他们搬来的椅子里，说道："我要找的东西就在这附近的几座山里，你们给我搜出来。"

精锐道："九爷，那东西长什么样？"

乔九道："我也不知道。"

众人："……"

精锐道："那是活物死物？"

"死物，"乔九道，"你们看看有没有山洞之类地方，若看到奇怪的石头阵也记得挖一挖，行了去吧。"

什么啊就去吧？众人默默瞅他一眼，不敢违令，快速分好组，走了。

乔九望着他们离开，起身逛了一下寺庙。

留守的几名精锐一边默不作声地跟着他，一边四处打量。

和大寺庙相比，凝心寺只能用可怜形容。

只见墙壁的石砖坑坑洼洼，房屋也十分破旧，有些地方甚至随时能塌。整间庙只有五个和尚，香火几乎没有，仅有的两个香客一个是乔九，另一个便是在这里苦读的穷书生。

大概能看出他们不好惹，在九爷捐完一大笔香火钱后，和尚就没再管过他们，尽量不在他们面前出现，此刻都窝在屋里诵经。

精锐们跟随九爷逛完一遍寺庙，到了后山。

这里修着一个小亭子，可能用于赏景参禅，周围视野开阔，一个人都没有。

乔九迈进去，往石桌一靠，说道："有几件事交给你们去做。"

几人垂首听着。

乔九道："你们打听打听那个书生是何时来的，若是很早就在这里的，不用管他。若是近期才来，你们给我盯着他，看看咱们的人谁和他接触过。"

几人脸色微变，都能明白九爷的意思，他们天鹤阁这是出了内鬼！

乔九道："第二件事，若五天后他们还没找到东西，你们就问问他们这后山的山脚搜过没有。"

几人点头应下。

乔九道："有回信吗？"

这话题转得太快，几人反应了一下才道："没有。"

乔九不太高兴，在亭里待到饭点才回去。

能进天鹤阁的人都有两把刷子，办事还是很靠得住的。

只过去一天半，便有手下前来复命，说是在后山的山脚下发现一个山洞，洞里有块奇怪的石头，还有条暗道。

乔九很激动，跟着他们下去查看，然后将其余还在搜山的人全叫了过来。

众人收到消息赶来，见这周围是郁郁葱葱的树林，乍一看像是人迹罕至，但若细看的话，能勉强在地上发现一点点被车辙压过的痕迹，不过大部分都被草木盖住了，可见是很久之前留下的。

洞里亮着数跟火把，将四周照得清清楚楚，只见尽头有一块半人高的大石，上面早已遍布青苔，但隐约能看出几个字，写的是"赠予有缘人，只能挖，不可移"，而石头后则是一扇陈旧的石门。

乔九道："别碰这石头的底部，把上面这部分和后面的石门一起凿开，挖的时候小心一点。"

众人道了声"是"，撸起袖子开始干活。

乔九便回到凝心寺，等着他们挖完了喊他。

几名精锐照例跟着他，心里有些好奇。

他们自然能看出九爷这次是想做饵抓内鬼，本以为只是设个小套，谁承想搞得这么真实，其中一人忍不住道："九爷，里面真有东西？"

乔九道："真有。"

几人更加好奇，您老如此轻车熟路，肯定不是第一次来，既然早知道有这么一个地方，也知道里面有东西，竟能忍住不动它？

乔九扫他们一眼，说道："东西已经被拿走了。"

那山洞是几年前他和同门的一个疯子一起发现的，石头也是他们想办法挪过去的，字更是他们写的，什么"只能挖"都是骗人的。

因为他们的性子都比较恶劣，把东西拿走后，他们想让以后无意间进到山洞的人费劲地挖开石头，然后带着满腔的期待走进去却发现什么都没有，结果没想到最后是他自己把石头给毁了。

但是没办法，他想做饵钓鱼，不可能只吩咐他们挖挖坑，就天真地妄想内鬼会急匆匆地联系主子，起码得让内鬼亲眼见到有东西才行……不过也正是因为钓鱼，他才想起有这么一茬，不然早就忘了，毕竟这种缺德事他以前干得太多。

几名精锐眨眨眼，结合了一下九爷的性子，猜到一个丧心病狂的答案，试探道："那……那块石头是？"

乔九又扫了他们一眼。

几人立刻不问了，默默退到一边给自家清白的兄弟抹了把同情泪。

事实证明那山洞确实能唬人，当天吃过午饭，穷书生便收拾东西走了。

几名精锐听从九爷的吩咐没有打草惊蛇，把这件事汇报给了九爷。

乔九勾起嘴角，就知道猜得没错。

他和谢凉年后的一番动作太令人起疑，那伙人肯定会盯着他们。

之后他停了生意开始调人，吩咐他们来凝心寺集合，内鬼绝对会把这事传回去，而凝心寺是个鸟不拉屎的地方，为防止内鬼的消息递得不及时，那伙人只能提前派人来这里接消息。

现在山洞的事已经传出去了，那伙人若坐不住，怕是会过来。真若过来，想顺利拿下他们，八成会下点药。

精锐们也能想到这一层，神色凝重了些。

他们虽然知道了和书生接触的内鬼是谁，但万一不只他一个呢？万一那伙人带的人多，想来硬的呢？

他们担忧道："九爷，要不要通知附近的据点，叫点人过来？"

乔九道："不用，那伙人哪怕来了暂时也不会动手。"

几人不解："为何？"

乔九没等回答，就见手下前来复命，说是把门凿开了。

他便带着一点点微妙的、对石头没能坑到别人的惋惜心情，重新下到山脚，领着几个心腹进了石门。

其余人都在外面等着，片刻后见他们又出来了。

乔九道："里面有机关，派人守着山洞。"

众人道："是。"

几名精锐终于知道九爷为何笃定那伙人不会动手了，因为他们紧接着便按照九爷的吩咐开始"无意间"透露消息，说是里面有块长满青苔的石壁，石壁上有字，只有谢凉能解开谜底，他们得等谢凉赶过来。

"不过为啥只有谢公子能解开，他们能信吗？"

"因为谢公子聪明？不对，九爷也不笨啊。"

"既然九爷觉得可行，那就是可行吧，但这几天还是得留意点吃食，别真被下药了。"

"知道。"

乔九完全不知道手下的嘀咕。

他恰好收到了谢凉的回信，心满意足地看完，这次没有再教育谢凉油嘴滑舌，而是告诉对方可以来会合了。等把这封信送走，当天晚上他便以想吃肉为由，吩咐手下去给他打野味。

山洞由天鹤阁总部的人轮流看守，内鬼无法接近求证，只好借着打野味的机会把从精锐那里听来的消息传了出去。

精锐假装没注意到他的小动作，拎着几只兔子回来，把九爷请出了大门——凝心寺再破也是寺庙，总不能真在里面吃肉。

乔九步态慵懒地迈出门，看了一眼地上的兔子，指着最肥的那只："养着。"

精锐道："啊？"

乔九道："等谢凉来了，让他烤给我吃。"

什么烤给你，其实就是想留给谢凉吃呗？

众精锐很懂自家九爷的心思，听话地给那只兔子松了绑，找地方养着。

谢凉此刻还不知道有一只肥兔子等着自己。

他的敌畏盟今天又迎来了一位客人，正是沈正浩。

沈君泽意外道："哥，你怎么来了？"

沈正浩见他还是那么瘦，皱眉道："见你总不回家，来看看你，身子好些了吗？"

沈君泽道："都说了已经好了。"

沈正浩打量了他几眼，还是不太放心，晚上吃饭的时候给他夹了不少菜。

沈君泽笑得无奈，但没有拒绝，破天荒地多吃了半碗饭。

谢凉很好客，笑着邀请沈正浩也住几天，转过天带着他们去城里吃饭，逛逛这附近的山头，倒也惬意。

数天后，他收到了乔九的信，见这些人没有要走的意思，便歉然地表示他得离开几天，等他回来再陪他们吃饭。

金来来诧异道："帮主去哪儿？"

谢凉道："九爷说他那边有一个挺灵的寺庙，想让我过去看看。"

"很灵的寺庙？"两位女侠来了兴致，"哪家寺庙？"

谢凉道："说是叫凝心寺。"

女侠道："没听过，那我们也去吧。"

她们觉得很灵的寺庙肯定香火很旺，谢公子和乔阁主会合，她们可以自己玩。

方延在旁边猛点头，也想去求个姻缘。

谢凉迟疑了一下，同意了，看向纪诗桃："纪姑娘也去吗？"

纪诗桃想也不想道："去。"

自从出过事，她便在家里被关了好几个月，后来好不容易找借口说要亲自向谢凉道谢，这才被放出来。最近几天护卫一直催她回家，她可不想这么早回去，去寺庙刚好能给家人求个平安符。

谢凉望着他们，说道："那我们明天就出发吧。"

不只九爷那边在做饵，他这里也是。

因为他毕竟和通天谷有直接关系，那伙人很可能会派人接近他，就是不知道派来的人是藏在那些仍在接受考核的人里，还是藏在这些人当中。

他示意他们早些睡，便起身回房了。

转过天他们早早起床，吃过饭便启程出发，几日后到了凝心寺，一行人默默地站在门前望着这间小寺庙，半晌无语。

乔九不太高兴，问道："怎么来了这么多人？"

谢凉无奈地道："听说很灵，他们想来求个平安符。"

乔九斜了他们一眼。

"……"众人默默看向谢凉，无声求助。

谢凉笑着解围："来都来了，进去吧。"

乔九哼道："行啊，走了一路都累了吧？去客房休息一下，咱们晚上吃饭。"

这地方还有客房？众人再次看了一眼小寺庙，望向方丈。

方丈也看着他们，神色木然。

他们这间小庙撑死能腾出三间客房，必然住不下这么多人。

众人："……"

乔九不再理会他们，拉着谢凉就回房了。

进屋把门一关，他那点不爽的表情顿时收得干干净净，看向谢凉。

谢凉便简单说了一下这些人跟来的经过，正要给个评价，便见乔九做了一个制止的动作。

下一刻，外面响起天鹤阁精锐的声音，带着一点点小心翼翼："九爷，他们要来隔壁搭个木板床。"

凝心寺的客房没有独院，都是紧挨着的，隔壁便是以前穷书生住的地方。

快到傍晚，众人此时下山怕是要赶夜路，何况当初是他们吵着要跟来的，总不能只看一眼就走，于是便决定留下住一晚。

但是客房有限，几位女侠要挤在一屋睡便得另外搭个木床。而客房的墙比较薄，大家又都是习武之人，稍微有些动静就能听得一清二楚，所以精锐便先跑来提醒一句，免得自家九爷猝不及防被人听去点什么，恼羞成怒之下把这些人全揍一顿。

乔九的脸色果然就不好了，被谢凉捏了捏手，这才勉为其难道："来呗。"

说话间便听到人声近了，显然是那些人过来了。

乔九更不高兴了，看向谢凉，说道："我带你出去转转。"

谢凉慢慢跟着他，与他一前一后到了后山。

乔九道："这下面就是那个山洞。"

谢凉往下看了一眼，感觉这得有二十层楼那么高。

乔九道："下去看看？"

谢凉很自觉，对他伸出了手。乔九拉过来把人一携，带着谢凉下到了山脚。

几名精锐正在洞口守着，见谢凉终于来了，脸上都带了些喜色。

因为他们家九爷最近不爽的时候居多，性子比以往更加恶劣，动不动就爱折腾他们，明显是无聊了啊。

乔九道："在外面守着，别让人进来。"

精锐道："是。"

乔九点燃火把，拉着谢凉进了山洞，很快抵达尽头的石门。谢凉扫了一眼堆在旁边的碎石，暗道这真够缺德的，然后和他一起进了石室。

石室非常简陋，与其说是"室"，倒不如说是"洞"，就是一条隧道分了三个窝，外面的石门大概是上锁用的。

谢凉道："这里以前藏的是什么？"

乔九道："钱。"

谢凉沉默了一下："多么？"

乔九道："多。"

谢凉对这种逆天的运气很是羡慕，问道："这种犄角旮旯你们是怎么发现的？"

"以前淮王想要造反，趁着地动的天灾，教唆手下假装山匪，把城里的有钱人差不多全抢了一遍，然后他再装好人去剿匪，"乔九道，"那些山匪全跑了，钱也不见踪影。"

谢凉道："后来呢？"

乔九道："后来他进京述职，坐船渡江的时候船翻了，他和他的心腹全死了，就剩下一个儿子主事，而他儿子不知道他藏了钱。"

谢凉无语了一下，紧接着反应过来，说道："不对啊，他还没来得及动手，只是提早准备了一点钱而已，死前应该是干净的，你怎么知道他想造反？"

乔九道："段八说的。"

谢凉道："就是和你一起发现山洞的同门？"

乔九道："嗯。"

谢凉道："那他又是怎么知道的？"

乔九道："我没问。"

谢凉好奇地道："当年陪你回白虹神府的是他吗？"

乔九道："嗯。"

谢凉道："你们关系应该还挺好的吧。"

乔九很嫌弃："谁和那个疯子的关系好？我离开白虹神府后就开始陪他找钱，等找到了把钱一分，就和他老死不相往来了。"

谢凉嘴角抽搐，成吧，当他那句话没说。

一共三个窝，眨眼的工夫就转完了。为了给幕后的人下饵，他们多停留了一会儿才出去。

这一去一回，天色便暗了下来，众人迎来了新的问题。

住宿的事暂时解决了，接下来就是吃食。凝心寺的和尚平时吃的是糙米，乔九吃不惯那个，吩咐人下山买了米，但是没有菜。寺里倒是种了菜，可实在架不住人多，这些天早就被天鹤阁的人吃光了，就剩下一些干萝卜条。

他们要么啃萝卜条，要么干嚼米饭，要么去挖野菜。

两位女侠简直想回到过去抽自己一巴掌，让她们吃饱了撑着非要跟来。

不过好在有窦天烨，他转悠了一圈，在寺外发现了火堆的痕迹，回来便提议开篝火晚会。

众人立刻双手赞成。

他们可都看见了，天鹤阁的人养了两只肥兔、一只小野猪和一只野鸡，架起来往火上烤一烤，可比萝卜条强多了。

天鹤阁的精锐顺着他们的目光看向圈在一起的几只野味，面无表情地提醒道："那是我们九爷给谢公子囤的。"

众人："……"

那还是算了。

几人不敢惹九爷，便纷纷跑去打猎，在河边把猎到的东西处理干净，回来架在了火堆上。

谢凉和乔九这时也出来了，正在火堆前坐着烤肉。几人见乔九勾着笑，似乎没有先前那么不痛快了，暗道一声还是谢公子有办法。

他们都不是傻子，只见到这个寺庙的情况便猜出乔九喊谢凉过来是另有事情，心里有些好奇，可又不敢多问，只好暂时和窦天烨他们东拉西扯，想让他们问问谢凉。

叶凌秋看向秦二，低声说道："你知道谢公子想做什么吗？"

秦二摇头，想了想迟疑地道："应该没危险吧，若是大事，他肯定不会让这么多人跟着。"

叶凌秋淡淡地"嗯"了一声。

秦二见她肯主动搭理自己，很是高兴，便乐颠颠地给她烤肉吃。

叶凌秋向沈君泽那边看了一眼，见他正含笑与沈正浩说话，便转回视线，独自出了一会儿神。

篝火晚会当然少不了酒。

除去米，天鹤阁的人还买了几坛酒，就囤在屋子里，此刻便听从九爷的吩咐抱来一坛，每人倒上了一碗。

五个和尚窝在房间里听着门外的欢声笑语和间或响起的"一口干了"的吆喝声，默默道了声佛，很是诚惶诚恐。

他们不混江湖，也不修习武功，实在不清楚这群人为何会来他们这间小庙。

虽然这些人出手大方，给了他们不少香火钱，但他们很怕有命拿却没命花，搞得他们这几日诵经的时候都虔诚了不少。

其中一人不由得道："师父，您说他们想干什么？"

老方丈双手合十："既来之，则安之……"

话音未落，他的身体往旁边一栽，昏死过去。

其余四人："……"

他们吓得脸色煞白，刚要上前查看，结果刚刚起身便觉一阵天旋地转，紧跟着栽倒在地，没了意识。

这个时候外面正在玩闹的人也觉出了不对。

两位女侠本要去如厕，可刚站起一点便跌了回去，只觉双腿发软，内力也运转不畅。

她们的表情齐齐一变："不好，有毒！"

090.

话音刚刚落下，周遭便响起了接二连三的惊呼。

众人纷纷发现使不出力气，顿时惊慌失措，知道可能是被算计了，这种情况下他们和菜板上的鱼基本没区别。

他们下意识地看向乔九和谢凉，希望这二人能有办法。

乔九抓着谢凉的胳膊："你呢？"

谢凉低声道："我也没力气。"

乔九道："可能是软筋的药。"

他说着站起身，凝目环视一周。

他们共架了两个火堆，一堆坐着他和从敌畏盟来的这些人，另一堆则是天鹤阁的人，两个火堆间离得不远，此刻出事，天鹤阁精锐说了声"保护九爷"，然后便相互扶持着，硬是踉踉跄跄地走了过来。

乔九待在谢凉的身边没动，继续警惕地盯着四周，余光扫见沈君泽也起身到了他这里，问道："你没事？"

沈君泽轻轻皱着眉："应该是酒有毒，我没喝酒。"

乔九"嗯"了一声。

沈君泽道："方延和凤楼主不在。"

乔九又"嗯"了一声。

女侠虚弱道："乔阁主，这……这是怎么回事？谁下的毒？"

"我怎么知道？"乔九语气不好，"闭嘴待着。"

女侠便没敢再问。

不过想来是与乔阁主这次要做的事有关，就是不知道他把谢公子喊到这个穷乡僻壤是想干什么，而暗中算计他们的人又是谁。

她努力往同伴的身边靠了靠，忐忑地注意着周围的动静，这时只听簌簌几声轻响，像是有人围了过来。她们看向前方树林，却听到身后传来一声轻笑，连忙回头，见一个戴着黑色面具的人挟持着方延从寺里走了出来。

他身边跟着五名黑衣人，个个蒙着面，只露一双眼睛在外。

与此同时，林间的簌簌声更近，很快围过来十几个人，把他们夹在了中间。

几人的脸色更加不好，感觉今天要栽了。

乔九看着面具人，问道："你是何人？"

面具人道："这不重要，重要的是谢公子想不想救你这位朋友。"

谢凉看了一眼方延。

方延红着眼，欲哭无泪。他只是撒个尿而已，忽然就被抓了，简直吓死人。

谢凉移开目光也看向面具人，知道他们可能是从后山那边上来的，这个过程估计会清理一些不必要的人。他问道："你把那几个师父和下面看守的人怎么样了？"

"谢公子真是菩萨心肠，这种时候还能想着别人，"面具人笑道，"放心，和尚只是中了迷烟，而下面那些人还在山洞守着，根本不知道有人上来了。"

话音落下的一刹那，先前挣扎着过来护着乔九和谢凉的天鹤阁成员里有两个猛地发难，一齐冲向了谢凉。

女侠几人还在为突然蹦出的"山洞"一词感到惊讶，紧接着便看到这个画面，当即"啊"地叫出声，耳边只听"砰砰"两声，那两个人全跌了出去，口中吐血，倒地不起。

他们是够快，也够出其不意，但乔九更快，那反应简直像早已料到有这一出似的。

他一掌一脚把人打飞，甚至都没有挪动地方，嗤笑道："除了会往别人家里安插人，你们还会干点什么？"

面具人见这一下没能抓到谢凉，收了点笑意，声音也有些冷："乔阁主真是好身手。"

乔九道："自然比你好。"

面具人眯眼盯着他看了看，重新和谢凉谈判："谢公子，你若想让你的朋友平安无事……"

"慢着，"乔九懒洋洋地打断，"我还没问完。"

"我不想听乔阁主的问题，"面具人不欲和他纠缠，看着谢凉道，"谢公子说呢？是乔阁主的问题重要，还是你朋友的命重要？"

谢凉一本正经地胡说八道，诚恳道："公子听过少林的事吗？关于我和九爷的传闻，其实是真的。"

面具人："……"

其余人："……"

什么？

谢凉不等对方开口，继续诚恳地道："公子可能不知道，我就是我大哥最忠实的小弟。"

面具人："……"

其余人："……"

这么理直气壮？

方延早已得到吩咐，哽咽一声，凄凉道："我知道。"

面具人："……"

其余人："……"

方延越发凄凉，哭道："凉啊你答应我，你就是再怎么效忠你大哥也别忘了救我，不然我做鬼都不会放过你！"

谢凉道："这种时候你不是应该有点奉献精神，说一句别管你吗？"

方延也中了药，用尽仅剩的力气虚弱地吼道："我没有奉献精神，我还没谈过恋爱，不想死！"

谢凉点点头，示意乔九先问，问完了他再想办法救方延。

乔九勾起一个微笑，问道："你们往我这里安插了几个人？"

面具人被他们这一来一回弄得神色阴沉，根本不想搭理乔九。

他收紧了掐着方延脖子的手，刚想让他们识相一点，突然发现了一件事，目光一凝："凤楚呢？"

他们人比较多，又都是坐在地上，有火堆和烤架挡着，他刚刚便没细看，如今仔细一看，发现竟少了一个凤楚。

想到少林那次也被凤楚搅和过，他再次收紧手，喝道："凤楚呢？"

方延痛苦地皱起眉。

谢凉心头一跳，答道："他之前说头晕，回房睡觉了。"

面具人给了手下一个眼神，后者便分出一人折回寺庙查看。

谢凉主动问："你们今晚过来，是想要山洞里的东西？"

面具人道："不错，谢公子肯帮我这个忙，我便不会动他们分毫，如何？"

谢凉道："公子这么大费周章的，是知道里面是什么东西？"

面具人道："不知道，但我很想要。"

谢凉没能问出来，叹气道："我倒是想帮你，但你和我谈没用，为了避免一会儿发生你我都不愿意见到的情况，我得提醒你一句：谈条件前要看清局势，九爷百毒不侵的事你们已经知道了，他武功高强的事更是众所周知，他要是不耐烦了完全能带着我脱困，你想用剩下这些人威胁他留下？"

女侠几人："……"

想也知道是不可能的好吗！

面具人不答，抬了一下手，只见周围的黑衣人齐齐掏出弩箭对准了乔九和谢凉。

地上众人看得色变，更加不安。

面具人望着谢凉："若真到不得已的时候，那我只能连谢公子一起杀了。"

乔九张狂一笑："你试试。"

面具人自然不能真试，他就是知道可能制不住乔九，刚刚才会想要先擒住谢凉，结果却失了手，不过乔九到底只是一个人，只要稍微分一些心，他们就能捉住谢凉。

他说道："乔阁主不顾谢公子的感受就这么强行带他走，若他的朋友因此而死，你猜他会不会怪你？"

乔九微笑："他不会，没听见他的话吗？他对我唯命是从。"

面具人充耳不闻，笑着看向窦天烨几人："谢公子若当真不会怨乔阁主，你们死后在天有灵会做何感想？"

江东昊一遇事就木然，此刻恍若灵魂出窍。

赵哥老好人一个，担忧地看着方延，说不出话。窦天烨则和方延一样凄凉："没想法，他是九爷的小弟啊。"

面具人："……"

这都是些什么人！

他点点头："既然谢公子不在乎，我也就省得再拎着他，杀掉算了。"

谢凉正不知他说的是真是假，便见去查看凤楚的黑衣人回来了。

面具人会暂时拖上一拖，也是想先弄清凤楚的去向，这时见到手下，便往那边看了一眼。

黑衣人走到他身边，伸手遮嘴，贴近他的耳朵想说悄悄话。

面具人侧头准备听，余光突然扫见了他竖起的手，见那只手白皙修长，心里一凛，急忙后退。但是已经晚了，他只觉眼前一花、手臂一麻，方延立刻被对方劫走。

凤楚掀面具、抢方延一气呵成。

他把方延扔给乔九，扯掉脸上的黑布，笑眯眯地看着露出真容的人："这不是董副帮主吗？你手下说你在找我，我觉都不睡就来见你了，有事吗？"

地上众人惊讶一声，这竟是那个消失许久的董一天！

董一天没空理会众人的反应，因为凤楚嘴上说得和气，招式却咄咄逼人。

他一边应付凤楚，一边扫见乔九在那边分神接住了方延，便知机不可失失不再来，喝道："动手！"

黑衣人顿时一齐朝他们冲去。

董一天见手下缠住凤楚，阴冷一笑。

双拳难敌四手，乔九和凤楚就算再厉害，也只是能做到全身而退罢了，根本护不住这么多人，而且他就不信谢凉会当真不管窦天烨他们，只需抓住谢凉，今天这事便成了！

他的心思一闪而过，场面的局势立刻翻天覆地。

只是他的话音一落，乔九紧跟着也说了一句"动手"。

下一刻，谢凉周围那些用剑支地、勉强撑着身子的天鹤阁精锐整齐地站起身，迅速护在谢凉他们身前，迎上了赶来的黑衣人。

董一天神色大变："这不可能！"

然而现在计较这些已经没用了，凤楚招式凌厉，摆脱手下的纠缠再次向他冲了过来。

他根本应对不了，连忙掏出暗器往地上一砸，只听"砰"的一声，浓烟迅速往外涌。

凤楚担心又是什么双合散，微微一停，后跃拉开了距离。

而黑衣人见董一天扔了暗器，知道这是撤退的命令，便也跟着狂丢暗器，周遭一时浓烟弥漫。

乔九赶在烟雾散开前回到谢凉的身边，下令道："护着他们进寺。"

他说完带着谢凉跃上寺庙的墙头，见凤楚紧跟着过来，便将谢凉交给他，居高临下地看了一眼董一天的方向，追了过去。

天鹤阁精锐也护着众人往寺庙里冲，然后把人一放，快速跟随九爷去追那些人。

少顷，最后一个人也被找到送进了正殿。

天鹤阁留下的一部分人给他们分完解药，便开始在四周戒备。

两位女侠恢复了一些力气，先去解决了一下个人问题，这才回来待着，看了看站在门口的谢凉，忍不住道："这究竟是怎么一回事？"

091.

凝心寺的正殿十分寒酸，一群人坐在地上，显得有些拥挤。

天鹤阁的人去看了看那五个和尚，发现确实只是被迷晕了，都还有气，便回来告诉了谢凉。

谢凉"嗯"了声，恰好听见女侠的问话，回头看他们一眼，解惑道："那伙人喜欢安插内鬼，我和九爷猜测天鹤阁里也有，便利用内鬼给他们传假消息，让他们误以为我们找到了一处宝藏。"

女侠道："就是董一天说的什么山洞？"

谢凉道："嗯，那是九爷以前偶然发现的，这次刚好派上用场。"

"可青竹不是说他们要报仇吗？"纪诗桃对丫鬟背叛的事很是耿耿于怀，问道，"一个宝藏便能把他引出来？"

谢凉道："自然是用了些法子的，这过程说来话长，便不细说了，反正结果就是他们上钩了。"

众人："……"

不，其实他们蛮想听经过的。

女侠道："谢公子说说呗。"

谢凉好脾气地笑道："做饵的事比较无趣，咱们还是说说他们是怎么发现内鬼的吧。"

这当然行，众人一齐望着他。

谢凉便喊来一个精锐，把主场让给人家，因为这事他也不清楚。

精锐很听话，将书生的事简单说了一下。

他们先是在书生身上试探出一个内鬼，后来发现那内鬼与其中一人表面没什么交情，暗地里却接触过几次。为更加细致地观察，九爷便经常让他们去打打猎、下山买点东西。

每次下山，都是两名精锐带两个普通手下。

那伙人想要里应外合地偷袭他们，肯定得先和内鬼商量好计划，那两个内鬼默契地分开了批次，先后表示想跟着他们跑腿，而且进城后也都离开过他们的视线，他们易了容偷偷跟踪，基本认定了那二人的身份。

所以当又一次进城时，他们就利用职务之便开了小差，拉着人家去澡堂泡了个澡，分出一个人趁机翻了翻他的衣物，在里面翻出了药包，验完得知是软筋散之类的东西，便提前备好了解药。

今晚九爷让人拿酒，他们发现内鬼主动要去搬，担心会被下药，喝酒的时候便暗中吃了解药，因此都没中招。但其余那些从各个据点过来的兄弟是真的中了招，他们是等到那两个内鬼跳出来后，趁着九爷和董一天对峙，借着天黑的遮掩，偷偷摸摸塞的解药。

至于凤楼主……这和少林那次一样，为避免出现纰漏，九爷把凤楼主分了出去，想让凤楼主在暗处伺机帮忙，因此凤楼主没喝几杯酒便离席了。

精锐道："基本就是这样。"

众人先是恍然大悟，接着默默消化一会儿，察觉出了问题。

沈正浩挠挠头，习惯性地在遇见不懂的事情时看向自家弟弟，低声道："你说他们那么多人怎么不直接去山洞？为何非得上来一趟？"

叶姑娘和两位女侠都在附近，闻言也看向沈君泽。

沈君泽温和地道："董副帮主刚刚是想让谢公子帮忙，应该是谢公子他们传的消息里让他觉得宝藏有某些玄机，只能靠谢公子拿到吧？而且听谢公子的意思，山洞那边有天鹤阁的人守着，若见到有人过来，只需发一个冲天箭，这边就能听见，他们不想打草惊蛇，便绕开了。"

几人思考了一下，心想也只能是这个原因。

女侠道："沈公子觉得会是什么玄机？"

沈君泽道："这就不清楚了。"

女侠好奇得不行，抬头寻找谢凉的身影，发现他到了方延那边，只好暂且作罢。

谢凉这时正捏着方延的下巴，查看他的脖子，说道："没有指印。"

方延疑神疑鬼："真的？我感觉那一下可疼呢。"

谢凉道："真的。"

方延拍拍小胸口，放心了。

谢凉道："刚才害怕吗？"

方延道："就是忽然冒出来的时候吓了一跳，之后还好。"

主要是他们知道这次是为什么来的，而谢凉也告诉过他们那伙人很可能会对他们动手。

他知道谢凉肯定会救他，加之他们是通天谷的人，那伙人应该会留着他们的命，因此倒不是太担心，就陪着演戏而已，简单。

不过……他忍不住道："要是这次你们真是措手不及，他让你在我和九爷之间必须选一个，你选谁？"

谢凉温柔地道："选你。"

方延做好了被扎心的准备，谁知竟得到这个答案，顿时感动："阿凉……"

谢凉道："是不可能的。"

方延："……"

呸，他感动什么！

纪诗桃坐在不远的地方，恰好听见他们的话，看了谢凉一眼，心里有些难过又有些释然。

难过的是经过这几次的事，她发现自己确实没资格嫌弃谢凉，而且她看出来了，乔九对谢凉很是看重，他们之间的兄弟关系根本不是谁能撼动的。而释然的是谢凉救过她的命，她终于不用纠结要不要和谢凉作对了。

她只觉一直压抑的那口气松快了些，感官也回来了，突然闻见一股香味，扭头一瞅，见江湖上鼎鼎有名的窦先生正拿着一只兔腿啃得不亦乐乎——方才那么混乱的情况，他竟然还不忘拿吃的。

她看看头顶上的佛像，又看了看窦天烨，沉默。

窦天烨察觉到她的视线，对她举了举兔腿："吃吗，这半边是好的，我切给你。"

纪诗桃一脸淡漠："不了。"

话一说完，她的肚子传来一串"咕噜"声，分外清楚。

纪诗桃："……"

窦天烨："……"

纪诗桃神色僵硬。

她先前心事重重没有胃口，再说仙女怎么能在大庭广众之下大口吃肉呢，所以她基本没吃什么东西，就喝了点酒，结果还是下了药的。

窦天烨道："这个趁热吃挺好吃的，你真不吃？"

纪诗桃指了一下头顶。

窦天烨抬头一看，急忙单手立于胸前，默念道："阿弥陀佛，罪过罪过。"他再次看向纪诗桃，"酒肉穿肠过，佛祖心中留。有时没必要太在意一些条条框框，不然难受的还是自己，人总不能和自己的身子过不去，吃呗？"

纪诗桃道："……不。"

窦天烨心想古人真是倔强啊，便背对佛像继续啃兔腿，脑子一抽，吐出一句："真香。"

纪诗桃："……"

缥缈楼的护卫："……"

真招恨。

天鹤阁的人依然在戒备。

地上的人三三两两地坐着，几句话说下来，惊慌的情绪便平复了些。

谢凉担心乔九的安危，起身回到门口，到了凤楚的身边："有听见什么动静吗？"

凤楚道："没有。"

谢凉道："要不你出去看看？"

"可他让我守着你，"凤楚道，"放心吧，他应该没事的。"

谢凉刚想再劝，见他突然看向了大门，便也望了过去。

少顷，只见乔九带着人回来了。

正殿的人纷纷迎出来，见乔阁主笑得有些瘆人，没敢随便开口。

谢凉道："没抓到董一天？"

乔九道："他逃了。"停顿一下，他补充道，"但我打了他一掌。"

谢凉顺毛："已经很厉害了，以后总有机会。"

乔九"嗯"了声。

他这次抓了几个黑衣人，吩咐手下看好，然后告诉众人没吃饱的可以继续吃，吃饱的就早些休息，他们明早离开这里。

等都交代完，他便让手下把那只野鸡烤了，和谢凉到了后山凉亭。

凤楚不甘寂寞，笑眯眯地顶着乔九嫌弃的目光也过来了，不客气地一坐，问道："他那点武功能是你的对手？真让他跑了？"

乔九知道瞒不过他，说道："有人跟着。"

谢凉和凤楚顿时了然。

那伙人好像都蛮忠心的，乔九这是觉得抓了董一天也没用，干脆选择了尾随。

凤楚道："我看你的人好像挺全的，是另外派了别人？"

乔九点头，为以防万一，他给谢凉写信的同时也给云浪山去了一封信，让他们派几个好手过来，但由于有内鬼在，那几个人一直没露过面，今晚恰好派上用场。

他斜了凤楚一眼。

那意思很明显，没别的事就赶紧滚。

凤楚坐着不动，直到天鹤阁的人把烤好的野鸡送来，他满足地撕了一个鸡腿，这才正经了些，说道："董一天说完那声'动手'，有一瞬间动了怒，蛮明显的。"

乔九和谢凉几乎同时挑眉。

董一天或许是因为被逼到那一步而生的气，也或许……是被某个人气的。

若是后者，这里面的含义可就深了。当时乔九正接住方延，天鹤阁的人还在装虚弱，而黑衣人要围过来还有些距离，站在董一天的角度看，若那一刻有人突然出手擒住谢凉，一切便可尘埃落定。但那个人没有动手，董一天的怒火可想而知。

如果真是这样，这说明他们当中还有内鬼。要么是一直没露出马脚，见到精锐在发解药便没敢乱动的天鹤阁成员，要么便是跟着谢凉过来的那些人。

凤楚说完了这件事，拿着鸡腿走了。

谢凉看向乔九："你觉得你的人里还有内鬼吗？"

乔九道："不太可能。"

他的心腹一直盯着那两个内鬼，并没有发现第三个人，再说里应外合这种事当然越稳妥越好，有必要放着一个人不用吗？

谢凉点点头，撕下一片鸡肉，递给乔九。

乔九接过来吃了，问道："在想什么？"

谢凉道："在想谁有嫌疑。"

乔九看着他。

谢凉没有继续说，又撕下一片鸡肉递过去，在乔九伸手时往回一收，放进了自己的嘴里。

乔九瞪眼。

谢凉笑了笑，又给他撕了一块。

二人分吃了半只鸡，消了一会儿食，便回房休息了。

转天一早，众人简单喝了点粥，离开了凝心寺。

五位和尚目送这一行人走远，看着他们留下的大笔香火钱、在城里买的杂七杂八的东西，以及一只活蹦乱跳的小野猪，恍然如同做梦。

昨夜晕倒的一瞬间，他们都以为醒来便会见到佛祖，谁知睁开眼还在原来的房间，而这些人也终于走了，但是……他们到底是来干啥的呀？

其中一人道："师父，您说咱们寺里是不是有什么宝物？他们昨晚把咱们迷晕后找到了，今早就走了。"

其余同门一齐看着他，想知道他在做什么梦。

老和尚双手合十，木着脸道了声"阿弥陀佛"，说不出个所以然，这事自此成了他们寺的未解之谜。

谢凉一行人下了山，到了附近的小镇上。

这个镇子不算热闹，他们稍微休整一番便继续赶路，于天黑前抵达了一座大城。

谢凉临睡前找窦天烨聊了聊，于是转天吃早饭的时候，窦天烨便提出要谈笔生意再走，免得以后再来。

他年前就是因为出来谈生意才被归元道长抓到的，除去纪诗桃，其余人知道他要谈的是什么生意，一点都不觉得意外，反而好奇地问道："窦先生要说书吗？"

窦天烨道："有可能会说一个故事。"

两位女侠很高兴。

她们上次听窦天烨讲故事还是在钟鼓城，而且并没有听全，这次是一定要听一听的。

谢凉在旁边配合道："那行，等你谈完我们再走。"说完看向其余几人，"诸位……"

两位女侠怕他轰人，抢先道："我们自然听谢公子的。"

沈君泽和沈正浩没什么事做，也决定留下。

叶姑娘跟着点了点头，没异议。纪诗桃依然不想这么早回家，无视护卫的表情，也同意了。

事情便轻轻松松定了下来。

窦天烨饭后找到城里最大的茶楼谈生意，敲定了要在这里说一次书。不过为了有时间写故事脚本，他与茶楼定的是只说中午的一场。

然而三天之后，说书的时间就改到了晚上。因为茶楼不清楚他是不是真的厉害，不想得罪自家养的说书人，便给窦天烨安排了中午时段。结果这三天的人气一天比一天火爆，他们为了钱着想，立刻找到窦天烨，赔着小心、好说歹说把时间给改了。

这三天里，谢凉和乔九尝了尝城里的各色美食，累了要么去茶楼听窦天烨讲故事，要么就在屋里挨着看书，过得十分惬意。

秦二几人不像凤楚似的敢跟着他们去吃饭，便自己去玩，把城里转了个遍。

第四天，窦天烨改到晚上说书，秦二他们有一整个白天的时间。于是商议一番后，他们打算带些吃的去游湖泛舟，赏一赏春景。

谢凉对这事没兴趣，没有跟着。

倒是方延最近和他们玩得挺好，乐颠颠地跟了去。梅怀东留在敌畏盟教育新加入的同僚，这次没有跟来，乔九便挑了两名精锐，让他们陪同方延一起出城。

天气宜人，许多高门的公子小姐都出来了，因此湖上并不冷清。

秦二一行人泛舟划了一圈，然后在岸边找了一块空地，开始了露天烧烤。这是秦二在窦天烨那里学来的，他打算弄给叶姑娘吃。

沈正浩很感兴趣，便撸起袖子过去帮他，气氛热热闹闹的。

沈君泽含笑看了他们一会儿，以方便为由，起身去了身后的树林。

他走得很慢，一步步进了树林深处，静静站了片刻，听到脚步声由远及近，便看了一眼正走过来的那位老者，笑道："这倒是挺适合你。"

那老者眼中的厉色一闪而过，掀了脸上的易容，正是董一天。

沈君泽打量着他发白的脸色，温和地道："看来你受伤不轻。"

董一天道："我只是一时失手。"

沈君泽道："你不只这一次。"

董一天僵了一下，忍不住道："你当时若肯出手……"

沈君泽打断道："你当他们是傻子？"他的声音更加温和，不紧不慢，"再说我已经说过这次可能有诈，是你非要急着抢功，既然你都不肯告诉我想要下毒围困他们，那我为何要帮你？"

他看向对方，微微一笑："恭喜，你又搞砸了一次。"

董一天脸色一青，只觉一阵气血翻腾，急忙扶住旁边的树，咬牙道："你……你把我喊出来就是为了羞辱我？"

"你受伤这么重？"沈君泽收了点笑意，皱眉探了探他的脉，掏出一个小瓷瓶递给他。

董一天打开一闻，发现是上好的伤药，脸色稍微缓和。

他吃了一粒，问道："到底有什么事？"

沈君泽道："我有件事不太明白，想问问你。我说过好几次谢凉他们不简单，让你们先等我慢慢接近他再说，为何你们这么急？"

董一天道："你猜到的事，何必问我。"

沈君泽的眼神幽深了一些："尊主果然要来中原？"

董一天道："嗯。"

沈君泽皱眉："他在这种白道都很警惕的时候……"说着他猛地一顿，轻轻呵出一口气，"哦，原来如此，你们想在我大哥的婚事上做手脚。"

董一天又"嗯"了一声，问道："还有什么事？别告诉我你就为这点事找我出来。"

"自然不是，我还有个事想问你，"沈君泽看着他，"你就没想过你能从乔九手里逃走，并不是你运气好，而是他主动放的你？"

董一天心头一跳："什么？"

沈君泽道："比如说派人跟着你，看看你究竟见过谁。"

董一天呼吸一紧："那你……"

他想说"那你就不怕暴露"，但只说了两个字便觉胸口一阵绞痛，猛地看向沈君泽，语气不可置信，"你……你竟然在药里……下……毒……"

沈君泽道："谁让你非要把我大哥牵扯进来。"

董一天基本没听清他说的是什么，仰头砸在地上，没了声息。

下一刻，只听林间响起一声惊呼，沈君泽扭头一看，见他在暗处的手下发现了叶凌秋，并把人押了过来。

那人恭敬道："公子。"

沈君泽"嗯"了声，朝叶姑娘走去。

叶凌秋表情僵硬，下意识地后退半步，紧接着被死死地按住了。

沈君泽慢慢停在她面前，温和地道："叶姑娘方才看见了什么？"

092.

一片郁郁葱葱的绿完美地遮住视野，从这里向远处眺望，连湖的影子都看不见。

树林通着一个山坡，看这深入的情况，他们几乎是到了坡下，除非有意，否则根本不会再有人过来。

叶凌秋看着沈君泽。

他仍如往常那般温和，身上一点冷意和火气都没有，仿佛刚刚杀人的不是他。

君子如玉，温文尔雅。

以前每次见到他都觉得赏心悦目，暗自欢喜，可此时此刻，她只觉脊背发凉，心中一阵寒意。

沈君泽见她不答，对手下挥了挥手。

后者便松开叶凌秋，扛起尸体离开了。

林间静了下来。

叶凌秋手指冰凉，心里怦怦直跳，甚至感觉不到吹进来的风。

沈君泽站着没动，十分有耐心地等着她缓神。

片刻后，叶凌秋终于开口："你……为什么？"

"我若说是被逼的，叶姑娘可信？"沈君泽浅笑着，坦然自若的模样与"被逼"两个字完全不沾边，他似乎只是应付一句，根本不等她回答，便又问道，"你是跟着我进来的？"

他进来是干什么，湖边的人都知道。

一个姑娘家本不应该跟过来，由他说出口却好似很稀松平常的一件事，没有丝毫不妥似的。

叶凌秋道："嗯，我有些事想问你。"她脑子很乱，尽量稳住心神解释了一句，"我原是在外面等你，后来看到有个影子闪过去，就跟了进来。"

沈君泽看着她："叶姑娘是因为担心我，还是有人对你说过什么？我看你这一路总往我身上看，有心事？"

叶凌秋微微吸了一口气，说道："有人对我说你的心疾犯了，只有两年活头，还说若不信便去谢公子那里看看，你就在那边。"

她没见到那个人的影子，只是收到了一张小条。

但毕竟事关沈君泽，她在家里坐立难安，因此见父亲为乔九的事伤神，便有意提了几句，成功打着"劝说谢凉"的旗号出了家门，后来在半路遇见了结伴游玩的两位女侠，便同行了一段路，再后来她们在酒楼里听见有人谈论谢凉，就一起过来了。

她不知道这一切是不是有人指使，便格外小心，但幸好只是虚惊一场，她们一路上都很顺利，成功抵达了敌畏盟，而沈君泽的情况果然不太好。

她低声道："那个人还说谢公子他们来自通天谷，我先祖当年藏了一件宝物，能治百病。"

可她不是傻子，稍微想一想年前那些事，就能猜到对方是冲着白虹神府来的。

紧接着她想到了沈君泽经常找方延下棋，一个人对于自己心上人的事是很在意的，她知道沈君泽虽然脾气好，但其实不怎么喜欢与人深交。

先前她见他总和方延凑在一起，还以为他突然对下棋感兴趣了，更是在家里努力学了一段时间的棋，可若方延是通天谷的人，便不得不让人深想沈君泽的目的了。

她最近总在想沈君泽和给她传小条的人是不是有什么牵扯，沈君泽又是不是想要她先祖的东西，所以今天好不容易找到独处的机会，她便想来问问他知不知道通天谷。

她方才能跟着人影进来，也是这些天的怀疑所致，谁知竟见到了那一幕。

她问道："你是为了那个宝物？"

沈君泽道："不是。"

叶凌秋道："那是为了报仇？"

沈君泽道："叶姑娘不是说有事问我吗？问吧。"

叶凌秋见他避而不答，只好道："你知道通天谷吧？"

沈君泽微笑："嗯。"

叶凌秋便沉默下来。

"给你传消息的应该是董一天，年前去红莲谷的时候，他易容成我的护卫跟了咱们一路，想来是看出了什么，方才也可能是故意暴露踪迹引你过来，想让我收买你，"沈君泽的语气不紧不慢，一贯地令人舒适，"叶姑娘放心，以后不会再有人打扰你了，回去吧。"

叶凌秋顿时一怔："你不杀我？"

沈君泽道："我不杀没必要的人。"

叶凌秋道："那你不怕我把今天的事说出去？"

沈君泽笑了笑："所以还请叶姑娘看在我饶你一命的分上，替我保密。"

这话说得既礼貌又和气，简直像是在说一件举手之劳的小事。

叶凌秋完全不清楚他在想些什么，尚未理清纷乱的思绪，便见他率先向林外走去，只好无言地跟着他。

片刻后冷静了一些，她望着前面的背影，后知后觉地意识到沈君泽原来知道她对他有意。

但她发现自己根本不了解他。

而沈君泽对她因他赶来的事一点都不在意，对她这个人的评价只有三个字：没必要。

"找到了，在那儿呢！"

熟悉的声音打断了她的思绪。

她抬起头，见她的朋友跑了过来。

两位女侠的视线被几棵树挡着，刚刚只扫见了叶凌秋的一片衣角，第二眼再看才发现还有沈君泽。她们快步来到这二人的面前，目光在他们之间转了转，神色有些古怪。

孤男寡女的……这该不会是在幽会吧？

叶凌秋假装没看见她们眼中的深意，问道："找我？"

两位女侠回神，解释说是秦二见她久久不回，便求她们进来看一看。

秦二对叶姑娘的心意众所周知，她们说完见这二人一点不高兴的表示都没有，便觉得可能是她们想多了，这两个人兴许是凑巧碰到一起的。

几人边说边走，很快出了树林。

秦二正在眼巴巴地等人，见沈君泽竟然也在，想起叶姑娘说的心有所属，脸色立刻就不太好了。他僵硬地望着叶姑娘回来坐下，拿着洗好的方巾递过去让她擦手，又给了她一串菜，笑容勉强："已经烤熟了，你趁热吃。"

叶凌秋接过咬了一口，慢慢嚼完咽进肚子。

她觉出了菜的鲜味，带着恰到好处的热，一齐滑进胃里。

直到此刻，她才确定自己这条命是保住了。

那些凝固的情绪顿时涌上来，她不由得眼眶一红。

秦二吓了一跳："怎么了？是不是烫到了？我给你换一串。"

"不用，"叶凌秋放下那串菜，淡淡地道，"烫了一下有些疼，暂时不想吃，我想去划船。"

秦二道："我陪你去。"

二人说走便走。

秦二主动当了船夫，陪着她离开了湖岸。

叶凌秋抱膝坐在船上，再也忍不住，把头埋在了腿间。

秦二瞬间明白她不是真的想坐船，连忙问道："是不是他欺负你了？"

叶凌秋道："你别说话。"

秦二手足无措，只好当一个安安静静的船夫，乖乖守着她。

他们走后，岸边的气氛便有些微妙。

几人的目光若有若无地往沈君泽的身上飘，想知道他和叶姑娘是不是发生了什么。而沈君泽笑容温和，一脸坦然，一边吃着东西，一边指挥他哥给他烤了不少吃的。

两位女侠实在忍不住，也找了个划船的借口，跑去说悄悄话了。

方延是知道叶姑娘有心上人的，见状便觉得是叶姑娘告白被拒了。

纪诗桃则继续气质出尘地坐着，她心里好奇得不行，但面上仍维持着淡漠的模样，小口小口地吃着一串菜，吃几口便用手绢擦擦嘴，生怕沾上不该沾的东西而变得不美。

几人里只有沈正浩依然热情。

他把烤好的东西分了一圈，拿着剩余几串回到自家弟弟的身边，看了他一眼。

沈君泽道："不是你想的那样。"

沈正浩便不问了，坐着吃东西，说道："这味道挺好的，以后咱们在家里也能这么烤着吃，顺便让父亲也尝一尝。"

沈君泽笑着附和一声，慢条斯理地把他烤的东西吃完，看了看沈正浩，伸手摸上他的脸。

沈正浩目光带着询问看向他。

沈君泽道："有东西。"

他神色如常地放下手，提出想尝尝烤野菜的味道。

沈正浩一向疼他，便跑去给他挖野菜了。

沈君泽望着他走远，拿起旁边的方巾，擦了擦手上沾到的油。

方延刚刚不太好意思打扰，这时便往沈君泽身边挪了挪，低声道："真不是？"

沈君泽笑道："真的。"

方延道："那是啥？"

　　沈君泽道："你还记得不记得咱们第一次玩天黑请闭眼的时候？"

　　方延道："记得，怎么？"

　　沈君泽道："那你还记不记得我在有一局里说过的话？"

　　方延不清楚这和今天的事有什么关系，满脸疑惑："嗯？"

　　沈君泽道："若是想不明白，记得私下里去问一问谢公子。"

　　方延见他说完起身，问道："你去哪儿？"

　　沈君泽道："去找我哥。"

　　沈正浩去树林里给他挖野菜了，他便在方延的目送下重新进了林子。

　　然而，直到沈正浩和秦二他们陆续回来，他都没再出来。几人把树林全翻了一遍，连半个影子都没见着，只好派了一个人进城去通知谢凉。

　　谢凉和乔九这时刚刚收到天鹤阁传来的消息。

　　先前乔九派去盯着董一天的人反馈说董一天受伤很重，从凝心寺逃走后就躲进了这附近的村子，他们想知道他会不会再和内鬼联系，这才让窦天烨谈笔生意，也好借机留下。

　　他们等了三天，这一天总算有了收获。

　　谢凉叹了一口气："果然是他。"

　　能在那种情况下忍住不出手，想来也只有沈君泽了，不过……他问道："他为何杀董一天？"

　　消息上写得很清楚。

　　董一天今日易了容，带着手下去见沈君泽，后来那个手下扛着董一天的尸首出来，扔在了官道上，还在他的胸口上插了一把匕首，再后来沈君泽和那名手下便一起离开了。

　　天鹤阁的人不敢靠近，根本不知道那二人说了什么，只知道那名手下大概是听命于沈君泽的，而董一天八成是沈君泽杀的。

　　谢凉道："他应该不是董一天的主子。"

　　不然董一天不敢对他那般恼怒，更不会用命令的语气对他说"动手"。

　　他猜测道："是他们上面还有人，还是董一天是主子，沈君泽想杀掉他之后接管他的势力？"

　　乔九道："谁知道。"他想起沈君泽还曾拉着谢凉喝过酒，趁机教育道，"以后长点记性，别什么人都信，也别随便跑去和人喝酒，知道吗？"

　　谢凉笑道："嗯，我知道了。"

　　他想起初遇时和沈君泽一起顶着件外衫聊天的画面，再次叹了口气。

　　乔九不乐意了："你挺难受？"

谢凉道："只是觉得有些可惜。"

乔九从鼻子里哼出一个音："有什么可惜的，他自己选的路。"

谢凉刚想加一个评价，便见纪诗桃的一个护卫回到客栈，说是沈公子不见了。

他说道："我已经知道了，你让他们都回来吧。"

护卫便又折回城外，带回了一脸焦急的众人。

同时回来的还有天鹤阁的另一条消息：他们把人跟丢了。

凤楚这时也在客栈里，听完笑眯眯地道："我以前怎么没发现他这人还挺有意思的？"

乔九不搭理他。

谢凉则叹了今天的第三口气。

不愧是沈君泽，他应该猜到了乔九是有意放走董一天，甚至连他自己被他们怀疑也猜到了，便干脆主动跳出来，带着人走了。

此刻已到傍晚，客人们三三两两地坐在大堂里吃饭，一片热闹。

沈正浩看都不看他们，直奔谢凉的客房。

其余几人也没什么胃口，一齐找到了谢凉。

谢凉看着沈正浩赤红的双眼，措辞一番，将他知道的事告诉了他们。

两位女侠不由得惊呼，捂住嘴，满脸的不可置信。

叶凌秋神色平静，终于明白沈君泽为何没杀她了，原来他早已知道瞒不过去。

沈正浩的呼吸则瞬间重了："你胡说，我不信！"

谢凉道："这是事实。"

沈正浩的双眼更红，下意识地想抓着谢凉的衣领问个清楚，结果刚迈出半步便被击中了穴道。

乔九收回手，冷声道："带他去洗个冷水澡醒醒脑子，何时不发疯了再捞出来。"

天鹤阁的人道了声"是"，迅速把人拖了出去。

乔九环视一周："有想跟着一起洗的吗？"

众人整齐地转身往外走，半句话都不想问了。

乔九很满意，刚想拉着谢凉去吃饭，便见方延小心翼翼地扒着门框，一下下地往谢凉身上瞅。

谢凉道："进来吧。"

方延道："……你出来呗。"

谢凉无奈，跟着他到了他的房间。

方延道："他真的是幕后黑手？"

"就算不是，他也是知情者，"谢凉见他难过，拍拍他的肩，"我也不希望他和那伙人有关系，但事实就是如此。"

方延道："他今天临走前和我说过几句话。"他把那几句话一字不漏地告诉了谢凉，问道："他这是什么意思？"

谢凉微微一怔。

当时的第一局极其短暂，基本由沈君泽一人主导，说的是杀手主动跳出来，是为了保护剩余的那个同伴。

他白天还在想究竟是他们上面还有人，还是沈君泽要收编董一天的势力，结果到晚上沈君泽便主动为他排除了一个答案。

方延道："你想到了吗？他什么意思啊？"

谢凉轻声道："他的意思是，他的身后还有别人。"

093.

沈君泽的事一出，众人便没了游玩的心思。

沈正浩当晚就离开了客栈，可能是回家或是独自去找沈君泽了。转天一早，叶凌秋也告辞了，两位女侠没兴趣再听故事，而秦二担心叶姑娘，准备亲自把人送回家，便与谢凉打了声招呼，跟着她们一起走了。

队伍里除去乔九和敌敌畏的人，眨眼间只剩凤楚和纪诗桃。

缥缈楼与寒云庄这些年关系一直不错，纪诗桃和沈君泽已结识多年，沈君泽又向来不会惹人讨厌，所以纪诗桃得知沈君泽的事情后也很不是滋味，但想想她出事就是那伙人所为，她又觉得自己不该为他伤心。

不过叶姑娘她们一走，就剩她一个女孩子，她和他们又不是太熟，总不好还跟着他们。

于是思来想去，她便假装告辞，跑去另一家客栈住着，每日女扮男装去听窦天烨说书，打算听完了就回家。

乔九听了手下的汇报一点反应都没有，全当人家不存在，斜了一眼凤楚："你呢？"

凤楚道："接下来你们还干什么？"

乔九道："什么也不干。"

沈君泽不是董一天，他们再弄一个饵，估计沈君泽也不会上钩，不如先静观其变。

而谢凉从他先祖的游记里推测出了东西的大概位置，只是那毕竟是个潘多拉的盒子，他们也摸不准里面到底是什么，于是暂时得对凤楚保密。

凤楚年后还没怎么回过五凤楼，是时候回去一趟了。

他想了想如今这个情况，猜不出沈君泽下一步会怎么做，便诚恳地握起谢凉的手："阿凉你答应我，要是有好玩的事，记得喊我。"

谢凉笑着说了声"好"，问道："要回去了？"

"免得某人嫌我烦，"凤楚笑眯眯地道，"而且快到开酒日了，我得陪火火去看看。"

谢凉闻言也想起了这事。

丰酒台的开酒日在每年的三四月举行，是快到了。

凤楚道："你们去吗？"

谢凉道："我们先得等窦天烨说完书，之后看情况吧。"

凤楚没有再问，吃完午饭也走了。

几人把他送出门，开始各忙各的。窦天烨回屋抓紧时间写故事脚本，江东昊去了城里的棋社，赵哥最近迷上了根雕，在摆弄那些东西，而方延则还在伤心中。

谢凉去看了看他，见他的状态还行，便让他自己调节，然后回到房间陪乔九，感慨道："世事无常，要珍惜眼前啊。"

乔九瞥了他一眼。

谢凉笑了笑，在乔九旁边坐下，给自己倒了一杯茶。

乔九又瞥了他一眼，见他喝完茶便开始练字，整个人安安静静的。

他一下一下地看了好几眼，问道："出去转转？"

虽然谢凉表面挺淡定的，但他知道谢凉也是把沈君泽当朋友的。即使沈君泽出现在敌盟的那一刻起谢凉便没放下过怀疑，可当事情真的来临，谢凉也不会舒坦——他再怎么理智冷静也终究是人，是人便有七情六欲，便会觉得难过。

谢凉用比往常慢的速度写完一张纸，问道："去哪儿转？"

乔九道："哪儿都行。"

谢凉没意见，放下东西跟着他走了。

这个季节不冷不热，正是游玩的好时候，相应的摊位也多了起来。谢凉一连看了好几个风筝摊，随口道："你放过风筝吗？"

乔九道："放过。"

谢凉顿时对没能得到"陪乔九第一次放风筝"的成就而有些惋惜，走了几步忽然问："你放过自己做的风筝吗？"

乔九道："没有。"

谢凉道："那咱们做个风筝放一放吧？"

乔九扭头看他，眼中带着点嫌弃。

谢凉原本只是那么一说，没指望他能同意，但此刻见到他的表情，便笑着加了一句：

"觉得没意思？那这样好了，咱们每人做一个，谁放得高谁赢，输的人要答应赢的那个人一件事。"

乔九不为所动，提醒道："我有你的字据。"

言下之意，谢凉还得让他差遣好几年呢，他想让谢凉做什么，直接用字据就行。

"这不一样，"谢凉道，"字据那种东西，对于太过分的事，我要么不干，要么就能敷衍你。咱们这个赌除了杀人放火，提出的条件是不能拒绝的，哪怕你让我大半夜出去跑一圈，我也得照做。"

"我有毛病让你去跑一圈？"乔九微微一顿，用怀疑的眼神盯着他，"说，你打算让我干什么？"

"我还没想好，这种事等我赢了再想，"谢凉笑道，"敢玩吗？"

乔九有些不想干这种蠢事，但见谢凉好不容易有了些兴致，只好勉为其难地同意了。

已是下午，为节约时间，他们买了现成的竹签，然后回客栈开始弄纸面。

谢凉堂堂一个理科生，这点动手能力还是有的，只用两根竹签便架起了骨架，把纸一糊，试了试受力情况，迅速做好了。

乔九看着他那个四方块和两条尾巴，觉得说"简陋"都是在夸他。

他问道："你这就完了？"

谢凉道："不然呢？"

说着探头一看，见九爷正在搭骨架，看上去蛮复杂的。

乔九为防止他偷师，把人轰到一边，专心把骨架弄完，还调色画了幅画，直到傍晚才做好，满意地拎给谢凉看："看见没有，这才叫风筝。"

谢凉立刻恭维了几句，打量了两眼，觉得挺像样的，说道："一会儿比完，这个就送给我吧。"

乔九得到肯定，大方地道："成，赏给你。"

二人也不在乎天色晚不晚，直奔城外。

谢凉小跑几步，风筝轻轻松松就上去了。

而乔九那个大概是骨架用的竹签太多，半天没飞起来。不过九爷毕竟是九爷，小跑不行就用轻功，终于让风筝飞了起来。

他快速放长绳子，刚往谢凉那边看了一眼，便见空中的风筝画出一道弧线，向下栽去，"啪"地拍到湖上了。

谢凉："……"

乔九："……"

谢凉笑出声："还捞得回来吗？"

乔九把线轮扔给他，扭头就走，觉得脑子抽了才和他玩这个。

谢凉笑得不行，估摸要是真把湿漉漉的风筝捞回来，九爷指不定会恼羞成怒，于是只能遗憾地扔下，陪着九爷回到了客栈，半路还把自己做的风筝给了街上的小孩子。

方延几人都不知道他们一下午究竟干了多无聊的事，只当他们是出去玩了。

天鹤阁的人倒是知道，但看九爷一点得意的表情都没有，便没敢问结果，老实地低头吃饭，一眼都不往他们身上瞅。

饭后谢凉把筷子一放，拉着九爷便回房了。

乔九懒洋洋地坐在椅子上："说吧，让我干什么？"

谢凉摸着下巴："我想想。"他并没考虑多久，笑着说道，"总是我给你捏肩，你也给我捏一次吧。"

乔九不爽地斜他一眼，终究是起身走了过去。

谢凉愉悦地享受着天鹤阁九爷的服务，谈起了正事。

叶姑娘走之前把她与沈君泽见面时说的话告诉了他们，与他们猜的一样，那伙人果然是知道通天谷的，甚至很可能还知道乔九的先祖埋了东西。

谢凉问道："你说会不会真是那个什么万雷堂？他们当年可能也给后人留了手札，所以一直没解散，总想着来中原？"

乔九道："但我爷爷说五十年前他们把万雷堂的堂主和几个护法全宰了，只剩一点乌合之众逃出中原，能干什么？"

谢凉道："堂主和那几个骨干有孩子吗？"

乔九道："不清楚，得看我爷爷的手札。"

那又得去一趟白虹神府，谢凉在心里无奈了一下，等着乔九捏完，与他聊了一会儿便各自去睡觉了。

这天过后，他们便专心等窦天烨说书了。

而沈君泽的事迅速在江湖中传开，引起了一片哗然。沈正浩那天选择了回家，沈庄主听完和他一样，不信沈君泽会干出这事，搬出了沈君泽以前的种种事迹，放话说相信义子不是心狠手辣之人，希望江湖中人若是见到沈君泽，能来通知寒云庄一声。

可惜众人讨论得再热烈、寒云庄派去找人的人手再多也都无济于事，沈君泽自离开后便销声匿迹了，谁都不清楚他接下来会干些什么。

天鹤阁的人也一直留意着江湖上的各处动静，同样没有沈君泽的消息，倒是丰酒台那边的不少。窦天烨结束说书的这一天，丰酒台那边又来了新消息：项百里跑了过去。

项百里这些年一心想着娶碧魂宫的二小姐，一刻不敢松懈地往上爬，如今竹篮打水一场空，他便没有错过今年的开酒节，跑去品尝美酒了。

然而，凤楚和赵炎这时也在丰酒台。

谢凉回忆了一下凤楚那丧心病狂的女装，感觉和本尊相差甚远，应该没有关系。

他这念头刚闪过不久，转天一早天鹤阁的人便给他带去了会心一击：施谷主也去了。

谢凉："……"

乔九："……"

乔九收起小条，看了一眼地图，望着谢凉。

谢凉了然："咱们从这里去丰酒台好像没多远。"

乔九"嗯"了一声。

谢凉道："先去丰酒台再挖宝，也就只绕一小段路。"

乔九再次"嗯"了一声。

谢凉道："我还没看过开酒日，错过这一次就得等一年。"

乔九"嗯"了三声，勉为其难道："那咱们先去丰酒台，我带你长长见识。"他微微一顿，强调道，"我这是为了你，知道吗？"

谢凉假装没看出他是想过去看戏，笑道："多谢九爷。"

于是一行人便顺着官道拐了一个弯，直奔丰酒台。

第五章

他，陨落了

094.

丰酒台的开酒日每年会持续将近一个月，十分热闹。

那周围有三座小镇，里面的客栈早已全部住满，沿路可见各种提示住宿的牌子，都是镇上的百姓将自家屋子打扫出一两间供人们落脚，也好赚些钱财。

天鹤阁的人知道他们要来，提前在凤楚、赵炎所在的镇子租好了一个小院。

一行人过来后便直接进了院子，这时已是傍晚，谢凉他们简单收拾一番就去找那二人吃饭了。

赵炎见到乔九立刻瞪眼，挪动身体挡住他的视线，他身后正放着几坛酒——开酒日已过了五六天，他买到了不少好酒，千万不能被这浑蛋糟蹋了。

但他不动还好，这一动，乔九就将目光移到了他身上，微微一歪头，顿时笑得灿烂："火火，收获不小啊。"

赵炎怒道："滚，没你的份！"

乔九道："有朋自远方来，不亦乐乎，堂堂五凤楼的二楼主，连个待客之道都不懂？"

赵炎道："去去去！谁和你是朋友，这又不是我家，我凭什么招待你！"

他说着急忙把他们轰出去，万分后悔没有提前几日过来，导致客栈房满只能和凤楚挤一间，从而被他们堵上了门。

他深深地觉得不安全，仔细检查过一遍窗户，将门锁好，这才跟着他们下楼，打算明天便派人先把酒运回五凤楼。

不过他实在多虑了，乔九这次来不是为了他。

几人挑了镇上一间不错的酒楼吃饭。

乔九问了问，得知凤楚已经知道施谷主也在这里，便道："别的熟人呢？"

凤楚道："太熟的人比较少，大部分都是他认识我，而我不认识他。"

乔九旁敲侧击又问了几句，发现凤楚似乎不知道项百里也来了，笑容深了些。

凤楚道："怎么？"

乔九微笑："没什么。"

凤楚笑眯眯地问："哦，你们突然过来不是有事？"

"能有什么事，"九爷眼睛都不眨一下，"谢凉他们没见过开酒日，我带他们来见识见识。"

凤楚半信半疑，叫来小二，要了坛好酒。

靠着一个那么有名的丰酒台，酒楼里的酒若不是好酒都不用再开下去了。谢凉一行人喝得连连称赞，计划这次开酒日也买几坛回去。

众人喝到入夜才散。

凤楚借口住在乔九那里，跑去隔壁的小镇找自家舅舅了。赵炎一点都不怀疑，独自回到了客栈。乔九则带着谢凉他们重新到了小院，把一直守在丰酒台的手下叫来，询问项百里的去向。

手下道："他在丰福镇。"

乔九挑眉。

附近这三座小镇分别是丰福、丰木、丰粮。

他们现在在丰木，施谷主在丰粮，项百里在丰福，恰好全错开了。他不太满意："那家伙没去丰酒台喝酒？"

手下不清楚堂堂碧魂宫的前护法怎么在自家九爷这里这么不受待见，说道："去了啊，喝了一整坛十里风，被手下扶回了客栈。这几日他没有去，是因为有人找上了他，咱们的人没办法靠近，不清楚他们谈了些什么。"

乔九道："谁？"

手下道："是几个生面孔，以前没见过。"

乔九思索了一下："是易容吗？"

手下道："属下找人试探看看。"

乔九点头，挥手让他下去，进了卧室。

一行人休息一晚，转天吃完早饭，乔九便带着谢凉他们到了丰酒台。

与他们上次来的冷清不同，如今的丰酒台上都是人，纵横交错地摆着许多卖酒的摊位，摊位前扎着五彩的布，很是吸引眼球。最前方还搭着一个台子，据说过几日要举办品酒大会，选出今年的酒王。

赵炎也才刚来，恰好瞅见他们。

他看了一圈，没见到凤楚的人影，便上前问了两句。

乔九大发慈悲帮着凤楚掩护了一回："他早晨起来就走了，不清楚去了哪儿，可能是看见好玩的事了。"

赵炎知道凤楚爱玩的性子，便没有怀疑，扔下他们跑去看酒了。

乔九暂时没动，而是先问了问自己的手下，得知凤楚也陪着施谷主到了丰酒台，便笑着点点头，多问了一句："那家伙今天也没来？"

"暂时还没看到，找他谈事的那几个人倒是来了，"手下压低声音道，"属下听见他们说了几句话，听口音好像不是中原人。"

乔九挑了一下眉，外族来的，突然找项百里那家伙干什么？

他问道："他们人呢？"

手下道："正在杨家酒铺那边喝酒。"

乔九便暂时把看戏的念头按住，带着谢凉他们去了杨家酒铺的摊位。

结果走到这里一看，他们又见到了赵炎，后者刚刚花钱买了一碗酒，打算尝一尝，余光扫见乔九，翻了一个白眼："你跟着我干什么？"

乔九道："谁跟着你，我也是来喝酒的……"他微微一停，倏地凑近，笑得极其亲切，"火火，你这碗是什么酒，好香啊，给我喝一口。"

赵炎简直不用想，立刻后退躲开，却听身后响起一声"呀"的惊呼。

他急忙转身："对不住，我没看到……"

话未说完，被他撞到的人也回过了头。只见这姑娘身着绿裙，外套红衫，嘴唇红得滴血，一张脸惨不忍睹，恍若白天见鬼。

赵炎长这么大第一次见到这副尊容的人，惊得手指一松，那碗酒顿时砸在了地上。

"啪"的一声，酒碗碎裂，第一个做出反应的不是酒摊老板，也不是当事的两个人，而是紧随其后的施谷主。他连忙上前查看："没事吧小凤凰？"

小凤凰……赵炎神色木然，默默看着她，心想好好的一个姑娘，这是遇见什么难事了，非要把自己涂成这个德行？

施谷主问完才发现面前的竟是赵炎和乔九。

他摸不准五凤楼的人是否清楚自家外甥的身份，便问道："认识？"

凤楚捏着手绢咯咯一笑："人家怎么可能认识嘛。"

施谷主心里有数了，对赵炎点点头，带着外甥去了别处。

他们一走，酒摊老板便回过神要找赵炎赔碗钱。

乔九一直忍着，这时终于哈哈地笑起来。

谢凉就知道他刚刚是故意逼赵炎后退，简直蔫儿坏，便捏了一下他的手。

赵炎还没回过味，以为他是笑话人家姑娘，说道："别笑了，小心让她听见。"

乔九道："我不是笑他，是笑你，人家长得挺好看的，你会不会看？"

赵炎道："你才不会看，你眼瞎啊觉得她好看！"

谢凉诚恳道："真的挺好看的。"

赵炎不信他，看向方延几人。

方延知道真相，一脸认真："真的，不骗你。"

窦天烨不明所以，中肯道："比我们那里的如花好看多了。"

江东昊点头附和。

赵哥老实人一个，便跟着他们点头。

几人一齐看着赵炎。

"……"赵炎木着一张脸，掏出钱递给老板，酒都不喝了，扭头便走，打算离他们远点。

乔九再次笑出声，伸手扶着谢凉的肩，感觉这一个月的乐子都有了。

谢凉见他停不下来似的，笑着拍了拍他，想让他差不多得了，但没等开口，只听旁边传来一个女声。

"这位公子怎么称呼？"

几人顺着声音一望，见一旁站着个红衣姑娘。

酒摊上有供给人们喝酒的座位，四周简单用绳子圈出一块地，这姑娘就站在绳子里，应该是从座位上起身过来的。

她看起来二十出头，长得很漂亮，语气爽朗，神色坦然，不胆怯也不羞涩，非常直白地望着乔九。在乔九看过去时，她眼中的光顿时亮了几分。

谢凉瞬间了然。

潇洒肆意的人总是很惹人注目，自家九爷这个气质和这张脸实在太勾人，不熟悉他秉性的很容易被吸引。

乔九收了一点笑意，扫了一眼她的身后。

摊位上只有三桌客人，其中两桌都是单独一个人，唯有第三桌的桌上有三位客人和四个碗，这丫头显然是从那边过来的。

这四人两男两女，穿的都是中原的衣服，红衣的丫头过来时，同桌的三人都坐着没动，正看好戏似的望着这边，好像并不觉得同伴的行为有多出格。

他估摸这可能就是手下说的那几个外族人，目光转回到红衣女子身上，问道："有事？"

红衣姑娘道："小女子名唤山晴，见公子气度不凡，有意结识，想请公子喝杯酒。"

曜，出门就遇桃花？窦天烨等人打起精神，目光炯炯地看着他们。

乔九道："没兴趣。"

山晴一点失望或伤心的神色都没有，笑着问："那公子叫什么名字？也许咱们下次见面你就有兴趣了。"

乔九勾起一个亲切的微笑："这样吧，你先告诉我你们找项百里那家伙有什么事，我就告诉你我的名字。"

山晴笑容一凝，目光微凛。

她同桌的三人也是一怔，齐刷刷站起身，脸上带了几分警惕。

乔九压根不在乎和别人撕破脸，他也不在乎这些人找项百里是想拉人入伙还是谈生意，只是沈君泽那伙人还没抓到，这种时候又突然冒出了几个外族人，他这才肯关注一二。

此刻见他们是这个反应，他的笑意深了些："怎么，说不得？"

山晴的心思转了转，笑道："倒也不是，公子和项帮主认识？"

乔九张嘴就来："我是他朋友，没听见我叫他'家伙'吗，只有朋友才这么叫他。"

话音一落，不远处响起一个低沉的、略带沙哑的声音："谁是你朋友？"

众人一齐回头，见一位公子自那边走了过来。

这是谢凉在这里见到的第一位疯子，便仔细打量了几眼。

项百里二十七八岁，长得很是清秀，完全不像做过护法的人。他身穿淡蓝长袍，心平气和，和疯子一点都不沾边。

项百里看着乔九，淡淡地道："你还没死？"

乔九微笑："你们都没死，我哪能先死？许久未见别来无恙，成婚了吗？"

谢凉："……"

这一刀捅得可真狠。

项百里的脸上不带半分怒气，说道："还没有，你呢？"

"我自然会比你早，"乔九笑道，"先前听说你看上了一个姑娘，怎么还不成婚，她不要你了？"

项百里道："是我不要他了。"

乔九道："我怎么听说是人家不要你？"他教育道，"你这个德行的，别人能看上你，你就该烧高香了，怎么还有脸挑别人？"

项百里道："我有。"

山晴在一旁听得心惊肉跳。

项百里与碧魂宫决裂的原因他们多少知道一点，据说是项百里向楚宫主提亲被拒了，他们这几日和他接触时都尽量避免谈到这事，结果这位公子竟这么直白地说了出来，语气还带着讽刺，不怕惹恼了他吗？

她对这美人的身份越发好奇，问道："项帮主，这位公子是？"

项百里道："我师弟，乔九。"

山晴四人脸色微变，这竟然就是那个鼎鼎有名的天鹤阁九爷！不对，项百里和乔九竟然是师兄弟？！

窦天烨几人对九爷竟还有个师兄同样很好奇，便多看了项百里两眼。

乔九不理会周围这些人的神色，学着山晴的语气道："项帮主，这些人找你有什么事？"

项百里道："他们想让我……"

山晴连忙扬声打断："项帮主！"

项百里扫了她一眼，重新看着乔九："哦，我不能说。"

乔九笑道："有什么不能说的，他们想来中原干点事，要拉你入伙呗？"

项百里道："算是吧。"

谢凉一行人："……"

山晴四人："……"

乔九继续问："干什么事？"

项百里这次不说了，而是对山晴道："你们不是说会来摆摊吗？酒呢？"

山晴暗自松了口气，说道："他们应该就快到了。"

正说着话，只听远处传来"咚咚"的鼓声，很有节奏，顿时吸引了众人的注意。

山晴四人笑了笑，对项百里做了一个"请"的手势，后者便不再和乔九纠缠，转身走向了声源。

乔九看了一眼，带着谢凉也过去了。

谢凉望着项百里的背影，感觉这个人与其说是心平气和，倒不如说是一种漠视，好像除去感兴趣的东西外，其他的可有可无似的，果然有点不太正常。

众人很快到了鼓声处。

这是摊位的最外围，空地停着三辆板车，一辆装着桌椅和杂物，另外两辆装的则都是酒。

几个大汉此刻正往下搬酒坛，而老板打扮的人见众人都围了过来，便示意鼓声停下，开始向众人讲述他们的来意，表示他们是从外族过来的，由于路途遥远，便晚了几日，不过他们带的酒是和西域人学着酿的，均是上等的葡萄酒。

他说完开了一坛，浓厚的醇香瞬间溢了出来。

西域葡萄酒，这可是稀罕物！

来丰酒台的全是酒鬼和品酒的行家，有一部分人是知道这种酒的，立刻激动地围过去，嚷嚷着要买。方延爱喝葡萄酒，拉着窦天烨他们也过去了。

乔九向项百里那边看了看，见那蠢货找了一个地方坐下，紧接着就有人恭敬地给他倒酒，便和谢凉交换了一个眼神。

山晴这些人若是来中原做生意的还好，可若是身后也有帮派，想把帮派搬来，如今这么一番投其所好，倒很能赚些人缘。

山晴又一次到了乔九的面前。

知道了他的身份后，她的态度客气了些，但眼神依然很亮："乔阁主要不要来喝一杯？"

乔九看向谢凉："喝吗？"

谢凉道："尝尝吧。"

乔九想带着谢凉去项百里那桌，谁知刚迈出两步，只见项百里倏地站起身。

二人顺着他的视线一望，见到了正往这边走的凤楚，而凤楚身后不远的地方还有一个同样被鼓声吸引过来的赵炎。

施谷主不知去了哪儿，如今只剩了凤楚一个人。

他对投在身上的目光视若无睹，捏着手绢一步三摇地往前走，恰好也看见了乔九他们。他刚想挥舞手绢打招呼，只见一个人影突然闪到近前挡住了他的路，他的脚步顿时一停。

项百里盯着他，一张脸面无表情。

凤楚收了点嘴角的笑，问道："怎么？"

项百里一字一顿："你说过，以后不会再以这个模样出现在我的面前。"

凤楚绞着手绢为难道："我也不想，我舅舅在这里。"

项百里道："别用这个声音跟我说话。"

凤楚用手绢按了按眼角："人家做不到，你可以不理我嘛，非要过来干什么？"

项百里的目光冷了些："那你滚远点，别让我看见你。"

凤楚自然不干，他心里呵呵一笑，正要噎两句，便听后面传来一个熟悉的声音。

"你一个大老爷们儿怎么这么为难人家姑娘？"赵炎上前两步，看不过眼了，"她招你惹你了？"

项百里冷冷道："他不是女的。"

赵炎反应了一下，看向身边这位"小凤凰"。

凤楚咬着唇，可怜地回望。

赵炎转回目光，昧着良心道："她只是打扮得有……有些不同而已，挺……挺好看的啊！"

项百里盯着他看了好几眼，再次望向凤楚，声音冷了一倍："挺好，你又迷晕了一个男人。"

　　赵炎："……"

　　凤楚："……"

095.

　　赵炎愣愣地反应了一下，第一个问题是："又"是什么意思？

　　但没等他问出口，面前的人紧跟着便道："你，带着他现在给我滚，别让我再看见你们，不然我杀了他。"

　　赵炎悚然回神："等等，我不是……"

　　凤楚哽咽道："你杀，你敢动他一下，我也不活了！"

　　项百里的脸刹那间蒙了一层寒霜："你再说一遍。"

　　赵炎道："慢着，我和她……"

　　凤楚道："说就说，他若有个三长两短，我绝不独活！"

　　项百里暗自吸了一口气，缓缓地道："小凤凰，你很好。"

　　凤楚道："是你欺人太甚，我们只是来买个酒，哪里碍着你了？"

　　他的打扮本就"惊艳"，几句话说完，周围的人顿时全看了过来。

　　众人的目光在这两个俊朗的公子身上转了转，有点激动，心想这年头真是什么人都有，那样的姑娘也能看上。

　　赵炎张了张口，又张了张口，想要逃离现场。

　　可刚动了一条腿，某两个人便一齐扭头。

　　凤楚："你别走！"

　　项百里："你给我站住！"

　　赵炎："……"

　　谢凉在不远处看着，无奈道："我说……"

　　乔九整个人挂在他身上，浑身直抖："哈哈哈哈哈。"

　　谢凉道："来，深呼吸，差不多行了。"

　　乔九觉得不行，继续抖。

　　谢凉见他笑得神采飞扬，忽然想到了初遇的画面，便追忆往昔似的摸了摸他的头。乔九把他的手拍下去，扫见人群要散开，头往他的肩上抵了一会儿，抬起来站好，迅速止住了笑。

那边凤楚不知又说了什么，项百里的声音像是从齿缝里挤出来似的。

"只此一次，"他道，"买完酒就给我滚。"

他说完转身回来，拎起椅子换了一个方向，背对他们坐下喝酒，一眼都不向他们的身上瞅了。

凤楚看着赵炎，低声解释："他脾气不好，说杀你便真会杀你，除非我以性命相逼。"

赵炎平白被扣上一个"野男人"的帽子，整张脸都木了："他杀不了我。"

凤楚用手绢按按眼角："他是项百里，杀得了你。"

竟是碧魂宫的前护法？赵炎心想自己确实够呛能打过，脸更木了，问道："他对你？"

凤楚委屈点头："他偷偷关注我好几年了，一直纠缠我，被我拒绝了。"

赵炎默默看着这张脸，不是很懂项百里。

但不管怎么说，人家姑娘已经拒绝了，而项百里年纪轻轻坐上护法的位置，很是当魔头的料，最近更是听说自立门户了，一会儿若是气不过，可能会再找这丫头的麻烦。

他问道："那刚刚跟着你的人是？"

凤楚道："是我舅，他还在买酒，我听到鼓声过来看看。"

哦，还好，还以为又是一个"野男人"。赵炎本着送佛送到西的原则，说道："那我送你过去吧。"

凤楚今日不想再用这个模样撞见赵炎了，便定定地望着他，扬起一个万分感激的笑，脸上的胭脂瞬间炸开数道裂痕。

"公子待人家真好。"他认真地道。

"……"赵炎做了一个"请"的手势，"姑娘请，后会有期。"

凤楚目送他头也不回地往山下走，终于到了乔九的面前，笑眯眯地道："故意的？"

乔九也看见赵炎走了，再次笑出声，感觉这一年的乐子都有了。

他装傻道："什么故意的？"

凤楚没兴趣和他计较是不是故意对自己隐瞒了项百里的事，帮着赵炎买了一坛葡萄酒，在众人诡异的注视下抱起酒坛，一边晃晃悠悠地去找自家舅舅，一边"嘤嘤嘤"："让一下，好重，好重哦……"

砰的一声，项百里把手里的杯子捏碎了。

乔九、谢凉和山晴一齐看过去。

山晴转转心思，虽然不清楚那丫头的身份，但还是派了一人去帮她搬酒坛。

乔九则带着谢凉走到项百里这张桌子落座。谢凉看了一眼，见项百里正在捏碎片，用两根手指撰着碎瓷片，一点点搓成了粉末。

乔九笑道："至于吗，不就是不要你了吗？"

项百里掏出方巾慢条斯理地擦擦手，恢复到心平气和的样子，淡淡地道："都说了是我不要他。"

乔九不纠结这个，他只要知道这家伙要打光棍就行了。

他拿来几个酒杯，笑吟吟地给彼此倒满一杯酒，说道："咱们师兄弟好不容易见面，不说那些伤心事，今日不醉不归。"

项百里说了声"好"，拿起杯子一饮而尽。

谢凉瞥了自家九爷一眼。

九爷向来不待见他那些同门，能耐着性子陪项百里喝酒，显然是想套话。

项百里恰好看向他，问道："你就是那个谢凉？"

谢凉笑着把他的酒杯倒满："我是，师兄好，初次见面，我敬师兄一杯。"

项百里依然很痛快，仰头又干了。

两个一肚子坏水的便开始轮流灌他。

他们坐的是矮桌矮凳，三个大男人坐在一起已经显得有些挤了，自然坐不下第四人。山晴他们倒是有心想过去一个，可九爷是出了名的喜怒不定，他们方才试了试，结果刚往旁边一站便被九爷轰走了，只能干看着。

好在项百里的酒量非常不错。

乔九前些年都在和体内的毒抗争，哪怕后来压制住了毒，他也没有特意锻炼过酒量，所以酒量一般，不过他主意多，每次抿一小口，便能换项百里一整杯。

谢凉的酒量比乔九好，鬼主意同样多，也学着乔九的法子灌项百里。

可饶是如此，他们也喝了不少，而项百里一直没醉。

九爷忍着弄死他的冲动，亲切地笑道："眼看快中午了，去我那里喝，顺便还能吃点菜。"

项百里没意见，跟着他站起了身。

山晴暗道不好，上前笑道："今日能见到乔阁主实在三生有幸，不如就让我们做东吧？"

乔九懒洋洋地扫了她一眼："我们师门吃饭，有你们什么事？"

山晴噎住，一时对他又爱又恨，眼睁睁地看着他把人拉走了。

谢凉也和窦天烨他们打了声招呼，示意他们继续玩，然后跟着乔九回到了天鹤阁租的小院，吩咐人去酒楼买几盘菜，开了第二场。

乔九弄了点烈酒，又把他和谢凉这边的酒壶里装上水，如此几轮下去，总算把人灌醉了，满意道："山晴他们找你到底有什么事？"

谢凉道："就这么直接问？"

乔九道："没事，他不记得。"

项百里单手撑着额头，眼神有些迷茫，脸上依然没什么表情，显得很安静，说道："他们要来中原，想让我和他们结盟。"

乔九道："什么门派？"

项百里道："飞天教、地彩盟、千风殿。"

乔九和谢凉顿时一怔。

他们本以为只有一家，没想到一口气就来三个。

乔九挑眉："他们想干什么？"

项百里道："说是想在中原站稳脚跟。"

乔九嗤笑："只站稳脚跟还用拉你结盟？"

项百里没有开口。

乔九道："他们给你开了什么条件？"

项百里道："若碧魂宫找我的麻烦，他们会帮我对付碧魂宫。"

乔九道："你答应了？"

项百里道："嗯。"

乔九不客气地道："就你这脑子，肯定被人卖了还得帮着数钱……"他猛地一顿，"他说了几句话了？"

谢凉道："不到十句吧，怎么？"

"他每次喝醉只能撑一盏茶的工夫，就只说十几句话。"乔九快速收起那些讽刺的话，问起了他和凤楚的那点事，想知道他究竟看上凤楚哪儿了。

项百里静静看了他们一会儿，轻声道："我以前见过他。"

乔九和谢凉再次一怔。

谢凉道："以前是多久以前？"

项百里道："我进碧魂宫之前。"

得，不用问，这显然是为了凤楚才进的碧魂宫。

谢凉道："你第一次见他，他脸上有胭脂吗？"

项百里道："没有，那时他还小，看着像个女娃。"

谢凉心想：那确实是很久了。

那时凤楚大概还小，他长得本就不错，雌雄莫辨的时候穿着女装应该很讨喜，说不定项百里后来见到凤楚涂胭脂，还很高兴别人看不见凤楚的脸，结果等到好不容易能提亲了，却发现当年的小姑娘是个大老爷们儿。

他问道："过年时，凤楚向你坦白了他是男的？"

项百里道："嗯。"

谢凉有些同情，好奇地道："那你知道他真正的性子吗？"

项百里道："知道，他喜欢艳丽的裙子，爱哭，爱撒娇，很娇弱也很可爱。"

谢凉无语，这差得好像有点多。

乔九再次愉悦起来，想一想他以后可能又会受打击，笑倒在了谢凉的身上。

项百里撑到了极限，面无表情地起身把几个椅子对起来，脱掉外套往上一躺，睡了过去。

谢凉嘴角抽了一下，第一次遇见喝醉酒还能记得给自己找个窝睡觉的人。

没等他发表意见，就见九爷走过去狠狠踹了项百里三脚，一时哭笑不得："这么大的仇？"

乔九舒坦了："没，我就是踹着玩。"

谢凉没有拆穿他，把人拉回来吃饭，等到吃完便回房午休了。

096.

项百里一觉睡到傍晚，对醉后说的话全无印象，只是对身上的鞋印提出了质疑，被乔九随意应付了两句便将信将疑地告辞了。凤楚则压根不在，而是转天早晨才过来的。

乔九和谢凉迈进餐厅时，就见他正在喝粥，还笑眯眯地打了招呼："早啊。"

乔九道："早，你该昨天来，昨天那家伙也在。"

凤楚诧异："你竟肯让他进门？"

乔九笑得很灿烂："为了灌醉他问话。"

凤楚一听便知应该是问了他的事，只笑了笑，并不关心。

他会来，是觉得赵炎今天可能会找过来，所以为避免露馅，他早晨劝动了自家舅舅，这才换回男装。

他猜得没错，他们刚吃完饭，赵炎就过来了，要和凤楚一起去丰酒台，因为实在心有余悸，他说道："我昨天碰见一个丫头，刚见面就吓我一跳。"

凤楚笑眯眯地问："是吗？"

赵炎点头："是的，太可怕了。"

凤楚只笑不语，继续吃饭。

赵炎想把项百里的事也说了，扫见乔九一直笑个不停，问道："你笑什么笑？"

乔九道："笑你艳福不浅。"

赵炎怒道："滚，这艳福给你你要不要？"

"和他撞在一起的又不是我，"乔九拿起方巾擦擦嘴角，笑道，"你多和人家处处，兴许会发现和他很投缘。"

赵炎道："扯吧，我要是能和她投缘，我就撒泡……"他微微卡了一下壳，大概是想起了不愉快的回忆，说道，"我就把我买的那些酒全干了。"

众人："……"

火火，你成熟了！

开酒日卖的是酒，有些人一时嘴馋在一个酒摊上连喝数杯，可能就这么醉过去了，导致再看不了其他的摊位，所以这也是开酒日连开一个月的原因。

赵炎每次都会把摊位全逛一遍，今天有凤楚在，他踏实了不少，便专心品尝美酒。乔九也拉着谢凉他们过去了，想看看戏，可惜今日没遇见项百里，倒是买了几坛好酒，也不算一无所获。

经过一天的口口相传，西域美酒的事已经传开，今日慕名而来的人更多。

与之一起传开的还有一件事，便是江湖侠客在与老板闲聊时得知老板也有一个小帮派，他们以后想在中原扎根，做些小生意。

凤楚不是傻子，听到这个消息后便看了乔九一眼："巧合？"

所谓"巧合"，是指年前接二连三的事还未找到罪魁祸首，偏偏这个节骨眼上又有外族进入，并且选了卖酒这种讨巧的方式，让人不得不在意。

乔九道："他们拉拢了项百里那家伙。"

凤楚便知这一切不是巧合，点点头，打算派人留意他们的动静。

虽然暗处波涛汹涌，但丰酒台每日都很热闹。那三个帮派的人在专心卖酒，暂时没有其他动作。乔九一行人也没多做试探，双方算是在各忙各的。

这天晚上乔九刚要洗澡，便见谢凉穿戴整齐地找过来了，问道："怎么？"

谢凉道："听说今晚丰酒台放烟花。"

乔九道："现在去？"

谢凉道："不去，我们拿壶酒，坐在镇上最高的酒楼屋顶看。"

乔九笑了一下："你倒是会享受。"

谢凉很谦虚："都是和九爷学的。"

二人并肩往外走，很快到了酒楼。

天鹤阁的人拿着蒲团，听令上了屋顶，察看是否能坐人。

谢凉仰头望着，见一轮圆月当空悬挂，下意识地想说一句月光真美，这时只听一阵咒骂由远及近传来，循声一看，见酒楼旁边的小巷里跑来了几个人。

"不要打，不要打，不要打……"

"站住死老头，敢偷老子的东西吃，我打死你！"

"这个疯老头跑得还挺快！"

几人说话间到了近前，只见前面那个一头白发，衣衫褴褛，捂着头嚷嚷着别打，后面则是三个大汉，个个中气十足。

那老人瘦得不成样子，慌乱间双腿一绊，狠狠跌在地上，离谢凉不到一米。

谢凉见状往前迈了半步："没事吧？"

老人闻声抬头，恰好与他的目光撞上。

酒楼门口的灯笼悬在头顶，照亮了彼此的模样。老人迷茫了一瞬，嘴里喃喃："阿凉？"

谢凉心里没由来地一跳，没等后退就见眼前一花，紧接着手腕被老人抓住，刹那间被带着到了屋顶。

老头似乎很高兴，盯着他叫道："阿凉，阿凉！"

谢凉的脸色很不好，他终于认出来了，这竟是归元道长。

乔九捏着一块衣角，脸都黑了。

那老东西的速度太快，他根本来不及拉住谢凉。他吩咐手下制住那三个大汉，扔下手里的布，也上了屋顶。

天鹤阁的人正在上面放蒲团，见状急忙过去救人。

归元仍抓着谢凉的手腕，扫见围拢而来的人，脚尖轻轻一动，瞬时移到屋顶的边缘，歪头看着身边的人："阿凉？"

谢凉微笑："前辈能不能先放开我？"

归元道："不要。"

"……"谢凉退而求其次，"那咱们下去，找个地方说说话行吗？"

归元看着他，没有开口。

谢凉不清楚他是不是在思考，想要再劝几句，这时只见乔九他们追了过来，接着他被归元一拉，带到了身后。

归元上前半步，不满地道："你们滚下去，这是我和阿凉的地方。"

乔九也认出是归元这个老东西了，感觉这老东西的轻功似乎比之前更快，眯眼盯着他："把人给我，我让你死得痛快点。"

"嗯？死？"归元眨眨眼，"我是不会死的，吾乃逍遥岛岛主，长生不老！"

乔九看他两眼，望向谢凉。

谢凉轻轻点头，表示归元的精神似乎是出了些问题，最好别刺激他。

乔九强迫自己把那口怒气咽回去，换上亲切的语气："原来是逍遥岛主，岛主驾临蓬荜生辉，不知可否去寒舍传传道？"

归元冷哼："自然不行，蝼蚁哪里配让我传道？"

乔九："……"

谢凉："……"

天鹤阁一众："……"

乔九磨着牙微笑："可寒舍有一颗仙丹，想献给岛主。"

归元的声音扬了起来："仙丹？"随即他高兴地拉着谢凉走过去，"好啊好啊，我们现在就去……"

他说话间往前迈了两步。

乔九和天鹤阁一众绷紧身体，前者暗自运功，只等他再靠近一点便救回谢凉，再一掌把他打下屋顶，但紧接着便见他停住了。

归元迟疑地盯着他："你……你是……乔九？"

几人的心一时间提了起来，尚未想好应对办法，归元便一把将谢凉扯到身前扣住，厉声道："你是来抢阿凉的？我告诉你，你休想！"

那一下力气太大，谢凉整个人都激灵了一下，忍着没吭声，但乔九知道他的胳膊应该是被捏疼了。他的眸色沉了下去，见归元再次后退，并掠到了隔壁的屋顶，便立即往前追，想把这老东西活剐了。

下一刻，只听远处的夜空传来"砰砰"几声，炸开了朵朵烟花。

归元顿时激动："阿凉你快看，他们坐法器来接咱们啦！"

他看也不看身后的人，急忙带着谢凉冲向丰酒台。

乔九几人追着他一路出了小镇，进了官道旁的树林，然后没多久便失去了对方的身影。

原因无他，这老东西疯是疯了，但轻功实在太快。而此刻既是深夜又身处树林，若不是头顶还有一点月光照进来，简直就是伸手不见五指。

天鹤阁的人见乔九停下，便也跟着停住，没敢往他的脸上瞅，只垂着头听令。

乔九的声音里杀气蔓延："派一个回去叫人，一部分搜树林，其他的都去丰酒台。"

天鹤阁的人道："是。"

乔九担心归元在中途脑子又出毛病，留在了树林里，所以没有直奔丰酒台，而是继续顺着林子往前搜，一边走一边留意四周，想看看谢凉会不会扔下点东西给他提示。

谢凉倒是想扔，可实在有心无力。

因为他刚试图动一下胳膊，便被归元点住了穴道，一瞬间甚至怀疑归元恢复了神智，但很快他就知道自己想多了——在快要抵达丰酒台的时候，归元见到了旁边官道上的车队，于是一边嚷嚷着法器，一边带着他跃上了最后一辆马车。

黑夜和不远处"砰砰"炸响的烟花完美地遮住了他们的身影和声音。

归元把谢凉往车上一放，挤在他身边靠着他，刚说了句法器，张嘴便吐出一口血，向后一仰，昏死过去。

谢凉不能动，也说不了话，只能用余光关注着这老东西，想知道他会不会就此咽气。

这辆马车是放杂物的，车头整齐地放着三坛酒。

他们如今就靠着酒坛，而前面是一堆乱七八糟的东西，也不知究竟是什么。

谢凉在心里叹气，只希望他们快些进镇卸车，然后把他送回去。

不过渐渐地他便发现自己太天真了，因为车队压根不是在向小镇走，而是直接驶离了这里，似乎是向着这附近的大城去的，这么赶一夜的路，等到天亮开城门的时候，他们刚好能第一波进城。

这是什么命？也不知乔九能不能猜到他已经离开丰酒台了。他看着远处的夜空，再次在心里叹了一口气。

乔九此时已经带着人把丰酒台翻了一遍。

这里虽然没有白天热闹，但由于今夜放烟花，加之有一些想狂饮一晚的酒鬼，因此人也不少，他们费了一番工夫才搜完。

一个疯老头拖着个年轻公子的组合还是很引人注意的，天鹤阁的人边搜边问，却发现这些人都说没见过那二人，只好忧心忡忡地向九爷复命。

乔九冷着一张脸把人分成三波，一波去山顶察看，一波去问问有没有商人离开，剩余的人都去帮忙搜树林。

他自己先去了山顶，转完一圈没发现归元和谢凉的影子，他便又去了树林，同时分出两个人去查归元在这里的情况。

天鹤阁的人一直看着那三名大汉，折回去叫人时，他们把那三人也押来了，就扔在路边，这时闻言便把人带到了九爷面前。

三个大汉吓得直哆嗦，连忙表示和那老头一点关系都没有。

此前他们甚至不知道他会武功，因为他们打他的时候，他根本没还过手，若知道人家那么厉害，他们哪敢打啊？

乔九道："他在你们这里多久了？"

大汉道："有……有将近半个月了吧……疯疯癫癫的，天天捡别人的东西吃。"

乔九道："知道从哪儿来的吗？"

大汉道："听说是从下面的村子来的。"

另一大汉补充道："我听说是人家砍柴时救的，醒了就一直是疯的，这次开酒日他们来镇上把他也带来了，想扔在这里不管了。"

乔九便差人去打听那户人家住哪儿，自己站在路边没动。

天鹤阁的人不敢随意搭话，急忙去干活了。三名大汉倒是有心想问问他们能不能走，但不知为何从这安静的气氛里觉出了寒意，愣是没敢问出口。

时间一点点过去，天鹤阁的人先后回来了。

树林里同样不见人影，村子的那户人家也没见到归元的身影，想来是没有回去。

至于商人……这比较难查，他们是一个个摊位问的，目前只问出三个人。其中两个和同伴聊天时说是累了，不等烟花放完便要回镇子休息，剩下那个是大户人家的公子，据说要赶在天亮前回去给父亲过寿，是往城里走的。

乔九想起那老东西说过要坐法器，说道："派人追。"

天色渐亮，谢凉最终没能等到开城门，因为归元醒了。

他醒后那一声"阿凉"终于被车夫听见了。

车夫迅速停车，喝道："谁？"

而他一停，整个车队都慢慢停了。

可惜没等他们围过来，归元便以为是有人想抢谢凉，拉着人就跑了，速度快得让谢凉怀疑他们有没有看清自己的衣角。

归元带着他一路冲到一条河边才停，松手放开了他。

谢凉立刻坐在了地上，他左臂的骨头可能裂了，一动不动地待了大半夜，如今整个身体都是僵的。

归元眨眨眼，蹲下看着他："阿凉？"

谢凉沉默回望。

归元晃晃他："阿凉？"

谢凉："……"

您老还记得点了我的穴道吗？

事实证明归元疯是疯了，一些常识还没忘，又晃了他一会儿便发现了症结所在，解开了他的穴道。

谢凉简单活动一下，捂着胳膊站起身，好脾气地问道："前辈，你想去哪儿？"

归元道："我们回七十二仙岛呀！"

谢凉道："成，那你得听我的话。"

归元道："好！"

谢凉略有些满意，说道："首先，我们先进城。"

归元点点头，跟着他走出五步，一把将他拉住了。

他拉的恰好是左臂，谢凉狠狠咬了一下后牙槽，忍着没叫出声，回头温柔地问道："怎么了？"

归元道："不是那边，是这边。"

谢凉顺着他指的方向看了看前方的大山，问道："为何？"

归元想了想，说道："就是这边啊。"

谢凉试图劝说他进城，却见他特别坚持，只好换了个话题："咱们得先填饱肚子。"

归元一脸认真："修仙之人吃什么饭？"

谢凉道："……我还没筑基，必须吃东西。"

归元一拍手："那我给你抓鱼吃啊！"说罢冲向小河，"扑通"就跳了下去。

谢凉扭头就走，没走出几步便听见身后传来一串脚步声，毫不意外地被拉回到了河边，面无表情地望着他又跳下去扑腾，觉得有些饿，建议道："你可以用内力把鱼震上来。"

归元道："什么是内力？"

谢凉道："你当我什么也没说。"

他不动声色地观察片刻，见这老头貌似把武功给忘了，开始思考怎么利用这一点脱身。

归元完全不清楚他在想什么。

他扑腾半天，把抓鱼的事也忘了，重新爬上岸，脱掉了湿漉漉的衣服，见谢凉仍在那里站着，突然双眼一亮："阿凉，我洗干净了，我们来修仙吧！"

谢凉："……"

为什么思维跳跃这么大？

归元很激动，快速跑了过来，在谢凉面前盘腿坐下，严肃道："阿凉，来。"

谢凉估摸他可能是连平时怎么修炼都给忘了，觉得挺好，便配合地跟着坐下，道："成，你闭眼吧。"

归元便闭上眼，开始打坐。

谢凉盯着他看了一会儿，没等想好怎么走，就见他又睁开了眼，说道："不对，这不是修仙。"

谢凉道："就是这样的。"

归元道："不是。"

谢凉好脾气地道："修仙嘛，得讲究天时地利人和，你这样……"

一句话没说完，他见归元从地上一跃而起，警惕地看向树林。

谢凉跟着望过去，听到了由远及近的马蹄声。他默默祈祷是乔九带着人来了，忐忑地等了等，见一位蓝衣公子骑马到了河边，大概是想取水。

蓝衣公子也发现了他们，微微一怔，目光在他们之间转了转，温和地打招呼："谢公子？"

谢凉："……"

好极了，竟是沈君泽。

097.

那一刻，二人几乎同时开口。

沈君泽："谢公子这是……"

谢凉："抓住他，他是咱们宗门的仇敌。"

沈君泽立即闭嘴，只觉眼前一花，那骨瘦如柴的老人就冲了过来。

他心头微凛，从马上后跃躲开，却见对方紧跟着贴近，速度快得出奇，便只能仓促应对。这时一个黑衣人自林间跃出，加入了战局。

沈君泽已经看出这是归元，自知二人加在一起也不是他的对手，忙道："去抓谢凉。"

黑衣人并不迟疑，扭头就要冲向谢凉。

这一举动顿时激怒了归元，他鬼魅般闪到黑衣人身边，一掌把人劈入河中，然后追上沈君泽，伸手扣住了他的肩。

谢凉刚想提醒一句封住他的武功，就见归元在他身上点了一下；大概是以前抓人养成的习惯。

嗯，挺好。谢凉咽回嘴里的话，说道："赶紧离开这里，他的宗门很厉害，咱们打不过的。"

归元也紧张了，一手抓着一个人，过了河一路狂奔，直到进了山才停，张嘴又吐出一口血。

但他这次没晕，扶住树，虚弱地捂着胸口："阿凉，人家好难受。"

谢凉："……"

沈君泽："……"

一个糟老头西子捧心，画面实在太美了，谢凉一时都不知道该说些什么。

好在归元也不是想听他的回应，说完便坐下调理内息，只是闭眼前又加了一句："阿凉，我是不是修仙时出了岔子？"

谢凉面无表情："不是，你想多了。"

归元放心了，开始专心调息。

剩下的二人对视一眼，再次同时开了口。

谢凉："不是你想的那样。"

沈君泽："我什么也没想。"

谢凉向后靠着一棵树，心里无语极了。

有个时灵时不灵的疯老头已经够倒霉了，如今又多了个温润如玉的腹黑大佬。

那黑衣人从河里爬起来肯定会联系同伴，不过当时也没办法，沈君泽身子弱，在全江湖都找他的这个当口绝不会单独行动，他们只能先下手为强，把人绑来好歹还能有个筹码。

沈君泽打量着谢凉，见他的衣服有些皱，还沾了点草。

相识至今，这好像是他第一次见谢凉如此狼狈，哪怕在少林那次，谢凉都没这样过。

谢凉察觉到他的目光，问道："你来这边干什么？"

沈君泽道："谢公子呢？"

谢凉道："我是被逼的。"

沈君泽闻言便知果然和自己猜的一样，说道："我只是随便逛逛。"

谢凉信他才有鬼呢，见他半天没动，说道："他不是封的内力，是点的穴？"

沈君泽"嗯"了一声。

他的脸上带着些温和的笑意，往这里一站，一点都不像是被挟持的。

谢凉看了他两眼，问道："你让方延带的话我已经收到了，你想说你身后还有人？是谁？那三个外来的帮派？"

沈君泽微怔，笑叹一声："不愧是谢公子，这么快就弄清了是三个帮派？"

谢凉道："碰巧而已。"

沈君泽道："嗯，是他们。"

谢凉道："你一开始就是他们的人？"

沈君泽道："我只为千风殿效命。"

谢凉懂了，继续问："董一天呢？"

沈君泽道："他也是千风殿的人。"

谢凉道："那你为何杀他？"

"他总是自作聪明，太碍事，"沈君泽温声道，"何况我那时已被你们怀疑，决定转明为暗，为避免以后的党羽之争，彻底接手中原的这股势力，自然要先杀他。"

谢凉道："不怕你主子知道后罚你？"

沈君泽笑了笑："我对他说你们是想挑拨离间，因此故意散布是我杀了董一天。"

谢凉点点头，觉得像是他干出的事，说道："我有几个问题一直想不明白。"

沈君泽道："哦？"

谢凉道："纪诗桃。"

沈君泽笑道："我答完谢公子的问题，谢公子也回答我一个问题如何？"

谢凉估摸他想问的无非是和通天谷或宝藏有关的事，痛快道："成，你先说。"

"那便是董一天自作聪明的证据之一，"沈君泽道，"我那时对他们说要慢慢与你成为朋友，但他太心急，便绑了纪姑娘想给你找些麻烦，好让我帮你解围。"

谢凉无语，突然想起之前和他聊天时他对纪诗桃一事的评价，当时他说"有些时候答案太简单，反而会让人忽视"，所以纪诗桃的事果然是十分简单。

沈君泽道："那颗棋子本就是为纪姑娘准备的，打算以后通过纪姑娘要挟或收买纪楼主用，他想让我只帮你查到纪姑娘的尸首是假的，然后抓走纪姑娘等着将来再用，可惜没料到竟有人知道美人香，好好的棋子就这么被废了。"

他嘴上说得可惜，语气里却一点遗憾的意味都没有，甚至带着几分愉悦，似乎并不在意棋子是否被废。

谢凉不清楚他是不是在幸灾乐祸，问道："青竹说你们是想报仇，什么意思？"

沈君泽道："这我不能说。"

谢凉道："万雷堂？"

沈君泽的表情丝毫未变："万雷堂是什么？"

谢凉不答反问："一个对中原武林虎视眈眈，熟知七色天、双合散的人，就没了解过其他历史？"

沈君泽道："我当然只了解对我有用的东西，所以这个万雷堂是什么？"

"是一个门派，"谢凉道，"千风，万雷，风格蛮像的。"

沈君泽道："我觉得还是千风殿好听一些。"他不欲再谈这个话题，说道，"该我问了，白虹神府的那位叶前辈真藏了东西？"

谢凉道："真的。"

沈君泽道："是什么？"

谢凉道："我也想问你，你们这么执着，是不是知道是什么东西？"

沈君泽无辜："自然是不知道的。"

谢凉道："嗯，我还有个问题。少林之事，你们其实没必要派人杀窦天烨，为何要派人过来？又是董一天的主意？"

沈君泽道："不，是我的。"

谢凉挑眉。

沈君泽道："理由不可说。"

"成，"谢凉的脾气甚好，"那我再问一个，这些门派安插的内鬼是都出自你们千风殿，还是三个帮派都有？"

沈君泽笑了笑："这个我依然不可说。"

谢凉轻轻叹气："你那天离开后你大哥很伤心，在客栈的院里枯坐了半天。"

沈君泽沉默。

谢凉观察他的神色，正想再说几句，只见归元从地上爬了起来。

归元看也没看沈君泽，高兴地蹦到谢凉的身边："阿凉！"

谢凉实在不想看这么一个衣不蔽体的老头在眼前晃，便走到沈君泽的面前，单手把他的外衫脱了。

沈君泽："……"

谢凉把衣服递给归元，示意他穿上。

归元不干："我不穿他的衣服，我要穿你的。"

谢凉微笑着在心里问候了一遍他家祖宗，嘴上道："一件冷，你先把这件穿上，我把我的也脱给你。"

归元于是听话地把两件外衫穿好，总算不那么有伤风化了，问道："我们要回逍遥岛吗？"

谢凉道："回。"

沈君泽的人应该马上就会追过来，乔九的人这时也不知道在哪儿，他们不宜久待，必须继续逃命。不过沈君泽被点住了穴道，动弹不得，这里又是山路，没办法拖着他走，只能扛着。

谢凉打量了一下归元那个身板，虽然恨不得这老头能当场咽气，但眼下这个要命的时候他还不能死，便想要暂时节省一下他的体力，问道："你能只封他的内力吗？"

归元道："怎么封？"

谢凉思考两秒，试着换了个说法："封他的法力会吗？"

归元一拍手："会呀！"

谢凉："……"

沈君泽："……"

归元没理会他们的表情，说完便动手封住了沈君泽的内力，顺便还给他解了穴道，警告道："没有法力的修士如同蝼蚁，你最好听话，不然我捏死你。"

沈君泽道："听前辈的。"

归元很满意，跑回到谢凉的身边。

三人便一起往山上走，谢凉回头看了一眼，发现从这里可以望见那座他没能进去的大城，心想也不知天鹤阁的人能不能查到那个车队。

天鹤阁的人已经追到大城，并找到了那位要给父亲过寿的公子哥，从他口中得知见过两个飞速掠去的影子，便赶紧用信鸟给九爷传信。

这个时候，窦天烨和凤楚他们也已得知谢凉被归元掳走的消息，俱是担忧不已，此刻收到那边的信，他们便跟着乔九一起赶了过来。

等他们抵达后，天鹤阁的人恰好搜到河边，而且发现除了他们外，还有一队人也在附近，看着挺训练有素的，不知是什么来头。

乔九只简单想了想便猜到有可能是那三个帮派的人。

不过他并不知道沈君泽也被掳了，他想的是那公子哥在丰酒台买了两坛葡萄酒，而他们昨晚的一番动作肯定瞒不过山晴，估计是山晴联想到公子哥身上，便给自家人递了消息——毕竟若那三个帮派真与沈君泽有关，他们也是想抓谢凉的。

他问道："他们去了哪儿？"

天鹤阁的人道："进山了。"

乔九道："派一队人盯着他们，也往山上搜。"

天鹤阁的人道："是。"

那三个帮派的人确实想抓谢凉，但主要还是为了救回沈君泽。

他们知道新来的这群人是天鹤阁的，便下了差不多同样的命令：派人盯着天鹤阁的人，赶紧往山上搜。

两波人于是互相盯着，一齐进了山。

被所有人惦记的三个人只往前走了一段路就停了，因为归元肚子饿了，一下坐在了地上。他虚弱地道："阿凉，咱们得吃饭。"

谢凉道："修仙之人吃什么饭？"

归元道："可我还没筑基啊。"

谢凉："……"

你现在倒记得你没筑基了？

098.

主力选手不配合，谢凉也没办法，只能暂时停一停。

不过新的问题接踵而至，环视一周，他没见这山上有什么水果，也不能抓个野味烤着吃，因为不仅浪费时间，还会有烟。

思来想去，他便带着他们去找野菜，让归元拔野菜吃。

归元嚼了嚼，皱眉道："苦。"

谢凉道："这是仙草，对修士有好处。"

归元愣了一下，立刻蹲下啃菜。

谢凉耐着脾气等了等，见他一点点往前蹲，丝毫没有起来的意思，估摸他是想把这一片全啃光，说道："你差不多得了。"

归元道："不……不能……嗝……浪费……"

"……"谢凉道，"吃多了也不好。"

归元道："我……嗝……没吃多。"

谢凉道："够多了，再吃容易爆体。"

归元吓了一跳，连忙起身，回到他身边拉着他。

谢凉紧了紧后牙槽，心想这糟老头真不是个东西，总拉他的左臂。他没办法挣开，只好示意他去拉着沈君泽。

归元不干："你才是我同门。"

谢凉道："他没法力走不快，再耽搁下去小心他的同门追来，你拉他一把。"

归元听话了，跑过去抓住了沈君泽的手。

沈君泽道："……前辈，我自己能走。"

归元道："你没法力。"

沈君泽道："这不耽误我走路。"

归元道："骗鬼呢？"

沈君泽温和地解释了几句，见他一点都不为所动，看了谢凉一眼。

谢凉万分淡定，带着他们继续往山里走。沈君泽的目光转到他的左臂上，低声道："谢公子的胳膊怎么了？"

谢凉知道瞒不过去，说道："受了点小伤。"

归元顿时扭头："阿凉，你受伤了？"

谢凉道："没有，走你的。"

归元"哦"了声，安慰道："受伤不要怕，我那里有一大堆灵丹妙药。"

谢凉对此不感兴趣，只简单应付一声就不搭话了，可很快他便发现有些不对劲。

按照他的想法是尽快找条别的路下山，总在山里待着容易被围，但每往前走一段路，归元都要做主带路，自顾自地东逛逛西逛逛，就是不肯走直线。

他本以为是这老头的疯病发作了，可如此过了三四次，他便觉出这可能是在找东西，问道："你找什么？"

归元道："找仙岛呀！"

谢凉反应两秒，快速明白了。

归元以前一直是住在深山里的，如今他疯了，以为回仙岛就是回家，这应该也是刚刚在河边时，他坚持要进山的原因。

他问道："你家就在这座山里？"

归元道："不是山，是仙岛。"

谢凉道："成，仙岛。"

他不关心归元的老巢是不是真在这里，怕就怕归元其实不认识路，拉着他们没完没了地转圈。他想了想，说道："天鹤岛上正在举行百年一次的宗门比拼，咱们先去看看再回逍遥岛吧？"

归元很激动："好啊！"

谢凉道："乖，跟着我走。"

归元便拉着沈君泽闷头跟上，顺便还教育了一句"要听话"。

沈君泽自然不会反驳他，一边走一边对谢凉道："我听说前辈以前搜集过不少千金难求的灵药和秘方，上代悬针门的门主就是死在他手里的，他当时抢了门主的一株天山雪莲，还有传闻说他甚至偷过太医院的东西。"

谢凉道："所以我应该先去一趟他家？"

沈君泽道："江湖上不少人做梦都想去他家搜刮一番，我是其中之一。"

谢凉笑道："他家有炼丹炉，什么乱七八糟的东西都炼，你确定要继续劝我？"

沈君泽原本就知道劝动谢凉的希望不大，只是想试一试，看看能不能拖点时间而已，此刻闻言便识时务地住了口，因为谢凉的意思显然是想让归元把他烧了炼丹。

谢凉却没结束这个话题，问道："除了行医的，他杀过那些炼毒的吗？"

沈君泽道："不清楚，他杀的人很多。"

谢凉没有再问。

沈君泽转了一下心思，也没有再提别的，只是抬头看了看天，说道："阴了。"

谢凉自然知道。

从刚才起，他就感觉空气似乎有些潮湿，猜测是要下雨，暗道一声倒霉。山路本就难走，若是再下点雨，一个不小心他可能都不用等别人来围他，自己先把小命搭进去了。

不过很快他便发现自己想多了，运气极差的人遇见的都是最惨的情况——他看着追来的几个黑衣人，知道被他们抓走后想死都死不了。

归元早已警觉地转身，见状怒道："滚，别打搅我和同门去看戏！"

这次追来的黑衣人共五位。

几人追到近前落地，闻言看了看他光着的双腿和身上的衣服，又看看他和沈君泽紧紧握在一起的手，沉默。

沈君泽："……"

下一刻，沈君泽几乎和谢凉同时下令。

沈君泽："抓谢凉。"

谢凉："走，这是他们宗派的人。"

黑衣人和归元顿时一齐动了。

前者冲向谢凉，后者再次一手抓一个人，快速逃命。黑衣人一下扑了空，便分出四人追上去，剩余那个则把消息传给了首领。

负责指挥黑衣人的是一个身穿紫袍的年轻男子。他暂时没追，而是吩咐被天鹤阁盯上的那部分人下山，向另一个方向追。

手下习惯听令，带着人走了。

天鹤阁的人见状便把消息传给了九爷。

乔九这时也已经和凤楚他们进山了。

他不能完全确定那伙人的身份，万一他们其实是有别的事，那便是误会了。因此他原本是在城里坐镇的，并未把全部的希望都放在搜山上，但没多久下面的人就在河里捞起了归元的衣服，他这才坐不住了。

此刻听到手下的汇报，他沉默了数息，问道："走了？"

天鹤阁的人道："是，走得挺快的。"

乔九看了一眼凤楚。

凤楚道："我去吧。"

乔九点头。

凤楚便带着赵炎和那名来汇报的天鹤阁精锐转身要走，迈出两步后，他忍不住回了一下头，劝道："别太担心，阿凉那么聪明，没事的。"

乔九再次点头，望着他离开，神色未见放松。

归元那老东西走火入魔，神志不清，虽然当时挺看重谢凉，但谁也说不好他会不会突然翻脸不认人，而谢凉左臂受伤，还不会武功，再聪明又能如何。

窦天烨他们也都来了，原因是乔九担心谢凉真被那伙人抓走，不得已之下或许会留点只有他们才能看懂的记号。

几人看着乔九，壮着胆子问道："他们是不是发现了什么？咱们不去吗？"

乔九道："不去。"

窦天烨几人便不问了，九爷从昨夜到现在就没合过眼，脸色阴沉，惜字如金，特别吓人。

乔九道："你们继续留意四周，看看有没有认识的标记。"

几人应声，跟着他再次往山上走。

谢凉他们已经快到山顶了。

归元一路狂奔，此刻终于停下，扶着树便开始吐血。

谢凉有些心惊。

这老头从昨夜到现在吐过几次血，显然情况并不好，万一这个时候咽气，他就得任人宰割。

沈君泽也看着归元，神色十分平静："前辈没事吧？"

归元喘了几口气，说道："我……咳咳……没事。"

谢凉打量四周，想找找有没有藏身的地方。

归元武功高，早已把黑衣人甩开，但这毕竟是白天，他们追上来是早晚的事。

结果他看了半天，连个山洞都没发现，只能无奈道："你现在能动吗？"

归元道："我……"

他只说了一个字，张嘴又吐出一口血，伸手连点胸前几处穴道，闭上眼，盘腿打坐，不理他了。

剩下的二人对视一眼，没等有人主动开口，便觉冰凉的雨滴滴在了脸上，紧接着淅淅沥沥地连成一片。

谢凉抬头。

下雨了，挺好。

沈君泽往前迈了半步："谢公子，这时下山太危险。"

谢凉道："比被你们抓走还危险？"

沈君泽道："你跟我走，我发誓不伤你性命。"

谢凉没兴趣和他闲扯。

他觉得这种时候刚刚好，下了雨，那伙人想找到他便要费些工夫，运气好一点，兴许能等到乔九的人——虽然他一向没什么运气，但起码能赌一赌，反正最坏的结果也不过是被他们抓走而已。

沈君泽自然能看出他的想法，连忙上前几步拉住他。

谢凉并没有挣开，而是反手扣住他的手腕，对他微微一笑。沈君泽心头一跳，瞬间明白他要拉着自己滚下去。

谢凉确实是这么想的，可惜没等实施便听到一声轻咳，归元醒了。

他才刚打坐，谁知几句话的工夫就醒了。

二人诧异地看过去，对上他的视线后顿时都想往下滚。

只见归元双目充血，定定地望着他们，目光像看陌生人一样。

谢凉试探道："归元？"

归元反应半天，给了一个字："嗯？"

谢凉道："你还认识我吗？"

归元木着脸不说话。

谢凉道："哦，我就是随便问问，后会有期。"

他说完放开沈君泽便往山下走。

沈君泽这次不拦着他了，跟着他一起逃离归元的视线，片刻后只听头顶响起轰隆隆的雷声，雨渐渐变大了。

谢凉谨慎地留意脚下，刚抓住一棵树稳住要往下滑的身体，身后便响起一道熟悉的声音。

"阿凉！"归元飞跃而来，一把抓住了他和沈君泽，激动大吼，"阿凉我想起来了，我们是来渡劫的！渡了劫就能进阶了哈哈哈哈！"

他一边大笑，一边带着他们上了山顶。

二人一齐抬头，只见乌云密布，时不时有电光闪过，伴着轰隆隆的声音，好像随时能劈一道雷下来。

谢凉："……"

沈君泽："……"

谢凉这一刻第一个想宰的不是归元，而是窦天烨。

他被点住穴道，坐在地上和同样被点了穴的沈君泽对视，面无表情地淋了一会儿雨，问道："你的人什么时候来？"

沈君泽无奈地叹气："我也不知道。"

归元红光满面，亢奋得都没听清他们说的是什么，而是盘腿坐在山顶大吼："快来劈我，我要渡劫了，我终于能进阶了哈哈哈哈！"

他的吼声大概注入了内力，吼了数声之后，不到一刻钟的时间，谢凉便见一个紫衣男子带着黑衣人上了山顶。

归元这才肯分出一丝注意力，狰狞地看向他们："滚！"

紫衣人压根不认识他，只知他是个疯子，便懒得搭理，看向谢凉道："你就是谢凉？我劝你束手就擒，别指望有人能来救你，天鹤阁的人都被我用计调走了。"

谢凉的心微微一沉，没等细问，只听有人紧跟着接了口："哦，是吗？"

众人一齐循声望去，见乔九带着人跃了上来。

099.

紫衣人说那句话的时候往前走了几步，此刻见有人过来，立即冲向谢凉和沈君泽，半点迟疑都没有。

乔九同样没有浪费口舌的打算。

他看清谢凉的位置，脚尖在地上轻轻一点，也冲了过去。

黑衣人无须命令，急忙拦住他，却见他轻松一晃就闪过了他们。

紫衣人恰好回了一下头，见状眼皮一跳。

他不是中原人，不认识乔九，只是听过乔九的传闻，眼前这位长相俊美，武功又高，估计八成就是那个乔阁主了。

想罢，他便加快步伐，觉得肯定能赶在乔九的前面，但这时只见那疯老头简单一个起落，眨眼间到了近前。

归元怒极，扬手便是一掌："滚！"

紫衣人不知他的功力深浅，没敢硬拼，只想尽快摆脱他。

可紧接着他就发现自己天真了，这老头实在太强了！

乔九在这当口追着，连一个眼神都没施舍给他们，越过他们便走。

下一刻，他听到身后响起一声怒喝，余光一扫，见归元扔下紫衣人快速到了他身边。他的目光一冷，架住这老东西的攻击，反手还了一掌。

紫衣人见他们打起来，充分吸取教训，没有直接去沈君泽那里，而是准备迂回一下，免得又被那老头盯上。结果他刚往旁边绕了绕，抬头便见乔九带着归元过来了，然后往他身后一跳，把他的位置凸显了出来。

归元正要追乔九，猛地一扭头，发现紫衣人比乔九更靠前，再次暴怒地冲向紫衣人，一副"谁敢妨碍他们三个渡劫谁就得死"的架势。

紫衣人："……"

是不是个东西！

局势在短短数息间来回变换了三次。

这个工夫，黑衣人和天鹤阁的人终于追了上来。

乔九和紫衣人几乎同时开口："都往前冲。"

两拨人顿悟，一边纠缠一边往前跑，很快超过了紫衣人和归元。

归元果然又扔下了紫衣人，跑去追他们。两拨人都没往谢凉和沈君泽那里跑，而是听令引开了归元，为他们创造出一个救人的空隙。

紫衣人第一反应便是拦住乔九，因为他带的人多，只要及时缠住乔九，他的人便能抢先擒住谢凉。

乔九早就料到他会这么干，先给了他一掌，转身便走。

他堪堪挡住要摸到谢凉衣角的黑衣人，对着最前面那个当胸一踹，扭头一把掐住沈君泽的脖子拎起来，勾起一个亲切的笑："再靠近一步，我掐死他。"

黑衣人齐齐一停。

乔九道："往后退。"

黑衣人后退一点，同时为赶来的首领让出一条路。

乔九的目光转到紫衣人身上，正要让手下扶起谢凉，只见归元那老东西扔下乱窜的诱饵又一次对着他来了。

与此同时，窦天烨他们被天鹤阁的人带着抵达山顶。

窦天烨见归元要和乔九拼命，连忙大叫："归元道友，误会啊，我们是来渡劫的！"

归元脚步一停，看向窦天烨。

紫衣人眼看有用，便道："道友，我们也是来渡劫的。"

归元也看了他一眼。

窦天烨道："他胡说！不信你问问他现在是什么阶？"

归元道："你什么阶？"

紫衣人道："道友是什么阶？"

归元道："筑基。"

紫衣人道："哦，我也是。"

窦天烨："……"

真是好无耻！

几句话的工夫，天鹤阁的人成功与九爷会合，扶起谢凉并解了他的穴道。

归元一眼看见，立刻疯狂："你们放开阿凉！"

他的语气是从未有过的愤怒，几乎是在嘶吼。

乔九的脑中瞬间闪过他掳走谢凉的画面，只觉完全不想再来一次，于是拎起沈君泽便扔向了他，趁着他身形一滞，吩咐手下撤退，往谢凉的腰上一揽，快速拉开距离。

归元简直怒到极点，连沈君泽都不要了，伸胳膊挥开他，拔腿就去追乔九。

紫衣人赶在沈君泽落地前一把接住他，解了他的穴道。

二人一齐看向归元和乔九，想知道他们会不会两败俱伤。

但就在这个时候，一道刺眼的蓝光从天而降。只见还在交手的黑衣人和天鹤阁当中有一个用轻功跳到了半空，恰好被雷劈中，"砰"地跌下来砸在地上，身上直窜火花。

所有人："……"

下一刻，震耳的轰鸣在天空炸开，仿佛随时都能再劈几道下来。

谢凉见状惊出一身冷汗，忙道："别用轻功，越高越引雷。"

乔九闻声落地，回头看了一眼归元。

归元没再追他们，而是直勾勾地盯着地上的人，不知在想些什么。

谢凉拉了一下乔九，想提醒他先离开山顶，却见归元猛地看了过来，目光直直越过他们，落到了赶来的窦天烨身上。

窦天烨心里一抖，见他倏地靠近，根本来不及跑。

天鹤阁的人也没来得及做出反应，因为这疯老头实在太快了。

归元把窦天烨拉过去，问道："他怎么了？"

窦天烨都要吓死了，但为了小命着想还是绷住了表情，沉痛道："他，陨落了。"

100.

雨越来越大，被山风吹着，打在身上隐隐作痛。

山里的温度本就低，下了雨更是冷得刺骨，归元只套着两件薄外衫，却好似没有知觉，赤红的双眼一眨不眨地盯着窦天烨，站得岿然不动。

窦天烨的小心脏怦怦直跳，不知他信没信。

谢凉几人也悬起一颗心，担心这老头突然发疯把窦天烨弄死。

沈君泽见他们与归元僵持住了，低声道："我们走。"

紫衣人道："他们打得起来吗？"

沈君泽道："不清楚，但归元会变成这样就是窦先生干的。"

紫衣人一听便知不确定性太高。

他虽然想坐收渔翁之利，但又觉得还是稳妥些好，便点点头，带着人准备从另一边下山。

这个时候，归元终于开了口："你不是说低阶修士的雷劫很轻吗？"

窦天烨见他竟然还记得，加了分谨慎，说道："是很轻，但一些心性不稳或着急进阶的人还是会有危险的。"

乔九在不远处插嘴："这不一定是他的雷劫。"

窦天烨眨眨眼，豁然开朗："对呀，这可能是别人的雷劫，他只是被牵连了。"

归元道："谁的？"

乔九道："你的。"

归元木着脸看了一眼乔九，重新转回来盯着窦天烨。

毕竟是一条人命，窦天烨有一瞬间的犹豫，但见归元紧紧望着他，一副随时能宰人的架势，便迟疑道："谁先上来的，就是谁引发的雷劫吧。"

归元的脸上顿时焕发光彩："当真？"

窦天烨道："应该是。"

"是我的雷劫，我的我的，哈哈哈，我就知道我能进阶！"归元激动地喃喃，放开窦天烨往回走了两步，紧接着又望见地上的人，回头道，"那我扛得过雷劫吗？"

窦天烨默默往自家队伍那里蹭，嘴上一本正经道："筑基修士，没事的。"

归元道："哦对，我筑基了。"他说着一顿，神经质似的看向远处，"刚刚是不是还有一个筑基修士？"

他不等窦天烨回话，对着即将下山的紫衣人就冲了过去。

窦天烨："……"

谢凉几人："……"

沈君泽和紫衣人一直留意着那边的动静，见状脸色微变，急忙让手下拦住他。

但这些人又如何能是归元的对手？必然是螳臂当车。

谢凉见他们打起来，看向乔九："走？"

乔九道："不走。"

他今天一定要弄死归元这个老东西。

谢凉就知道他不太可能走，见他说完放开自己，似乎要过去补刀，忍不住拉住了他。

归元现在的状态时好时坏，摸不准什么时候就会恢复神智，万一真的清醒了，那谁的仇恨值都没他们的大。

乔九看着他："怎么？"

谢凉刚想劝他走，只听"轰隆"又是一声炸雷，嘴里的话便拐了个弯："有剑吗？"

乔九道："有。"

谢凉道："我有个主意。"

另一边，归元快速突破黑衣人的防线，抓着已经跑出一段路的紫衣人回到山顶，把他拎到了自己刚刚打坐的那块大石上。

沈君泽不能扔下紫衣人不管，便追着他们回来，问道："前辈这是？"

归元说得理所当然："他也是筑基修士，先让他扛扛雷劫，他没事了我再扛。"

沈君泽："……"

紫衣人："……"

二人反应了一下，同时开口。

沈君泽："他不是。"

紫衣人："我不是。"

归元瞪眼："你们少骗我，我方才是亲耳听见的！"

沈君泽的心思转得飞快，联系之前听过的修仙传闻，温和地道："前辈有所不知，灵根不同，引的雷劫也是不同的，没办法做参考。"

归元很怀疑："我怎么没听过这种说法？"

沈君泽道："那前辈不如去问问窦先生？把各种灵根仔细弄清楚，也好万无一失……"

话音未落，只见斜刺里飞来一物，"砰"地撞上大石，带起少许震颤的金鸣。

几人同时扭头，发现一柄剑插进了石头里，剑身竖起冲上，剑柄没入将近一半，仍在微微颤动。大概是怕被归元用掌风震开，它没有靠得太近，而是停在了一步远的地方。

他们顺着剑飞来的方向一望，见乔九正站在那里。

他的外衫脱了，拎在手里，下面不知盖着什么东西。在他们看过去的同时，他勾起了一个亲切的微笑："帮你们渡劫。"

说话间只听头顶传来一阵"嗞啦"声，人群也跟着响起惊呼。

几人抬头，这才发现乔九在掷那柄剑的时候还向空中扔了一把，如今空中的剑引了数道闪电，正在往下坠，方向恰好是他们这块大石。

沈君泽的神色骤然一变，急忙用轻功后退。

紫衣人被点住穴道动弹不得，只好对这个疯子吼："赶紧躲开，你真想被劈死？"

归元眼睁睁看着，目光极其疯狂。

不过人在大自然面前到底是畏惧的，他终究没能抵挡本能，想拉着身边的筑基修士躲一躲，但这时已经晚了，只见剑身的电流迅速窜到了插进石头的剑上，他们被余威波及，身体都是一麻。

紧接着"咣当"一声——乔九说完刚才那句，从外衫下拿出了第三柄剑，轻松扔到了他们中间。

下一刻，裹着无数闪电的剑落地。

"嗞啦"的电流刹那间窜过去，二人齐齐一颤，直接从大石上滚了下去。

"二少！"黑衣人心系自家主子的安危，并未躲得太远，见状急忙跑回来捞人，硬是忍着发麻的刺痛把人拖了过去，顾不上细看他的情况，扛着就走。

他们是在大石的另一边，乔九视野受限，便懒得理会。

他只见到归元方才没能及时躲开，便清楚谢凉的主意果然有用，立刻摸出一块碎银弹过去，想送那老东西上路。

然而，归元的身体还在抖，愣是给避开了。

乔九不爽地眯起眼，再次摸出一块银子，没等扔，就见归元伸手推地，一路滚到崖边，接着滚下了山坡。乔九把手里那一堆找手下要的剑扔在一旁，追着他下坡，见他的后背撞上一棵树，张嘴吐出一口血，不动了。

他心想这老东西总算要死了，上前几步，一脚踩上了他的脖子。

"等一等，"归元动弹不得，徒劳地抓着他的脚踝，"我还……还有话想……想问……"

乔九道："我不想听。"

归元道："求……求你。"

乔九嗤笑："求我也没用。"

谢凉紧跟着追来，一眼便望见自家九爷要踩断归元的脖子，忙道："等等！"

乔九微微一停，放松了些力道。

谢凉跑下来停在乔九的身后，没有靠得太近，视线打量了一下归元，问道："你认得出我吗？"

归元道："谢……谢凉。"

他的目光有些涣散，但能看出是清醒的。

那道雷没有把他劈死，却将他从浑浑噩噩的状态里解救了出来。

谢凉道："毒圣手是你杀的吗？"

乔九挑了一下眉。

毒圣手便是研制出阎王铃的人，他死得不明不白，死后医书也下落不明，会是归元杀的？

归元怔了怔："毒圣手……"他想了想，喃喃道，"不知道……我杀的人太多了……"

谢凉沉默。

归元望着他："是……是不是真有七十二仙岛？"

谢凉道："没有。"

归元咳了两声，低低地笑起来，笑着笑着开始哭。

他一辈子追求大道，求来求去却只是镜花水月，回首一生，简直白活一场。

他这模样实在太可怜，窦天烨几人站在坡上看了几眼，也跟着下来了。

窦天烨忍不住道："这里虽然没有，但我相信别处是有的。"

归元道："那我也去不了……"

"去得了，可以穿越啊！"窦天烨快速为他科普了一番，说道，"我们以前不信有武侠世界，结果这里的人好多都会武功，所以我相信肯定也有个修仙世界，你如果运气好，穿越过去就行了。"

归元再次看向谢凉："当……当真？"

谢凉几人一齐点头。

作为亲身经历者，他们最有发言权。

归元道："那七十二仙岛？"

窦天烨坚信道："应该也是有的！"

归元双眼一亮："哈哈哈，好！"

似乎是回光返照，他脸上那一层虚弱的神色瞬间消失，整个人都精神了不少。

乔九担心迟则生变，下意识地想弄死他，却觉一股真气传来，猛地震开了自己的脚。

紧接着，只见归元单手往地上一拍，一跃而起，扑向了窦天烨他们。

窦天烨几人顿时吓得嗷嗷乱叫。

乔九转身就要拍出一掌，看清情况后不禁停住，说道："别碰他们！"

归元抓着一个人的双臂，头顶直冒白烟，脸上带笑："窦道友，老夫这一身功力留之无用，死前便送予你了，老夫先去七十二仙岛修行，若他日有幸再次相遇，老夫定会收你为徒，后会有期。"

说到那个"期"字，他双手一松，仰头栽倒，闭目而逝。

窦天烨惊魂未定地看着他，心想：好的谢谢，但你知道你送错人了吗？

可能是老眼昏花，也可能是窦天烨的嘴太欠，太缺德。总之，归元自以为抓的是窦天烨，实则是窦天烨身边的江东昊。

不过现在这个不是重点。

几人一齐看向江东昊，只见江东昊木着一张脸，仍维持着双臂平伸、掌心向上的姿势，愣愣地站了两秒钟，一语不发地往前栽去，"啪叽"拍在了归元的身上。

"小江！"

"棋圣！"

谢凉几人急忙紧张地围了过去。

乔九上前查看，说道："没事，睡一觉就好。"

谢凉几人松了口气，见雷声还在响个不停，便快速离开了这个危险之地。

谢凉被乔九扶着，半路就支撑不住晕了过去。

等到他恢复意识，发现已经躺在了床上。而乔九坐在床边，正拿着方巾擦他的手，那神色十分认真，特别赏心悦目。

他问道："这是哪儿？"

乔九看向他："客栈。"

谢凉问："我昏了多久？"

乔九道："没多久，我刚把你扛回来，郎中也才刚到。"

谢凉闻言侧了一下头，这才发现圆桌那边坐着窦天烨和方延，以及一位陌生的老者。

他估摸这里应该是附近的那座大城，"嗯"了一声。

几句话说完，他慢慢从初醒的浑噩中清醒过来，感觉有些冷，太阳穴也在嗡嗡作响，摸了一下自己的额头。

乔九把他的手拉下来，说道："你发热了。"

他没再耽搁，擦完谢凉的手，便给郎中让了位置。

谢凉颠簸一晚，除去左臂有点骨裂，倒没有其他的不妥，更没受什么内伤，发热大概是被点住穴道僵了一晚又淋雨的缘故，郎中开了药方就走了。

窦天烨几人彻底放心，便没留下碍眼，各自回房了。

乔九吩咐手下煎药，示意谢凉喝了药再睡，见他一直盯着自己，问道："看什么？"

谢凉笑道："看美人。"

乔九道："生病都堵不住你的嘴？"

谢凉道："没办法，九爷长得太好。"

乔九从鼻子里哼出一个音，不搭理他。

谢凉把他往自己这边拉了拉，开始说起这一天一夜的事，重点是如何遇见的沈君泽、从沈君泽那里问出的事，以及归元的老巢。

乔九在山顶见到沈君泽的时候便知道那批黑衣人应该不是接到了山晴的消息，而是在找沈君泽，闻言便道："他来这边是去和山晴他们会合？"

"他没说，"谢凉道，"你说千风殿会是万雷堂吗？"

乔九道："有可能。"

若他们真的与中原武林有仇，那八成就是万雷堂。

谢凉道："你怎么看出他们是调虎离山的？"

乔九道："凤楚也在。"

他们为找谢凉，动静闹得不小，那伙人肯定能察觉到他们了。所以当时听说有人离开，他们便想到了调虎离山的可能，为以防万一，他和凤楚兵分两路。后来听到打雷，窦天烨说对归元提到过雷劫，于是他们便直奔山顶，这才赶上。

谢凉点点头，又聊了一会儿后药煎好了。他捏着鼻子灌下去，重新躺好，拍了拍身边的位置。

　　乔九一晚没睡，为了方便照看谢凉，便打算在这儿对付一晚补补觉。临睡之前看了一下谢凉的胳膊。

　　因为没及时处理，谢凉的小臂有些肿，已经涂完药缠上了布，短期内得在意一些。乔九教育道："睡觉老实点，别碰到了。"

　　谢凉应了声，闭上了眼。

　　片刻后，睡意温暾地涌上来，他突然感觉手腕被碰了一下，强打起精神睁开眼，见乔九微微蹙着眉，似乎不太开心的样子，不清楚是不是在做噩梦，便往旁边挪了挪。

　　乔九隐约察觉到熟悉的气息，又碰了一下，确认谢凉是真的回来了，终于踏实，陷入了更深的睡眠。

　　两个人一直睡到傍晚才醒，把自己收拾干净，一起出门吃饭。

　　雨不知何时停了，凤楚和赵炎也早已回来。

　　他们听完来龙去脉，此刻正好奇地看着已经苏醒的江东昊。不仅是他们，窦天烨几人也在，想知道江东昊会不会一掌拍碎大石。

　　客栈是天井的布局，他们这个时候就站在院内闲聊。

　　窦天烨道："什么感觉？"

　　江东昊道："没感觉。"

　　窦天烨指着屋顶："你往上蹦一下试试。"

　　江东昊是真的没什么感觉，顶着一张冷峻的脸看着他们，见他们都让他蹦，便听话地用了些力气，双腿一弯，用力起跳。

　　谢凉恰好出来，目睹他瞬间飞上天，不约而同地和窦天烨他们一起"嚯"了声。

　　紧接着只见江东昊越过屋顶，滑行一段距离后，变为自由落体，随即传来了"砰"的一声闷响。

　　所有人："……"

　　未来一代大侠不会摔残了吧！窦天烨几人急忙跑到街上，见一群路人被江东昊吓了一跳，也在这里围着。而江东昊则慢吞吞地爬起来，鼻青脸肿地往回走，木然地看着他们。

　　众人："……"

　　看来距离成为大侠还有很长的路要走啊！

　　几人把大侠迎回客栈，坐在一起吃晚饭。

　　聊天的时候，话题不知怎么拐到了生辰上，他们这才得知乔九的生辰快到了。

谢凉看向他："想怎么过？"

乔九道："不过。"

谢凉并不意外。

乔九儿时上山，周围除了一个师父都是疯子，加之本身就中了毒，肯定不会在意生辰。之后他下山报仇，建立天鹤阁，虽然活得肆意潇洒，但其实身边只有一个凤楚能聊得来，想来也没有过过生辰。

但今年不同，今年好歹还有他们在，既然知道了，谢凉便不准备无视。

不仅不无视，他还想热热闹闹地为乔九过生日。

于是饭后消食，他向乔九提了提。

乔九道："麻烦，不过。"

谢凉问："你不想知道我们那边怎么过生辰吗？"

乔九道："怎么过？"

谢凉微笑："你过一次就知道了。"

乔九就知道他后面肯定跟着这句话，斜他一眼，没有开口。

不过，通天谷到底是他先祖的故乡，那边的习俗确实太吸引人，乔九其实没有表面上的那么无动于衷，于是等谢凉又提一次提起，他便"勉为其难"地同意了。

谢凉自然不会拆穿他，示意他去想想宾客名单。

乔九在江湖上没什么朋友，唯一能交点心的也就只有凤楚了，便去说了一声。

凤楚笑眯眯地问："阿凉劝你的？"

乔九看他一眼，不接话茬。

凤楚对他的脾气早已习惯，笑道："我知道了。"

乔九"嗯"了声，自认为完成了通知任务，便回去找谢凉了。

几人休息一晚，第二天早早起床，开始向宁柳出发。因为是乔九这些年认真办的第一个生辰宴，他们想热闹一点，于是决定回云浪山。

谢凉和乔九协商后买了几张请帖，让天鹤阁的人给金来来他们和秦二送了消息，然后抽空找到窦天烨，给他科普了一遍万雷堂。

窦天烨一头雾水："所以呢？他们又回来了？"

谢凉道："很有可能，你给你下面那些茶楼去个信，让他们散布千风殿就是万雷堂的消息。"

窦天烨道："千风殿？"

谢凉道："沈君泽那个帮派。"

不管他们是不是万雷堂，总归是不怀好意的，而且看他们用酒赚人缘，很可能是想徐徐图之。他自然不会给他们这个机会，趁着他们还没站稳脚跟，当然要直接轰走。

窦天烨于是懂了，听完谢凉的交代，开始给茶楼写信。

这个时候，沈君泽已经带着人与山晴他们会合了。

紫衣人下山的时候就没了呼吸，他是地彩盟盟主的亲弟弟，自小聪慧，被盟主当眼珠子一般宠着，谁知与乔九他们只打了一个照面，就这么倒霉地被阴死了。

地彩盟的盟主看着弟弟的尸首，双眼充血，整个人都要崩溃了。

待听完手下的叙述，他狠狠咬着牙，话一字一顿地从齿缝里往外挤，像是要将人生吞活剥："杀，我要把他们全杀了！"

沈君泽站在旁边看着，静默不语。

地彩盟的盟主有勇无谋，帮派能有今天全靠自家弟弟，如今谋士死了，剩下的这位为给弟弟报仇大概会很听劝。原本三家进入中原是想慢慢发展，可有了这个变数，怕是谁也拦不住地彩盟了。

这误打误撞的，倒是帮了他一个忙。

沈君泽微微垂了一下眼，敛去了多余的情绪。

第六章

毒发

101.

是夜，白虹神府。

暗卫首领从外面回来，敲响了书房的门。

叶帮主正在品酒，喝的是当初谢凉找出来的那一坛。他们那天离开的时候没有带走，而是留给了他。

这毕竟是先祖亲手酿的，他突发奇想便想试试煮一下或慢点喝，看看是不是有所不同。今晚是他第三次尝试了，依然难喝得要命，也不知先祖当年是用什么酿的。

或许换个心境便是另一番滋味？又或许要加一些别的东西才好喝？

他一厢情愿地做了猜测，把酒封上，喊了声"进"。

暗卫首领的神色带着几分谨慎，说道："帮主，出了件事……"

叶帮主嘴里都是残余的酒味，十分难受。他喝茶压了压，感觉没什么能让他更难受的了，淡定地道："说。"

暗卫首领道："天鹤阁的生意暂停一个月，各据点的人都在往云浪山赶，说是他们阁主要办生辰宴，而且还请了些朋友过去。"但没请白虹神府。

叶帮主："……"

他明白了手下的未尽之意，抬起头看过去。

暗卫首领和他对视，脑子里下意识地出现了"啪"的一声拍桌子的响动，然后是一声"混账东西"的怒喝。然而等了等，他没有听见半点声音，只见家主沉默地坐在椅子上，表情平静得像是什么事都没发生一样。

坏了，该不会气大发了吧？

他上前两步："帮主？"

叶帮主抬起胳膊，手背向外挥了挥："我知道了。"

暗卫首领摸不准他的想法，听话地退了出去。

片刻后，他见家主面沉如水地走出来说要去宁柳城，心想这才正常，赶紧去收拾行李了。

惹来一片哗然的沈君泽事件尚未平息，江湖中又出了一件事——天鹤阁的九爷要过生辰，而且是大办。这是他建立天鹤阁至今第一次在总部办生辰宴，还是挑的这个时间点，也不知这其中有没有深意。

一时间众说纷纭，却没多少人收到请帖，也没人敢过去讨酒喝。不过天鹤阁的地位不低，除去白虹神府没动静外，四庄、飞剑盟和曾与天鹤阁有过来往且惯会做人的帮派都送了贺礼，其中春泽、秋仁、缥缈楼因在前几次事件中与乔九和谢公子有些牵扯，更是送了双份的礼。

寒云庄的贺礼是沈庄主亲自送来的。

这自然不是因为重视天鹤阁，乔九听说他要见自己，了然地让人把他带到了书房。

与先前在缥缈楼那次见到的不同，沈庄主看着苍老了一些。

他知道乔九的脾气，道完喜便直奔主题，表示先前一直等着天鹤阁开张，如今听说又要停一个月的生意，担心到时轮不到自己，便贸然先过来了。

乔九道："是为了沈君泽？"

沈庄主苦笑："是，我派人找了许久，一直没有他的消息，也不知他现在究竟怎么样了。"

乔九道："我前不久刚见过他。"

沈庄主脸色微变："当真？"

乔九"嗯"了声，简单说了说当时的情况。

沈庄主的神色变了数变，最后撑着头，颓然地坐在椅子上，半天没开口。

乔九道："还找吗？"

沈庄主哑声说道："找，我有许多话要问他。"他放开手，再抬起头时便绷住了表情，"还请乔阁主再有他的消息时能知会寒云庄一声，若能把他……把那个逆子活着押来，我寒云庄愿出十倍的价钱。"

乔九痛快地同意了，反正他们早晚要对上沈君泽。

沈庄主签了字据，起身要告辞。

临走前他迟疑了一下，犹豫地道："再过一两个月，犬子可能要成婚，还望乔阁主到时一定赏脸来喝杯喜酒。那逆子自小与犬子的感情深厚，他大哥成婚，他兴许会露个面。"

乔九扬眉，留意到了他说的"可能"二字。

身为一个父亲，对儿子的婚事用这两个字，说明他们还没决定好，再听听他话里的意思，还有什么不明白的？这对父子显然是想用婚事钓沈君泽出来。

他问道："你们这么做，人家姑娘知道吗？"

沈庄主忙道："自然是不会委屈了人家的，其实年前和亲家便有这方面的意思，年后两个孩子见过面点了头，婚事基本就定下了。"

乔九不爱管别人家的闲事，听完只说了一个"嗯"，等手下把人送走，他便回他的小院继续挑衣服。

衣服由方延设计，如今只是几张草图，要等他选完再请绣娘赶制。他翻了几页，说道："这不都差不多吗？"

涉及作品，方延的胆子立刻大了，不满地道："怎么能是差不多呢？"他凑过去，开始认真介绍每款的不同之处和一些独特的小细节，然后还给他看了配套的花纹，"这些要等你选好了再加的。"

乔九从头看到尾，选了一个顺眼的。

方延终于收到甲方的反馈，心里松了一口气，给九爷量完尺寸，抱着设计图就跑了。

乔九慢慢在天鹤阁里转了一圈，觉得有些无聊。

原因是谢凉他们说要给他准备别出心裁的生日礼物时，他突然想起当初在万兴城见过的舞蹈，就让谢凉给他跳。

谢凉盯着他看了一会儿，问他是否确定。

乔九被他的反应愉悦到了，当即拍板定了这份礼物。于是谢凉这些天就谢绝了他的串门，表示要专心在家里练舞。

他慢悠悠地上了观景台，站在栏杆前盯着某个地方看了看，喊了几个人上来，陪他切磋一下或聊聊天。

天鹤阁一众木然应道："是。"

九爷一无聊，就喜欢折腾他们。好在各据点的人陆续回来，他们能分批次去"陪玩"，不至于每天都难受。

乔九活动完筋骨，舒坦了些，吩咐道："城里都盯紧了，尤其是面生的。"

天鹤阁一众又道了声"是"，他们九爷好不容易办个生辰宴，当然不能出岔子。不然他们的招牌砸了事小，九爷不高兴可就事大了，到时谁都别想好过。

乔九示意他们该干什么干什么去，自己转身又到了栏杆前。

心腹阿山这时正好上来，走到他身边道："九爷，那几个人招了。"

乔九道："谁的人？"

阿山道："地彩盟的，说是他们二少死了，盟主要找您报仇。"

乔九道："先关着，等生辰宴办完了再处理。"

阿山道："是。"

云浪山的动静，自然也传到了沈君泽他们的耳朵里。地彩盟的辛盟主便想派人混进去伺机动手，可一连派出三拨人，全都不见踪影，他越发暴怒，想带着人直接冲过去和乔九拼个你死我活。

沈君泽拦住了他，温和地劝道："天鹤阁的实力不可小觑，整个宁柳现在都在乔九的掌控之中，任何风吹草动他都能知道，盟主怕是都靠近不了云浪山。"

辛盟主道："那我就去杀了谢凉，乔九和他关系那么好，我要让他也尝尝伤心的滋味！"

沈君泽道："谢公子那边的人只多不少，何况还有凤楼主在，这条路行不通，否则不仅报不了仇，还会把命赔进去。"

辛盟主没有笨到听不进劝，毕竟他那些手下生死不明是不争的事实。他红着眼，终究是忍住了。

于是乔九在没什么人干扰的情况下顺利等到了生辰这一天。

谢凉一行人前天就住进了云浪山，带着阿山他们将总部大堂布置了一番。乔九则被谢绝参观，直到今天才迈进大变样的大堂。

只见桌椅全被搬空，换成了一排排长桌。长桌都在两侧，并未往中间摆，上面是各种食物和饮品。中间靠近前方屏风的位置则是一个圆桌，放着糕点。

赵哥虽然会做饭，但没有做过蛋糕。他经过几次尝试才勉强做出一个像样的，没敢全部都放这个，而是切成三角放些水果，又做了点这里的糕点，雕成好看的花，然后精心搭配一番，弄了一个甜品塔。

赵炎围着转了一圈，觉得看着就好吃，问道："这能吃吗？"

谢凉道："得等寿星许完愿。"

赵炎诧异："许什么愿？"

谢凉笑道："这得看他。"

乔九早已被科普过，没搭理赵炎，而是缓步顺着长桌转了一圈，尝了点吃的。

凤楚慢悠悠地跟着他转，笑眯眯地道："这倒稀罕。"

窦天烨解释道："这在我们那里叫自助餐，就是想吃什么自己取。"

凤楚笑道："这个不错，以后我在五凤楼也办个自助餐。"

宾客本就不多，等众人聊了一会儿又玩闹一会儿后，差不多就到了午饭的点。乔九走到圆桌前站定，谢凉便从旁边拿来了蜡烛。这是找人特制的，用他们的文字写着乔九的年龄，做得十分精致。

他点燃蜡烛放在桌上，后退半步示意乔九许愿。

乔九就没干过"许愿"的事，尤其还当着这么多人的面，哪怕提前被通知过，真到这一刻还是没能忍住，问道："这有什么用？"

"就是个仪式，"谢凉笑道，"是你说的同意按照你先祖那边的习俗办，来吧，许完了记得吹蜡烛。"

乔九斜他一眼，对上谢凉含笑的目光，终究是忍了。

他低头看着蜡烛，思索一番许什么愿，发现他到这个时刻也不能免俗，便许愿他们这些人平平安安，之后吹灭了蜡烛。

赵炎太好奇了，问道："你许了什么？"

窦天烨和方延忙道："别说，说了就不灵了。"

赵炎便不问了，等着吃甜品。乔九也想尝两块，却被谢凉拉到了屏风前，给了一个疑惑的眼神。

谢凉道："寿星讲两句。"

乔九道："有什么好讲的？"

谢凉道："随便说点什么都行。"

他把人一放，回到了人群里。

乔九懒洋洋地看着这些人，刚想开口，便听他们整齐地喊了一声："九爷，生辰快乐！"

紧接着只听"砰砰"两声，凤楚借着喊声的遮掩，用小石块将房顶上的竹筒弹破，里面的彩带顿时洒了下来。

乔九沐浴在细碎的彩带里，看着眼前这些人得逞的笑，扯了扯嘴角："幼稚。"

虽是嫌弃的语气，但能明显看出他其实心情不错。

金来来也在队伍里，不同于其他人脸上的喜气，他笑得有一点僵，紧张地看了看自己的护卫，希望对方别惹事。

不为别的，只因这护卫是他舅易容的。虽然他舅保证了只是想来看看，但他还是好怕他舅突然做出什么把宴会搅了。万一真出事，他以后不仅会被自家兄弟嫌弃死，自己也没脸见表哥啊！

叶帮主没有理会他的目光，仍安静地看着前面的人。

当年那个被乔九吓坏了的小丫鬟临死前将一切全盘托出，他知道乔九中了阎王铃，但一直以来都以为毒已经解了，直到少林之劫见乔九不受双合散的影响，他才猜测儿子是以毒攻毒。

以毒攻毒，百毒不侵。

他知道儿子这些年肯定吃了不少苦，也知道很可能会影响寿数，所以这大喜的日子，他真不是来搅局的，只是想过来看一看。

此刻望着乔九，他恍然想起以前家里也曾给儿子办过生辰宴，一晃眼都长这么大了。他望着正吃甜品的乔九，压下眼底的酸涩，认真当他的护卫。

甜品分完就开宴了，谢凉把亲手做的长寿面端了上来，放在了乔九面前。

乔九一边吃一边嫌弃谢凉的手艺，但到底是都吃完了。

天鹤阁的人喊了戏班，饭后喜欢看戏的可以去看。窦天烨则和乔九的心腹们又玩起了游戏，一群人闹到傍晚才散。

谢凉留在了山上，因为要履行承诺送礼物。

乔九很地道，没有让人围观，而是带着谢凉回到他的房间，懒散地往软榻上一坐，吩咐道："别愣着，跳吧。"

谢凉无奈地看他一眼，给他跳了海草舞。

乔九顿时笑倒过去，觉得今天的乐子都在这一刻了，见他跳了一会儿就停了，说道："继续。"

谢凉道："没了，就这点。"

乔九不满："这点东西你需要练这么久？"

谢凉道："还有个别的。"

乔九挑眉。

谢凉对他笑了笑，给他跳了段街舞。

虽然没音乐，但有律动在里面，一举一动都透着股独特的魅力。乔九是第一次看这种舞，很快专注起来，觉得当初窦天烨说谢凉在他们那里是个祸害还真的没说错，等他跳完，便毫不吝啬地鼓了两下掌："不错。"

谢凉摸了把额头的细汗，笑着走过来，陪他拆礼物。

乔九先拆的是窦天烨的礼物，打开发现是一艘一尺多长的小木船。上面还站着几个小人，看着很眼熟，他一怔："这是？"

谢凉笑道："这就是《海贼王》里的几个主要人物，白虹神府里有其中的几个雕像。"

窦天烨这个动漫迷在画画上的技能十分糟糕，图是方延帮着画的，好在方延也看过《海贼王》，能勉强画出来。

乔九点点头，把船放好，好奇地拆其他礼物。

他们拆盒子的这一晚，各大城市的茶楼依然如往常般座无虚席。

　　谢凉不想生辰宴被搅，没有立刻把万雷堂的事捅出去，免得沈君泽那边又整出幺蛾子，所以他当初让窦天烨给茶楼写信的时候特意约定了日子，正是今晚。

　　于是各茶楼的说书人在讲完该讲的故事后，便拿起醒木一拍，说道："今日加一场，咱们说一说曾经震惊江湖的万雷堂。"

　　客人诧异："万雷堂？怎么没听过？"

　　说书人轻轻一笑："没听过的可以问一问家里的老人，想必还有记得的人，这万雷堂要从二百年多年前说起。"

　　满堂轰然爆笑，以为他是在抖包袱，毕竟没人能活这么久。

　　说书人示意他们少安毋躁，笑着将万雷堂与白虹神府的恩怨细细道来，然后提起五十年前万雷堂卷土重来，又被白道合力击退了。故事由谢凉提供素材、窦天烨撰写大纲框架、各说书人自己润色，讲起来也是津津有味，客人顿时拍掌叫好。

　　说书人话锋一转："那场大战至今不过百年，谁承想他们竟又来了。"

　　客人们倒吸气："真的假的，怎的没听到半点动静？"

　　说书人道："因为他们怕被群起攻之，便改头换面，将万雷堂变成了千风殿。而千风殿在中原的首领正是那位鼎鼎有名的沈公子，沈君泽！"

　　102.

　　按照谢凉和乔九的计划，过完生辰就该去寻宝了。

　　方延、江东昊和赵哥的店铺都有人看顾，窦天烨因为与茶楼太熟，被请去说了一个故事，如今还有一点点没讲完，于是他们便定在了三天后出发。

　　宁柳这边散播消息的事由窦天烨亲自操刀，比其他茶楼讲得都热血。

　　侠客们听完义愤填膺，简直恨不得沈君泽和他的万雷堂能马上出现在眼前，他们也好大战三百回合把人彻底剿灭。

　　叶帮主还在这里没有走，他自然是知道万雷堂的，更知道万雷堂每次进犯中原都得死不少人，听到这事后便立刻撕掉易容，上了云浪山。

　　乔九这时正有些不开心。

　　因为自昨天傍晚起就陆续有人来送钱袋，且每个跑腿的都只有"守同门之约，来送贺礼"这句话。阿山听得诧异不已，但那时九爷已经回房，他没胆子去打扰，便留到今天汇报，刚好早晨又送来一个钱袋，不同的是这一个是用盒子装的，他便一起拿了过来。

　　这些钱袋只有巴掌大，里面都装着九枚铜钱，只有盒子里的那个多放了一张纸，纸上写着一行字：

> 听说你终于想起来过生辰了，哥哥真是特别欣慰，这钱拿去买点好吃的补补身子。

九爷"刷刷"几下就给撕了。

谢凉在旁边看着，笑道："你同门？"

乔九哼道："嗯。"

谢凉道："你排第九，所以是九枚铜钱？"

"不是，离尘那老头总让我们爱护同门，这是他定的规矩之一，"乔九道，"他说我们当中只要有人过生辰或成婚，其余人都要送九枚铜钱，喻义长长久久。哪怕将来有人穷困潦倒落到要饭的地步，应该也能要齐这点钱。"

谢凉道："要是你们每年每人都过生辰，单靠要钱会不会要不齐？"

乔九道："想多了，我们基本都不过生辰，离尘那老头后来觉得这样不好，所以才特意把成婚也算上。"

谢凉道："那要是你们不知道别人的消息呢？"

乔九想也不想道："那就不送，正好省钱。"

谢凉笑了一下，数数钱袋，发现不多不少刚好八个，证明那些同门都还活得好好的。

他见九爷的目光也在它们之间转了一圈，估计是在想同样的事，便笑着拿起木盒看了看。

这盒子做工精细，散着幽香，里面的钱袋是用上好的缎面外加金线绣的，十分讲究，他问道："这是谁送的？"

乔九道："段八。"

哦，就是那个当年陪九爷回家又一起寻宝分钱的人。谢凉有些好奇："他人怎么样？"

乔九道："是个疯子。"

谢凉道："能不能加点别的词？我看项百里就挺正常的。"

"项百里是蠢多于疯，段八是他们当中最有问题的一个，"乔九看他一眼，见他似乎对自己那些同门蛮感兴趣，便教育道，"总之以后碰见他们离远点，没一个是好东西。"

谢凉忍着笑："嗯，我知道了。"

乔九不太放心，还要再教育两句，结果话未出口，突然听见门外由远及近的脚步声，便等着手下进来。

来的是去而复返的阿山，禀告说叶帮主来了。

乔九道："不见。"

阿山道："他说是关于万雷堂的事。"

乔九闻言，只好不情不愿地把人请进来。

叶帮主没有废话，直接问他沈君泽的事是否属实，乔九懒洋洋地道："应该吧。"

叶帮主道："可有凭证？"

乔九道："没有，猜的。"

叶帮主瞪眼："你这不是胡闹吗？万一不是呢？"

乔九道："那关我什么事，谁让你们信的？堂堂大侠这点分辨能力都没有？"

叶帮主："……"

谢凉看得无奈，耐心把他们的发现说了一遍。

叶帮主仔细听着，觉得外族来的，且对他家先祖埋的东西这般在意，好像也就只有万雷堂了。

谢凉道："当年万雷堂的堂主和几个护法可留有孩子？"

叶帮主摇头："手札上没写。"

谢凉沉默，那万雷堂究竟如何发展下来的，可能还是得抓到沈君泽再问。

这事非同小可，各大帮派的内鬼不知有没有清干净，若突然发难，后果不堪设想。

叶帮主得赶紧去召集白道的几位帮主商讨一番，便没有多做停留，只是开门前停了一下，回头道："有空回去给你爷爷上炷香。"

他自始至终都没为乔九生辰不通知他而发脾气，乔九也没问他是怎么到的宁柳。

此刻听到这句，乔九静默一瞬，终究是心平气和地"嗯"了一声。

三天的时间一晃就过。

谢凉一行人收拾好东西，出发挖宝。

凤楚和赵炎回五凤楼了，金来来和秦二等人则是跟着谢凉他们一起离开宁柳，因为从这里到宝藏被埋的地方会路过敌畏盟，谢凉刚好去看一看第一批招进来的帮众。

而这三天里，万雷堂的事已传得沸沸扬扬，飞天教和地彩盟也已收到消息。

他们三派联手入侵中原当然不是只为卖酒，而是都怀着一颗勃勃野心，可如今还没开始就要招来围剿，两派的人便一齐找上了沈君泽。

"你们千风殿竟是万雷堂，这可与我们之前说的不一样啊，"山晴把玩着一条鞭子，含笑看着沈君泽，"沈公子，给个交代吧。"

103.

开酒日已经结束，沈君泽和山晴他们到了距离丰酒台不远的一座山的半山腰上。这上面有座山庄，三个帮派的人如今都在这里。

五六月的天，桃李已谢，山花争艳。

沈君泽此刻正站在后山向远处望，神色很是温润，带着他一贯令人舒适的浅笑，好像并不觉得这是件棘手的事。

听到山晴的问话，他耐心将窦天烨和茶楼之间的关系解释了一下，说道："这便是事情能闹得这般厉害的原因，他们既想让咱们内讧，又想让中原武林合伙逼走咱们。"

山晴道："那你们究竟是不是万雷堂？"

"他们怀疑我们是万雷堂，是因为我们图谋不轨，"沈君泽看着他们，"但我们尊主想要中原这块势力，你们知道，我们在各帮派安插了人手，你们也知道。当初尊主担心独木难支，这才拉你们入伙，那时便将这些都说了，何曾骗过你们？"

他微微一顿："退一万步说，哪怕我们真是那个所谓的万雷堂，改头换面，为的依然是称霸中原，与我们当初说的有何不同？"

山晴和辛盟主静了一静。

这倒是句实话，他们都对中原有想法，是自愿加入的。

沈君泽继续道："不过现在我们是不是万雷堂已经不重要了，重要的是他们认为我们是，接下来无论咱们做什么都会寸步难行，只有我先前说的那个办法可以一试。事成，便一鼓作气拿下他们，瓜分中原，不成，那就回老家，你们选吧。"

山晴勾起甜美的笑："这么大的事，人家可不敢自己决定，要等我们教主来了再说。"

话虽如此，但她其实知道教主肯定会同意。

飞天教女子居多，他们教主也是女人，而且是一个很有野心的女人，当然不会放弃这最后的机会，反正输了也只是回老家而已，为何不干？

辛盟主是三个帮派里唯一先到的首领，因为他弟弟想四处玩一玩，他便跟了来，结果竟落得这样的结局。他连和乔九同归于尽的心都动过，自然不肯走，说道："我干。"

沈君泽微微一笑："那具体事宜等我们尊主和洛教主来了再细谈。"

辛盟主点点头，转身便走。

山晴没有走，笑着上前几步："沈公子晚上可有空？小女子想请你喝杯酒。"

沈君泽看着她："有件事护法可能不知道。"

"别叫我护法，听着生分，唤我山晴便好，"山晴笑道，"什么事？"

沈君泽道："在下已心有所属。"

山晴："……"

她忍不住道："沈公子不想和我试试？试了也许会改变想法。"

沈君泽道："不想。"

山晴叹气："好吧。"

她嘴上说着遗憾，心里则在想以后找机会再下手。

对了，还有乔九，在辛盟主杀他前，她也得弄回来玩玩才行，毕竟那般张扬好看的男人实在不多见。

此刻张扬好看的九爷正懒散地坐在马车上，一边往敌畏盟赶，一边教谢凉玩他们这里的牌，等他们终于到地方，他也彻底把谢凉钱袋里的钱赢光了。

他心满意足地下了马车，感觉眼前忽地一暗，接着很快恢复正常，便若无其事地继续往前走。

从几年前起，他时不时地就会来这么一下，早已习以为常。

只是不知是不是错觉，这次持续的时间好像长了一点点，可能是因为最近没睡好。他的念头一闪而过，很快被扔在了脑后。

一行人休息一晚，第二天便见了通过考核的帮众。

当初将近五十号人，成功留下的只有一半，由天鹤阁的几名精锐和梅怀东负责带领。众人穿着整洁的衣服，齐声道："帮主好，副帮主们好！"

金来来等人瞬间热泪盈眶。

谢凉笑着道了声"好"，把他拟定的帮规交给金来来，让金来来公布。

金来来自然乐意，颠颠地就去了。

除去收租，谢凉最近还想了几门生意，但这些暂且不急，他们有更要紧的事得办。

于是他细细嘱咐完金来来和秦二，在敌畏盟停留两日便再次出发，几日后到了宝藏的所在地。

窦天烨环视一周，只见目光所及之处全是山，问道："就是这里？"

谢凉道："应该吧。"

前辈的游记只提示了一个三角形。

不过当初在神雪峰，他们是在一个小球的球心里得到的钥匙。如果那个是指圆，根据"三角和圆一连串"的提示，锁应该也在三角的中心点。但地图上的一个点，放大到现实中很可能就是一座小城，要大海捞针地找一把玄铁锁，那也是十分困难的。

他们此刻所在的地方是一个被群山环绕的小村庄，众人望着眼前绵延不绝的青山和树林，感觉头都大了。

村庄只有不到百年的历史，那位前辈来埋东西的时候，这里还什么都没有。

谢凉和乔九向村长问了问有关迁徙的事，得知他们当初迁过来是因为发了大水，各家的房子都是大伙合力建的。

村里没有相关的手札，基本是一代代听老人闲暇时聊起以前，就这么慢慢传下来的，根本不清楚是否与真实情况有出入。

谢凉想了想，觉得如果是大家一起盖的房子，中途若瞧见一个怎么都打不开的锁，不可能一点传闻都没留下，何况这地方以前是荒地，那位前辈大概不会把东西藏在这里，还是在山里的可能性更大。

环绕着小村庄的山，只肉眼可见的便有五六座山峰，里面还不知有多少隐藏的小峰。

窦天烨几人不死心地围在一起看了看游记和地图，可惜毫无所获，只能认命地用最原始的办法——慢慢搜。

结果第一天就累瘫了。

方延"嘤嘤嘤"地捶着腿："好酸，明天肯定废了，这藏的到底是什么东西？"

窦天烨道："潘多拉的盒子，可能是大规模杀伤性武器。"

方延继续"嘤嘤嘤"，累得胡言乱语："总不能是炸弹吧？不过期吗？"

窦天烨没有失去理智，说道："阿凉说石板上写着，那玩意是偶然得到的，不可能是炸弹，会不会是能把江湖搅得血雨腥风的武功秘籍？"

方延顿时感觉很亏："那咱们找它有什么用……"他说着一顿，想起江东昊了，扭头看过去，"你不累吧？"

江东昊道："还好。"

窦天烨道："他有神功护体，肯定不累，高手都这样。"

江东昊看着他："是给你的，还给你。"

他只想当棋圣，一点当大侠的想法都没有，要这一身内力没什么用。

窦天烨立刻摇头："快别，我怕你一个控制不好把我弄死。"

江东昊道："……我能学。"

方延好奇道："九爷不是说教你吗？教了吗？"

江东昊道："还没。"

方延道："那等等吧。"九爷那个脾气，他们可遭不住，他说道，"你可以让阿凉抽空问问。"

江东昊点了点头。

被讨论的两个人这时也在屋里休息。

　　他们花钱在村里找了两家挨得近、愿意暂时把屋子让出来的人家，简单收拾一番便住了下来，房子虽然简陋，但好在干净。

　　谢凉走了一天也很累，正靠在床头看资料，想试着缩小范围。

　　然而能看的都看过，再来一遍也不会改变现状，饭后几人便早早休息，第二天接着搜山。

　　.这次不是做饵，乔九没喊那么多人，只带了十几名心腹。

　　而由于摸不准他那位先祖是否会留点只有通天谷的人才看得懂的记号，窦天烨他们都得跟着，所以速度很慢，要把这一片搜完得费不少工夫。

　　方延和窦天烨到第三天就彻底废了，乔九见谢凉也累，便分了一下队，每天换人跟着精锐去搜山，这样谢凉他们每人都能休息几天。

　　他自然是和谢凉一起休息。谢凉其实不算太累，便拉着他在四处转了转，这里远离城镇，民风淳朴，村民们日子过得很是宁静。二人不知不觉到了河边，谢凉闲着无聊，提议道："咱们要不钓鱼吧？"

　　乔九道："钓鱼？"

　　谢凉道："以前钓过吗？"

　　乔九道："没有。"

　　谢凉于是便以晚上喝鱼汤为由，拉着九爷钓鱼。

　　他还嫌不够，加了一个赌注，看谁钓得多，规矩和上次一样，赢的人可以让输的人做一件事。

　　乔九经他一提又想起了某件事："我好像还没怎么用过字据。"

　　谢凉道："咱这交情，你还要差遣我？"

　　"那当然，"乔九笑得很亲切，"你放心，我不会太为难你。"

　　言下之意，字据还是会用的。

　　谢凉看看他的表情，感觉他再用的时候肯定不是什么捏肩捶腿的小活，知道没办法让他改变主意，便打算好歹占些便宜，到底是把这次的赌局促成了。

　　结果他运气太差，一条也没钓上来。乔九则钓上来一条，虽然只有小孩的巴掌那么大，但再小也是鱼，所以是他赢了。

　　九爷只觉通体舒畅，问道："还喝鱼汤吗？我让他们抓几条上来。"

　　谢凉道："喝。"

　　乔九品出了点泄愤的味道，笑着过去拉他起来。

　　往回走了两步，他又觉视线一暗，而后恢复正常，嘴角的笑倏地散了。

　　这是从那天到现在的第三次，不是错觉，时间果然在变长。

　　他回头看向谢凉，见谢凉的眼底带着点遗憾，伸手拍了拍他的脸。

谢凉停住："怎么了？"

"脸上有东西，"乔九道，"还记得我带你去冬深山庄那边喝过鱼汤吗？我还知道一家酒楼的鱼汤做得挺好，就在这附近，明天带你去喝。"

谢凉道："不找东西了？"

乔九道："照这情况，怕是一个月都找不到，咱们先去逛逛。"

谢凉道："这样不好吧？"

乔九笑得很嚣张："我乐意，谁敢有意见？"

谢凉也没什么节操，说道："那行。"

二人都在休息期，于是转天一早便扔下这些人跑去玩了。

这个时候，白道各帮派帮主终于凑齐，一齐到了白虹神府。

叶帮主环视一周，直奔主题："叫诸位前来是为商讨万雷堂的事，最近的传闻想必大家都已听过了。"

飞剑盟于帮主道："这事是真的？"

叶帮主点头："八成。"

众人的心都是一沉。

104.

万雷堂上一次侵犯中原是五十多年前的事，至今仍有老人记得。

白虹神府、四庄和飞剑盟里更是有不少相关记载，因为前两次都是他们带领着白道将万雷堂击退的。

那个时候寒云庄、缥缈楼等还都是小门派，而白虹神府、四庄和飞剑盟的势力比现在更盛，可惜一场大战后伤了元气，虽然如今仍是白道的泰山北斗，但到底不复昔日的光景，所以得知这次万雷堂卷土重来，他们的神色都很凝重。

秋仁山庄的秦庄主心想：难怪他们当初要先拿四庄下手，原来是积怨太深。

他问道："他们现在有消息吗？"

叶帮主道："还没有。"

秦庄主皱眉："他们这次谨慎了很多，不像以前那么嚣张，而且还知道往各帮派里安插人了。"

沈庄主道："怨我。"他眼底带着血丝，整个人瘦了一圈，透出一股沉重的气息，哑声道，"是我收养了他，是我引狼入室。"

春泽的石庄主道："这也不能怪你，他们铁了心想把他安插进中原，就算不是你家，也还会有别家的。"

沈庄主道："但落在我家，我就也有嫌疑。"他见石庄主还要再劝，抬手打断，"你们不用多说，我自己心里有数，既然是我养出来的，我便亲手处理了那个逆子，也好给武林一个交代。"

叶帮主不由得道："沈庄主想干什么？"

沈庄主道："叶帮主放心，我不会乱来。"

他知道避嫌的道理，起身对众人抱拳作揖，便要告辞。

叶帮主拦了一下，见他心意已决，只好叮嘱他切莫冲动，这才回来继续商讨对策。

如今沈君泽和那三族都不见踪影，得先把他们找出来才行。而那些茶楼说的故事虽与实情有些出入，但大体上都对。现在正是同仇敌忾的时候，于是几人商量一番，便开始发动整个武林去搜寻沈君泽。

乔九这时已经带着谢凉到了离村庄最近的一处大城。

城里有一家叫四鲜的酒楼，做的鱼汤十分鲜美。谢凉喝了两口，暗道果然大厨做出来的东西就是不一样。

乔九道："怎么样？"

谢凉赞道："不错。"

九爷很骄傲："我还知道不少好地方。"

谢凉道："那以后有空，带我去逛一逛吧。"

乔九道："看我的心情。"

此刻已是傍晚，他们没有折回去，就在城里找了家客栈落脚。

大概是心里想着中毒的事，乔九梦见了静白山。

那时他刚压制住体内的毒，终于不用在床上瘫着了。几个疯子发现不用给他做棺材，挨个过来夸了一遍他懂事，告诉他以后下山再死，免得他们还得干苦力活。

他把人轰走，慢慢活动着筋骨，打算练练《承天诀》。

"你最好先等几天再动内力，"穿着青色衣袍的少女端着一碗药进门，伸手递到他的面前，吩咐道，"喝了。"

他斜她一眼，接过来一口喝干。

刚把碗一放，他察觉到某处穴道被按了一下，皱眉道："怎么？"

少女道："疼吗？"

他"嗯"了一声。

少女又连按了两处，问道："这次呢？"

他说道："也疼。"

"等你不疼了再动武，"少女拿着碗往外走，补充道，"以后若是又开始疼，就表示你要毒发了，记得自己处理好后事，因为到时我也救不了你。"

他嗤笑一声："无所谓，只要报了仇，死就死呗。"

少女道："你能看开就好。"

乔九睁开眼，见外面已经蒙蒙亮了。

他翻身躺平，在三处穴道上各按了按，放下了手。

开始疼了。

他早就想过自己这被毒弄坏的身子可能不会长久，但没想到竟会如此短暂，就只肯给他片刻的好光景。

不舍得。

他不舍得。

他还没挖到先祖的东西，还没把那伙人揪出来，还不知道……这小狼崽能走多远。

谢凉隐约察觉到落在身上的视线，睁眼看向他，笑道："早。"

乔九勾起一个笑："早。"

他思考了一下除去鱼汤还有什么可以带谢凉尝一尝的东西，却发现那些美食都离得比较远，只好道："带你去南街吃早饭，吃完就回去吧。"

谢凉支着下巴盯着他一件件穿上衣服，笑道："哦，这么痛快？不玩几天？"

乔九道："你要是想玩，我陪你。"

谢凉想了想正在穷乡僻壤吃苦的兄弟，遗憾地放弃了这个念头。

二人吃过早饭便出了城，乔九留意一番，确认没人跟踪，这才放心地回到了村里。

与此同时，沈君泽派到各处的人陆续传回消息，都说没有发现谢凉他们的踪影。

他在心里做了几个猜测，听说尊主叫他，便敲响书房的门，进去看着坐在椅子上的男人，恭敬地喊了声"尊主"。

男人穿着件鸦青色的衣袍，脸上戴着黑色的面具。

面具遮住大半张脸，露出的皮肤上可以看到一些陈旧的烧伤，他的嗓子可能也受过伤，发出的声音像是沙子在地上来回磨似的。

他问道："还没找到乔九谢凉他们？"

沈君泽道："是。"

尊主怒道："一群废物！"

　　沈君泽温和地解释："他们出了敌畏盟一路向南，在路上找人易容替身，顺便还换了马车，所以咱们的人跟丢了。"

　　尊主眯起眼："他们肯定是去挖东西了。"

　　"或许是，"沈君泽道，"还有一种可能是故技重施想钓鱼，他们知道属下不会轻易上钩，因此这次多费了些心思。"

　　尊主道："我不管是什么，东西一定不能落到他们手里。"

　　沈君泽道："尊主放心，咱们只需再等些时日便可收网，到时他们哪怕真的拿走了东西，也得乖乖地交出来。"

　　"最好能成，"尊主盯着他，"这次若再搞砸，你就不用来见我了。"

　　沈君泽道："属下一定不让尊主失望。"

　　尊主淡淡地"嗯"了声，问道："项百里还没松口？"

　　沈君泽道："是。"

　　估计是松不了口了，万雷堂的事一出，项百里便知他们要惹众怒，自然不会再和他们结盟，而他们又开不出能让项百里心动的条件，怕是没办法谈拢了。

　　尊主冷哼："用药试试，若是不听话，那就杀了。"

　　沈君泽再次道了声"是"，见他没有别的吩咐，便退了出去。

105.

　　"哎，听说了吗？寒云庄的沈庄主放了话。"

　　"听过一点，好像是让沈君泽回家？"

　　"没说回家吧……"

　　前不久，以白虹神府为首的白道证实万雷堂的消息属实，如今全江湖的人都在找沈君泽。

　　寒云庄的沈庄主没有再说相信沈君泽不是为恶之人，而是放了话，若沈君泽还肯认他这个父亲，一个月内便和家里联系一下，他愿意听听他的说辞，哪怕他只是派人捎个信。

　　众人都觉得希望不大，沈君泽是万雷堂派到中原的，当初进寒云庄的目的根本不单纯，能对沈庄主和沈正浩有多少情分？看看秋仁山庄和缥缈楼的内鬼就知道了，每个都待的年头不短，不还是动手了？

　　不过有一部分人觉得不一样，那些帮派的内鬼都是下人，沈君泽则是沈庄主的义子，是被人家亲手养大的。沈庄主素来疼他，这几年逢人必夸自家聪明绝顶的义子，可见对他十分重视。

做父母的，无论子女犯了多大的过错，都愿意再给孩子一次机会。沈庄主如今就是这种心情，若沈君泽稍微有些良心，可能真会联系寒云庄。

可惜距离那天已经过了十天，沈君泽没有半点动静。还有二十天便是一个月，众人议论纷纷，都在翘首以盼。

天鹤阁的人把这事传给了九爷。

九爷的位置是机密，目前阁内只有极少数的人知道，因此为防止走漏风声，除去重要情报外，他们会隔几天才送一次消息。

乔九收到后简单看了一遍便毁了，继续陪着谢凉。

谢凉道："最近外面有什么事吗？"

乔九道："暂时没有。"

谢凉点点头，又在认真翻看游记。

搜山搜了大半个月，一点进展都没有，搞得他已经不考虑缩小范围的问题了，而是怀疑自己是不是猜错了地方。然而，将游记反复看过数遍后依然没什么新发现，只好认命地扔在一旁。

傍晚时分，搜山小队归来，照例毫无所获。

众人都已习惯，把香喷喷的饭菜端上桌，招呼他们吃饭。

饭后乔九拉着谢凉去河边散步消食，等到回来便把江东昊叫出来，开始了近期除去陪谢凉、找宝藏外的第三件事——训练江东昊。

他问道："前几天告诉你的轻功会了吗？"

江东昊淡漠地"嗯"了声。

乔九道："试试。"

江东昊轻巧地跃上屋顶又跃下来，动作行云流水，没再出现跳过和自由落体的情况。

窦天烨几人看得激动，纷纷鼓掌表扬。乔九没给评价，而是带着他进了山，找到一棵百年老树，吩咐他上去。

江东昊便按照乔九教的方法，踏着树干一路往上蹿，快速到了树顶附近的枝干上，往下一望，发现这大概是十层楼的高度。

乔九略微满意："下来吧。"

江东昊抱着树干，木然摇头。

乔九眯眼："摔不死，下来。"

江东昊犹豫几秒，踏着树干想往下走，结果发现还是自由落体，下意识地闭上了眼。

结果想象中的剧痛没来，他睁开眼，见乔九接住了他。

乔九放开他，耐心为他讲解要领，说道："给你两天的时间学会，不懂的问我的手下。"

江东昊道："哦。"

乔九道："练一个时辰再回去。"

他见江东昊再次应声，便叫来一个手下在这里守着，随即把他们扔下，准备和谢凉回去。

谢凉在旁边看得好笑，问道："他要多久才能成为高手？"

乔九道："只要把基础的东西学会，后面就快了。"

谢凉见他一点不耐烦都没有，突然想起他以前装成教书先生的事了，忍不住勾了勾嘴角。乔九察觉到他的视线，给了一个疑惑的眼神。

谢凉笑着凑近一点："先生，有什么想教我的吗？"

乔九感觉这声"先生"特别不正经，直觉后面没什么好话。

他一把抓住谢凉，下意识地想教训一下，却突然感觉眼前一暗，瞬间停住。

谢凉都已经做好了逃跑的准备，却见他停了，问道："怎么了？"

乔九恢复正常，放开他，竟端起了以前那副书生样："可以，我能先拿这个月的月钱吗？"

谢凉道："家里有事啊？"

乔九道："嗯，想给我家崽子买点好吃的。"

谢凉道："一两够吗？"

乔九伸手："够了。"

谢凉便掏出一两银子递给他。

乔九接住，察觉到上面带着谢凉手的余温，便揣进怀里收好，和他在寂静的树林往前走了几步，问道："听说谢公子有个挚友？"

谢凉笑道："对，长得可标致了，哪天介绍给你认识。"

乔九道："我听说他身子不好，兴许哪天就不行了，你怎么办？"

谢凉道："你总说一些别人不想听的话，到外面是会被打的。"

"我不怕被打，"乔九看着他，"说说，到时候你怎么办？"

谢凉想了想："我也不知道，别让我想这种事。"

乔九静了一下，继续道："那你会忘了他吗？"

谢凉道："先生希望我忘了他吗？"

乔九不乐意："是我问你。"

谢凉笑着提醒："注意点，人设崩了。"

乔九道："什么人设崩了？"

谢凉便解释了一下，告诉他要乖乖扮演他的教书先生，别露本性。

乔九立刻不当教书先生了，盯着他想要个答案。谢凉知道他很在意自己的毒，便顺毛道："九爷这样的人，想忘都忘不了。"

乔九觉得自己应该是高兴的，等听完却并没有想象中的愉快。

他勾起嘴角，说道："算你识相。"

谢凉谦虚道："我只是实话实说。"他等了等见没有下文了，说道，"不问了？那该我了，你是不是出什么事了？"

九爷的性子那么别扭，忽然问他这么感性的话题，实在有点怪。

乔九反问："我能有什么事？"

谢凉道："就是不知道才问的。"

乔九道："那你看我有事吗？"

谢凉横看竖看，感觉和平时一样，于是试着又逗了几句，依然没觉出问题，暗道可能是自己多心了，便把疑虑压了下去。

搜山小队继续每日轮换，眨眼间又过去大半个月。他们将周围的山都逛了一遍，没见到什么山洞，更没在石壁上发现刻字，依旧没有收获。

窦天烨开始疑神疑鬼："你们说会不会真被这个村子的人拿走了？当年有人无意间发现带着锁的箱子，偷偷摸摸藏了起来，想要进城凿开，结果被有钱的恶霸看见抢走，至此遗失。"

几人默默看着他。

窦天烨道："要么就是咱们遗漏了重要线索，不然那前辈真能这么缺德，让咱们一点点搜吗？"

乔九挑眉："嗯？"

窦天烨立刻改口："我觉得他肯定不缺德，一定是咱们的错，要么就是你们搜的时候没注意，稀里糊涂地就过去了。"

方延道："你要是不放心，去把我们搜过的地方再搜一遍。"

窦天烨看看那些山，表示打死都不想动。

几人便一齐看着谢凉，等他拿主意。

谢凉看向乔九："你说呢？"

乔九道："不找了，以后再说。"

众人没意见，收拾好行李，快速离开了这个鸟不拉屎的地方。

进城休息了一日后，他们赶往最近的一处天鹤阁据点。

乔九耐心等了两日，等到了最新消息：沈君泽没有联系寒云庄，沈庄主在一个月的期限上特意延长了五日，见沈君泽铁了心不认他们，便放话说自此断绝与沈君泽的父子关系，然后敲定了长子的婚事。

喜帖辗转一番，成功到了乔九的手里。

除去乔九，他们还邀请了谢凉和窦天烨几人。

谢凉沉吟一番："他们这个时候办婚事，是不是有点……"

乔九点头，把沈庄主找他的事说了一遍。

谢凉道："你去吗？"

乔九道："去。"

他时日无多，死前一定要把那伙人全弄死，免得他们没完没了地找谢凉麻烦。

106.

天鹤阁的据点基本都落在大城，城里有什么东西，乔九差不多都知道，便带着谢凉尝了尝这里的美食。

此时距离沈正浩的婚礼还有二十多天，沈君泽依旧不见踪影，外界众说纷纭，猜什么的都有。有人觉得那三个帮派眼见事情败露，早已偷偷离开中原；有人觉得沈君泽兴许是想回家，只是被他主子关了起来；还有人觉得沈君泽早就被他主子弄死了。

谢凉迈进茶楼，边走边听着大堂里的议论，感觉挺有意思。

片刻后，他察觉到周围的声音越来越低，侧头一扫，见他们正惊疑不定地打量九爷，顿时有一点遗憾。

乔九看出他的心思，问道："这你也想听？"

谢凉笑道："不要小瞧人民群众的脑洞。"

乔九不置可否，带着他来到二楼雅间，点了两杯云雾。

梅雨季节，淅淅沥沥的小雨已经连下了三天。

忙于活计的人一边骂着老天，一边三三两两凑在一起享受着难得的闲暇。茶楼看准时机在城内几家有名的戏班里各请了两个人，每日轮番来唱上那么几段戏。

乔九得知这个消息，便带着谢凉过来了。

二人喝喝茶聊聊天，过得十分惬意。这时只听房门被敲了两声，天鹤阁的精锐进门，递给九爷一封信。

谢凉留意到信封上的特殊花纹，问道："阿暖的？"

乔九点头，拆开看完，皱了一下眉。

谢凉道："怎么了？"

乔九道："项百里失踪了。"

谢凉意外："什么？"

乔九把信递给他。

谢凉接过来一目十行地扫完，发现原来是项百里的手下一直找不到他，以为是碧魂宫干的，便壮着胆子去向老东家要说法。而碧魂宫的楚宫主则以为是自家儿子下的黑手，给凤楚写了封信，凤楚于是就来问乔九了。

谢凉道："你们之前去救我的时候，他还在丰酒台没走吧？"

乔九道："嗯。"

谢凉道："和山晴他们有关？"

乔九道："谁知道，他蠢得要死。"

谢凉道："不管？"

乔九哼道："不管。"

话虽如此，毕竟事关那三个帮派，他还是吩咐手下找茶楼要来纸笔，快速给凤楚写了封回信让他们送走。

这个时候，下面的戏恰好开场，他便专心听戏，直到听完才开口，告诉谢凉这个唱戏的据说是人家的当家花旦，结果等了半天都没等到谢凉吱声，扭头一瞅，见谢凉支着头睡着了。

"……"乔九绕到他面前，看了他一会儿，掐了把他的脸。

谢凉睡得不沉，立刻清醒，笑道："结束了？"

乔九道："不喜欢听？"

谢凉道："听不惯。"

乔九想起他们总哼的曲子，暗道差别是有些大，说道："那我们回去吧。"

谢凉道："不用，喝喝茶挺好的。"

九爷便坐回原位，又连着听了三场戏。

谢凉基本是睡过去的，等到全听完，他不由得伸了一个懒腰。乔九很嫌弃："你以后别去戏楼，免得被人家打一顿。"

谢凉笑道："不会，我就只陪你听。"

小雨未停，二人共撑一把伞往回走。

街上行人稀少，静得仿佛只有他们似的，乔九忽然不想这么早回去，感觉快到傍晚了，便让谢凉带着他去吃饭。

谢凉道："我挑酒楼？"

乔九大发慈悲："今天给你一个机会。"

谢凉道："要是不好吃呢？"

乔九笑得很亲切："那你也得吃完，用你们的话说，生活需要惊喜。"

谢凉十分配合地带着他找饭店。

他没选临街的大酒楼，而是挑了一个巷子，在里面七拐八拐一通，发现一家蛮有情调的小店，跑进去一看，人家是卖梅子酒的。他便买了壶酒，换了条小巷继续找饭店，最终找到一家还算干净的小店，拉着九爷进去了。

乔九环视一周，见只有两桌客人，问道："你觉得会好吃吗？"

谢凉道："我觉得够呛。"

乔九道："……那你还选这里？"

谢凉道："你不是吵着饿了吗？就这家吧，万一好吃呢？"

事实证明他们真不该拼运气，店里的饭菜果然不太好吃，倒是那壶梅子酒的味道不错，但即使是这样九爷也觉得很亏。

他完全忘了主意是他出的，理直气壮地盯着谢凉道："你得补偿我。"

谢凉脾气甚好："行，这样，我今晚回去和赵哥学学炒菜，明天亲自下厨给你炒一盘。"话一说完，他下意识地觉得九爷会噎他。

结果九爷只是反应了一下便爽快地同意了，他无奈道："你来真的？"

乔九道："真的。"

谢凉提醒："我可能做得比这个还难吃。"

乔九道："我不嫌弃你。"

成吧，谢凉不挣扎了。

乔九见状便知道明天可以吃到谢凉炒的菜，心里很是满意。

他将杯中的酒喝干，给自己又倒了一杯，这时只觉视线一暗，手微微一顿，立即放下酒壶，等到恢复后一看，发现有一滴滴到了杯沿上。

谢凉看得清楚，瞬间收了嘴角的笑："乔九。"

乔九心里一跳，抬眼看他。

谢凉客气地喊过他"乔阁主"，也喊过"九爷"，想一想，这好像是相识至今第一次连名带姓地叫他。

谢凉认真看着他："你出了什么事？"

自从上次感性的话题后谢凉便觉得奇怪，只是一直没什么证据，直到刚刚那一幕——乔九是高手，手是很稳的，不可能会倒漏一滴。

"你别骗我，"他忽然有些心慌，一眨不眨地望着面前的人，"你到底怎么了？"

107.

乔九沉默了一下。

彻底毒发后他的情况会越来越糟，所以他一开始就知道瞒不过谢凉，只是没想到竟会这么快。

谢凉的声音沉了些："乔九？"

乔九看着他，终于开口。

"谢凉，"他说道，"我毒发了。"

谢凉的脑子里顿时"嗡"了一声，半天才找到自己的声音，问道："什么时候的事？"

乔九道："上次带你喝鱼汤的时候发现的。"

那岂不是过了将近两个月？谢凉压下心里的怒气和恐慌，尽量平静地问："为什么一直不说？"

乔九没有回答。

谢凉看着他的样子，一颗心沉了下去。乔九当然不会故意找死，但凡有一些希望，他就不可能不说，会这样瞒着，很可能是因为他自己知道没救。

没有救，他的手有些抖，轻轻放下了筷子。

乔九移了一下眼不去看他，问道："不吃了？"

谢凉感觉胸口堵得慌，但他知道乔九绝对比他难受，便重新拿起筷子，说道："吃。"

二人一时都没有再开口。

谢凉食不知味地把面前难吃的菜吃了小半盘，擦擦嘴角，终于停了。乔九早就不想吃了，见状便结账走人。

雨不知何时停了，但湿气仍很重，八成还会再下一场。

乔九一手拿着伞，另一只手紧贴着谢凉，走出几步后往他那边挪了挪。

谢凉看了他一眼："你现在感觉怎么样？"

乔九见他好像没生气，悬了半天的心落回原位，说道："暂时没感觉。"

谢凉道："嗯？"

乔九立刻道："就是偶尔眼前会黑一下。"他很久没这么心虚过了，弱势的感觉让他极不适应，忍不住道，"我没想瞒你的，只是没想好怎么说。"

谢凉道："哦，我要是没发现，你打算什么时候说？"

乔九面不改色："这两天就说了。"

谢凉看了看他，不想和他计较真假，陪着他继续走。

乔九只觉那股子心虚一点都没有缓解，难得地老实下来，乖乖地跟着谢凉。

若是放在平时，谢凉早就打趣他了，但此刻谢凉脑子里一团乱，根本没有这个心情，而是快速把江湖中的神医过了一遍，甚至开始思考如何能请动御医。

乔九的视线一下下地往谢凉身上瞥，能猜到他大概在想些什么，说道："我给我以前的郎中写了封信，她如果还活着，应该会来。"

谢凉道："就是为你压制毒的人？"

乔九"嗯"了一声。

谢凉想了想江湖上那些有名的神医，问道："叫什么名字？"

乔九道："林霜。"

谢凉有些惊讶。

林霜的事他是听过的，属于江湖中的传奇人物。

武林每三年会有一次医毒大会，胜者可得一株珍贵的药材和"江湖第一神医"的称号，以往每届"江湖第一神医"都由悬针门摘得，唯有五六年前的那一场，获胜的是一个小丫头，名叫林霜。

据说林霜很擅长用毒，当年以一己之力挑了悬针门一门，可之后她就销声匿迹了，后面两届医毒大会也都没参加，第一神医的称号便又回到了悬针门。就因为这个，不少人都觉得她是被悬针门偷偷弄死了。这口锅，悬针门一直背到现在。

不过那时江湖上还发生了一件大事，就是归元为了抢雪莲把上代的悬针门门主杀了，所以有一部分人觉得林霜也是被归元杀的，但众说纷纭，真相到底如何，没人清楚。

谢凉道："她还活着？"

乔九道："不知道。"

谢凉道："……那你怎么给她寄信？"

乔九道："她在京城有家药店，把信寄到药店，那边的人会联系她。"

谢凉道："你上次见她是什么时候？"

乔九道："两年前。"

两年前，那现在还活着的可能性很大。谢凉点点头，放心了一些。

乔九犹豫片刻，没告诉谢凉，林霜当时说过对于自己的毒她没有办法。

他心里有一点点希望，想着毕竟过了好几年，现在的林霜或许能想出法子。

几句话的工夫，他们之间那一丝沉闷的气氛终于散了。

谢凉干脆顺着这个话题往下聊，好奇地问了问林霜的事，比如她为何不去参加后面的医毒大会，小小年纪又为何能如此厉害等。

乔九便告诉他林霜被段八收买了，正在为段八办事。她对第一神医的头衔没兴趣，那时会比赛很可能是冲着药材去的。而她这般厉害是因为她算是毒圣手的半个徒弟，这也是当初他外公会把他留在静白山的原因。

谢凉的心微微一跳。

他先前还想过，如果毒圣手真有后人，乔九不可能不找，原来不是不找，根本就是认识。

他问道："毒圣手那本遗失的医书在她手里？"

乔九道："不在。"他停顿一下，详细地解释道，"她五岁时被毒圣手买回去，原本是要当毒圣手的药人，后来总跟着他采药炼药，自己也会捣鼓一番，毒圣手看出她有天赋，便开始教她。"

然而毒圣手那个人性格孤僻，根本不习惯她从"物件般的药人"到"小徒弟"的身份转变，所以教了她几年，见她对他越来越依赖，就受不了了。

他说道："这些是离尘那老头的原话，不清楚是真是假。"

谢凉听得无语："然后呢？"

乔九道："离尘那老头性子古怪，可能是唯一能和毒圣手说得上话的人，毒圣手就把林霜扔给了离尘照顾，临走前还给了林霜一大堆医书，告诉她看完了就来接她回去，而等林霜看完，他却被人杀了。"

谢凉觉得那妹子蛮可怜的，问道："她哪里疯？"

"她不疯，她只认毒圣手为师，当年是借住在静白山，不是我的同门，"乔九道，"除了给我看病，她基本不在我们面前出现，整天就知道看医书和捣鼓药材。"

谢凉道："那段八是怎么收买她的？"

乔九道："段八答应帮她查杀害毒圣手的凶手。"

谢凉道："这事你不是也能查吗？"

乔九看他一眼，没回答。

谢凉反应了几秒，意识到那时乔九的情况应该不太好，而林霜觉得他活不长。

话题绕了一圈又回到乔九的毒上，二人一时沉默。

谢凉在心里搜刮一番，正要另起一个话头，便见乔九突然停住了脚。

他们此刻刚从岔道回到主路，谢凉顺着他的视线一望，见通往城门的主街上慢慢走来一个姑娘。这姑娘身穿一袭青衣，背着个包袱，看起来二十多岁的样子，头上只插着支碧绿的玉簪，生得十分清秀。

她也恰好看见他们，走过来停在乔九面前，二话不说先伸出了手。

乔九便掏出一张面值千两的银票扔给她。

林霜道："还有来回的路费。"

乔九道："你穷疯了？"

林霜不答，继续伸着手。

乔九不情不愿，掏出了十两银子给她。

林霜道："不够。"

乔九给她加了一两。

林霜道："还不够。"

乔九从谢凉的身上摸出钱袋，打开翻了翻，找出一枚铜钱放在了她的手心。

林霜："……"

谢凉："……"

谢凉哭笑不得，把钱袋抢回来，正要问问多少钱，便见林霜看向了他。

林霜道："你是谢公子？"

谢凉道："我是，你是林神医？"

"神医不敢当，"林霜收好钱，拿出一个红包递给他，"哥哥让我带给你的见面礼。"

谢凉瞬间想起了那张"哥哥特别欣慰"的小纸条，估摸是段八让带的，不过面还没见着就给一个见面礼，也是蛮有想法的。

他见乔九不反对，便接了过来，说道："替我谢谢他。"

林霜应声："哥哥听过你的不少事，说你若有空去京城玩，他做东请你吃饭。"

乔九实在忍不住了，问道："你能别喊他哥哥吗，恶不恶心？"

林霜道："他让喊的。"

乔九道："他让喊你就喊？"

林霜很诚实："嗯，我不敢惹他。"

乔九给了她一个鄙视的眼神，拉着谢凉转身便走，没有再提这个话茬。

林霜更不会主动提，不紧不慢地跟着他们一路进了据点，顶着周围打量的目光到了乔九的房间，吩咐他脱衣服。

谢凉脑中"九爷乐不乐意在人家姑娘面前脱衣服"的念头刚一闪过，见乔九竟然听话地把上衣脱了，便猜测可能是早已习惯。

林霜把了一下乔九的脉，然后掏出银针，在他胸前的三处穴道上各扎了一根。

乔九的眉头顿时一跳，忍着没吭声。

片刻后，他的额头渗出了一层薄薄的细汗。

林霜看他两眼，拔出针，只见上面全黑了。

她平静地道："毒发了，我救不了你。"

谢凉的心猛地一沉。

乔九沉默。命运似乎总是对他格外苛待，他那些期望果然不会如他所愿。他慢慢穿上衣服，没敢往谢凉的方向看。

林霜道："你大概还能撑两三个月，之后就会衰弱下去。"

谢凉道："就没别的办法？"

林霜道："除非你们能找到我师父的那本医书，如果上面有阎王铃的记载，我能勉强一试，"她看向乔九，"你查到是谁杀了他吗？"

乔九道："没有，段八怎么说？"

林霜道："他说唯一可以当作线索的是我师父死的那一年，归元道长恰好再次闭关。他闭关前偷了不少好药材，其中有相当一部分带着毒性，所以我师父若不是被仇家杀的，或许是归元道长下的手。我听过传闻，你们见过他，他现在是死是活？"

谢凉道："死了。"

林霜道："那你们可以找找他的老巢。"

谢凉闭了一下眼。

上次被救出来之后，他便动了搜刮归元老巢的念头，派人将那座山全翻了一遍，结果什么都没发现，所以，显然是归元疯疯癫癫认错了家。

而既然不是那座山，其他所有的山就都有嫌疑。

整个江湖找了十年都没找到的地方，如今他们只有两三个月的时间，能顺利找到吗？

108.

林霜虽然不混江湖，但听说过归元道长的事，知道他的老巢不好找。她见谢凉不再问别的，便收好银针，自己出去吃晚饭了。

房门"吱呀"一声关上，屋里静了下来。

谢凉看向乔九，摸摸他额上的汗，问道："疼？"

乔九道："不疼。"

谢凉道："又骗我。"

乔九不答，拉开椅子坐下了。

谢凉陪他坐了一会儿，等他要洗澡，便出门去找窦天烨。

窦天烨他们此刻正坐在小亭里，围成圈一起聊八卦。

方延："我看了，那女的住下了！"

窦天烨"哎哟"一声："真的啊？"

方延："你们说会不会是阿凉的主意？"

江东昊木然坐直身子，往后挪了挪。

方延立刻看过去："我哪句话说错了，你躲什么？回来一起猜猜啊。"

谢凉道："猜什么？"

窦天烨几人静了一瞬，齐齐扭头，见谢凉不知何时竟进了小亭，难怪江东昊会躲！

他们给谢凉让出一个位置，开始询问那姑娘的来历，顺便把饭厅的事说了一遍。

当时他们刚要离席，抬头便见她进来了。

窦天烨道："然后我就打招呼呗，问她是不是九爷的朋友。她说不是，是九爷给了她钱，她就跟着九爷来了。我们不信，结果她伸手就掏出一张银票，一千两！"

谢凉无语。

窦天烨几人一齐看着他，好奇得不行。

谢凉道："他们确实不算朋友，她是神医，专程来给九爷看病的。"

窦天烨几人原本也没信那姑娘的说辞，但没想到答案竟是这个。

他们顿时惊讶："九爷咋了？"

谢凉实话实说："他以前中过毒，现在毒发了，只剩两三个月的时间。"

天啊！窦天烨几人手里的瓜子、茶杯"哗啦啦"全掉了，连忙问道："有办法吗？"

谢凉道："只有一个办法能试。"他不想浪费时间，不等他们问便快速把事情说完，看向窦天烨，"归元上次抓走你，没提过他住的地方？"

窦天烨道："没有。"

方延和赵哥忍不住道："你仔细想想。"

窦天烨便努力想了想，还是道："真没有，他只让我给他讲修仙的故事，还说让我们老实点，等见到阿凉就放了我们，其他的什么都没提。"

谢凉点点头，没有再问。

窦天烨道："你……你没事吧？"

谢凉"嗯"了声，望向赵哥，想让他教自己炒菜。

赵哥的思绪还在这突如其来的事情上，闻言一瞬间以为听错了。谢凉紧跟着解释道："我答应了他明天亲自给他炒盘菜。"

方延的眼眶"唰"地红了，谢凉和乔九多要好啊，万一九爷真救不回来，他简直无法想象谢凉的感受。

谢凉对上他的视线，无奈地摸了把他的头："放心，我没事。"

他跟着赵哥到了厨房，点了道乔九喜欢吃的菜，一边看着赵哥做一边记下步骤，并且上手试了一次，直到觉得像样了才回去，然后简单洗完澡，从箱子里把地图翻了出来。

乔九见状便道："你要搜山？"

谢凉应声，坐在他的身边看地图。

乔九知道阻止不了他，便跟着他一起看，发现他果然如自己所想的那样看的是丰酒台的地形。

因为实在没有第二个选择了。

归元当初特意要求在丰酒台换人，并在丰酒台附近的大城外嚷嚷着回仙岛，他们便只能赌一把，去那周围搜。

乔九见谢凉看完丰酒台的地貌，又开始查看与那座山相似的山脉，想说一句"来不及"，但看了看谢凉认真的神色，他终究把话咽了回去。

转过天，谢凉早早起床去炒了盘热乎乎的菜，端来放在了乔九的面前。

窦天烨几人也已来到饭厅，齐刷刷地看着九爷，目光各种复杂。

乔九不爽地斜了他们一眼。

窦天烨几人顿时低头剥鸡蛋壳，不敢再往他身上瞅。乔九收回目光夹了一筷子菜，放进嘴里嚼了嚼。

谢凉道："如何？"

乔九道："也就那样。"

谢凉笑道："以后改进。"

说着拿过一个鸡蛋剥了壳，放进九爷的盘子里。

乔九很满意，吩咐他再剥一个，然后就着这两个蛋，慢悠悠地把整盘菜都吃了。

林霜见惯了他看谁都不爽的德行，这还是第一次见他这副模样，好奇的目光在他和谢凉之间转了转。

谢凉看向她："林神医暂时不走吧？"

"你直接叫我的名字就行，"林霜道，"我不走，他让我走，我才走。"

谢凉道："那你跟我们去丰酒台吧。"

林霜完全不问原因，说道："好。"

窦天烨几人隐约猜出他的目的，自然要跟着。

谢凉也没想过扔下他们，饭后便让他们去收拾行李，一起出发前往丰酒台。

五天后，他们成功抵达目的地。

开酒日已经结束，三个小镇的客栈不再抢手，他们便挑了最好的一家入住。

先前归元坠崖，天鹤阁的人早已把那上面的山搜过一遍，这次便省了麻烦，开始搜另外几座山。与此同时，乔九给各据点去了信，在快速往这里调人，连谢凉也把他那些帮众叫了来，想着多一个人多一分力量。

然而运气不佳，他们将丰酒台周围一圈的山全部搜完，依然什么发现都没有。

谢凉并不气馁，带着他们住进丰酒台附近的大城，以他曾被迫爬过的那座山为圆心，一点点往四周搜。而随着赶来的人越来越多，他便把那些人分了几个队，扩大搜索范围。

十几天的时间眨眼间就过完了。

乔九有些坐不住了，提醒道："沈正浩还有五天就成婚了，现在去还能赶上。"

谢凉道："你还惦记着过去？"

乔九道："不然呢？"

谢凉道："不准去。"

乔九道："我一定要弄死他们。"

谢凉道："为了我？"

乔九别扭了一下，哼道："你别明知故问。"

谢凉道："先顾你的事。"

乔九不死心："咱们可以去了再回来。"

谢凉扬声："嗯？"

乔九便闭上嘴，继续陪他搜山。

片刻后他越想越不对，连续往谢凉的身上瞥了好几眼。

谢凉道："怎么？"

乔九道："你现在竟然敢冲我'嗯'了？和谁学的？"

"……"谢凉道，"我下次注意。"

乔九不太信地瞅了他两眼，在他肩上拍了一把，这才勉为其难地原谅了他。

谢凉看着他这副德行，下意识地想笑一下。

但嘴角刚挑起一点，他忽然觉出了疼。好像是一根绷了太久的绳子，扯住了所有的痛感和焦躁，直到一个偶然的契机，那种疼痛便如同雪崩似的坍塌下来，淹没了他。

他忍无可忍地上前两步，控制着力道轻轻拥抱了一下乔九，不让对方看见自己的表情。

我受不了，他想。

我受不了以后看不见你。

乔九怔了怔，伸手安慰式地回抱他："谢凉？"

谢凉缓缓呼出一口气，"嗯"了一声。

乔九沉默一瞬，问道："怎么了？"

"没事，"谢凉低声道，"你别动。"

乔九眼帘微垂，收紧了手臂的力道。

山间起了风，带动树叶，响起一片"哗哗"声。天鹤阁的精锐没有搜到东西，便赶回来复命，见到这个画面仿佛也感受到了此刻伤感的气氛，急忙退了下去。

其他几个小队这时都在各自负责的山头搜索。

窦天烨和江东昊一队，顺着山路一路往上走。这次窦天烨没有再喊累，而是叹气道："你说咱们的归元道友会把洞府安在哪儿？"

江东昊冷峻地道："不知道。"

窦天烨道："肯定得是灵气好的，风水好的，还得有水源，能保障生存。"

江东昊道："嗯。"

窦天烨摸摸下巴："哎，咱们要不找人看看风水？"

江东昊道："找谁？"

窦天烨道："不知道啊，晚上回去和阿凉提一提。"

江东昊应声，走了几步突然回了一下头，看着不远处的大树。

窦天烨顺着他的视线一望，诧异地道："咋啦？有鸟？"

江东昊看不出个所以然，说了句"没事"，专心搜山。

此刻在那棵树后，有位老者低低地"嘿"了声："这小子武功可以呀。"

山晴道："嗯？他不会武功。"

老者一愣："那他刚才怎么看过来了？"

山晴道："要么是直觉准，要么就是误打误撞吧，总之他们通天谷的人都不会武功。"

老者只觉白高兴一场，收了眼底的兴奋。

山晴不再开口，继续盯着下面的动静。

他们即将收网，沈君泽和三个帮派的帮主都不在山庄，只有她和几名长老留下看家，谁知这个时候乔九和谢凉竟带着人围过来了，这肯定是来抄他们老家的，也不知这二人究竟是从哪里得到的消息。

不过看他们的样子，暂时还不知道山庄的具体位置。

所以与其坐以待毙，不如趁着他们人员分散来一个先下手为强，抓几个人再说。

山晴低声道："就他们两个吧，刚好都是通天谷的，天鹤阁的人也刚好散开了，你动作快一点就能得手。"

老者道："知道，交给我吧。"

109.

敌畏盟的人比较少，谢凉分组的时候干脆拆分了一下，将他们打散后和天鹤阁的人编在一起，顺便也让他们学一学天鹤阁的办事效率和风格。

这是新帮众加入帮派以来办的第一件差。

他们很是听话，乖乖跟着天鹤阁的人搜山，偶尔四处看一看，摇摇头，低声道："不好，不好。"

"嗯，这边也不好。"

"是啊，不好，太差……"

天鹤阁的精锐看了一眼凑在一起的五个人。

自从开始搜山，他们便总能见到这五人时不时围成圈说话，哪怕各自分开，片刻后也会重新集合，说得最多的就是"不好"。

他终于忍不住了，问道："什么不好？"

五人异口同声："没有不好。"

精锐道："我刚刚还听见了几个'不好'。"

五人悚然道："你听错了！"

精锐面无表情地盯着他们。

五人整齐地回望，一脸严肃。

数息后，精锐扔下他们去干活，打算慢慢观察。

五人劫后余生，长出了一口气。

当初一起参加考核的道友都离开了，最终只剩他们成功留下，敌畏盟里不让修仙，他们每天可谨慎了，生怕一不小心露馅。

几人目送天鹤阁的人离开，继续先前的话题。

这里的风水太一般，不适合修炼，归元道长那么厉害，应该不会挑这么个地方。

但帮主既然让人来这片搜，肯定是有他的道理，毕竟帮主可是从世外仙岛来的。

他们便加了几分专注，爬过一个小山头继续往前走。这时其中一人突然扫见下方的全貌，指着一个地方道："从这上面看，那里的风水倒是蛮好啊。"

其余几人连忙看了看。

"哦，我刚刚到过那边，正南方有块石壁，不好。"

"是吗，若是没有便好了。"

"可不是……"

几人惋惜地摇头，转身走人。

刚迈出两步，有人道："哎，那块石壁若是改成正北，那里就会变成风水极好的地方。"

"对……"

他们说着一顿，互相看了看，集体往下跑。

天鹤阁的精锐一直留意着他们，便跟了过去，问道："怎么了？"

五人也不确定是不是归元的老巢，没敢多说，只回答说漏看了一块地方，想再看看。

精锐半信半疑，跟着他们到了一块石壁前，见他们围着这里来回转圈，甚至要撸袖子往上爬，便又问了一句，得知他们想翻过去看看。

精锐道："这不就是一座山峰吗？能是什么？"

五人仰起头。

青山绵延起伏，这座小峰与旁边两座相接，再往后则连着主峰，爬上这个小峰，等着他们的也只是继续爬而已。

几人喃喃："也是。"

精锐道："……所以你们过来干啥？"

几人道："就是想过去看一看。"

过去了，这石壁便会由正南变成正北。

"是咱们想岔了，过去后正北是有了，但周围的布局一变动，风水也会不一样。"

"是啊，可惜了一块好地，若是正北就好了。"

"唉，两全其美少，机缘不可求，不可求……"

精锐嘴角抽搐地看着他们又凑在一起嘀咕，想着这是谢公子的手下，便没开口损人，临走前扫见石壁左侧立着块大石，犹豫了一瞬，跑过去用内力推了一下，发现竟能推动。

他立刻增加力道把大石移开，见后面露出了一个山洞。

精锐："……"

五人组："……"

谢凉得知找到归元老巢的时候，有一瞬间都觉得自己出现了幻听。

他把地方定在丰酒台这边纯粹是在赌，如果找不到，他知道自己很可能会失去乔九。

活了二十多年，他第一次下这么大的赌注。

所以当消息传过来，他的第一反应不是狂喜，而是愣了几秒，问了一遍他们说的是什么。

乔九看他一眼，拉着他过去了。

谢凉回神，提着一颗心抵达山洞，顺着山洞一直走到头，只见视野豁然开朗。

这里是一个小山谷，谷内盖着几间草屋，天鹤阁的精锐正在屋里翻东西。

此刻见到他们，精锐便拿着一摞书出来了，说道："九爷，里面大部分书都是修道的，只有这些是医书。”

乔九翻了翻，拎出其中一本。

谢凉几乎要屏住呼吸，安静地看着他。乔九也觉得有些不真实，仔细辨认了两遍，确认道：“是他的字。”

谢凉顿时呼出一口气，感觉悬着的心终于往回落了点。

他这才有心思询问来龙去脉，得知是他的人发现的，便进了草屋。

五人组这时翻出了归元的丹药，正凑在一起研究。

“竟把屋子建在这里，他想说什么，极好就是极坏，还是柳暗花明……嚯，是瓶金丹！”

“不愧是归元道长。”

“你们快看这把拂尘……”

话音未落，他们听到由远及近的脚步声，扭头一瞅，对上了自家帮主的视线。

谢凉瞬间记了起来，这是当初来找他修仙的几个道士。

五人组二话不说就把手里的东西扔了，生怕扔得慢会被逐出帮派。

他们还嫌不够，忍着心痛道：“竟然吃丹药，丧心病狂！”

“对，还玩拂尘，难怪死得早！”

“可不是！”

“……”谢凉哭笑不得，决定事情结束后给他们上上化学课。

他说道：“这些丹药有毒，不许吃。”

五人组自然是信他的，齐齐点头：“帮主放心吧，我们不修仙。”

谢凉又加了几句忠告，见其他人也赶来了，便让他们搬东西，然后回到乔九的身边，准备拉着他下山，赶紧把医书交给林霜。

结果刚出山洞，迎面便见又有几名天鹤阁的人过来了，不同的是他们的神色都带着焦急。

“九爷，谢公子，”几人跑到近前，说道，“窦先生和江公子被抓了。”

谢凉和乔九同时一怔：“什么？”

窦天烨和江东昊这个时候已经被带走了。

他们在这里搜了好几天，一直很安全，再说周围都是他们的人，加之江东昊内功强劲，天鹤阁的人便分得有些开。而江东昊也被教育过，遇见危险拉着窦天烨跑就是。

然而，他暂时还分辨不出别人的武功高低。

事情发生时，他察觉到有人用轻功过来，下意识觉得是天鹤阁的人，等到那个人从林子里跳出来冲向窦天烨时，就已经来不及了。

老者没有从远处点住他们的穴道，而是想再最后试试，所以选择了冲到他们身边。

他见江东昊的反应果然不像是会武功的，便有些失望，手往窦天烨的脖子上一扣，说道："别叫，敢发出一点声音，我弄死你们。"

窦天烨瞬间僵住。

江东昊也不敢乱动，只面无表情地看着他。

于是老者一手拎一个，带着他们就走了。

他的武功很高，天鹤阁的人只瞥见一个黑影，想再追却已失去了对方的踪迹。

山晴在发现要被围的时候就决定撤了。

她见好就收，眼见事情办成，便急忙离开这里，准备去和沈君泽他们会合。

窦天烨和江东昊被快速用绳子捆住，扔在了马车上。

车上除去山晴外还坐着一个年长的女人，与山晴一样也是飞天教的，此刻看了他们一眼，问道："谁是谢凉谁是乔九？"

山晴道："都不是，他们是通天谷的人。"

女人道："长得都还可以啊。"

山晴笑道："他们还有别的用处，长老若是喜欢，我给您再挑几个就是。"

女人看着她："我听说那个乔九长得不错？"

山晴闻弦音而知雅意："等辛盟主抓到他，我一定先给长老送来。"

窦天烨实在没忍住："呕……"

山晴和长老顿时扫向他，目光都很不善。

窦天烨："哦……哦……我是隔壁的泰山！"他急忙补救，摇头晃脑地打着节拍，"哦，哦哦哦……抓住爱情的藤蔓！"

江东昊紧跟着道："哦……哦……哦！"

山晴："……"

长老："……"

什么玩意！

110.

既已找到医书，谢凉他们便不用再搜山，调来的这些人开始全力去找窦天烨和江东昊。

恰在这时，天鹤阁的人在不远处的山上发现了一座山庄，急忙回来复命，说是里面一个人都没有，但桌椅是干净的，至少不久前还有人在。

谢凉和乔九便带着人过去了。

转完一圈，他们找到一间密室、一条密道、一个地牢和一个酒窖。

地牢里有三具尸体，身体已经僵硬，看打扮像是江湖侠客。

密室里放着少许值钱的玩意，其余都空着，大概是还没来得及往里面放东西。此外酒窖的酒多数是葡萄酒，药房里的药还在，卧室的衣物也都还在。

谢凉见他们翻出了几件外族的服装，说道："这里是那三个帮派的地盘？"

乔九道："很可能。"

二人交换了一个眼神，基本将事情猜了个八九不离十。

开酒日过后，那三个帮派就到了这里，最近见他们带着人来搜山，觉得是冲着山庄来的，所以就跑了。而且山庄的人应该不多，因为那条密道只做逃生用，出口就在这座山上，而这周围都是天鹤阁的人，若人多的话，天鹤阁的人不可能一点动静都没察觉到。

如此一想，事情就清晰了。

山庄的人自知打不过他们，但也不肯吃亏，于是逃跑前绑走了窦天烨和江东昊。

谢凉无语，这都是什么命？

不过九爷更不是吃亏的主，那伙人既然顾不上拿东西，就都便宜他了。他吩咐手下把库房撬开，连同密室、药房和酒窖一起全搬空，顺便翻翻有没有房契，然后再给大门换把锁，反正这地方已被他们知道，估计那伙人不再敢回来住了。

谢凉看得好笑，跟着逛了一圈。

乔九道："这里住的人不少。"

谢凉同样留意到了这一点。

山庄面积很大，基本每间卧室都有住过的痕迹，可见人很多。

如今大部队不在，显然是有事离开了。

若说最近江湖上有什么事能让他们打主意的，那就只有沈正浩的婚事了。

谢凉和乔九没再耽搁，把这里交给天鹤阁的人，快速下了山。

这些天他们慢慢往四周推进，逐渐远离了大城，因此和先前寻宝时一样，借住在了附近的村子里。方延几人早已等候多时，见他们回来，急忙迎上前："怎么样，找到了吗？"

谢凉道："应该是被沈君泽的人抓走了。"

方延吓得脸色一变，担忧道："他们会不会被打？"

谢凉道："暂时不会，我以前说过的，如果真被抓走不用硬撑，该怎么说就怎么说。"

方延道："可咱们没搜到东西啊，要是窦天烨他们实话实说，那伙人不信怎么办？"

谢凉道："这就要看他的本事了。"

方延想想窦天烨那张嘴，多少有点安心。

但只是一点点而已，若对方实施暴力，窦天烨的嘴皮子再利索也白搭。

"如果是沈君泽去问话，他们应该不会被打的……吧？"他尽量乐观地想，"最好那伙人还不知道小江会武功，这样他们找到机会就能跑了。"

谢凉也想过这种可能，只希望江东昊能沉住气，毕竟他一点实战经验都没有，强行动武反而会吃苦头。

他耐心安抚好方延后，去了林霜的房间。

医书早已差人送回来了，林霜也已翻看完。

她自然知道谢凉的来意，主动说道："里面有关于阎王铃的记载，但是很复杂，我需要时间。"

谢凉道："需要多久？"

林霜道："不清楚。"

如今除了她，也没人能救乔九了。

谢凉唯一能做的就是尽量不打扰她，告诉她需要什么尽管说，然后便出门去找乔九了。

乔九这个时候刚把给凤楚和叶帮主的信写完，吩咐手下赶紧送出去，见谢凉过来，问道："去过林霜那里了？"

谢凉道："嗯，她还在研究。"

乔九点点头，没发表看法。

片刻后，天鹤阁的人听令将药房的东西和那几具尸体运了下来，他便让林霜去看一眼。

林霜对他伸手。

乔九道："又来？"

林霜道："一码归一码，你的毒是一单生意，别的另算。"

乔九给了她一两银子。

林霜收好钱，出门了。

乔九顿时觉得有点亏，心想应该给个铜钱。

谢凉看出他的想法，笑了笑，跟着林霜到了外面，见她验完尸，反馈说他们死前应该都被用过药，至于那个药具体有什么功效就不清楚了，只知带着轻微的毒。

林霜看了看一旁的药材，说道："这些多数也有毒。"

谢凉和乔九又交换了一个眼神，知道耽误不得，便留下几个人扫尾，而后带着人快速赶往寒云庄。

但他们终究在这里耗费了将近一天的时间，赶过去的时候还是晚了一步，寒云庄已经遭难，被绑走了不少人，沈庄主如今也重伤昏迷，还不知能不能救回来。

侠客们三三两两凑在一起，长吁短叹。

　　寒云庄断绝了与沈君泽的关系，谁料沈君泽在他大哥婚礼这天却突然发难，带着人要把江湖白道一窝端了。

　　乔九无视掉这些正议论纷纷的人，找到凤楚道："没收到我的信？"

　　凤楚无奈："收到了。"

　　乔九道："怎么回事？"

　　"高手多，"凤楚停顿了一下，说道，"项百里在他们手里，被喂了药，内力涨了不少。"

　　乔九眼皮一跳。

　　虽然不想承认，但说实话他这些同门里武功最高的就是项百里，否则也不可能年纪轻轻就爬上碧魂宫左护法的位置。若内力再涨几层，怕是能和归元打个平手。

　　他说道："谁被绑了？"

　　凤楚道："多数是各派的小辈。"

　　比如武当峨眉的弟子、那两个与沈正浩关系不错的女侠、白虹神府的叶凌秋以及缥缈楼的纪诗桃，他们是坐在一桌的，便被一窝端了。

　　一群小辈被押着到了一处小院，刚下马车，抬头就对上了被五花大绑的窦天烨和江东昊。

　　双方无声地对视一眼，紧接着窦天烨和江东昊便被拎着到了一个戴面具的男人面前，而沈君泽正站在男人身边，温和地道："我们尊主有话想问你们。"

　　窦天烨被松了绑，揉揉发麻的手腕，忌惮地看向那个男人："你想问什么？"

　　尊主把桌上的几张纸递给他。

　　窦天烨拿过来一看，发现是那位前辈给四庄和飞剑盟写的东西。

　　尊主道："你们看得懂吧？"

　　窦天烨识时务地点头。

　　尊主很满意，说道："为我讲一遍这上面是什么意思。"

　　窦天烨更加识时务，拿起最上面的纸，发现是没看过的，但他从谢凉口中听说过，便激动地道："哦，果然有万匹丝！"

　　尊主道："这是何意？"

　　窦天烨迟疑了一下，说道："这个故事蛮长的，你确定要听？"

　　尊主道："说。"

　　窦天烨清清嗓子，认真地道："这个万匹丝，得从一个名叫路飞的男子汉说起。"

第七章

万雷堂

111.

寒云庄坐落在江南，庭院很是精致，但经过一场浩劫，如今已满地狼藉。

喜庆的红绸被扯断，桌椅被砸，地上随处可见木屑和碎瓷片，下人们正在清扫，神色或悲愤或不安，但都安安静静的。

叶帮主等人这时都在沈庄主的院中。

悬针门的门主则在里面为沈庄主医治，乔九和谢凉找到这里时，恰好见他出来。

众人一齐上前："怎么样？"

悬针门的沐门主摇摇头，说道："伤得太重，不知道能不能挺过去。"

叶帮主几人不由得皱眉。

沈正浩红着眼，忙道："有没有什么药能救我父亲，我想办法去弄。"

沐门主道："不是药的事，能做的我都做了……"他说着扫见进来的几个人，神色中瞬间闪过一丝惊讶，迟疑道，"林姑娘？"

众人看过去，见乔九和谢凉来了，而他们身边还跟着一位身着青衣的姑娘。

有看过那次医毒大会的人，不禁道破了她的身份，顿时引起一片讶然。沈正浩顾不得是否会得罪悬针门，急忙跑过来，想让林霜也进去看一看他父亲。

谢凉打量着他。

沈君泽的事让他消瘦了不少，但给人的感觉未变，仍然很好懂，满眼的焦急里带着祈求和希冀，赤诚得很。

林霜看了他一眼，进了屋子。

片刻后，她开门出来，结论与沐门主一样，沈庄主只要能挺过这一晚便有救，一切就看天意了。

众人见沈正浩要守着沈庄主，便离开了小院。

此刻已是傍晚，管事请示完自家少爷，开始招呼众人用饭。叶帮主暂时没过去，而是到了乔九的身边，压低声音向林霜询问沈庄主的伤是否有诈。

林霜道："没有，确实伤得很重。"

叶帮主轻轻颔首，又道："林神医怎么会和他们一道过来？"

乔九插嘴："无可奉告。"

叶帮主瞪眼。

乔九道："我不是给你写了信，怎么还能让人得手？"

叶帮主道："他们的人下手太快。"

其实哪怕乔九不写信，他们也早已做了提防。

如沈庄主先前所言，沈君泽是寒云庄养大的，现在沈君泽和万雷堂扯上关系，那寒云庄便也有嫌疑。而且沈庄主等了沈君泽一个月，没等到人便要不死心地办个婚事，天真地以为能引沈君泽出来，这让人怎么看怎么觉得别扭。

叶帮主他们都是老江湖，自然想过这是沈庄主和沈君泽做的戏，为的是借着婚礼将他们一网打尽。而之前乔九和谢凉收到喜帖时，想的也是同样的事，所以乔九才会坚持来寒云庄，要趁机弄死那伙人。

结果沈君泽确实露了面，但沈庄主危在旦夕，并且经两位神医看过，绝不是装的。

乔九道："他的伤谁弄的？沈君泽？"

叶帮主和旁边的凤楚几乎同时说道："不是。"

凤楚向来不傻，当然也在怀疑沈庄主，因此和叶帮主一样，打斗时特意关注过对方。

他说道："他是被一个黑衣人打伤的。"

凤楚将经过简单叙述了一遍。

那个时候新人已拜完天地，新娘也已被送入洞房，沈正浩便出来陪众人喝酒。

大概是希望沈君泽能够现身，沈家父子的目光总是在宾客间来回逡巡，终于在又敬到一桌客人时，沈庄主识破了沈君泽的易容。

这下如同水滴油锅，沈庄主想抓沈君泽。沈君泽眼见被识破，便撕掉易容想围剿他们，双方没说两句就打了起来。

那伙人这次用的依然是下药的招数，不过凤楚和叶帮主他们都起了将计就计的念头，不仅没中招，还在外面留了不少人，见状便用冲天箭联系手下。

然而那伙人下手太快，高手也多，只一个项百里就让人头疼不已。尤其是有人到了小辈那一桌，快速把那桌的人端了。

乔九闻言斜了叶帮主一眼。

知道可能会有问题还带着人过来，活该。

叶帮主不看他。

他当然不想让女儿来，可那几个小辈都与沈正浩关系不错，便约着出去玩，要一起来寒云庄。他告诫过女儿别来，可他也不清楚自家女儿脑子里想的是什么，竟还是来了，他总不能当着众人的面把她轰走。

凤楚看了看这对父子，继续往下说。

打起来后，场面便乱套了。

那伙人见白道早有准备，发现占不到什么便宜，抓了人便想撤。而沈庄主一心想抓沈君泽，往前追了几步。沈君泽或许是顾念着养育之情，一直没接招，只一味地躲避。就在沈庄主快要抓到他时，突然从旁边赶来一个黑衣人，一剑刺穿了沈庄主的胸膛，拉着有些发愣的沈君泽就走了。

凤楚道："基本就是这样。"

乔九道："那沈正浩呢？"

凤楚道："他离得远，打起来时被人缠住，没来得及过去。"

一行人边说边走，慢慢到了饭厅。

叶帮主担心林霜的出现和儿子体内的毒有关，几次旁敲侧击想问问林霜为何会与他们在一起，可每次都被儿子岔开话题。他又急又怒，但对乔九无可奈何，只能等之后再找机会问。

凤楚也在想这件事，进门前询问地看了乔九一眼。

乔九轻轻点了一下头，算是回答。

凤楚立刻皱眉，见已到门口，便压下心里的担忧，跟着他们一起进去了。

几位前辈早已到了，但都没什么胃口，毕竟自家小辈目前还在人家手里。

纪楼主叹气道："现在怎么办？"

他简直悔不当初。

上次出事后，他便对纪诗桃管得严了些，导致女儿和他闹别扭，开始不听话了，否则若是好好说，小桃哪里会这般使性子，非要和那几个小辈一起跑出去玩。

叶帮主道："先等等看吧。"

那伙人抓走这些小辈无非是打算要挟他们，应该不会伤及性命。而他们这次也擒住了不少人，有几个似乎地位不低，或许能把人换回来。

纪楼主几人也没有太好的法子，便忧心忡忡地开始吃饭。

乔九察觉到谢凉有些走神，饭后拉着他出去散步消食，问道："在想什么？"

谢凉道："觉得有点奇怪。"

乔九道："沈君泽？"

谢凉点头："以沈君泽的智商，不可能猜不到他大哥成婚是为了钓他出来，也不可能想不到白道各派或许早有准备，那为何会贸然过来？"

乔九道："谁知道他是怎么想的。"

沈君泽这个时候正在听歌。

尊主不是个喜欢听故事的人，因此听了一会儿便没耐心了，让窦天烨直说"万匹丝"的含义，接着得知是一个宝藏的名字，便询问后面的意思。

窦天烨告诉他这意思是那个宝藏是真实存在的。

尊主道："在哪儿？"

窦天烨道："故事里是在海上。"

尊主点点头，让他看第二张纸。

窦天烨一看，发现是励志的歌，于是就唱上了，江东昊也跟着帮了忙。

江东昊："唱出你的热情，伸出你的双手，让我拥抱着你的梦……"

窦天烨："让我拥有你真心的面孔，让我们的笑容充满着青春的骄傲，让我们期待明天会更好……"

尊主沉默地盯着他们。

窦天烨："还有下面这个《水手》——苦涩的沙吹痛脸庞的感觉，像父亲的责骂母亲的哭泣，永远难忘记……"

江东昊："年少的我喜欢一个人在海边，卷起裤管光着脚丫踩在沙滩上……"

尊主继续沉默地盯着他们。

窦天烨："他说风雨中这点痛算什么，擦干泪不要怕，至少我们还有梦！"

江东昊："擦干泪，不要问为什么……"

尊主道："够了！"

112.

尊主的话一说完，窦天烨和江东昊立刻停了，特别识时务。

他戴着面具，窦天烨看不见他的表情，为避免被打，主动解释道："这就是纸上的东西，我们没骗你。"

尊主眯起眼，一眨不眨地看着他们。

窦天烨和江东昊默默回望。

尊主道："看下一张。"

窦天烨听话地翻过这一页，看了看下面那张纸的内容，沉默。

尊主道："怎么？"

窦天烨小心翼翼地道："这个《四十二章经》也是很长的故事，你要听吗？"

尊主道："……说重点。"

窦天烨"哦"了声，开始说重点。

然而，他当惯了说书先生，说之前不做个铺垫就浑身难受，于是讲了半天的人物背景和关系，这才说道："所以他得到了好几本《四十二章经》，凑齐了就能拼成一张藏宝图。"

尊主道："这次宝藏藏在哪儿？"

窦天烨道："不知道，故事里弄了一个假的宝藏糊弄人，最后也没说在哪儿。"

尊主道："换一张。"

窦天烨依言一看，发现很简单，就是个"北冥有鱼"。

他快速解释完，换到下一张，见是什么撬动大山的内容，便为对方讲了讲杠杆原理。

尊主道："那这'三角和圆一连串'是何意？"

窦天烨道："这个我们也在想。"

这是句实话，毕竟他们前不久什么都没搜出来，所以都怀疑是不是漏了线索。

不过，相比谢凉的理解，窦天烨有他自己的想法，只是他的想法暂时没被谢凉他们采纳，便贡献给了尊主。他用手指在半空中画了三角形和圆形，再用直线一连，严肃认真地道："这个图案是死亡圣器。"

尊主道："何为死亡圣器？"

窦天烨道："这也是个蛮长的故事。"

尊主沉默地看着他。

窦天烨急忙说道："真的，不骗你，纸上就是这么写的，他选的这几个故事在我们那里都很有名，就是比较长。"说话间他的肚子传来"咕噜"一声，可怜地问道，"能先给点饭吃吗？"

尊主看了他们两眼，警告他们宝藏的事不能往外说，然后叫来手下带他们去吃饭。

等他们都出去，他便目光不善地看向沈君泽："不是说万无一失吗？"

"属下也不清楚，按理说应该很顺利才对，"沈君泽轻轻皱眉，"那个药咱们试过好几次，是没问题的，所以要么是他们提前收到消息，备了解药，要么就是有人把药换了。"

尊主道："药给谁了？"

沈君泽道："据说是给了管家，不过这差事不是属下办的，属下也不知这中间有没有经过别人的手。"

但现在说这些已经没用了，他们在这里耽搁了不少工夫，那两个帮派应该要清点完人数了，正等着他们给说法。因为按照他们的计划，这次是能让白道元气大伤的，结果折进去不少人就只抓到几个小辈，形势对他们很不利。

尊主不再理会沈君泽，起身去了饭厅。

飞天教的洛教主和地彩盟的辛盟主早已到了，二人的神色都很不好。此刻见他进门，洛教主冷笑道："唐尊主终于舍得从屋里出来了？"

尊主坦诚地道："这次是我们的疏忽，不过现在计较这个没用，还是商讨一下接下来的打算吧。"

"打算？还能有什么打算？"洛教主道，"弄到这一步，白道肯定不会善罢甘休，若是集结人手把咱们围了，咱们能往哪儿跑？"

尊主道："他们不知道这个地方。"

洛教主道："现在不知道，又不代表将来不知道。"

辛盟主看她一眼："若是害怕，你可以回去。"

洛教主的笑容有些意味深长："我有说过我要回吗？"她不想和他们吵，便转到正事上，"不是抓到通天谷的人了吗？通天谷的人都不会武功，咱们不如先去通天谷躲一躲，再好好想想下一步怎么走。"

尊主道："可从这里去通天谷太远，得从长计议，暂时不宜动身。"

洛教主想了想："那些人质你要如何处理？"

尊主道："还没想好。"

"我倒是有一个想法，"洛教主道，"反正带着他们也是累赘，不如用他们把咱们的人换回来。"

尊主道："怎么个换法？"

洛教主勾起嘴角："当然不能就这么轻轻松松还给他们。"

尊主和辛盟主听完她的解释，觉得可行，便敲定了一番细节。

饭后尊主找来自己的心腹，询问药的事情。

心腹答道："是属下亲自交到寒云庄那位管家手里的，中间没经其他人的手。"

尊主沉吟不语。

他的心腹他自然是信得过的，若不是他们这边的问题，可能就是寒云庄那边在下药的时候出了岔子。他问道："沈君泽出去过吗？"

心腹道："一直没有离开过，也没见他和人通过信。"他微微一顿，猜测道，"尊主是怀疑沈君泽有二心？"

尊主思考了一下，摇头："应该不是他。"

他们在中原的这几个住处都是沈君泽安排的，若沈君泽真的背叛他们，完全可以和白道串通一气在这里设下埋伏，将他们全部剿灭。

想通这一点，他暂时先把这事放在一边，问起了窦天烨和江东昊，得知他们已经吃过饭，便进了他们隔壁的房间。

窦天烨和江东昊的待遇比叶凌秋他们要好很多，住的是客房。

二人这个时候正在说话，窦天烨刚要聊起宝藏的事，便见江东昊突然竖起一个手指，指了指自己身后的墙。

窦天烨眨眨眼，顿悟。

他于是要死不活地往桌上一趴，问道："咱们说的可都是实话，你说他要是不信怎么办？"

江东昊道："不知道。"

窦天烨幽幽地叹气："那些故事长是长，可里面或许有线索呀，谁知他不乐意听，你说要是把咱们打一顿，咱们多冤。"

江东昊道："嗯。"

尊主在隔壁静静地听了一会儿，开门走了。

他没有过去找他们，而是差人把叶凌秋押来，让沈君泽去问了问话。

叶凌秋知道沈正浩的婚礼上兴许会出事，也知道父亲他们有所准备，所以便想着无论沈君泽是死是活，她都要亲眼看一看，只是没想到会落到这般田地。

她被封住内力，带到了一间客房，见沈君泽坐在椅子上对自己做了一个请的手势，便在他对面坐下，淡淡地看着他。

沈君泽道："叶姑娘没受伤吧？"

叶凌秋道："没有。"

沈君泽先是把要用他们换人的事说了说，告诉她不用担心，这才说道："在下有些事想请教叶姑娘。"

叶凌秋道："我若真能回去，你可有话让我带给你父亲和大哥？"

沈君泽答得毫不犹豫："没有。"

叶凌秋见他仍是那副温和的模样，闭了一下眼，再睁开时眼神便带了一些锋锐。

她可能一直都没有认识过这个人，从今天起，以前的种种便都是一场年少无知的梦了。

沈君泽不在乎她眼底的温度，问道："白虹神府里可有你先祖留下的比较奇怪的东西？"

叶凌秋冷淡地道："我无可奉告。"

沈君泽道："窦先生和江公子被抓了，你今日见过他们吧？"

叶凌秋不答。

沈君泽道："他们是通天谷的人，我们尊主想从他们嘴里问出有关宝物的事，奈何他们知道得不多，我倒是愿意相信他们，可我们尊主不信，若你能帮忙想起些有用的东西，他们也就少吃一点苦头。"

叶凌秋沉默一瞬，说道："我也是不久前才知道宝物的事，我父亲和爷爷一直没提起过，或许只传男不传女，也或许先祖根本没对后人说过这事。至于白虹神府里的东西，你们既然在各派都安插了人，那白虹神府里有什么，你们会不知道？"

尊主一直在旁边的屋里听着，闻言猛地想起白虹神府里的那些雕像。

好像其中一个戴草帽的和一个拿着三把剑的人都能和窦天烨的故事对上，他又听了片刻，见叶凌秋确实什么都不知道，只能认命地去找窦天烨。

窦天烨和江东昊还没睡，警惕地看着他。

尊主拉开一张椅子坐下，看着江东昊："你过来，给我说说万匹丝的事。"

江东昊："……"

窦天烨："……"

江东昊面无表情地坐过去，说道："万匹丝讲的是一群人出海，探险寻宝的故事。"

尊主静静地看着他。

江东昊木然回望。

数息后，尊主道："接着讲啊。"

江东昊道："讲完了。"

尊主："……"

窦天烨忍不住跑过来，插嘴道："哎呀他不行，故事太长了，他根本记不住的。"

尊主见江东昊木着脸点头，看了窦天烨一眼。

说书人的嘴皮子太厉害，黑的都能说成白的，他其实挺不喜欢这种人的，可现在也没别的办法。他眯起眼："你若是敢耍滑头，我就弄死你。"

窦天烨连忙保证："我一定说实话。"

尊主道："在说之前我有两件事问你们，第一，你们是如何得知山庄在那里的；第二，前段日子你们消失了一个多月，去哪儿了？"

山庄的事，窦天烨来的路上在山晴和几个长老的嘴里听出了大概，便道："是说你们住的地方？这纯粹是误会，我们其实是想找归元的老巢。"

至于消失的那一个多月，这就有点麻烦了，说了会直接破坏他讲故事拖延时间的意图。

虽然谢凉手里有钥匙，对他们说过他们可以招供，但不到万不得已，当然不能把筹码全抛了。于是他避重就轻："那一个月我们也都在深山里。"

尊主看向江东昊，见后者点头附和，想当然地认为他们是在找归元的老巢，便示意窦天烨讲万匹丝。

窦天烨清清嗓子，刚要开始讲，只见尊主做了一个制止的手势。

片刻后，门外传来说话声，很快洛教主和辛盟主就进来了。

二人知道尊主饭后叫过叶凌秋，也知道他在窦天烨这里，担心他有事瞒着他们，便一道来了。洛教主笑道："在聊什么？"

尊主道："在听他讲故事。"

洛教主感兴趣道："是吗，那我也听，窦先生的大名我也有所耳闻，早就想听一听了。"

尊主无所谓，反正他白天告诫过窦天烨不许提宝藏，就只是个故事而已，听就听了。

窦天烨识时务地起身把位置让给新来的二人，见他们一起望着自己，瞬间便有一种身在茶楼的错觉。他喝口茶，把茶杯"啪"地往桌上一放，开启了万匹丝第一场："故事要从一片一望无际的大海说起。"

113.

寒云庄的事迅速散开，附近的侠客都赶来了。

他们听完经过只觉义愤填膺，纷纷留下，准备一起讨伐万雷堂。

当时万雷堂的药下在了酒水里，虽然叶帮主等人都做了提防，那药也不怎么厉害，但还是有一小部分伤亡，如今庄内随处可见身上带伤的侠客，只有新到的天鹤阁和敌畏盟的人还在活蹦乱跳。

金来来等人先前收到谢凉的消息说要人帮忙，且越多越好，于是扔下几个人看家，带着帮众迅速来了，等搜完山便也跟着他到了寒云庄，谁料竟赶上了江湖大事。

曾几何时，他们连自家山头都平不了，被山贼欺负得只能缩在家里啃窝头。原以为要经过特别特别长的时间才能走到人前，像那些大派一样站出来化解武林危机，没想到只用一年就达成了。

几人热血沸腾，深深地觉得他们即将扬名立万。

梅怀东混江湖同样是为了这一天，最近练剑练得更勤快了，顺便尽职地看管好一群帮众，教育他们不要惹事。

而秦二是这些人里最不激动的一个。

因为叶姑娘被掳走了，他在屋里坐立难安，第二天顶着乌青的黑眼圈到了谢凉的面前，问道："有叶姑娘的消息了吗？"

谢凉道："没有。"

秦二道："哦。"

谢凉看看他这模样，安慰道："那伙人可能会用人质谈条件，应该不会伤及他们的性命。"

秦二忧心忡忡："可叶姑娘是白虹神府的人，万雷堂和白虹神府有那么多年的恩怨，要是折磨她怎么办？要是把其他人都放了就是不放她怎么办？"

谢凉道："我们会想办法救她的。"

秦二"嗯"了声，依然魂不守舍。

谢凉拍拍他的肩，很理解他的心情。

这就好比自家九爷一天没解毒，他也是一天不得安心。

他没再多说，和乔九去了沈庄主的院子。

悬针门和林霜此刻都在这里，经过一晚的时间，沈庄主有惊无险地挺了过来，这让沈正浩等人都微微松了口气。

林霜见状便不管了，打算吃个早饭去看医书。

叶帮主看着她，有些欲言又止。

昨天晚上，他终是从乔九的嘴里问出了话，得知乔九已经毒发，只觉一颗心沉甸甸的，加之女儿生死未卜，他今天整个人看起来都苍老了不少。

他想向林霜问问乔九的具体情况，想告诉她需要什么药材尽管提，可又怕惹人烦，在下意识地往那边迈出两步、察觉到乔九不太痛快地斜他一眼后，他终究是强迫自己留在了原地。

凤楚和赵炎同样是昨晚知道的这事，也知道乔九现在时日无多，情况并不乐观。

赵炎猜测他恶劣的性子可能和阎王铃有关，感觉他也蛮不容易的，便决定以后对他有耐心一点。

乔九懒得搭理他们，拉着谢凉吃完早饭，便把手下派出去搜寻那伙人的踪迹。

昨天白道一群人追到了不远处的鹿回江，接着那伙人上了船，然后将人质押到船头威胁他们不许再追。当时白道伤亡比较惨，又没有船，只好眼睁睁地看着人家过了河。

之后他们派人试着追了追，可惜半个影子都没见着，去前面的城里和村里问，也没人见过大批的人路过，他们便推测那伙人可能是有落脚的地方。

天鹤阁的人都见过那伙人在丰酒台的山庄，暂时以它为例，过河后开始往人烟稀少的山上搜。

叶帮主他们也没闲着，同样派了人去搜。

紧接着，他们查了查是谁下的毒，最终查到了寒云庄的管家头上，结果管家昨天在乱战中不知被谁杀了，死无对证。

沈正浩得知这事后十分震惊。

管家比沈君泽在山庄的年头都长，而且家世清白，根本没问题，这也是先前他父亲清理内鬼时没怀疑他的原因，谁承想他竟也是万雷堂的人？

沈正浩不肯相信，问道："是不是有人威胁他？"

叶帮主道："有这个可能。"

还有一种可能是人家早就盯上寒云庄了，不过人死都死了，真相如何只能等抓到那伙人再问。

沈正浩却上了心。

沈君泽的事情过后他成熟了些，也慢慢学着主事了，便把几个管事叫来，让他们差人看看管家的家人是否安好，免得被人害了。

叶帮主等人随他去了，之后凑在一起开始议事。

他们昨天与那三个帮派的帮主照过面，沈君泽走时是跟在一个戴着面具的男人身后，那个人八成就是万雷堂的帮主了。

春泽的石庄主道："我看他的脸上有烧伤，或许是条线索，谁写信回去问问当年参与那事的老人，看看能不能想起什么。"

于帮主点头："我一会儿给我二叔写封信。"

石庄主道："还有谁认识的，多问几个。"

谢凉坐在旁边看着，目光转到说起来没完没了的石庄主身上，想起他当初被迫装哑巴的事，觉得好笑，暗道这果然是话痨。

石庄主察觉到他的视线，扭头望向他，立刻要来和他聊聊。

当时他一天只能说十句话，根本没和他好好聊过，如今终于方便了。结果没等起身，他便猛地对上了乔九不爽的目光，想想那惨痛的教训，又坐了回去。

谢凉终于忍不住笑了，看向九爷："怎么？"

乔九哼道："别让他过来，吵得人头疼。"

他见他们半天都说不出个新鲜的玩意，懒得再待，想出去转转。

谢凉自然陪着，跟着他到了已经清扫干净的庭院，坐在亭子里喂鱼。

乔九看谢凉有些出神，问道："在想窦天烨他们？"

谢凉道："嗯。"

乔九道："咱们有钥匙，没事。"

谢凉点了点头。

如今没什么消息，他只能等着那伙人联系他。

那伙人这个时候正在听故事。

故事里的设定让他们觉得十分神奇。

洛教主是个喜欢热闹的人，便将山晴他们也叫了来，大家坐着一起听，这让窦天烨越发觉得像茶楼了。

除去听故事外，洛教主时不时还会问一些通天谷的事，打算为以后做准备。窦天烨对答如流，解释得很详细。洛教主越听越对通天谷感兴趣，每日大部分时间都在窦天烨这里待着。

这让尊主很难受。

他不爱听故事，也不准备都听完，只是觉得那几个故事或许会有共同点。可洛教主这样一搞，他连问的机会都没有，不仅如此，他每天还得装作一副爱听的样子捧场，气得他简直想杀人。

窦天烨不理会他。

他听出洛教主貌似有去通天谷的想法，知道自己很受重视和欢迎，便觉得可以耍耍大牌了，于是连着讲了两天的故事后，他试探着问了一句能不能去看看被抓的那些人。

洛教主大手一挥，准了。

反正他们马上就要去和白道换人质，看一眼无所谓。

窦天烨却不知道这事，而是打着"发挥群众的力量一起逃命"的算盘，在山晴的带领下前往关押人质的地牢。

山晴这两天对他也蛮感兴趣，问道："我抓你们那天，你们唱的是通天谷那里的歌吧？"

窦天烨道："嗯。"

山晴道："你还会唱别的歌吗？"

窦天烨看她一眼，继续耍大牌，不唱。

山晴笑了笑："窦先生是在生人家的气？"

窦天烨道："没有。"

必须有，来的路上，这丫头可能是报复他们，都不给他们吃饱饭！

山晴往他身边靠了靠："真的假的？"

窦天烨默默地往旁边躲："真的。"

山晴突然觉得逗他蛮有意思，问道："那先生躲什么？"

窦天烨道："男女有别。"

山晴道："人家不介意。"

窦天烨道："我介意。"

山晴一点都不恼："哦，你不喜欢我这样的，那你喜欢什么样的？我去易个容。"

窦天烨认真地道："我喜欢开酒节那天见到的小凤凰那样的类型，你易容吧。"

山晴："……"

二人说话间到了地牢。

山晴结束话题，掏钥匙打开门，带着他进去了。

窦天烨很快见到了纪诗桃他们，见他们是被分开关押的，且脚上都扣着脚镣，顿时有些心凉，感觉不好救。

几人见到他都是一怔，问道："窦先生没事吧？"

窦天烨道："我还好，你们呢？"

几人道："我们也还好，没受什么拷问。"

窦天烨看向山晴："我能单独和他们说说话吗？"

山晴笑道："不能。"

窦天烨便没有坚持，环视一周，看见了纪诗桃。

她仍是那副高冷的样子，安静地坐在角落里，衣服竟一点没皱，也是蛮不容易的。

山晴顺着他的目光一望，笑道："那位据说是你们中原的第一美人，看着也就那样，你说呢？"

纪诗桃闻言淡淡地看了她一眼，一副"我不和你一般见识"的模样，然后转回来，装作没听见。

山晴继续评价："而且整天一张死人脸，特别不讨人喜欢。"

窦天烨忍不住深想了一层。

山晴这丫头心眼太坏，虽然没打人，但很可能也不会让纪诗桃他们吃饱饭。他嘴上道："嗯，确实没有小凤凰好看。"

山晴："……"

窦天烨不想让她再找碴儿，说道："看完了，走吧，你不是想听歌吗？我想起了一首。"

山晴的注意力立刻转回来，笑得花枝招展："好啊。"

地牢的几人目送他们离开，一时唏嘘不已。阶下囚的日子果然不好过，大名鼎鼎的窦先生竟也沦落到卖唱的地步了！

众人表情沉痛，刚要叹气，只听某人的歌声传了过来。

"为什么这么久都没有对象呢，还不是因为你长得不好看，为什么告白他都无动于衷呢，还不是因为你长得不好看……"

众人："……"

窦天烨："为什么借口总是没有感觉呢，还不是因为你长得不好看，为什么你还没有彻底觉悟呢，一切都是因为你长得不好看！"

山晴："窦天烨，我宰了你！"

窦天烨："我没骗你，这歌就是这个样子的！"

"砰"的一声，大门被狠狠甩上，地牢重新归于平静。

众人默默擦了把汗。

收回刚才的话，窦先生还是窦先生，真是无论到了哪里都招恨啊！

114.

窦天烨回去就把纪诗桃他们的情况告诉了江东昊，想商量看看能不能救人，可惜没等想出一个好办法，他们便得知人家要换人质。

他眨眨眼，试探道："也包括我们？"

山晴道："先生觉得呢？"

窦天烨道："我觉得不能搞特殊化，应该也算上我们。"

山晴笑了："先生再猜猜。"

"……"窦天烨便不猜了，认命地给他们讲故事。

又讲了两天，他发现洛教主开始忙了，觉得应该是快要换人质了。

尊主终于找到机会问话，趁着洛教主有事，当晚进了窦天烨他们的房间。不过他暂时没问那几个故事的共通点，因为他想起了神雪峰上的东西。

窦天烨道："就是前辈给我们的钱，有两根金条。"

尊主盯着他看了看，问道："你是不是觉得洛教主喜欢听你讲故事，你就没事了？告诉你，我有的是办法让你生不如死。"他不等窦天烨编出其他说辞，继续道，"乔九说过东西在他那里，到底是什么？"

窦天烨反应了一下，壮着胆子给了一句："什么东西？"

话音一落，他的脖子立刻被面前的人一把掐住。

江东昊见状瞬间绷紧身体，上前两步，紧接着只听窦天烨叫道："我说，我说！"

尊主道："说。"

窦天烨道："你……你……你先放开我。"

尊主勉为其难地松开手。

窦天烨心有余悸地摸摸脖子，想着自己好歹拖了四五天，便识时务地交代了："有一把钥匙。"

尊主其实不知道究竟有没有东西，方才纯粹是在诈窦天烨。

此刻闻言，他心想这些说书人果然坏得很，阴森森地眯起眼："你之前说的那些是真是假？"

窦天烨道："那些都是真的，不骗你。"

尊主道："是什么钥匙？"

窦天烨道："是用玄铁做的钥匙，但上面没写是开什么锁的。"

他仔细解释了一遍，包括谢凉他们的推测，告诉他前辈藏的东西或许是用一把玄铁的锁锁住了。

尊主道："还有呢？"

窦天烨道："没了。"他见尊主活动着手指，急忙后退一步，"这次真没了！"

尊主点点头，准备问问故事的事，这时突然听到了外面的动静，很快山晴便拉着地彩盟的人走了进来。

"听说好像有加场，我们来听听，"山晴笑容满面地坐下，目光在这几人身上转了转，问道，"难道不是在讲故事？"

尊主道："是在讲，刚开始。"

山晴"哦"了声，托腮看着窦天烨，一副天真无邪的样子。

窦天烨只好被迫加场，接着白天的往下讲。

尊主照例"捧场"，心里冷笑了一声。他当然知道洛教主的那点小心思，不过没关系，等换完人质他也就用不到她了。

万雷堂要换人质，这消息很快便在白道传开了。

信是一个不到十岁的小乞丐送来的，叶帮主他们没难为人家，打开信看完，发现万雷堂想要回被白道擒住的那些人。

对方连换人的办法都想好了，说是要在江上换，两方各备一艘船，把人质放在船上同时向对面划，免得他们双方都担心被埋伏。此外信上还写了具体的日子和时辰，若白道不换或要诈，他们就将人质全杀了。

石庄主道："会不会有诈？"

秦庄主反问："有诈就不换了？"

石庄主暗中翻他一个白眼，但没反驳。

其余人也明白这个道理。

信上单是一个"要杀人"，他们就不能不去。

叶帮主沉吟一番，说道："可能咱们抓的这些人里有对他们重要的，这两天派人盯着鹿回江，免得他们做手脚。"

众人纷纷点头，都没意见。

不管怎么说，能换人总好过那伙人用刀架着自家小辈的脖子逼他们就范。

叶帮主道："沈庄主怎么样了？"

于帮主道："听说还是没醒，林神医今天终于过去了。"

沈庄主自那天挺过一晚后就一直没醒，悬针门的人说可能伤到了头，最近在商讨如何医治，林霜则关在房间里研究医书，今早才露了一面，被沈正浩请了过去。

谢凉担心林霜会吸引悬针门的仇恨，便陪着去了，此刻也在沈庄主的房间里。

乔九当然也在，坐在椅子上等着林霜诊治。

屋里落针可闻。

片刻后，林霜收回手，说道："中毒。"

此言一出，众人都是一怔。

悬针门的沐门主紧跟着道："不可能，他没有中毒的症状。"

林霜道："没症状就不是中毒了？"她起身道，"我师父说域外有一种毒可使人昏睡不醒，中毒者眼白淡黄，若超过半年不解毒，人就救不回来了。"

沈正浩急忙道："那林神医可会解？"

林霜道："我没试过，反正暂时死不了，让他们解吧，我有更重要的事。"她说着对他伸手，平静道，"连着前面的一起算，诊金三百两。"

悬针门的人一齐瞪眼。

总共看了三次，前两次什么都没干，第三次说一句"中毒"就要人家三百两，看一眼一百两吗？你抢钱啊！

乔九也跟着不爽了，凭什么只要他们三百两，而要他一千多两！

谢凉哭笑不得，心想这丫头的性子果然容易拉仇恨。

他见她拿完钱头也不回地离开，顺了顺九爷的毛，拉着他也走了。

刚出小院，他们便见方延迎面跑过来，说是那伙人来信了。

谢凉微微挑眉，找叶帮主他们要到了信，仔细地看过一遍，发现信上只说换人质，却对窦天烨的事只字不提，叹气道："人质里应该没有窦天烨和小江。"

方延担忧道："他们到底想干什么啊？"

谢凉思考了几秒。

常理看，万雷堂抓到窦天烨他们肯定得问问宝藏在哪儿。

这种事不宜声张，那伙人大概不会嚷嚷得全白道都知道，所以要么是那伙人还没找到适当的机会联系他们，要么是窦天烨真的稳住了局面，暂时还没透露钥匙的事，导致他们想直接去寻宝。

又或者是……万雷堂对另外两个帮派隐瞒了宝藏的消息。

但若是这种情况，万雷堂得给个合适的理由留下并保全窦天烨他们，兴许就会坦白他们来自通天谷。给的解释估计很简单，通天谷好歹曾小有名气，沈君泽八成会以"从他们嘴里套过话"为借口应付其他两个帮派。

他将推测对乔九说了。

乔九点头，另分了两队人，分别看住从鹿回江到宝藏埋葬点和通天谷的必经之路，因为站在那伙人的角度看，很大可能会选择躲到通天谷避难。

方延不明所以："嗯？"

谢凉安慰地拍拍他的肩："他们暂时没事的。"

方延自然信他，"嗯"了一声。

两天的时间一晃就过，这天到了换人的日子。

双方提早抵达了江边，洛教主站在最中间，远远地看着白道一群人，扬声道："不知各位江湖前辈是否来齐了？"

于帮主道："来没来齐，与换人有何关系？"

"关系大了，"洛教主道，"免得你们另外分出几个人，带着人偷袭我们。"

于帮主冷声道："你少以小人之心度君子之腹。"

洛教主笑道："那这位帮主既然如此光明磊落，将来一定要堂堂正正对付我们，千万别玩偷袭，免得我们看不起你。"

于帮主目光微冷，正要再说，却被叶帮主拦下了。

叶帮主低声劝了两句，不管怎样先把人救回来，之后只需围剿他们便是，他扬声道："教主放心，我们的人都在。"

洛教主又简单看了一遍，没有较真，说道："那若是没问题便换人吧。"

"我有问题，"乔九懒洋洋地道，"窦天烨和江东昊呢？这两个人我们也换。"

洛教主道："这位就是乔阁主吧？乔阁主说的话我可听不懂，什么窦天烨，我根本没见过。"

乔九微笑："成，那你当我没问。"

他和谢凉交换了一个眼神。

看她这态度，至少是知道通天谷的，就是摸不准她是否清楚宝藏的事，但这也不好问，万一她真的不知道，跑回去和万雷堂抢人，窦天烨他们有可能会受伤。

洛教主听说过乔九的性子，见他这么痛快，微微一愣。

不过现在不是多想的时候，她吩咐手下把人质押上船，望着白道把他们的人也送到了船上，便示意手下开始划。

只见两艘船相对而行，慢慢划到了中间位置。

双方一时都屏住了呼吸，尤其是两位船夫，更是做好了随时迎战的准备，但好在他们想的都有些多，二人按照约定跳上对方的船，顺利地带着自己的人划回了岸边。

叶帮主几人看了看小辈，见他们似乎都没事，便一齐盯着对面的人，担心他们有后手。

长辈们顾全大局都端着，秦二可忍不住了。

他急忙冲出人群跑向叶姑娘，关心地问道："叶姑娘你没事吧？"

叶凌秋淡淡地道："没事。"

秦二笑道："那就好，我这几天一直很……"

话音未落，他只觉肚子一凉，伴随着"扑"的轻响，反应了一下才察觉到是被捅了。

他低头看看没入肚子的匕首，顺着握住匕首的手抬起头，对上了叶凌秋忽然变得空洞的双眼，张了张口："叶……姑……娘？"

叶凌秋好似没有听见，继续用力向里刺。

秦二握住她的手腕，踉跄地后退半步，紧接着被赶来的乔九点了穴道止血。

叶帮主等人被这一变故弄得一惊。

下一刻，那些已经快走到亲人身边的小辈也纷纷掏出匕首，对着最近的人下了手。

115.

几位帮主的身手都不弱，有秦二的事在前，他们都及时躲过了攻击，接着反手就将自家孩子打晕了。

洛教主一直观察着他们的情况，见状暗道一声"坏事"。

寒云庄的事刚过不久，中原武林那些收到消息的人肯定没这么快赶过来。

所以，她便想趁着白道人还不多的时候再使一计，毕竟小辈们得救后都要回到亲人的身边，到时出其不意一刀捅下去，他们或许能趁乱把这些人全绑了。就算绑不了，若能死上一两个，他们也能趁着白道大乱的时候躲进通天谷。

结果好好的一条计谋，却毁在了一个急匆匆地跑出来的傻小子身上。

她不爽地道："撤吧。"

尊主也看出没什么便宜可占，带着人扭头便走。

沈君泽忽略掉对岸投来的视线，跟随尊主离开。转身的一刹那，他听到了沈正浩的大喊，脚步微微一顿，还是头也不回地走了。

洛教主走了几步，忽然回头："辛盟主？"

辛盟主不答，直勾勾地盯着乔九。

洛教主加重语气又道："辛盟主？"

辛盟主强迫自己收回目光，跟着走了。

另一边，秦二被伤，几位前辈有两个在躲闪的时候不慎被匕首划伤手臂，发现匕首上竟然带毒。他们担心这伙人还有后手，急忙也撤了。

一行人快速回到寒云庄，把悬针门的人和林霜都喊了来。

秦二的伤及时止了血，且运气不错，没有伤到内脏，总算性命无忧。

至于那些小辈，经过一番检查，得出的结论是他们被下了蛊。这个蛊比较简单，练起来也容易，当蛊在体内成熟后，便会催动宿主攻击距离自己最近的活物。

叶帮主道："可有解法？"

林霜道："不用解，这种蛊只能在体内活一天，他们明天就没事了。"

悬针门的人紧跟着道："匕首上的毒倒是剧毒，幸亏回来得早，不然怕是没救了。"

于帮主顿时气得大骂。

难怪那伙人连换人的时辰都定好了，并且刚刚还接茬聊了几句，原来是在等着蛊虫苏醒！

林霜对白道和那伙人的恩怨没兴趣，收了秋仁山庄的诊金，她便收拾好东西打算回房，临走前看了乔九一眼，越过他出了门。

乔九心中一动，带着谢凉跟出去，与她一起到了她住的院子。

林霜便将匕首交给他："喏，秦二身上的。"

乔九见它上面还带着血，嫌弃地用两根手指捏着，拎过来一看，发现比其他小辈用的短一截。

"如果一样长，那丫头怕是会捅破他的内脏，"林霜道，"上面涂的虽然也是剧毒，但能拖个两三天。"

乔九和谢凉瞬间明了。

有人调换了叶凌秋的匕首，且算准了秦二会忍不住先出来挨这一下，也好给其余的人一个预警。

谢凉的脑中下意识地闪过一个名字：沈君泽。

窦天烨和小江没这个智商，哪怕有，他们也不太可能弄到匕首，只有沈君泽有这个脑子和能力可以办到。

他不由得看了乔九一眼。

乔九用力一捏，"咔嚓"捏断刀柄，见里面有一张小纸条。

他打开看了看，见上面写着时间和地点，说要见面一叙。

背面则是一张地图，落款写着"初心未改"四个字，此外便再没其他，并未写明是给谁的。

但这个问题很容易弄清楚。

转天一早，他们就到了叶凌秋的院子，后者已经苏醒，刚得知昨天发生的事，正想去看看秦二，此刻听完他们的来意，便仔细回忆了一番。

她不清楚匕首的事，甚至不知道自己为何会带着它，也就更不知道是谁调换的。

不过她倒是见过沈君泽，且上次沈君泽找她问话的时候，临走前说了一句"代我向谢公子问好"，不知道算不算。

谢乔二人便没有再问，一起出了院子。

出了院子乔九便道："不许去。"

如果万雷堂真的对另外两个帮派隐瞒了宝藏的事，那比起让白道死几个人，他们更想要钥匙，所以完全可以借此机会故意卖他们一个好，也好将谢凉约出去绑了。

谢凉道："你不是一直想弄死他们吗？"

乔九道："嗯。"

谢凉一看便知和自己猜的一样："你想易容替我去？"

乔九道："嗯。"

谢凉道："不准。"

若是以前倒还好，如今乔九毒发，随时都有可能出状况，他疯了才会同意乔九去。

乔九看着他，一步不让。

谢凉也看着他，同样一步不让。

方延路过时见到的就是这样一幅画面，默默观察了一下，弱弱地问道："不吃饭？"

二人说了声"吃"，并肩走向饭厅。

方延在后面跟着，总觉得他们之间的气氛有些奇怪。

这一想法很快得到了验证，他发现这两个人爆发了第一场对峙——谢凉今天不给九爷剥鸡蛋了！

乔九一下下地往谢凉的身上瞥，见他要看过来，立即扭头移开。

谢凉扫了他一眼，继续吃饭。乔九顿时不高兴了，想了想，拿过一个鸡蛋剥壳，放进谢凉的盘子里。谢凉勾了一下嘴角，拿起来吃了。

乔九见状便认为那点小别扭过去了，往谢凉的身边挪了挪。

方延："……"

他觉得自己的担忧很多余。

其余人都没注意他们，吃过饭便开始商量如何围剿万雷堂，这时飞剑盟的人从外面进来，把一封信交到了自家帮主的手上。

于帮主打开一看，发现是他二叔的回信，便将信上的内容告诉了他们。

据他二叔说，当初白道杀进万雷堂的时候，他们在混乱中曾见过一对三四岁的双生子，后来家眷逃到了后院，再后来万雷堂失火，且火势越烧越旺，他们没能把人救出来，不清楚那是谁的孩子，更不清楚是否与现在的面具人有关。

如果有一个孩子侥幸活着，如今已有五十多岁了。所以若那面具人的年纪能对上，很可能就是回来报仇的。

谢凉闻言心里一跳，忽然想到一个可能。

于是议事结束后他叫住沈正浩，问起了沈君泽的事。

沈正浩有些怔然："我第一次见他，他只有七八岁。"

当时天色已晚，还下起了雨。

沈君泽一个人蹲在屋檐下半天不动，他看得好奇，走过去问他怎么不回家，他说他应该是被家里人扔了。

他瘦得很，脸色很白，嘴唇泛着淡紫，说那句话的时候很平静，似乎要坦然赴死。

沈正浩忘了当时自己是什么感受，就感觉心脏好像被戳了一下，想也没想便把人带回了家，这一养就是十几年。

谢凉看着他："你怪他吗？"

沈正浩沉默数息，说道："如果他真的是故意来我家的，我会。"

接二连三的事情后，他比以前成熟稳重了些。

但直来直去的性子没变，神色十分坦然。

谢凉忽然想起了沈君泽曾说过的话。

——我觉得他这样挺好，找个中意的姑娘成婚，和和美美地过一辈子。

——我？我身子不好，大夫说我活不过三十，何必拖人下水，大概就这样了吧。

原来沈君泽那时聊起这个还有另一层意思。

谢凉没有再问，沈正浩询问为何问起这事，他便随口找了个理由应付过去，带着乔九回到了客房。

乔九道："怎么？"

谢凉道："之前你去做饵的时候，我和沈君泽在敌畏盟后山的亭子里偶然遇见，说过一阵子话。"

乔九道："所以？"

谢凉将那天的事简单叙述了一遍，说道："他应该没骗我。"

乔九瞬间眯起眼："你是说？"

谢凉道："有这个可能。"

乔九听完便知道谢凉肯定会去见沈君泽，于是把匕首里的地图拿了出来。

这上面画的是一座山，且重点画了山后的地貌。乔九吩咐手下去要一张这附近的地图，摊开研究一番，指了指其中一个地方。

"这座山，"他说道，"易守难攻，后面连着云巫山脉，只有这一条路能走，路两旁地势险峻，站不了太多人。"

这也是沈君泽为何单画这里的原因。

三个帮派的人现在应该都在那座山上，白道众人若是围过去，他们肯定会从后山撤走，那条路不好做埋伏，而云巫山脉又比较广，从这里绕过去堵他们怕是要费不少工夫，很可能不等白道分兵绕路，人家就走了。

谢凉淡定道："我可以炸了它。"

乔九："……"

谢凉挑眉。

乔九忍了忍，没忍住："到底是什么样的？"

谢凉决定满足他的好奇心，于是他找来材料做了两个土炸弹，拉着乔九和那天或许帮得上忙的凤楚赵炎，打算找个人迹罕至的地方引爆。

这个时候，三个帮派正要吃午饭。

昨天的计划失败，洛教主便提出趁着白道人不多，他们得赶紧转移到通天谷，否则万一白道集齐了人马，他们就算有地势优势也会损失惨重。而辛盟主一心想杀乔九和谢凉，并不想走。

三位帮主便进了书房议事，直到中午才出来。

结果房门一开，只见洛教主宛如老妪，乌黑的头发竟然全白了。辛盟主的表情则有些僵硬，但看着还算正常。

飞天教和地彩盟的人顿时一齐看向唐尊主。

山晴的表情是极度的震惊，眼底带着压抑不住的惊恐："你……传蛊……"

他们飞天教每代教主的体内都养着一只母蛊，教众身上则是子蛊，教主完全掌控着教众的生死。传位时，老教主会催动门派的心法，使母蛊产生新的母蛊，然后将这只新母蛊传到下一代教主的体内，以便继续控制教众。传完蛊后，老教主会迅速老去，只剩十天的寿命。

倘若教主在还没传蛊的时候意外身亡，教众的寿命则都会减半。

他们飞天教因为蛊的加持而高手如云，三派集合后也多是他们教主主事，唐尊主向来是脾气最好的一个，连山晴偶尔都敢在他面前放肆一下，没想到这个人竟能擒住他们的教主，并且在他们都没察觉的情况下逼着教主传了蛊！

她猛地想到了项百里，颤声问道："你……你给我们教主下了药？"

尊主大方地承认："对。"

山晴骂道："卑鄙！"

话音一落，她只觉剧痛席卷全身，连站都站不住。

她见尊主伸手点了点地面，根本无法反抗，本能地就跪下了。不只是她，飞天教的人全跪了下来。

尊主环视一周，满意极了："很好，从今天起，我就是你们的新主子。"他看向辛盟主，笑得万分和气，"辛盟主放心，我说到做到，一定帮你杀了乔九和谢凉。"

辛盟主点点头，没有开口，神色依然僵硬。刚才他被点住穴道动弹不得，眼睁睁地看了传蛊的全过程，现在还没缓过来。

他的帮派没有传蛊那一套，唐尊主就是控制了他，他的帮众也不会乖乖听话。

可三个帮派里他的帮派实力最差，如今唐尊主只要一句话，他帮派的人就会被另外两个帮派屠尽，所以他只能配合，顺便祈祷唐尊主说话算话，等到杀了乔九和谢凉，他一定要找机会离开中原。

尊主见他很识时务，拍了拍他的肩，抬头看向饭厅。

窦天烨和江东昊早已被带出来了，结果坐在饭厅里等了半天都不见开饭。

刚刚听到动静，他们便好奇地看了看，此刻正扒着门框向外望，将那一幕全看进了眼底。

窦天烨的心凉了。

完蛋，没人再听他讲故事了。

沈君泽也在旁边看着，神色半点不变。

他温顺地跟着尊主迈进饭厅用饭，饭后见尊主没有别的吩咐，便拎着一壶酒找辛盟主喝酒了。

辛盟主的弟弟和他很投缘，他最近时不时便会和辛盟主聊聊天，对辛盟主的性格揣测得十分精准。这位帮主的脑子不好使，但是讲义气，而且很疼弟弟。

也正是因为他的分析，尊主才觉得辛盟主很可能会为了帮众的安危而妥协。

沈君泽倒满两杯酒，递过去一杯。

辛盟主看着他："是你们尊主让你来的？为了探探我的心思？"

"不是，"沈君泽道，"事到如今，盟主哪怕不满又能有什么办法？"

辛盟主苦笑，这倒是一句实话。

沈君泽道："我们千凤殿确实是万雷堂，尊主会这么做也是为了报仇，希望盟主理解。"

辛盟主道："白道那么多人，他想怎么报仇？"

沈君泽轻声道："不知道，这一点我们也不好劝。"

辛盟主不说话，仰头把一杯酒喝干。

到这一步说什么都晚了，反正只要能为弟弟报仇，他就能忍。

沈君泽也没再说话，陪着他一起喝酒。

一壶酒下肚，他便有些醉了，聊着聊着说到了沈正浩，他大哥和辛盟主一样是个很疼弟弟的人。

辛盟主想起自家弟弟，眼眶都红了，忍着鼻腔的酸意道："你既然愿意叫我一声哥，能不能给我一句实话，你们尊主到底想干什么？"

沈君泽撑着额头，低声道："他想找个东西，东西在谢凉手里，我……最近要和谢凉单独见个面，谈谈条件……"

辛盟主的神色变了变："当真？"

沈君泽低低地"嗯"了声，往桌上一趴，醉了过去。

辛盟主吩咐人把他送回房，心思开始活络起来。

沈君泽被放在床上，听着外面走远的脚步声，翻身找了一个舒坦的姿势。

他这几日和辛盟主喝酒都是喝一壶就醉，辛盟主应该不会怀疑他，但以防万一他还是睡到了傍晚才醒，起身整理好自己的衣服，端起往日的神色出去了。

他与谢凉约在三日后见面。

山庄占着地利，尊主暂时应该不会走，他只需要等就可以了。

期间尊主一直让窦天烨找几个故事的共通点。而谢凉那边实验成功，叫来几位前辈开了一个会，然后谢凉便带着帮里五位自我陶醉的道士一起做炸药，凤楚则负责去踩点，忙得热火朝天。

三天的时间眨眼过完，终于到了约定的日子。

116.

鹿回江两岸多高山，过了江往前走半公里是一座山，名叫瑞山，山脚有条河，河水汇入鹿回江。

沈君泽这个时候就在河边。

他带了两根鱼竿，找地方一坐，放好饵，温和地道："我这根鱼竿是为你备的，跟了我一路，出来吧。"

身后的树林安安静静，连声鸟叫都没有。

沈君泽道："小槐？"

树林依然分外安静。

沈君泽没再开口，专心钓鱼。

片刻后，一个高瘦的青年自林间出来，走到他的身边，语气生硬地问："你知道我在跟踪你？"

沈君泽笑道："嗯。"

万雷堂也有左右护法，都是尊主的心腹。

右护法对他这个一直在中原的人并不信任，总觉得前几次计谋失败是他的问题。小槐则是右护法的人，一直负责盯着他，这事他早就知道。

小槐警惕地坐下来，没接他的鱼竿，问道："你是故意引我出来的？"

沈君泽道："对，想和你谈谈。"

小槐道："谈什么？"

沈君泽道："我知道右护法不喜欢我，有些事我对他说没用，不如对你说。"

小槐怀疑地看着他，不知他葫芦里卖的什么药。

沈君泽道："传完蛊，尊主下一步会给咱们种子蛊，你知道吗？"

"知道，我等誓死效忠尊主，甘愿被种蛊，而且种完后还能涨内力，何乐而不为？"小槐看着他，"怎么，沈公子不愿意？"

沈君泽道："我当然也愿意，但我有心疾，若种蛊后出了问题，怕是会有性命之忧。"他见小槐的眼中闪过一丝嘲讽，抬手打断对方的话，"说正事，我叫你来不是为了说这个，只是想告诉你我可能会死，所以死前有些话想要说一说。"

小槐打量着他。

他很瘦弱，脸色是不正常的苍白，嘴唇带着点淡紫，确实是身体不好的样子。

"第一，你们要留意山晴，她的心思太深，"沈君泽道，"传蛊那天之后飞天教的人便对尊主恭敬了起来，没有一点勉强和不愿，若换成咱们尊主被洛教主迫害了，你会这么快对洛教主妥协吗？"

小槐想了想："或许是蛊的原因。"

沈君泽道："但也或许是他们有应对办法，恭敬一下是为暂时保命。飞天教的蛊素来繁杂，兴许有咱们不知道的事。"

小槐觉得有道理，点了一下头。

沈君泽道："第二件事你要特别留意，我之前和通天谷的方延相处过一段日子，他说谢公子会做毒烟，能瞬间把一座城的人毒死。"

小槐的脸色顿变："这不可能！"

沈君泽当然不会告诉他必须要有指定的材料才行，他面色凝重地道："我也不愿意相信，但方延那时不清楚我的身份，只是下棋时随口闲聊起来的，不像是在骗我，他也没必要骗我。我原想这里面或许有夸大的成分，想着以后查证，可现在怕是没机会了……"他捂住胸口停了停，继续道，"所以只能交给你们查。"

小槐感觉他的脸色似乎又白了些，心想他可能真的要完蛋，有些不是滋味，关心道："沈公子，你的身子……"

沈君泽摇头："生来就带的毛病，我知道自己时日无多……呃……"

他一句话没说完，忽然向旁边栽倒。

小槐吓了一跳，急忙过去扶他，紧接着只觉胸口一凉，一把匕首直直插进了心脏。

沈君泽快速起身后退，拉开距离。

小槐不可置信地抬起头："你……为何……"

沈君泽柔声说道："谁让你总跟着我？"

小槐狠狠地瞪着他，半个字都没再说，颓然栽倒，没了呼吸。

沈君泽感觉有些晕，扶住树缓了一口气。

这些天他为了让尊主的人对他找辛盟主喝酒的举动见怪不怪，几乎两天就要喝一壶酒。同时为了让小槐相信他病发，还停了几天的药，他方才说自己时日无多，这是一句实话。

不过没关系，他想。

反正他自小就知道自己活不长。

他上前两步，把尸体踢进了河里。

下一刻，他听到树林里响起了三声掌声，扭头一看，见乔九带着谢凉跃了出来。

乔九鼓完掌，玩味地笑了一声："真是人不可貌相，够阴险。"

　　沈君泽微微一笑："多谢九爷夸奖。"他没再耽搁，看向了谢凉，"长话短说，我把和你见面的消息透露给了辛盟主，前几天三派之间出了点问题，他现在轻易下不了山，怕是会易个容。我的手下正在牵制他，但不会拖太久，如果到时间他还找不到机会，我的人会帮他出来。"

　　二人一听便懂。

　　沈君泽这是想把自己摘出去，因此他刚刚会杀那条杂鱼灭口，也因此他不能带他们去山庄，便找了辛盟主来。

　　沈君泽道："后山那条路，你们有办法了吗？"

　　"有，"谢凉看着他，"沈庄主的毒是你下的？"

　　沈君泽眼中的神色有些波动："你们知道那是毒？"

　　谢凉道："嗯，但暂时还没解。"

　　"没解的话就让他那样吧，"沈君泽道，"若是我能成功把窦先生他们救出来，谢公子便帮我一个忙，让他尽快咽气，死得自然些。"

　　谢凉闻言便知他猜得果然没错。

　　沈君泽的病是可以查的，悬针门的沐门主也曾为沈君泽看过病，这一点做不了假。

　　据说沈君泽以前有几次情况很严重，能活这么大实属不易，所以万雷堂没必要派一个随时会夭折的小崽子过来，尤其还是如此重要的职位，唯一的解释是他是后来才入的万雷堂。

　　沈家对沈君泽有养育之恩，沈君泽又向来聪明，万雷堂开的条件哪怕再诱人，沈君泽怕也是不为所动的，那真相就只能是受沈庄主指使了。

　　当年那对双生子一个留在中原成了沈家的少爷，另一个则带着残部逃出去慢慢发展，图谋五十年，终于收网。

　　前不久寒云庄那个事，沈庄主知道已被人怀疑，大概是和沈君泽说好了做做戏，谁承想沈君泽是真想要他的命。

　　谢凉道："他是怎么成了沈家少爷的？"

　　他看过中原武林的发展史，若没记错的话，当年万雷堂入侵中原的时候就已经有寒云庄了，只是那时还是个小派，不像如今这般有名。

　　沈君泽道："不知道，我没问过他。"他不等谢凉再问，主动道，"我大哥什么都不知道。"

　　他义父三十多岁才得了沈正浩这一个独子，对他很是看重。

　　沈家的家门虽小，但也有不少亲戚，义父大概是担心沈正浩在那些"亲戚"面前露馅，便一直没说，后来见沈正浩性子耿直，就更不会说了。

但没有关系，因为他聪明。

他自小就聪明，且唯一的依靠就是沈家，义父最初是想把他培养成大哥的左右手，之后见他越来越出色，便给了他更多的差事，还将他们的大计告诉了他，他这才知道他们要的是什么。

可他们利欲熏心，他大哥却有一颗赤子之心，他不想让他大哥沾上这事。

所以他要杀掉管家，杀掉义父，杀掉寒云庄内一切的知情者，然后拖着尊主连同背后这股势力一起永远消失。

他原以为一切会很难，但就在他们即将动手的时候，谢凉竟然出现了。

若是没有这两个人，那祈福之事便会成功，春泽与秋仁怕是早已打了起来，之后会如何发展他也说不好了。

他抓紧时间将传盅的事说了一下，包括山庄内的人员和布局等，见辛盟主依然没来，便又多说了几句。

找杀手楼暗杀窦先生确实是他的主意，因为他义父太想要白虹神府藏的东西了，一次不成就想再召集人手去绑谢凉。那些人里有几个是他辛辛苦苦策反的，自然不能派去送死。

而且他研究过乔九，知道乔九聪明，应该会想到在祈福之事上做手脚的和散布消息的是同一个人，八成会派人看着那个小院。于是他便向义父提议找杀手楼做这事，由于杀手楼只接杀人的生意，别的不接，便加上了暗杀窦天烨这一条，也好顺便给乔九谢凉一个提示。

而他和谢凉一起被归元抓住的那次，他也是真想把谢凉抓走，为的是找机会密谋一番，结果没有成，事到临头只能匆匆联络，幸亏匕首的玄机被他们察觉了，否则他还要另想别的法子。

至于他们的人为何都那般忠心，这都是和白虹神府的那位前辈学的。

尊主他们找的是域外穷苦人家的孩子，他们派人扮成中原人向他们的父母买下这些孩子，从小培养，只有通过考核的才会派进其他的帮派。

"那个考核据说是万雷堂的先祖当年从叶前辈的嘴里听来的，"他说道，"比如扮成敌人把他们抓住，毒打他们逼供之类的，以此看一看他们的反应。"

谢凉听得无语，心想那前辈之前的职业怕是不那么简单。

沈君泽道："差不多就是这样，谢公子可还有别的事要交代或要问的？"

谢凉道："你想办法告诉小江，一会儿听到有人喊棋圣，就直接带着窦天烨走。"

沈君泽点了点头。

谢凉道："你大哥来了，你见吗？"

沈君泽猛地一僵："他……"

谢凉道："他没听到咱们的话，只是在这附近。"

其实是乔九担心沈君泽要诈，便把沈正浩弄来当人质了。

不过他决定勉强信一次沈君泽，为了沈君泽当时那句"不想拖沈正浩下水"，便没让沈正浩在暗处偷听。

沈君泽迟疑一瞬，同意了。

他见乔九做了一个手势，知道是在对林间的手下打招呼。他静静地站了一会儿，突然扫见了自己手上的血，这是刚刚杀人时沾上的。

他便去河边洗了洗手，整理一番衣袖，努力收拾出一个人样来，接着听见脚步声走近，扭头望过去，对上了沈正浩的双眼，不由得上前两步："哥……"

"啪！"沈正浩伸出手，给了沈君泽一巴掌。

沈君泽的脸歪向一边，感觉不是太疼，重新转回来看着他。

沈正浩的眼眶有些红："这一巴掌是打你不告而别、带人屠杀武林侠士、害父亲重伤昏迷，你服吗？"

沈君泽道："服。"

话音一落，只见数道人影冲了出来，带头的正是去掉易容的辛盟主。

他顿时有些遗憾，看来见了面，依旧不能和他大哥说太多话，也不知以后还有没有机会。

于是他快速后跃，拉开了距离。

"子书，你给我回来！"沈正浩立刻要追，被乔九一把按住肩膀，眼睁睁地看着弟弟再次离开，怒道，"为何拦我？"

"他有他的事。"

乔九扔下这一句后回到谢凉的身边，放出冲天箭给附近的白道传信，之后便带着人对上了辛盟主和他的手下。想着等白道赶过来，辛盟主绝对会往回撤，他们刚好追着这些人杀进山庄。

第八章

允许你忘了我

117.

辛盟主带的人不多，但个个是高手，天鹤阁来的也都是精锐，双方立刻缠斗在一起。

就在这时，只见乔九放了一枚冲天箭，清亮的炸响在空中传开，辛盟主等人顿时知道中计。

辛盟主用仇恨的目光看向乔九，恨不得活撕了他。

手下都知道他的心思，担心他要和人家拼命，赶紧拦了一下，急匆匆在他耳边低声说道："帮主，我们把他们引到山庄！"

辛盟主微微一顿。

引到山庄是个好主意，唐尊主和乔九打起来对他们而言更是一箭双雕的事，等他趁乱弄死乔九，马上就可以带着他的人从后山离开。

想罢，他且战且退，扭头就往山庄的方向撤。

乔九要的就是这个效果，便不紧不慢地在后面追着。

白道一众由叶帮主等人率领，过江后慢慢摸到了瑞山的山脚。

听见响声，他们便带着人快速赶到河边，顺着天鹤阁留下的记号一路冲向山庄。

另一边，沈君泽用最快的速度赶了回去。

他为防止事情败露，特意挑了个偏僻的地方和谢凉见面，从河边到山庄是有相当一段距离的。

这一路他都在用轻功，此刻只觉眼前发黑，额头也渗了一层汗，连忙掏出药吞了一粒。等缓过这口气，他便找到尊主，告诉他白道的人即将杀过来。

尊主正在窦天烨的房间里问话，闻言一惊："什么？"

沈君泽道："属下最近总和辛盟主喝酒，上次喝醉后迷迷糊糊听见他对他的人说要易容下山，属下摸不准有没有听错，不敢贸然禀告尊主，今日便偷偷出去守着，跟着他到了鹿回江，见他竟和乔九他们打了起来，也不知他是怎么得到乔九今天要出来的消息……"他捂着胸口在椅子上坐下，哑声道，"乔九他们是有备而来，辛盟主的人敌不过，八成会往回撤，可能想让咱们和白道来一个两败俱伤。"

尊主怒道："浑蛋！"

但现在已经晚了。

沈君泽算准了辛盟主他们不会硬拼，所以尊主话音刚落，便有人慌张地自外面跑进来，报告说白道围了过来。

尊主急忙出去主持大局，同时吩咐手下把窦天烨和江东昊绑上，他们要撤走。

沈君泽坐着缓气，见状起身帮忙："你去绑那个，我来绑这个。"

他见手下过去绑窦天烨，便暗中塞给江东昊一个小刀片，用内力压着声音道："谢公子让我告诉你，一会儿听见有人喊棋圣，立刻带着窦先生走。"

江东昊顿时一愣。

沈君泽轻轻给绳子打了一个结，就扔下两人出去了。

他做了他能做的，接下来就看乔九他们的了。

不过，为避免出现纰漏导致尊主成功逃走，他得回到尊主的身边，尽量在谎言被拆穿前找机会给对方一击。

山庄眨眼间乱了套，院内能清楚地听到外面的打斗声。

这里留有相当一部分地彩盟的人，尊主知道死守没有好结果，因为不仅要随时防着被地彩盟插刀，还要被白道围攻。于是等手下把窦天烨他们带过来，他便召集万雷堂和飞天教的人，要带着他们从后山撤走。

地彩盟的人急忙道："等等，我们帮主呢？"

尊主冷笑："你们还有脸问他？去外面看看，这都是他干的好事！"

地彩盟的帮众不明所以，但帮中骨干是知道实情的，赶紧带着帮众出去了。

辛盟主这个时候早已被乔九他们追上了。

乔九和谢凉知道沈君泽要回万雷堂继续做暗棋，自然不能放这些人回去报信，便在看见山庄的影子后提速追了上来，拦住了他们。

白道的大部队紧随其后，快速加入战局。

一群人对付几个人，结果毫无悬念。

等到地彩盟的人从山庄里冲出来想要救他们帮主时，早就已经晚了。主心骨一死，帮众没有战意，又跑了回去。

白道顿时士气大盛，追着他们冲进山庄，见他们往后山跑，便也跟了过去。

后山只有一条路通往云巫山脉，道路险峻而陡峭，仅能容两三人同行，一直到山脚才变得宽敞。而尽头则是峡谷，路两旁的石壁高耸入云，基本站不了人。哪怕勉强有几个人成功上到上面往下扔石头，对习武之人来说也不必担忧，因为路很宽，用轻功躲开便是。

所以，尊主一点迟疑都没有，带着自己的人就进去了。

沈君泽一直跟着他，抬眼看了一下石壁。

整条路只有这里能做些埋伏，谢凉先前也提醒过他，让他听到动静就跑，看样子他们就快动手了。

这念头刚一闪过，只听身后杀声震天，白道的人追到了这里。

紧接着天鹤阁的人用上内力，对着他们的队伍喊出了两个字："棋圣！"

沈君泽心头微跳，完全不明白谢凉的用意。

这周围都是他们的人，江东昊若是拉着窦天烨走，绝对是被围困的命。

他不由得看向江东昊，只见江东昊根本没用小刀片，"啪"地就挣开了绳子，然后往窦天烨的身上一抓，携着他在众目睽睽之下一跃而起，训练有素地踏着石壁往上跑。

"嗖嗖嗖"，眨眼没影。

尊主："……"

沈君泽："……"

其余众人："……"

然而，没等众人从这突如其来的状况中回神，石壁上忽然响起了"滋滋"声——凤楚和赵炎带着两三位高手早已装好炸药，见状便点了火。

下一刻，只听"砰砰"几声。

震天动地的炸响仿佛雷霆之怒，接二连三地自石壁响起，沈君泽看准时机迅速贴近尊主，结果一刀下去只有一点入肉的触感，他的脸色微变，急忙后撤。

尊主和左右护法的注意力都在不断的轰鸣声上，对这一下简直猝不及防，幸亏尊主的护甲阻挡了一部分力道，否则后果不堪设想。

右护法一直惦记着自己未归的手下，此刻便什么都明白了，咬牙道："沈君泽，是你！"

尊主自然也明白了，立刻杀气腾腾地追过去，抬手就是一掌："沈君泽！"

沈君泽自回来后就没休息过，早已力竭，这一下根本躲不开，顿时被拍中胸口，吐血倒飞了出去。

谢凉看得清楚，呼吸一紧。

沈正浩眦眦欲裂："子书！"他疯狂地跑出去，往前一跃，堪堪接住跌过来的人，一起摔在地上，连忙抱住他，"子书，子书！"

沈君泽恍然看见了坍塌的石壁，好像有无数人自身边跑过，义无反顾地向前冲去，他心想那伙人这次应该是跑不掉了。

他看了看赶来的谢凉和乔九，望向沈正浩，忽然有点难过。

他这辈子做了太多的坏事，死后定是要下地狱的，怕是再也见不到大哥了。他忍不住伸出手："哥，再带我回家吧……"

沈正浩哭着点头："好！"

沈君泽轻轻笑了一下，手无力地垂下去，闭目而逝。

118.

沈正浩喃喃："子书？"他满眼的不可置信，轻轻晃晃怀里的人，"子书，子书……"

沈君泽的神色十分平静，像当年屋檐下对他说被家里人扔了时的样子。沈正浩终于崩溃，紧紧抱着弟弟，痛哭起来。

谢凉在旁边站着，微微闭了一下眼。

沈君泽这一生可能从没为自己活过。

年幼无知被义父拖入泥沼，受义父驱使双手染血，若一心沉沦未必会活得不痛快，可偏偏心尖上生了株向阳的花，自此殚精竭虑，费尽心思地要拖着那堆污泥沉入地狱。

然而机关算尽，他还是没能亲眼见到他想要的结果。

他们这些活着的人能为他做的就是不辜负的他这一番努力。

谢凉抬起头，关注战局。

"砰砰"的炸响已经停止。

尘烟散尽，两旁的山壁像是被狠狠刮下来一层似的，无数大石砸落，将路直接封死，在前面堆起了一道高墙。

叶帮主等人哪怕事先听谢凉说过，此刻也不由得心惊，暗道这威力实在可怕。

三派的人更是惊恐不已，越发激不起战意，想要爬过石堆逃走，这时只听尊主怒喝："不许走，给我冲过去把谢凉绑了！"

这一天他们等了太久。

一代代精心策划，步步为营，又幸运地赶上通天谷的人再次入世，他知道这次若不成功便没机会了，因为钥匙已被谢凉拿到，他这一退，东西便会直接落入谢凉的手里。

他只能破釜沉舟，再次道："绑谢凉！"

飞天教的人无法违抗他的命令，只能硬着头皮往前冲。

项百里被喂药后只会听一些简单的指令，而这恰好属于这个范畴，也立刻冲向了谢凉。

他天赋极高，药效起作用后内力大增，眨眼的工夫便冲到了最前方，霍然拍飞了迎上来的一群白道侠客。

缺口顿时被打开，他闪过阻拦自己的人，直奔谢凉而去。

乔九一直站在谢凉的身边，见状拉着谢凉简单一个起落便拉开了距离，数息后见项百里又一次靠近，不爽地眯起眼，趁手下缠住了他，把谢凉一放，过去给了项百里一脚："蠢货！"

项百里对他的话全无反应，硬挨了这一击，抬手就回了一掌。乔九侧身躲开，见他紧追过来，只能应付他。

二人皆是高手，几息间就过了三招。

飞天教的人在这过程中赶到，迅速越过他们往前冲，未至谢凉的身前，白道、天鹤阁和敖畏盟便摆出了一道人墙。

与此同时，江东昊带着窦天烨在石壁上跑了一大圈，也到了谢凉的身边。

窦天烨感觉像坐了一次过山车似的，惊魂未定地看着谢凉，哽咽道："兄弟，我终于回来了！"

谢凉"嗯"了声，为他解开绳子。

飞天教的一名长老从天鹤阁精锐的攻击中脱出，看向他们："小子，你果然会武功，过来与我一战！"

谢凉几人一齐抬头，见出声的是最前方的老者。

江东昊认出这是当时抓走他们的人，面无表情地回望，不理他。

老者又一次震开精锐的攻击，喊道："快点过来，别做缩头乌龟！"

话音刚落，一柄重剑横扫而来，他微微一闪，见一个严肃的侠客挡在了他们的面前，紧接着竟闭上了眼，威风凛凛的。

他问道："为何闭眼？"

梅怀东淡淡道："为了杀你。"

老者一愣。

窦天烨帮着解释："杀人见血不美，我们东哥追求美感，所以每次杀人都不看。"

老者冷哼："怕是最后死的会是他。"

他不再废话，对上了梅怀东。

敌畏盟的其他人此刻也正与飞天教的人战成一团，被逼得连连后退，因为飞天教的高手实在太多。几位道士又退了两步，眼看不行，其中一人把手上用不惯的剑一扔，掀开长袍将绑在大腿上的拂尘解了下来："诸位道友，上！"

"上，让他们见识见识我们敌畏盟宗派的厉害！"

说罢其余四人也"唰唰唰"换了武器，挥舞着拂尘，结成阵又冲了上去。

谢凉："……"

窦天烨："……"

江东昊："……"

谢凉的嘴角抽搐了一下，关心地看向乔九。

乔九仍在应付项百里。

他心里惦记着谢凉，不欲和这家伙缠斗，奈何这浑蛋太难搞定，他费了半天工夫才找到机会又给了他一脚。他想后退回到谢凉的身边，可这时眼前忽地一暗，动作瞬间一滞。

他最后看到的画面是项百里一掌拍了过来，他下意识地抬手抵挡，那一下两人双双接实，他连退三步，只觉一阵气海翻腾。

紧接着他感到一道劲风扫过，只来得及瞥见一个影子，急忙忍着难受回头："拦住他！"

谢凉将方才那一幕看在眼里，心里正着急，结果下一刻项百里就朝自己冲过来了。

天鹤阁和敌畏盟的人连忙阻拦，却如同螳臂当车，刹那间都被震开了。

项百里一心只有命令，除去在乔九身上耗了些工夫，其余阻挡的人一律一掌拍开。他看着只有十步远的谢凉，再次上前。

窦天烨顿时吓得把江东昊一拉，叫道："快快快，冲击波！"

江东昊除了轻功外只会简单的运功。

这些天被绑，他和窦天烨便想出一个法子——把内力运到手上拍出去。

但由于怕露馅，他一直没试过。

此刻见项百里越来越近，他急忙运气，用力拍了出去。

项百里照例又是一掌。

瞬间只听"砰"的一声，江东昊后退半步，项百里则连退了三四步。

周围众人："……"

项百里稳住身体，木然地看着面前的人。

江东昊同样木然地看着他，二人对视两眼，项百里又面无表情地冲了过来。

窦天烨双眼放光："管用，快！"

江东昊抬手就是一掌。

项百里习武之人的意识没丢，迅速判断出这一击不好应付，后退了两步，结果竟发现一点掌风都没有。

江东昊试着又拍了一下，感觉不灵光了。

谢凉："……"

窦天烨："……"

项百里沉默地看了他一眼，立刻还了他一掌。

谢凉三人浑身僵硬，感觉要变成豆腐渣。

这时只见人影一闪，有人自旁边冲过来，千钧一发之际硬接了这一击。谢凉定睛一看，发现竟是叶帮主。

白道几位帮主正带着人努力突破万雷堂的防线。

叶帮主惦记着乔九的身体情况，这才及时赶了回来，他的内力有些翻腾，但还是强行压了下去，看向谢凉："没事？"

谢凉道："没事，多谢叶帮主。"

叶帮主"嗯"了声，见乔九过来了。

在项百里被接二连三地阻挠过程中，乔九终于是到了。

他站到谢凉的身边，看了一眼叶帮主。

叶帮主没睬他，见负责点火的凤楚和赵炎紧跟着也来了，便放心地把这里交给年轻人，自己急忙回到队伍的最前方，要一举拿下那个尊主。

谢凉看向乔九："你怎么样？"

乔九忍着难受，面色如常道："没事。"

谢凉打量了他一番，没发现有什么不妥，便望向正和项百里交手的凤楚赵炎二人，问道："他们打得过吗？"

乔九不爽地道："够呛。"

项百里是他师门中武功最高的一个，哪怕被阻了几次，估计也没受什么内伤。

他眯起眼，开始思考怎么能来点阴的。

凤楚和乔九想的是同一件事。

他眼看要敌不过，立刻眼眶一红，换成女音"嘤嘤嘤"："项哥哥，人家怕，不要，不要嘛！"

项百里抬起的胳膊顿时一僵。

赵炎猝不及防，一掌拍空，被惯性带得"啪"地就拍到地上了。

119.

凤楚是三人中唯一没有愣神的。

他趁着项百里顿住的空档倏地欺近，迅速点下对方胸前的几处大穴，总算是把这家伙给制住了。

赵炎手脚并用地爬起来，一脸惊恐地看着他："你你你……"

凤楚继续诓他，笑眯眯地解释道："听说他喜欢的人说话这样，我就想试试，还好管用。"

赵炎道："真的？"

凤楚道："不然呢？"

赵炎抹了把汗，暗道吓老子一跳。

但大概是被坑的次数太多，他忍不住又问了一句："那你怎么知道人家是这样说话的？"

凤楚道："我后来碰巧遇见了那位穿大红大绿衣服的姑娘，想起你提起过她，就多看了几眼。"

赵炎"哦"了声，不再问了。

凤楚成功蒙混过关，便把项百里拖到一边，交给了天鹤阁的人。

药人中除去项百里，其他的都不难对付，现在只剩飞天教有些棘手。

但这个时候，飞天教的人突然微妙地一停，紧接着开始撤退，只有一个长老仍和梅怀东打得难舍难分。

白道众人看得诧异，这伙人如此气势汹汹都是因为一条命令，可见那面具人是他们的老大，但刚刚面具人可一句话都没说啊，这什么情况？

万雷堂的人也是一愣。

他们是知道传蛊的，按理说飞天教不应该回来，除非……除非他们尊主出了问题！

两位护法猛地看向尊主，见他面具外露出的那部分脸和嘴唇不知何时竟没了血色，他们心头一惊，急忙跑过去："尊主！"

尊主感觉体内的蛊似是要破体而出，一边用内力压制，一边森然地看向山晴。

山晴开心极了，恭敬的表情一收，又回到了先前笑嘻嘻的样子："唐尊主怕是不知道，我们飞天教每代教主传蛊的时候都要密授新教主一段炼蛊心法，需得每日运行一遍，否则将受母蛊反噬，越动武便越是厉害，直到彻底不受控制。您这一路只用了点轻功，倒是没什么，可偏偏方才用力打了沈君泽一掌，打完那一下，滋味不好受了吧？"

尊主死死地咬着牙，一语不发。

白道依然在与万雷堂的人缠斗，偶尔冲进去几个侠客，没等贴近面具人便被万雷堂的人拦住了。叶帮主等人主持着大局，分出了一部分注意力放在回撤的飞天教上，关注着他们的动向。

山晴素来很会审时度势，扬声道："白道的诸位前辈，我等并无恶意。"

她把飞天教与千风殿的恩怨简单说了说，重点突出他们是被骗来中原的，连前几日给各庄小辈们下蛊的事都推到了千风殿身上。

她说道："我等如今只想为教主报仇，报完仇，便会离开中原，不再踏进中原一步。"

说完她抬手一挥，下令道："杀！"

飞天教一众早已在私下里说好，只要察觉到那点牵制消失便立刻宰了千风殿的人。他们这几日忍气吞声为的就是这一刻，此刻便齐齐地冲了过去。

山晴回头看看那位长老，有心想把人喊回来，但转念一想他当初进飞天教只为变强，来中原也是因为想和高手交手，怕是喊不回来，干脆随他去了，跟着帮众一齐冲向了前方。

万雷堂对付白道已经捉襟见肘，这时再加上飞天教，便迅速溃散，眨眼间死了一大半。

叶帮主他们终于冲开防线，眼看就要拿下面具人，下一刻，他们听到了一前一后两个重合在一起的声音："都给我住手！"

峡谷内瞬间一静。

紧接着只听一声惨叫，梅怀东的重剑刺穿了那位长老的胸膛，他淡漠地抽剑收剑，十分干净利落。众人心头微凛，敌畏盟里竟有如此厉害的高手！

这念头刚一闪过，梅怀东在那边背对着尸体睁开眼，然后一语不发地拍地上了。

众人："……"

"没事，这是祖传的龟息大法！"窦天烨连忙帮着打圆场，"我们东哥杀人前后不喜欢见血，这是看见了别处的血，不过我们东是个有原则的人，说不看就不看！"

众人听得有些愣。

嚯，这么倔强？

不过这不是重点，重点是刚才那两声是谁喊的？

最前方的叶帮主几人最为清楚。

其中一个声音来自面具人。

他掏出匕首往脖子上一抵，见飞天教的人果然停手，便知自己的猜测是对的，心法什么的暂且不提，带有母蛊的人若是意外身亡，教众的寿命都要减半，这一点倒是真的。

他抬眼看向远处。

叶帮主等人也侧身看了一下身后，发现另一位开口喝止的人竟是沈庄主——他不知何时醒了，手里押着在寒云庄留守的方延，也正望着这边。

叶帮主微微眯眼，语气如常道："沈庄主，你这是何意？"

沈庄主重伤未愈，脸白得像纸。

他一手掐着方延的脖子，另一只手扶着方延的肩，那手背已经乌黑，看来是中了毒。此刻闻言，他冷哼道："你少揣着明白装糊涂！"

谢凉在心里叹了一口气。

他先前还在想，等解决掉万雷堂后就暗中弄死沈庄主，算是全了沈君泽的一番苦心，可生活往往就是这么残酷，要用最直接的方式摊在你的面前。

沈正浩仍抱着沈君泽坐在地上，尚未从悲伤中缓过神来，听见声音起身看了看，愣愣地问道："爹，你干什么？"

沈庄主道："别问，你过来。"

沈正浩道："您把方公子放开。"

沈庄主道："不行。"

沈正浩后知后觉，终于明白了。

他双眼充血："是……是您逼的子书？"

沈庄主怒道："你少提那个逆子！"

他醒后便清楚沈君泽背叛了他们，由于不知目前的局势，便一直假装昏迷。

他听到悬针门的人凑在一起气愤地嘀咕，说是寒云庄里的人都觉得他们不如林霜厉害，所以解不了毒，一定不能被人小瞧云云，便知道他这个毒是被悬针门解的。

但他依旧躺着没动，前几天听见有人来通知悬针门的人暂时别给他解毒，顿时知道自己是暴露了，所以昨晚听见儿子絮叨说今天要来攻山，希望能把子书带回家，他就躺不住了。

他等到人声减少，便从卧室的密道抵达花园，耐心等了一炷香的工夫，见方延扶着一个受伤的侠客走过来，立刻现身把人擒住，只是运气不好，手背被那个叫林霜的丫头射了一根银针，如今又中了毒。

他只觉半边身体一阵阵地发麻，不再和沈正浩浪费时间，看向白道众人："都别动，不然我掐死他！"

另一边，尊主也对飞天教的人下了令："都给我后退，把路让开。"

山晴咬了咬牙。

他们得等母蛊自己破体，然后再带回帮派另做打算，如今确实不能拿他怎么样，她只好又抬了一下手，带着飞天教的人退了几步。

这个缺口一开，尊主拼着被母蛊反噬的剧痛，硬是用轻功冲向了沈庄主。

因为他看出自家兄弟中了毒，根本支撑不了多久，若是一个不小心被暗器打中手臂，他们就全完了。

他快速掠到沈庄主身边，接过方延一扣，望向谢凉："我数三个数，你过来，不然我就对他不客气了。"

120.

方延被点住穴道，不能动也不能开口，只能红着眼望着小伙伴。

谢凉打量了他一下，见他只受了点皮肉伤，便看向面具人："你不就是为了要东西吗？我给你。"

"你少诓我，"尊主道，"你连东西在哪儿都不知道。"

谢凉道："我知道，只是还没挖。"

窦天烨跟着点头："对，我们是知道的，一直没告诉你。"

尊主手上一个用力，方延立刻吃痛皱眉。

窦天烨吓得急忙说道："这次真不是骗你，你快松手，不然我们不仅不告诉你在哪儿，连钥匙都不给你！"

尊主眼中充血："你给我闭嘴，再让我听见你说半个字，我马上拧断他的胳膊！"

窦天烨顿时消音，默默往后挪了挪，争取不让他看见自己。

尊主重新看向谢凉："你过来。"

谢凉道："我过去有什么用？用我换钥匙？"他向旁边伸出手，乔九了然地把钥匙交给他。他拿着举给对方看，说道，"这样，我把钥匙给你，再告诉你东西在哪儿，你把人放了。"

尊主道："你当我傻？"

他前脚刚走，这些人后脚就会围住他，他才不上这个当。

"那这样，"谢凉好脾气地商量道，"我带你去挖，等把东西挖出来再找你换人，如何？"

山晴的话他没听清，但乔九听到了，也及时告诉了他。

如今沈庄主重伤加中毒，基本算是废人。面具人又正被母蛊反噬，而从这里到他们上次去的深山起码得用两天，只需拖一拖，他们便能找到机会救人。

尊主也不想耽搁，眯着眼说道："那你过来，我扣着你去挖东西。"

乔九按住谢凉的肩膀，说道："你做梦。"

尊主道："这可由不得你。"

乔九点点头，竟笑了一下："挺好，真是很久没人对我说这几个字了。"话音一落，他往谢凉的穴道上一点，直接把人弄昏，同时吩咐手下冲过去，"给我杀了他们。"

尊主、方延、沈庄主："……"

赵炎瞪眼："姓乔的，你疯了！"

凤楚："阿九别冲动。"

天鹤阁精锐："九爷息怒。"

窦天烨："不要啊！"

乔九道："都给我闭嘴。"他把谢凉交给凤楚，向前走了几步，笑容亲切，"我给你们两条路，要么带你去挖东西，要么我连你和方延一起收拾了，没第三条路可走。我是什么脾气，你若是不清楚，就问问你旁边那个老东西。"

尊主不需要问。

他一直想来中原，自然关注着中原的事，天鹤阁的乔九向来喜怒不定，这名声可不是随便扯出来的。他再次收紧手指，让乔九看着方延被掐痛的表情，问道："你真不顾他的命？"

乔九道："看来你选了第二条路。"

他的脚尖在地上轻轻一点，跃起前冲想要杀人，紧跟着就被凤楚追上来按住了。

凤楚以前和乔九一起干过不少缺德事，默契十足，早知他在唱戏。

刚刚接住谢凉，见谢凉压根没晕，他就更确信了。他将谢凉塞回去，劝道："祖宗，别闹了。"

乔九道："我没闹。"

凤楚和他一唱一和："那你起码让人家想想。"

乔九打开他的手，看向沈庄主他们，神色带了些不耐："行，我也给你们三个数，一二三。"

这数数得极其随意，像是迫不及待要动手似的。尊主本就处于下风，没敢赌，咬牙道："好，我跟着你们去挖。"但他不能被牵着鼻子走，便掏出一粒药丸塞进方延的嘴里，说道，"解药是一个方子，只有我知道，你若是半路杀了我，就等着给他收尸吧。"

乔九没搭理他，解开了谢凉的穴道。

谢凉配合地问了一遍什么情况，得知要去挖宝，便点点头，跟着他往前走。

尊主道："慢着，先给我兄弟解毒。"

"我没解药，"乔九更不耐，"你走不走？"

尊主道："那先让我的手下过来。"

乔九回了一下头，见万雷堂的人正往这边走。

他见对方快要路过天鹤阁的队伍，沉下声音，下令道："杀了。"

天鹤阁的一众精锐这次没有迟疑，因为每当九爷用这个语气说话，那就是不容商量。

他们立即对近处的万雷堂众人亮了刀，与此同时，凤楚后跃回撤也对上了万雷堂，瞬息间便宰了一个人。

尊主顿时暴怒："住手！"

他又用了些力道，方延整张脸开始涨红。

谢凉看得心头一跳，努力保持住平静，拉了拉乔九的衣袖。

乔九这才勉为其难地让他们停手，看都不看硬冲过去的左右护法，示意手下拦住万雷堂的其余人，笑容满面地对面具人道："来，再用点力，你掐死他，咱们大家都省事。"

尊主连忙松了一点力道。

方延张嘴呼吸，泪眼婆娑地望着谢凉，委屈极了。

谢凉忍着没瞅他，但心里赞同乔九的做法。

方延如今是他们的护身符，他们怎么都不可能要了方延的命，所以一定要完全掌握主动权，不能给对方蹬鼻子上脸的机会。

乔九就更不会瞅方延了，说道："你们现在没什么资格和我谈条件，要是惹我不痛快，我就把你们全宰了。我再问一遍，走不走？"

尊主额头青筋突突直跳，总算知道为何中原有那么多人不愿意对上乔九了，因为他实在太讨厌了。他说道："走，但只能你们跟着。"

谢凉插嘴："叶帮主最好也去，我需要白虹神府的人确定具体位置。"

尊主道："乔九不是吗？"

乔九和叶帮主几乎同时开口，破天荒地默契了一次。

乔九："我不是。"

叶帮主："他不是。"

谢凉嘴角抽了一下。

乔九说这话他理解，至于叶帮主……这显然是为了能跟着去而再次不顾脸面了——家训真伟大。

尊主只觉五脏六腑都在抽痛，不敢耽搁，算是默认了谢凉的条件，否则他觉得再多说一句，乔九那浑蛋有可能会带着这群人一起过去。

他缓了一口气，看向自家兄弟。

沈庄主的左手已经乌黑，大半个身体靠着他，胸膛的伤口也在溢血，他们的人本来就少，若是再分心照顾一个人……他说道："哥，你能撑住吗？"

沈庄主哑声道："还……还好。"

尊主把方延交给右护法，扶住兄弟，叹息道：“这些年你辛苦了。”

沈庄主笑了笑，未等回话，脖子猛地一疼，紧接着就什么都不知道了。

尊主掐断他的脖子，把他的尸体扔在了一旁。

其余人看得清楚，呼吸都是一滞。

沈正浩瞬间大吼：“爹！”

话音一落，凤楚不等他跑过去和人拼命，闪到他身后把人击晕，叹息了一声，把他扔给了天鹤阁的人。

“现在可以走了，”尊主双眼通红，神色几乎癫狂，看着白道一众，“你们都不许跟着，只要我发现半个影子就立刻宰了这小子，你们要杀我可以，大不了拖着他陪葬！”

白道一众便都站着没动。

尊主没有往前走，因为不确定前面是不是还会炸，便选择了原路返回，走几步就回头看一眼，免得被人跟着。

山晴担心他真把命赔进去，有心想跟，但刚试着带人往后面的石堆处挪了两步，那个叫凤楚的人便立即看向了她。她只能停住，无奈地和这些白道周旋，想着起码先保住命。

叶帮主一走，于帮主和四庄庄主便开始主持大局。

辛盟主死后，地彩盟的人无心恋战，大部分都爬过石堆跑了。

飞天教打着给教主报仇的旗号，十分配合，一点都不反抗。而万雷堂残存的那点人根本不是他们的对手，纷纷投降，于帮主他们没费多少工夫就掌控了局面。

于帮主和凤楚商量了一下，得知窦天烨他们知道那个地方，便敲定由凤楚带队追过去。

众人等了一会儿，感觉前面的人走远了，便也开始往回折。

尊主一行人这个时候刚回到山庄。

双方僵持着，一前一后往外走，刚迈出大门，只听窸窸窣窣的摩擦声由远及近，渐渐响成一片。

尊主目光一变：“这是……”

叶帮主神色凝重：“铠甲。”

几人一齐抬头，见一队军士整齐地迈着步子，慢慢围了过来。

为首的是一个身穿玄衣的年轻公子，贵气十足，俊美非凡，只是脸色是不正常的苍白，谢凉见他的第一眼就莫名联想到了吸血鬼。

贵公子见到他们，抬了抬手。

身后的士兵迅速列阵，齐刷刷拉开弓箭对准他们，只等一声令下将他们射成刺猬。

尊主的脸色变了变：“军爷这是何意？”

贵公子笑了一声。

他虽然生得好，但笑起来的时候并不会让人觉得赏心悦目，反而有一种说不清道不明的阴恻感——依谢凉鉴别奇葩的经验看，这人八成是个变态。

贵公子伸手点着周围的尸体："杀人偿命，你问我是何意？"

尊主道："这不是我们杀的？"

贵公子道："不是你们能是谁？"

尊主道："后面的人。"

贵公子"哦"了声，看了看被挟持的方延："那他又是怎么回事？"

尊主道："没什么，闹着玩呢。"他心里急得不行，看向谢凉他们，"你们说是吧？"

乔九不搭理他，看着面前的人，语气特别不爽："你什么意思？"

贵公子慢条斯理地道："我还没问你呢，怎么这么没大没小，见着哥哥也不知道打声招呼？"

谢凉一怔，脑中瞬间闪过一个名字：段八。

尊主也是一愣，刚想说一句"原来你们是一伙的"，就听见乔九回了人家一个字："滚。"

段八笑了笑："放箭。"

士兵们听命松手，箭雨"嗖嗖嗖"对着他们就过去了。

几人连忙撤回山庄躲在门后，只听"咣当"声响成一片。

尊主看向乔九："不是认识吗？！"

乔九道："闭嘴。"

箭雨只下了一拨，很快停了。

段八的声音传了过来，很是和气："小九出来，哥哥就是和你开个玩笑，听说你又交了个不一样的朋友，带给哥哥看看。"

谢凉看了一眼九爷，终于知道九爷为何这么烦他那群同门了。

叶帮主也看了一眼自家儿子，没吭声。

他早就认出那人是当年跟着儿子回家的人了，能被儿子带回家，关系应该没这么糟糕吧？

乔九冷着一张脸，带着谢凉出门，张嘴就骂："你有毛病！"

段八充耳不闻，打量着谢凉，笑道："喊师兄。"

谢凉从善如流："师兄。"

他说着向段八身后看了一眼，见林霜和天鹤阁留在寒云庄的人这时也走了过来，暗道一声难怪——他先前还在想沈庄主绑了方延，林霜他们不可能不追过来，原来是被段八给扣下了。

他的目光落到另一人的身上，意外了一下，那人竟是冬深山庄的二少爷。

当初在神雪峰，冬深的二少借口有事，劝说赵炎代替自己祈福，自此他就没再见过他。现在一看，这位二少竟是段八的人。

二少也正看着他们，很想擦把冷汗。

他这才知道九爷和自家主子竟是旧识，而且还敢用这种语气和主子说话，真不愧是他，够嚣张。

乔九完全不想和某人沾一点边，问道："看完了吧？让路。"

段八道："你们干什么去？"

乔九道："去挖个东西。"

段八和他对视一眼，心思转了转，示意手下让开，笑道："行吧，看在谢凉的面子上，今天不难为你们，走吧。"

乔九连一个字都懒得和他说，带着人就走。

直到下山，尊主都还有些没回过味来，连续向身后看了好几眼，这才确认他们是真没追来。

谢凉也有点不解："他……"

乔九简单道："他从不做没用的事，而且他觉得你能处理的事，一个手指头都不会帮你。"

谢凉懂了。

九爷的意思是他们在那里耗着没用，段八压根不会管。若是把尊主逼急，搞不好会宰了方延，而段八突然带着官兵现身，必定是有他的目的。

同一时间，于帮主和凤楚带着人终于回到山庄，抬眼便见院内一字排开的尸体，一位贵公子坐在尸体旁边，正在喝茶，身后则是严阵以待的士兵。

众人都是一怔。

白虹神府的暗卫首领则脊背发麻，下意识地左看右看，生怕遭人算计。

当年自家大少爷就是带着这位主回家的，他也是被对方制住的，且人家制住他之后连半句废话都没有，直接点了他的穴道，让他动弹不得。后来大少爷当着他们的面收拾了该收拾的人，这位主还坐在旁边津津有味地吃了一碗面，那场面真是让人想忘都难。

白道一众没人留意他的神色，对着段八问出了和尊主一样的问题，结果得到一句"杀人偿命"，不由得道："我们江湖事江湖了，向来和你们官府井水不犯河水。"

"江湖事江湖了，谁规定的？"段八道，"这是大雁的国土，当守大雁的律法，本侯今日还就管定了。”

“本侯”一出，人群里立刻有人低呼："是段小侯爷！"

周围顿时起了少许喧哗。

京城贵族圈最大的祸害段小侯爷，江湖人也是略有耳闻的，没想到他们竟碰上了他！

凤楚闻言挑眉。

他没见过段八，但知道段八和乔九的关系，便笑眯眯地指着万雷堂的残众："侯爷，这些就是凶手。"

段八看了他一眼："你是凤楼主？"

凤楚道："是。"

段八吩咐手下把凶手都抓了，又把凤楚叫过来，低声道："小九说他们去挖东西，你知道地方吗？"

凤楚道："知道。"

段八"嗯"了声，看着士兵将人押回来，便开始教育这些白道没事别打打杀杀，这才轻轻揭过，打着和凤楚喝酒的借口，示意副将带着士兵先回营。

凤楚心思一转，看明白了。

段八大概也是冲着东西来的，但这里毕竟都是江湖人士，以防万一他便找来一群官兵镇场子，用的或许是剿匪之类的理由，现在既然抓完人，面上勉强算说得过去，他也就能摆脱这些士兵了。而当年他跟着乔九回白虹神府，怕也是想找东西。

果然，等众人一走，段八的下一句话便是："带我去追小九他们。"

凤楚没意见，乔九既然能对段八说实话，也就不在乎对方是否跟着。

他挑了天鹤阁的几个精锐，带上窦天烨和段八一行人偷偷地追了过去，顺便好奇地问了一句："侯爷知道那是什么东西？"

他也是最近才知道还有个东西。

而这东西竟能让段八和万雷堂同时动心。

段八道："不知道，只想跟去看看。"

凤楚半个字都不信，耸耸肩，不问了。

两天的时间一晃就过。

乔九和叶帮主本想找机会弄死尊主，可对方十分警觉，且硬是挺了两天没睡，跟着他们到了三角圈出的深山里。

谢凉无奈，只能解释了一遍三角和圆的谜底。

说完他便示意他们把方延腰间的钱袋解开，里面有方延画的图，因为方延是学设计的，有绘画功底。他们上一次走之前便让方延画了一个草图，打算慢慢研究。

他把图摊开，询问叶帮主是否能想起什么线索，顺便暗中使了一个眼色，提醒对方哪怕不知道也要瞎编一个拖着。

他觉得依叶帮主的无耻程度应该是没问题的，结果等了等，见叶帮主迟疑了一下，竟真的给了一个线索。

叶帮主回忆道："家里有先祖画的一幅画，画上好像就是山。"

乔九完全没印象，看了他一眼，不知他说的是真是假。

叶帮主补充道："被我小时候毁了。"

乔九道："败家。"

叶帮主道："你有脸说我吗？你小时候败得比我多。"

谢凉："……"

基因真是个奇妙的东西。

121.

既然有了线索，那就只剩找了。

谢凉几人找得都很用心，压根不在乎把东西交给尊主。

万雷堂的余孽已被白道控制，尊主身边只有左右护法，就算拿到东西又能走多远？

反观他们这边，凤楚肯定会带人过来，他们完全不用担心，唯一在意的就是方延和乔九的毒了。

左右护法自然也能看清局势，神色都很凝重，不清楚自家尊主是怎么打算的。

尊主现在完全没心思想别的，只一心想拿到东西。

他每时每刻都承受着母蛊的反噬，有时甚至觉得它在啃食自己的内脏，他不能退，只能置之死地而后生，把希望寄托在那件东西上。

手札记载，当年白虹神府的主人无意间得到了一件宝物。

这宝物与他们万雷堂有着千丝万缕的联系，只要拿到便能得到整个天下。他们一代代前仆后继，就是想要完成前人的遗愿。

除去这点外，他们还要为家人报仇。

当年他亲眼见到父辈们被白道追杀，他的脸和嗓子被烧伤，大哥则在寒云庄给人家当了几十年的儿子，这口气不能不出，等他拿到东西成就大业，他就可以报仇雪恨了。

可惜大哥看不见了……他心里一痛，眼底再次蔓延上一层血丝。

那不是他的错，他只是为了大局着想，若他和大哥的处境调换，大哥这么对他，他也绝无怨言，所以大哥一定不会怪他，一定！

方延被他按着，察觉到他的手在隐隐发抖，看看他赤红的双眼，眼泪"唰"地就下来了。

这老头的精神状态真的是一天比一天糟糕啊！会不会一时发疯弄死他啊？他还没谈过恋爱，不想死啊！

谢凉恰好看过去，问道："怎么了？哪儿难受？"

方延哽咽："心里难受。"

谢凉安抚道："别怕，这就要找到东西了。"

方延继续哽咽："嗯。"

尊主现在最见不得这种类似家人的感情，阴森地扭过头："你再废一句话，我把你的嘴重新封上。"

方延心脏一抖，急忙闭嘴，连哭都不敢哭出声了。

能说话可是他们好不容易争取来的权利，不然上个厕所都费劲。

尊主咬着后槽牙强忍过一波剧痛，看向谢凉他们："到底行不行？"

谢凉道："前辈放心，我们也急。"

按照叶帮主的说法，那幅画上画的是两山之间立着一个墓，墓碑上空空如也，没有写字。

但他们找了找，这地方除去村民的墓，连半块碑都没有，后来谢凉想到二百多年里兴许发生过泥石流，把墓给盖住了，因此只能让叶帮主对着草图挑出是哪两座山，他们好试着去挖一挖。

叶帮主勉强选了一块地，他们拿着工具便过来了。

而两山之间的区域有些大，他们已经挖了一个大坑，这是挖的第二个。

尊主站在一旁看守人质，没有动手。

乔九和叶帮主从小养尊处优，也没动。谢凉还想着拖时间，自然更不会动，于是挖地的工作就落到万雷堂里位高权重的护法身上了。可怜两位护法本就对未卜的前途忧心忡忡，如今还要干苦力，简直有些后悔追过来。

乔九站在一旁看着，往谢凉的身边靠了靠，垂下的手一根根捏着他的手指，从这边捏到那边，再从那边捏回来。

谢凉刚开始还以为乔九是有事，看了他一眼发现他只是捏着玩，便用食指挠挠他的手心，结果立刻被抓住了。

这时突然听见林间响起几声清脆的鸟叫，乔九心中微微一动，知道是手下到了。

他正要找个如厕的借口离开，耳边只听"砰"的一声钝响，铁锹碰到了硬物。

几人顿时一齐望去，见两位护法把土刨开，露出了一块长方形的石块，再往下一挖，发现果然是石碑的顶端。

尊主精神大振："就是这个，快挖！"

两位护法道了声"是"，快速将石碑挖了出来，见上面确实没字，便开始挖它旁边的坟墓，片刻后挖到了一口石棺。二人把棺盖一掀，看到里面放着的正是一个玄铁的箱子。

就在这一刹那，乔九和叶帮主几乎同时冲过去，在两位护法还没反应过来前一掌拍过去，直接把人打晕，然后转身对上了尊主。

尊主脸色一变，下意识地想找谢凉的位置，见后者已经十分狡猾地拉开了距离，只能掐住方延的脖子威胁他们，急切地说道："把东西给我！"

乔九道："不要你的手下了？"

尊主道："我让你把东西给我，不然我掐死他！"

乔九很痛快，既然人家不要，他就把那两个护法弄死了，接着将尸体一扔，拿着箱子回到谢凉的身边，掏出钥匙道："趁着我还没反悔，二换二，你把人和解药给我，我把这两样给你。"

尊主道："那你把东西给我，我拿到手走远了，立刻把人放回来。"

乔九笑得很亲切："你是怎么坐上帮主位置的，这么蠢的主意都能想出来？"

尊主瞬间加了力道，神色近乎疯癫，嘶吼道："给我！"

乔九看看他这状态，这次没有满不在乎地让他杀人，而是指着远处的一棵大树："看见那棵树了吗？我们把箱子放在树上，你把人放在另一边的树上，我们同时回来换位置，你走到箱子那里，我们走到方延那里，我把钥匙扔给你，你把解药的方子扔给我。这样你拿着东西走，我们也追不上你。"

尊主急着要东西，来来回回看了几眼，同意了。

双方便按照步骤开始交换，尊主为了以防万一走远了些，把人往树上一放，回来和他们换位置，终于拿到了心心念念的箱子。

谢凉他们也终于救回了方延。

乔九远远地看着树上的人，数完一二三，把钥匙扔给了他。尊主也将药方裹上石头扔了过去，然后接住钥匙，抱起箱子就跑。

可这时只见人影一晃，附近的树后竟闪电般地蹿出两个人。

凤楚和段八在乔九指着他们这个方向的时候就明白了他的意思，耐心地等着双方换完后，立刻出来给了尊主一掌。

尊主本就是强弩之末，这一下根本避无可避，当即吐出一口血，跌了下去。

但饶是这样他也没松手，仍死死地抓着两样东西，在草丛里往前爬了爬，试图远离身后的人，然后抖着手打开箱子，见里面有一封信和一个布包。

他抓过布包抖开，定睛一看，眼珠子差点瞪出来。

凤楚追下来，一眼看见草丛里的东西，心里顿时一跳，暗道难怪段八刚刚让天鹤阁的人暂时离远点，原来如此。

他便也连忙制止了天鹤阁的人靠近。

与此同时，乔九带着谢凉过来，下了同样的命令。

他虽然不知道是什么东西，但他知道段八的性子，更知道段八当年跟着自己回家的原因绝不是他嘴里说的好奇。而如今万雷堂再次来犯，段八突然跑来掺和，他便明白这东西怕是和朝廷有关。

他低头一看，心里也是一跳。

地上的东西一头四四方方，另一头雕着玉龙，不是别的，正是传国玉玺，也不知他的先祖是从哪里捡的。

段八慢悠悠地走过来，说道："两百多年前，太祖起势，前朝四皇子携带传国玉玺南逃，自此失踪。待到几十年后暗卫查到四皇子的踪迹，发现他已经死了三年，传国玉玺也不知所终。是以当朝用的一直是假玉玺，这事是皇室机密。"

他轻松地踢开地上的人，捡起玉玺装好，继续道："不巧，我祖上的运气好，当年见过四皇子身边的护卫，得知四皇子曾想与外族联手夺回江山，只是后来不知为何不了了之了，而那个外族之后暗中扶持了一个武林帮派，便是万雷堂。"

尊主浑身一僵，拉回了一些神志。

段八道："我翻了不少秘闻卷宗，来回推敲了几遍，虽然不清楚具体经过，但那个时候白虹神府、四庄和飞剑盟如日中天，怕是朝廷都要忌惮几分，那个外族或许不想节外生枝，也或许是觉得这东西可有可无，便试着用江湖的法子，把事情扔给万雷堂了。我不知道你先祖给你们留了什么遗言，但有一点可以肯定，他从头到尾就只是个被利用的角儿，拿不拿得到这玩意，人家其实没那么在意。"

尊主喉咙里"咯咯"地发出几个声音，紧接着骤然大笑。

他自小没过过一天舒坦日子，满脑子想的都是得到天下、屠尽正道中人，为此甚至不惜杀了亲大哥，最后得到的就是一块玉玺！

"哈哈哈哈！"他的表情扭曲，眼泪横流，"哈哈哈哈……呃……"

谢凉见他一口气没上来，直勾勾地瞪着眼，竟就这么气死了，心里生不起半分同情。

这对兄弟的智商貌似都不高，只会搞些阴招，为达目的坏事做尽，最后美梦破碎，也算是报应。

段八收好玉玺，看了他们一眼。

乔九立刻上前半步，眯眼盯着他。

段八笑了："别紧张小九，哥哥向来疼你，怎么舍得灭你的口，那多伤感情。"

乔九不为所动："哦，是吗？"

段八道："嗯，只要你们把这事烂在肚子里，哥哥就不会找你们的麻烦。"

他说着弯腰捡起箱子里的信，拆开看完，笑了一声，递给谢凉。

谢凉接过来看了看，嘴角一抽。

前辈信上说无意间捡到了玉玺，觉得不能告诉后人，也不能留在家里，搞不好要给后人招祸，所以只能留给后辈们。因为他觉得能破解他那些谜题的人和他的爱好相同，一定和他一样是个积极向上的好人，所以他自己只涉江湖，朝堂的事就交给后辈们完成了。信的最后还鼓励后辈："加油，宝贝们。"

你以为后辈和你一样走的是开挂路线吗？谢凉万分无语，把信递给一旁的乔九，见他没接，于是谢凉看了他一眼："不看？"

乔九伸出手，指间碰到了一点信纸，就脱力滑落了下去。

他其实在捏谢凉手指的时候便在强撑着，后来更是动了武，直到确认段八不会翻脸灭口，紧绷的那根弦才终于放松。

他控制不住吐出一口血，眼前发黑，往谢凉身上倒去。

谢凉的瞳孔骤然一缩："乔九！"

其余几人也吓了一跳，急忙上前。

"小九！"

"阿九！"

"小瑾！"

"九爷！"

乔九断断续续听着周围人的惊呼，意识彻底消失前遗憾地想：光顾着料理那个老东西了，他都没来得及好好和谢凉说说话。

122.

段八未雨绸缪，把林霜也带来了。

不过林霜先前是追着沈庄主和方延出来的，走得匆忙，东西都还在寒云庄，因此只能暂时用银针封住乔九的穴道，然后急匆匆赶回寒云庄。

白道一众正在这里焦急地等消息，见九爷竟是被抬回来的，都有些吃惊。

窦天烨几人则知道实情，连忙围过去，跟着他们进了客房，一直到入夜才见林霜收手。

谢凉道："怎么样？"

林霜收好银针看着他："没办法，只能喂药。"

谢凉的心微微一沉。

药的事，林霜来的路上对他说过。她最近一直在研究医书，前几日勉强想出一个方子，但不知效果如何，原想先配出阎王铃找个人试试，可现在来不及了。

谢凉问道："最多能再拖几日？"

林霜道："不能拖了。"

谢凉道："若是……"

林霜等了等，没等到下文，主动道："不喂药会死，喂了若是不行，也会。"

谢凉看向床上的人。

出事至今乔九一直没醒，被林霜吊着一口气，就这么毫无知觉地睡着，也不知还有没有话想对他说。

房间里的人都看着谢凉，等着他做决定。

谢凉沉默几秒，终于点了点头。

结果药喂下去，乔九没醒。

一天、两天、三天……他依然没醒，这次林霜也束手无策了，看过后得出的结论是或许哪天会醒，又或许永远都醒不了，睡着睡着就撒手去了。

谢凉静静听完，向她道了谢。

幸亏有她在，到底是没到最坏的结果。

林霜从小到大就没学过安慰人，只看了他一眼，见这里没她什么事，便去找段八了。

段八此刻正在凉亭里，一边喝茶一边看着廊下的一群侠客。

万雷堂的尊主一死，飞天教一众的寿命减半，也算是得到了报应。

白道念在他们除了绑架小辈外没干过什么恶事，就让他们回去了。事情一了，侠客们后知后觉地发现他们又一次打败了万雷堂，顿时激动，三三两两凑在一起回味这场胜仗，所以今日见窦先生出来溜达，他们便把人按住，想听听他被抓之后的故事。

窦天烨帮不了谢凉那边的忙，干着急了几天，心里难受，也挺想找人说说话的，就同意了，往走廊一靠，开始吹牛。

忠实粉丝庞丁迅速跑来，搬着小马札坐在了最前方。

少林的事过后，于帮主为了惩罚他擅自乱跑的鲁莽行为，把他扔到深山里修行了，最近才出来。他是他们打完了才到的，这时便眼巴巴地望着窦先生，等着听故事。

窦天烨清清嗓子正要讲，余光一扫，见纪诗桃和几位女侠来了，笑着打招呼："纪姑娘。"

纪诗桃高冷地点点头，问道："在说什么？"

窦天烨道："在说我和小江被抓的事。"

纪诗桃"嗯"了声，在旁边坐下了，看样子也是想听。

窦天烨来者不拒，淡定地把这里当成茶楼，为他们讲了讲他与尊主斗智斗勇的故事。

林霜找过来时，便见她哥哥正饶有兴致地盯着他们，问道："你不回京？"

段八道："小九怎么样了？"

林霜道："还是那样。"

段八道："项百里那家伙呢？"

林霜道："我把他的药解了，他睡醒就没事了。"

段八道："你暂时留在小九这里，若一个月后他还这样，你再回京。"

林霜有些意外地看了他一眼。

段小侯爷素来无情，没想到竟还会为同门着想。

段八察觉到她的目光，笑了一下："哥哥一向很疼你们，你这么意外，怪让哥哥伤心的。"

林霜一脸平静，半个字都不信。

段八放下茶杯起身，惋惜道："不过死的若是前面那几个就好了，哥哥就小九这一个师弟，他要是没了，我就成最小的了。小霜啊，为了哥哥，你一定要救活他。"

林霜："……"

段八笑着摸了把她的头，带着他的人走了。

他前脚刚走，项百里后脚就醒了。

项百里没受什么伤，只是对最近这段日子的记忆有些模糊，他一边往外走，一边认真回想意识消失前的事，结果刚出小院便看见了正巧路过的凤楚和赵炎，目光一顿，沉默数息，走过去拦住了他们。

他看了看凤楚这张脸，问道："小凤凰，这是哪儿？"

赵炎道："你喊谁小凤凰？"

"怎么，不乐意听？"项百里看向他，"我上次说过不想看见你们，这话依然算数，把心放在肚子里，我不是来和你抢人的。"

赵炎眨眨眼反应了一下，参悟到某个令人难以置信的真相，目光在他和凤楚之间转了又转，然后默默回房收拾好包袱往肩上一背，准备回五凤楼散散心。江湖实在太乱，还是家里好。

他走后，其余的人也都陆陆续续离开了。

曾经喧嚣一时的寒云庄立刻冷清下来，叶帮主近几日都会去乔九那里看看，见谢凉收拾东西也要走，问道："去云浪山？"

谢凉应声。

叶帮主过去看了看儿子，对谢凉道："有什么事随时差人找我。"

谢凉又应了声，等天鹤阁的人过来把乔九抬上马车，他便带着窦天烨他们启程了。

他坐在乔九身边，理了理他微乱的头发，轻声为他讲述这几天的事。

比如项百里醒后，凤楚不知和人家说了什么，两个人竟去喝了一次酒。

再比如叶帮主他们特意问了沈家的老人，得知当年沈家有一个旁支来投奔，半路遭遇山匪，只剩一个孩子还活着，那孩子便是沈庄主。后来老庄主的独子夭折，便将沈庄主过继了过来，没想到竟是引狼入室。沈正浩听后将寒云庄还给了沈家，他的新婚妻子仍愿意跟着他，两个人处理完沈君泽和沈庄主的丧事，便离开了江南。

再比如秦二能下床了，叶姑娘这些天一直在照顾他，而自从上一次叶姑娘被归元抓住，秦二甘愿跳出来做人质之后，卫公子便没再纠缠过叶姑娘，大概是自惭形秽了。这么看，秦二还是很有希望的。

他耐心地说完寒云庄的事，又挑了些他以前的趣事，一行人就这么慢慢悠悠地回到了云浪山。

阿山照例负责看家。

他已经接到消息，帮着他们把九爷放回卧室，观察了两日，见谢凉总待在九爷的屋子里，便上前敲门，说道："谢公子，九爷让您在后山种点桃树，弄成故畏盟那样的。"

谢凉一怔："他何时说的？"

阿山道："前不久。"

谢凉便好脾气地去种桃树，发现他们弄了很多树苗，于是从上午种到傍晚，回来洗了个澡，筋疲力尽地睡了。

第二日，阿山又来了，说道："谢公子，九爷让您把库房里的东西整理一下。"

谢凉看着他："他是真说过，还是你自己想的主意？"

阿山掏出一封信展开给他看，只见上面密密麻麻写满了字。

他不等谢公子要便收了起来，说道："九爷说不能给您看，让属下每天早晨来告诉您。"

谢凉呼吸一紧："他是什么时候给你写的信？"

阿山道："三个月前。"

谢凉心里一疼，懂了。

那时乔九已经毒发，大概是怕自己死后他难受，便想出这么一个办法，让手下通知他每天要做的事，也好转移他的注意力。

他点点头，去整理库房。

天鹤阁库房的宝物数不胜数，他从头到尾整理完，顺便把他们在归元老巢搜刮来的东西也写进册里，再次忙到傍晚，又筋疲力尽地睡了。

第三日，阿山来通知新的工作，让他把书房里的书晒了。

九爷的藏书很多，谢凉毫无意外又忙了一天，晚上看着躺在床上的人，轻轻地问了一句："你怎么这么能折腾？"

话虽如此，但谢凉不得不承认，他其实对明天很期待，想知道九爷能折腾出什么新花样。

于是一天又一天，不知不觉地过完了一个月，刚开始是一些体力活，让他累得没空伤感，躺床上便睡了。后来是一些耗费耐心的活，但又不会让人讨厌，如今猛地一回首，他发现这段日子竟过得十分充实。

一个月后，阿山告诉他信上的内容都已完成。

不过九爷还写了一封信，寄到敌畏盟了，他得去那边看。

谢凉明白乔九的意思。

他这么忙碌了一个月，心情大概会缓和一些，是时候顾一顾帮务了。刚好他最近也在考虑要回去忙忙事业，便带着乔九一起去了。

果然，第二封信和帮务有关。

因为看信有条件，他得赚够一定数量的钱才能看。

谢凉哭笑不得，便又招了一批帮众，自己勤勤恳恳地做好帮主，带着帮众们发家致富。

或许是否极泰来，他这次的生意运非常好，两个月便赚够了乔九规定的钱数，于是拆开信，发现是乔九曾经赏过的美景和吃过的美食，上面一一写明了具体位置，让他都去转一遍。

他问道："还有第三封信吗？"

负责收信的精锐道："有。"

谢凉道："给我。"

精锐道："九爷说让您把信上的地方都转完才能给您。"

"那要花很久才行，"谢凉道，"没事，你给我吧，我能猜到他写的是什么。"

精锐没有阿山那么坚持，只迟疑了一下便掏出信递给了他。

谢凉拆开，发现如他所想，上面只有一行字：好了，我允许你忘了我。

你想得美，我怎么可能忘了你。

他慢慢把信收好，问道："除去写信，他还吩咐过你们其他事吗？"

精锐道："有，九爷安排了一队人去通天谷，帮他查东西。"

谢凉闭了一下眼，心里说不清是什么滋味。

他挥挥手让精锐下去，独自在书房坐了一会儿，然后起身回到卧室，坐在床边看着床上的人，握了握他的手。

白驹过隙，一眨眼又到了年底。

谢凉不知何时养成了给乔九读东西的习惯，白天收到窦天烨他们的信，晚上便读给乔九听了，顺便闲话家常。

"咱们做饵那次，纪诗桃好像就喜欢上了听故事，最近这段日子她一直在追窦天烨的场，感觉都能和庞丁成立后援会了，"谢凉道，"我觉得窦天烨的桃花要来了，他喜欢纪诗桃的长相。纪诗桃现在又是他的狂热粉，顺利的话，明年或许能成。"

他说着一顿，笑道："对了，我还没告诉你，秦二和叶姑娘的婚事定下来了，就在明年。金小来白天特意跑过来和我八卦，因为秦二送彩礼那天他也在白虹神府，住的客房和秦二紧挨着，他说晚上听到一阵狂笑，跑到秦二的屋子一看，见秦二笑着从床上滚下去了，而且愣是没醒，你说他傻不傻？"

"如果窦天烨那对也能成，明年起码要参加两场婚礼，"他勾起嘴角，语气如常地换了话题，"哦，方延怕是又该哭了，他至今还没找到喜欢的人。"

方延确实是想哭。

因为年夜饭上，窦天烨宣布要追纪诗桃了，他加油鼓励的同时又有些羡慕嫉妒恨，于是焚香沐浴拜完神，便十分虔诚地拿过了日记——

> 我一定要成为家里下一个脱单的人！
>
> 注：新的一年希望大家万事顺遂，希望九爷能醒。
>
> ——《敌敌畏日记·方延》

楼上的没听过目标不能乱立吗？

你小心弄到最后成为光棍，画掉，当我什么都没说。

新的一年又到了，很感慨，今年事业有成，爱情即将丰收，名声也越来越响。

因为归元道友是被我弄疯的这件事不知被谁说出去了，现在那些江湖人士对我十分尊敬，这一度让我很苦恼，万一以后再被抓，人家二话不说先把我的嘴堵上怎么办……不，画掉，大过年的我不能诅咒自己。

总之，祝大家在新的一年里越过越好，好运爆棚，希望九爷能醒。

——《敌敌畏日记·窦天烨》

新的一年希望来找我拜师学武的人少一点。

江湖棋神，勇往直前。

注：希望九爷能醒。

——《敌敌畏日记·江东昊》

赵哥看着上面的内容，笑了笑。

新的一年到了，他的年纪又大了一岁，能陪着他们的时间又少了一年。他没有孩子，丧母丧妻之后最幸运的事便是遇见了他们。

希望大家新的一年能够身体健康，每天都过得快快乐乐的。

希望九爷能醒，希望阿凉幸福、小窦顺利娶到媳妇、小方能找到爱人、小江的棋艺越来越棒。

——《敌敌畏日记·赵云兵》

谢凉最后拿到日记，笑着写下了两行字——

借你们吉言。

收回我最初的话，那时能和你们坐一辆车真好。

——《敌敌畏日记·谢凉》

一群人喝到午夜才各自回屋。

谢凉没有睡意，拿着窦天烨新鲜出炉的话本坐到床边，笑道："窦天烨过完年要讲的故事是关于我们的。他说你好久没现身了，外面说什么的都有，他要紧追热点，给人们讲讲我们的事。"

他说完翻开话本，轻声为乔九讲起了故事。

"乔九见那公子生得俊秀，不知为何竟是短发，一时好奇，便邀请他去云浪山喝一杯酒。俗话说缘分天注定，谢凉对九爷亦是一见如故，爽快地点头同意，二人初次见面便在云浪山的观景台上痛饮了三天三夜……"

　　"胡扯……"床上突然传来一个声音，低哑地反驳，"你当初不肯回来和我喝酒。"

　　谢凉手一松，话本掉了下去。

　　他猛地抬头，瞬间对上一双带着笑意的眼睛。

　　这双眼睛漂亮极了。

　　熠熠生辉，一如初见。

【正文完】

番外篇

做兄弟，一辈子

123.

刚许的愿，转眼就实现了。

大年初一，窦天烨几人听说九爷醒了，顿时震惊，紧接着急忙回神，对谢凉道了声"恭喜"。

几人听完谢凉的叙述，其中两个的反应比较强烈。

一个是窦天烨。他深深地觉得是自己编的故事起到了一定作用，回想自己胡编乱造的那堆东西，担心九爷很可能会让他全篇改掉，那可是他好不容易才编出来的啊！

另一个则是方延。他打了鸡血般翻出日记，让他们先去拜个神，再回来写点新年计划，重要的是要在最后一行写上"希望方延在新的一年里能够找到对象"。

谢凉他们自然没意见，配合地写了。

方延学着谢凉的样子矜持地写了一句"借你们吉言"，激动地合上日记，感觉自己即将要有对象了！

谢凉笑着摸了把他的头，弄了点饭菜便回房了。

窦天烨几人跟过去看了看九爷，见他正靠着床头等谢凉。他躺了太久，双腿暂时不听使唤，只能先瘫着。

他们打量一番，见他似乎没什么问题，便没再打扰他和谢凉，笑着道完过年好，聊了几句就走了。他们在宁柳结识了很多朋友，今天初一，估计拜年的马上就到，他们得抓紧时间吃饭，然后留个人看家，剩下的也得四处拜年。

反观谢凉，他常年不在宁柳，虽然名声响亮，但在这里没多少熟人，自然不需要出去应酬，便心安理得地留下陪着九爷。

刚吃完饭，外面的喧哗声便渐渐传来。

除了来拜年的街坊邻居，接到消息的天鹤阁一众也齐刷刷地跑下了山。若不是过年得吉利些，他们简直想抱着九爷的大腿哭一哭。

阿山压着激动的心情，关心地问道："九爷身子没事了吧？"

乔九道："没事。"

其实他也说不准自己的情况如何，不过昨晚按了按三处穴道，发现不疼了，这应该是个好兆头，具体的得等林霜来了再看。

他简单了解完天鹤阁目前的境况，吩咐了两句把人打发出去，看向了谢凉。

谢凉在他身边坐下："渴吗？"

乔九道："不渴。"

他把人往自己这边拉了拉，问起了自己昏迷后的事。

昨晚醒的时候已过午夜，他与谢凉没说几句就睡了，今早又接连见了窦天烨他们和天鹤阁的人，这才刚有机会问。

谢凉以前曾对他说过，如今便耐心地又说了一遍。

乔九一边听一边微微扬眉："窦天烨和纪诗桃？"

谢凉笑道："嗯。"

乔九没给评价，示意他继续说，末了问道："你呢？"

谢凉道："带着金小来他们发家致富和陪你。"

乔九想起昨晚他惊讶的反应，知道他其实不知道自己能醒。那简单的"陪你"听上去轻松，可稍微细想一下便知很苦。他心头发酸，皱了一下眉。

谢凉关切地问他："你真没觉得哪儿难受？"

乔九道："真的。"

谢凉道："如果有不舒服的地方及时说，别瞒着我。"

乔九静了一瞬，说道："我以后不瞒你。"

二人说了一会儿话，乔九便开始下床走路。他有内力，恢复得比普通人要快，只一个上午就不需要谢凉扶着了，中午便欢快地跟着谢凉去了饭厅。

饭后他在院子里又溜达了几圈，泡了个热水澡，拉着谢凉在屋子里聊了一个下午，直到晚饭才出来。

谢凉今天没有午休，本以为晚上回房会立刻睡着，但或许是养成了习惯，也或许身体疲惫、脑子不清楚，他几乎下意识地摸出了昨晚的话本，往床边一坐，抬头看向大床，见上面空空如也。

他愣了两秒，看向身后，见乔九脱掉外衣，刚好走过来。

他真的醒了。

乔九见他目不转睛地盯着自己，将他手里的书拿过来翻翻，说道："这话本有什么好看的？"

谢凉道："我每天都给你念一段书，习惯了。"

乔九一怔。

谢凉翻身上床，笑着往床头一靠："不过现在你醒了，换你给我念。"

乔九看看上面的内容，沉默。

他扫了一眼正等着听故事的谢凉，犹豫了下，听话地开始念。

"九爷听完手下的话，忙问了一遍，得知替春泽祈福的果然是谢凉，他坐不住了，当下决定亲自做这笔生意。于是收拾行李直奔春泽山庄，等终于见到谢凉，他这才觉得……胡扯！"

谢凉笑出声。

乔九不高兴："写的这是什么玩意？"

谢凉道："艺术源于生活高于生活嘛，继续念。"

乔九沉默一下，忍了。

"……二人商议一番，九爷想出一个主意，提议说易容成谢凉的书童，如此便能接近谢凉……胡扯，根本不是这个理由！"

谢凉再次愉悦地笑出声。

乔九继续忍，接着往下念，片刻后察觉到谢凉安静了下来。

他抬头一看，见谢凉不知何时睡着了，便收起书，轻轻地把人扶到床上躺好，轻声补上欠了许多个夜晚的话。

"谢凉，晚安。"

124.

乔九最终没让窦天烨改话本，因为他连说都不让说，而是直接让窦天烨换故事。

窦天烨就知道怕是过不了九爷这一关，认命地把话本送给了他们当睡前读物。

然而九爷连睡前读物都不想要，但想到谢凉喜欢，便勉为其难地留下了。他把这家伙打发走，跑去找谢凉，见谢凉恰好写完信，挑眉道："两封？"

谢凉道："一封给阿暖一封给叶帮主。"

乔九不乐意："给他干什么？"

谢凉道："好歹是你爹。"

乔九瞥他。

谢凉好脾气地顺了顺毛。

他只是写信通知一声，没别的意思，何况乔九昏迷的那段日子，叶帮主来看过不少次，哪怕以前有错，哪怕乔九不认爹，只通知一下总没关系。

乔九想了想，勉强同意了。

谢凉便将信放入信封，交给了天鹤阁的人。

后者正要找他们，接了信暂时没走，汇报了林霜的消息。

自从九爷昏迷，天鹤阁便专门派人留意林霜的行踪，以便随时能联系到她。

九爷醒后他们就给同僚递了消息，这次运气不错，林霜正在距离宁柳不远的一座小城，估计这一两天就能过来。

乔九道："只有她？"

天鹤阁的人道："八爷也在。"

乔九眯眼："喊他什么？"

"……"天鹤阁的人道，"他让这么喊的。"

段小侯爷气场太强，他们扛不住，反正是自家九爷的师兄，喊就……就喊了嘛。

谢凉见九爷更不乐意，再次顺毛，示意他们去送信，笑着岔开话题："大过年的，他们竟然没在京城。"

乔九哼道："肯定又要干什么缺德事。"

但不管段八究竟在干什么，看同门的工夫还是有的。

两天后，他便和林霜一起抵达了云浪山，笑道："小九你又活了，哥哥真是特别欣慰。"

乔九斜他一眼，懒得理他，看向了林霜。

谢凉同样看着林霜，见她安静地走过来给九爷把脉，又扎了几针，接着便把东西都收了。他不由得道："怎么样？"

"应该没事了，"林霜道，"我那个方子管用，可能是他以前吃的毒太多，所以昏迷的时间长。"

谢凉悬了几日的心终于放了下来。

林霜道："但他的身子到底不比常人，以后还是要仔细点，少喝酒。"

谢凉点头应下。

林霜伸出手："一千两。"

谢凉还没回话，乔九就不爽了："把个脉要一千两，你抢钱？"

林霜道："嗯。"

乔九掏出一两银子，扔给了她。

林霜收好钱，问道："管饭吗？"

乔九道："不管。"

林霜"哦"了声，背起小包便要往段八那里走。

谢凉哭笑不得，赶紧拦了拦，把他们请进了饭厅。

乔九当然只是说说而已。

不过管饭是他的极限，让段八留宿什么的是绝对不行的。

好在段八或许是忙，饭后不等他撵人，便主动带着林霜告辞了。

乔九目送他离开，顿时通体舒畅，陪着谢凉散了一会儿步，忽然想起一件事，便找到阿山想取回他写的信。

阿山道："已经给谢公子看过了。"

乔九反应了一下，问道："我不是说等我死了再拿出来吗？"

阿山道："那个时候谢公子天天在您的房间不出来，属下就想着给他找些事做。"

乔九道："只给他看了一封？"

阿山道："三封都看了。"

他微微一顿，干脆解释了一遍，包括谢公子看完第二封信就猜到了第三封信的内容。

乔九："……"

阿山道："九爷？"

乔九挥手让他下去，一点点往卧室蹭。

偷偷摸摸做的小动作全被发现，他有点不自在，特别想假装不知道这件事，但逃避不是办法，他还想带着谢凉去逛一逛那些地方呢。

他一边纠结，一边推开了门。

谢凉此刻正在练字。

先前乔九昏迷不醒，他有些焦虑，便渐渐养成了练字静心的习惯，每天都会写几篇。

乔九在桌前来回溜达几步，停住脚："谢凉。"

谢凉头也没抬道："嗯？"

"……没事，"乔九走到他左手边看了看，慢慢转到他的右手边，"谢凉。"

谢凉道："嗯？"

乔九不答，看了一会儿，慢慢又转回到了左手边："谢凉。"

谢凉笑出声，终于放下笔："怎么了？"

乔九道："……没事。"

谢凉挑眉。

乔九努力让语气听上去理所当然："年后忙吗？带你去玩。"

谢凉总算知道九爷在别扭什么了，笑道："不忙。"

乔九等了一下，见谢凉没提信的事，自然更不会主动提。

二人于是休息一晚，转天就出发了。

叶帮主到的时候便发现扑了个空。

他知道儿子这是真醒了，一点都不生气没见着人，交代天鹤阁的人给乔九递消息，嘱咐乔九他们别忘了回去给爷爷上炷香，便回家等着他们了。

乔九和谢凉边玩边走，一个月后到了万兴城。

原因是谢凉想起了神雪峰上的温泉，想来泡一泡。而乔九则想起万兴的酒楼有一道荠菜粥很好喝，准备先带着谢凉喝粥。

结果一进门，他们抬头就看见了赵炎。

凤楚过年回了碧魂宫，暂时还没告诉赵炎有关乔九的事。赵炎简直猝不及防，顿时瞪大双眼："你醒了？"

乔九一脸困惑："这位公子，我们以前认识？"

赵炎："……"

谢凉："……"

气氛凝固一瞬，紧接着赵炎震惊地看向谢凉。

那眼底的意思很明显：乔九睡了这么久，竟然失忆了啊！

不对，等等！他倏地转回去，怀疑地问道："你不是要我？"

乔九不答，求助地看向谢凉。

谢凉忍着笑，温和地介绍道："他是五凤楼二楼主赵炎，你们以前认识。"

乔九便礼貌地对赵炎打招呼："赵楼主。"

赵炎愣愣地"嗯"了声，受惊不轻。

反应数息后，他立刻伸出了手："你以前欠我二百两银子，何时还？"

乔九道："是吗？"

赵炎双眼发光："对。"

好不容易能有机会坑这浑蛋一把，岂可放过！

乔九痛快地应声："那赵楼主给我字据吧，我把钱给你。"

赵炎道："……字据？"

乔九道："嗯，我借赵楼主的钱，应该要写字据的。"

赵炎道："你当时没写。"

乔九道："我觉得我不可能那么傻。"

赵炎："……"

果然是浑蛋，失了忆也不好对付。

乔九问了谢凉一遍，见谢凉不清楚这件事，再看向赵炎的目光便有些起疑。

但他没说什么，只是和气地告诉赵炎等他记起来一定还钱，然后拉着谢凉上楼吃饭，交错而过时，他用赵炎能听到的声音对谢凉道："我总觉得他在骗我，不像个好人。"

赵炎："……"

你才不是好人！

谢凉继续忍着笑，说道："他做事正派，不会的。"

乔九道："那我为何不立字据呢？"

谢凉道："等你记起来就知道了，赵楼主在江湖上锄奸扶弱，不是坏人。"

乔九道："哦……"

赵炎目送他们离开，竟有些心虚。

但这还不算完，因为等他吃完饭，那二人也刚好下楼，只见乔九淡淡地跟他打了声招呼，便拉着谢凉远离了自己，简直像防贼一样。

向来是他这么对待乔九，这还是第一次乔九如此待他。

他忍了又忍，实在忍不住了，便上前拦住他们，梗着脖子对乔九道："行了，实话告诉你，你没欠我钱，我刚刚就是和你开……开个玩笑，大老爷们怎么这么开不起玩笑啊！"

乔九沉默地看着他。

赵炎继续梗着脖子，竭力镇定地回望。

片刻后，乔九迟疑道："我……我好像对你有些印象了，你是不是和项百里为了一个姑娘争风吃醋过？"

赵炎："……"

乔九道："就是穿着大红大绿衣裳的一位姑娘。"

赵炎道："我没有！"

乔九道："我确定是你，你一直护着那个姑娘来着。"

赵炎提起这事就受刺激，怒道："那不是姑娘！"

他嗓门太大，大堂的人都看了过来。

下一刻，乔九恍然大悟："哦，原来你果真和项百里有过节。"

赵炎："……"

大堂一众："……"

乔九笑容亲切："火火，看不出来啊，项百里的人你都敢抢。"

赵炎看着这熟悉的微笑，瞬间反应过来又是被耍了，气得想撕了他的心都有了："姓乔的，老子和你拼了！"

乔九笑了一声，压根不和他打。

他后跃闪开对方的攻击，简单几个起落便带着谢凉出了酒楼。

谢凉道："你小心下次一见面他就冲过来打你。"

乔九道："他打不过我。"

谢凉笑了笑，暗道赵炎是真倒霉。

他突然想起一件事，问道："我第一次见你们的时候，你们在通天谷干什么？"

乔九笑了一下："他们有一个楼主身子不好，需要一味药做药引，那个药恰好通天谷里有，赵炎便带着人过去挖药。我路过的时候听说他们在里面，闲着无趣便过去看着他挖。他不高兴，问我干什么，我说和人约好了在这里碰面。"

谢凉道："然后他就说了那一句要是能出现其他人就喝尿？"

乔九笑道："没有，他没理我，再然后他走到哪儿，我跟到哪儿，围观了将近一个时辰，他受不了要把我轰走，又问我到底想干什么，我说和人碰面，他自然不信，这才生气地骂了那一句，结果你们就出来了。"

谢凉笑得不行，感慨道："幸亏你那个时候无聊。"

乔九拉着他进了马车，把车帘一放："嗯。"

幸亏他那时无趣地想逗逗赵炎，幸亏他恰好知道通天谷的传闻，也幸亏正赶上四庄祈福，所以他们能得以朝夕相处，成为今生挚友。

125.

经过一场正邪大战，通天谷彻底瞒不住了。

谢凉觉得堵不如疏，一味地否认或装神秘反而会让人越来越好奇，何况万雷堂的尊主和护法已死，帮派也伤亡惨重，根本不足为虑。而敌畏盟此事过后名声更盛，一般人怕是不敢招惹。

理清这点，谢凉便吩咐窦天烨按照那位前辈的思路把通天谷的事说出去。

此时他们刚离开寒云庄，路上有不少同行的侠客，窦天烨趁着半路休息的空当去人群里转了一圈，果然听见有人问起通天谷，便坦然承认了。

众侠客好奇极了："听说是个世外村子？"

窦天烨道："其实不止一个村。"

侠客们更加好奇，呼啦围住了他。

"那有几个村子？"

"我还去过通天谷呢，那里什么都没有啊。"

"我也曾去过。"

"哎，听说你们轻易不出世，可有此事？"

窦天烨道："这就说来话长了。"

他看着周围一圈人，诧异地问："我听说两百多年前通天谷还挺有名的，你们都没听过？"

众人一齐摇头，若不是这次的事，他们连万雷堂都不知道，更别提通天谷了。

窦天烨装模作样地思考一下，说道："那成吧，我这两天理一理头绪，看看怎么能给你们讲明白。"

侠客们顿时激动，纷纷跟着他们。有些原本要在前面岔口和他们分开的也留了下来，另有一些给好友传了信，虽然稍远的够呛能赶到，但等三天后谢凉他们进了城，侠客的队伍到底是多了不少人。

窦天烨按照惯例找到一家酒楼，准备和老板谈生意。

他如今名声响亮，加之后面跟着一群人，才刚迈进门，老板便热情又主动迎了过来："是窦先生吧？"

窦天烨愣了愣，大方地抱拳："正是在下。"

老板仿佛看见了财神爷，满脸喜色地把人请上座，爽快地将场子让了出来。窦天烨很满意，简单休整一番，当晚登台说了说通天谷。

侠客们这才知道白虹神府那位开创人也来自通天谷，惊讶道："难怪九爷和谢公子的关系这么好。"

"那除了他，前后可还有通天谷的人？"

"或许有，"窦天烨道，"但通天谷的名字，则是因那位前辈而来。"

框架都已被那位神奇的前辈打好了，他便在这个基础上加了点东西，包括有各种防御阵，人们看见的通天谷只是表象，哪怕掘地三尺或把那片林子烧了，也不可能找到前往通天谷的路。而他们五个人出世后便不会再回去了，找他们问路没用，因为那些阵是一代代加固的，他们也不会破解。

侠客们听得心向往之，忙问道："你们可会收外面的人？"

窦天烨道："基本不收。"

侠客们听出话外音："所以有过特例？"

"这个不清楚，通天谷其实很大，一些消息只有长老们知道，"窦天烨实话实说，"我可以肯定的是那边不会主动收人，但不确定有没有误打误撞自己进去的。若是有，按照规矩，怕是不会再放出来了。虽然我们那边会武功的不多，但各类机关法阵和毒药是中原武林所比不上的，拦个人非常容易，你们看这二百多年，可有人说去过通天谷？”

他看着神色微变的侠客们，总结道："因此稳妥起见，平时最好少往那边去，免得你们回不来。"

当然他也知道这不可能，便把找白虹神府要的资料说了说，资料记载的都是当年武林人士干过的蠢事，比如拔草、敲树干或爬树，跪在通天谷把自己跪晕，感情受挫或走投无路在那里发牢骚，自认为别出心裁地在林子里或吟诗或做饭或练剑或破口大骂挑衅等。

窦天烨道："由于有防御阵，你们在那里干什么说什么，我们其实是看不见也听不见的，别干这种事了。"

但人类的本质是复读机，通天谷的种种传闻传开后，一群人便跑了过去，和二百多年前的人一样干了不少蠢事。然而如窦天烨所说，他们里里外外翻了好几遍，半点线索都没找到，只能无功而返。

不过江湖中有这么一个神秘莫测的地方，他们短时间内是忘不了的，探索的热情依然在。那些闲着无事和恰好路过的都会进去转一圈，甚至一些侠客侠女相约游玩，也会选择去通天谷，这里俨然要变成一处热门景点。

造成这一切的罪魁祸首们则在按部就班地过日子，背靠通天谷，他们的生意都火了不少。方延在服装上的一些奇思妙想得到了支持和追捧，赵哥开的酒楼成了江湖上热门的打卡地，江东昊的围棋残局也有人追着破了，窦天烨更不用说，他只需要讲点通天谷的事，就能让人听得津津有味。

但凡事有好有坏，偌大的江湖，总会碰见一两个奇葩。

这天中午谢凉正吃着饭，便收到了小伙伴的消息，他打开看完，惊讶了一下。

乔九已经醒了，见状挑眉："怎么？"

谢凉把纸条递给他，说道："方延差点被人绑了。"

乔九接过来一目十行地扫完，发现是有个沉迷通天谷故事的人异想天开，觉得谢凉他们的血可能是钥匙，便想抓住方延带到通天谷放血，好在梅怀东和天鹤阁的人在一旁守着，成功地把人救了下来。

九爷放下纸条，做了点评："怎么又是他？"

谢凉哭笑不得，他也想知道方延怎么总是中奖，无奈地道："或许是看着瘦弱，容易下手吧。"

乔九不置可否，夹起一根青菜放进嘴里，专心吃饭。

　　他们年后从天鹤阁出发游玩，一路走走停停，如今所处的位置恰好离通天谷不远。谢凉有些出神，当初他们来的时候好像就是这个季节。

　　乔九看他一眼："想什么呢？"

　　谢凉道："在想我们几个过来后还没回去过。"

　　乔九握着筷子的手一顿："不是说回不去吗？"

　　谢凉笑道："我是指那片林子。"

　　他和乔九上次倒是逛过一遍，但窦天烨他们还没去过。

　　乔九看着他："想再去一趟？"

　　谢凉道："我是无所谓，得看他们的意思。"

　　他只是突然感性了一把，临时冒出来的念头而已。不过既然都说到了这里，他便让天鹤阁的人传信问了问。

　　窦天烨几人很是痛快，都表示确实值得纪念一下。他们离得也不算太远，便纷纷过来集合，顺便在回信里加了一句，觉得要把赵炎也叫上。

　　谢凉看得想笑，暗道赵炎怕是又要发疯，但心里这么想，他仍是毫无压力地给赵炎传了信，只有短短的一句话，说是通天谷一叙。

　　赵炎虽然不太喜欢他们，但对通天谷很好奇，猜测是有什么事，便放下成见出发了。凤楚恰好在他身边，笑眯眯地跟了来。

　　结果到地方一看，得知这些人是想纪念初遇，而赵炎正是其中一位见证者。

　　赵炎："……"

　　当初在这里欠了一碗尿，有什么可纪念的！他顿时扭头就走，心想以后这些家伙再有事找他，一定得问清缘由。

　　谢凉笑着拦了拦："食材都准备好了，一起吃吧。"

　　赵炎道："不吃！"

　　谢凉道："我们特意让人把压箱底的酒带了来。"

　　赵炎迟疑了一下。

　　方延在旁边帮着劝："赵哥最近研究了新的烧烤酱料，可香了。"

　　窦天烨跟着插嘴："来嘛，相逢即是有缘，过去的就让它过去吧。你看咱们认识到现在，我们也没提过之前那点事啊。"

　　这倒是句实话，除了谢凉在神雪峰上提过一句，这些人确实没逼着自己喝过尿。赵炎闻着酒香，勉为其难地折了回来。

　　接待了将近一年的游客，通天谷已变了模样。杂乱丛生的树林里多了几条路，中间宽敞的地方还盖了座凉亭。最近天气不错，林间有几位侠客，见到他们先是一怔，接着激动地围过来，大概是觉得他们要破阵。

窦天烨好心做了解释，告诉他们只是聚餐。

几位侠客半信半疑，在附近没动地方，直到见他们开始围成圈烤串，又见九爷一眼扫了过来，这才识时务地远离。

乔九轻哼一声，收回视线。

谢凉笑了笑，给他倒了一杯酒，低声道："只许喝三杯。"

乔九鬼门关里走了一遭，懂得珍惜，懒洋洋地应了声。

窦天烨他们这时也都倒完了酒，握着酒杯环视一周，有些感慨。当初他们走投无路，消极情绪爆棚，如今心态拐了一百八十度的弯，也算是成长了。

凤楚打量他们的神色，笑着问："想家了？"

窦天烨道："也还好。"

赵炎好奇："你们真的回不去了？"

方延眨眨眼："应该吧。"

"别人找不到路，你们兴许可以，"赵炎出主意，"一会儿吃完饭四处转转。"

窦天烨几人异口同声地道："没用的。"

他们是穿越而来，又不是真的通过法阵过来的。何况阿凉早已转过了，没用就是没用。

赵炎道："万一能回去呢？"

万一能回去……这念头一闪而过，窦天烨几人都是一怔。

他们相互对视一下，都没有在彼此的眼中看出抗拒和忧虑。曾经那些让他们迈不过去的坎，现在再看，竟觉得也不过如此。所以就算老天爷真的又开了一个玩笑把他们送回去，他们也不会再茫然无措，而是会继续携手走下去。

不过回是不可能回的。

窦天烨："我还得成婚呢。"

方延："我还有事业呢。"

赵哥点头："嗯。"

江东昊想了想："我都行。"

谢凉笑了一声："来吧，干一杯。"

窦天烨几人一齐附和："干干干，做兄弟一辈子！"

赵炎下意识地想反驳"谁是你兄弟"，但看看这热闹的气氛，终是捏着鼻子忍了。

众人笑着碰杯，仰头一饮而尽。

这叫什么?

从开始到现在? 忆苦思甜? 亲友团建?

不管叫什么吧，我觉得每年都能搞一搞，祝大家越来越好。

——《敌敌畏日记·窦天烨》

好，明年的这个时候我一定带对象参加!

祝大家事业有成，家庭美满。

——《敌敌畏日记·方延》

我都行。

棋技更上一层楼，大家越来越好。

——《敌敌畏日记·江东昊》

明年多做点好吃的给你们。

希望大家无病无灾，健健康康的。

——《敌敌畏日记·赵云兵》

那就这么定了，明年继续。

祝所有人心想事成，永远积极乐观。

——《敌敌畏日记·谢凉》

【全文完】

图书在版编目（CIP）数据

敌敌盟纪事 . 完结篇 / 一世华裳著 .
—武汉：长江出版社，2022.12
ISBN 978–7–5492–8589–1

I . ①敌… II . ①一… III . ①侠义小说—中国—当代 IV. ① I247.5

中国版本图书馆 CIP 数据核字（2022）第 214325 号

敌敌盟纪事·完结篇 / 一世华裳 著

出　　版	长江出版社	
	（武汉市解放大道 1863 号）	
选题策划	林　璧	
市场发行	长江出版社发行部	
网　　址	http://www.cjpress.com.cn	
责任编辑	罗紫晨	
特约编辑	林　璧	
印　　刷	北京盛通印刷股份有限公司	
版　　次	2022 年 12 月第 1 版	
印　　次	2022 年 12 月第 1 次印刷	
开　　本	880mm×1230mm　1/16	
印　　张	20	
字　　数	397 千字	
书　　号	ISBN 978–7–5492–8589–1	
定　　价	49.80 元	